14 GRANDES CLÁSICOS PARA DETECTIVES

astria

14 GRANDES CLÁSICOS PARA DETECTIVES
POE, CONAN DOYLE, AGATHA C., HEMINGWAY Y MUCHOS
MÁS

©Colección Erandique
Supervisión Editorial: Óscar Flores López
Diseño de portada: Andrea Rodríguez—Mariana Turcios
Administración: Tesla Rodas—Jessica Cordero
Director Ejecutivo: José Azcona Bocock
Primera Edición
Tegucigalpa,
Honduras—Agosto 2025

LOS CRÍMENES DE LA CALLE MORGUE

Por EDGAR ALLAN POE

Las características de la inteligencia que suelen calificarse de analíticas son en sí mismas poco susceptibles de análisis. Sólo las apreciamos a través de sus resultados. Entre otras cosas, sabemos que, para aquel que las posee en alto grado, son fuente del más vivo goce. Así como el hombre robusto se complace en su destreza física y se deleita con aquellos ejercicios que reclaman la acción de sus músculos, así el analista halla su placer en esa actividad del espíritu consistente en desenredar. Goza incluso con las ocupaciones más triviales, siempre que pongan en juego su talento. Le encantan los enigmas, los acertijos, los jeroglíficos, y al solucionarlos muestra un grado de perspicacia que, para la mente ordinaria, parece sobrenatural. Sus resultados, frutos del método en su forma más esencial y profunda, tienen todo el aire de una intuición.

La facultad de resolución se ve posiblemente muy vigorizada por el estudio de las matemáticas, y en especial por su rama más alta, que, injustamente y tan sólo a causa de sus operaciones retrógradas, se denomina análisis, como si se tratara del análisis par excellence. Calcular, sin embargo, no es en sí mismo analizar. Un jugador de ajedrez, por ejemplo, efectúa lo primero sin esforzarse en lo segundo. De ahí se sigue que el ajedrez, por lo que concierne a sus efectos sobre la naturaleza de la inteligencia, es apreciado erróneamente. No he de escribir aquí un tratado, sino que me limito a prologar un relato un tanto singular, con algunas observaciones pasajeras; aprovecharé por eso la oportunidad para afirmar que el máximo grado de la reflexión se ve puesto a prueba por el modesto juego de damas en forma más intensa y beneficiosa que por toda la estudiada frivolidad del ajedrez. En este último, donde las piezas tienen movimientos diferentes y singulares, con varios y variables valores, lo que sólo resulta complejo es equivocadamente confundido (error nada insólito) con lo profundo. Aquí se trata, sobre todo, de la atención. Si ésta cede un solo instante, se comete un descuido que da por resultado una pérdida o la derrota.

Como los movimientos posibles no sólo son múltiples sino intrincados, las posibilidades de descuido se multiplican y, en nueve casos de cada diez, triunfa el jugador concentrado y no el más penetrante. En las damas, por el contrario, donde hay un solo movimiento y las variaciones son mínimas, las probabilidades de inadvertencia disminuyen, lo cual deja un tanto de lado a la atención, y las ventajas obtenidas por cada uno de los adversarios provienen de una perspicacia superior.

Para hablar menos abstractamente, supongamos una partida de damas en la que las piezas se reducen a cuatro y donde, como es natural, no cabe esperar el menor descuido. Obvio resulta que (si los jugadores tienen fuerza pareja) sólo puede decidir la victoria algún movimiento sutil, resultado de un penetrante esfuerzo intelectual. Desprovisto de los recursos ordinarios, el analista penetra en el espíritu de su oponente, se identifica con él y con frecuencia alcanza a ver de una sola ojeada el único método (a veces absurdamente sencillo) por el cual puede provocar un error o precipitar a un falso cálculo.

Hace mucho que se ha reparado en el whist por su influencia sobre lo que da en llamarse la facultad del cálculo, y hombres del más excelso intelecto se han complacido en él de manera indescriptible, dejando de lado, por frívolo, al ajedrez. Sin duda alguna, nada existe en ese orden que ponga de tal modo a prueba la facultad analítica. El mejor ajedrecista de la cristiandad no puede ser otra cosa que el mejor ajedrecista, pero la eficiencia en el whist implica la capacidad para triunfar en todas aquellas empresas más importantes donde la mente se enfrenta con la mente. Cuando digo eficiencia, aludo a esa perfección en el juego que incluye la aprehensión de todas las posibilidades mediante las cuales se puede obtener legítima ventaja. Estas últimas no sólo son múltiples sino multiformes, y con frecuencia yacen en capas tan profundas del pensar que el entendimiento ordinario es incapaz de alcanzarlas.

Observar con atención equivale a recordar con claridad; en ese sentido, el ajedrecista concentrado jugará bien al whist, en tanto que las reglas de Hoyle (basadas en el mero mecanismo del juego) son comprensibles de manera general y satisfactoria. Por tanto, el hecho de tener una memoria retentiva y guiarse por «el libro» son las condiciones que por regla general se consideran como la suma del buen jugar. Pero la habilidad del analista se manifiesta en cuestiones que exceden los límites de las meras reglas. Silencioso, procede a acumular cantidad de observaciones y deducciones. Quizá sus compañeros hacen lo mismo, y la mayor o menor proporción de informaciones así obtenidas no reside tanto en la validez de la deducción como en la calidad de la observación. Lo necesario consiste en saber qué se debe observar. Nuestro jugador no se encierra en sí mismo; ni tampoco, dado que su objetivo es el juego, rechaza deducciones procedentes de elementos externos a éste. Examina el semblante de su compañero, comparándolo cuidadosamente con el de cada uno de sus oponentes.

Considera el modo con que cada uno ordena las cartas en su mano; a menudo cuenta las cartas ganadoras y las adicionales por la manera con que sus tenedores las contemplan. Advierte cada variación de fisonomía a medida que avanza el juego, reuniendo un capital de ideas nacidas de las diferencias de expresión correspondientes a la seguridad, la sorpresa, el triunfo o la contrariedad. Por la manera de levantar una baza juzga si la persona que la recoge será capaz de repetirla en el mismo palo. Reconoce la jugada fingida por la manera con que se arrojan las cartas sobre el tapete.

Una palabra casual o descuidada, la caída o vuelta accidental de una carta, con la consiguiente ansiedad o negligencia en el acto de ocultarla, la cuenta de las bazas, con el orden de su disposición, el embarazo, la vacilación, el apuro o el temor… todo ello proporciona a su percepción, aparentemente intuitiva, indicaciones sobre la realidad del juego. Jugadas dos o tres manos, conoce perfectamente las cartas de cada uno, y desde ese momento utiliza las propias con tanta precisión como si los otros jugadores hubieran dado vuelta a las suyas.

El poder analítico no debe confundirse con el mero ingenio, ya que si el analista es por necesidad ingenioso, con frecuencia el hombre ingenioso se muestra notablemente incapaz de analizar. La facultad constructiva o combinatoria por la cual se manifiesta habitualmente el ingenio, y a la que los frenólogos (erróneamente, a mi juicio) han asignado un órgano aparte, considerándola una facultad primordial, ha sido observada con tanta frecuencia en personas cuyo intelecto lindaba con la idiotez, que ha provocado las observaciones de los estudiosos del carácter. Entre el ingenio y la aptitud analítica existe una diferencia mucho mayor que entre la fantasía y la imaginación, pero de naturaleza estrictamente análoga. En efecto, cabe observar que los ingeniosos poseen siempre mucha fantasía, mientras que el hombre verdaderamente imaginativo es siempre un analista.

El relato siguiente representará para el lector algo así como un comentario de las afirmaciones que anteceden.

Mientras residía en París, durante la primavera y parte del verano de 18…, me relacioné con un cierto C. Auguste Dupin. Este joven caballero procedía de una familia excelente —y hasta ilustre—, pero una serie de desdichadas circunstancias lo habían reducido a tal pobreza que la energía de su carácter sucumbió ante la desgracia, llevándolo a alejarse del mundo y a no preocuparse por recuperar su fortuna. Gracias a la cortesía de sus acreedores, le quedó una pequeña parte del patrimonio, y la renta que le producía bastaba, mediante una rigurosa economía, para subvenir a sus necesidades, sin preocuparse de lo superfluo. Los libros constituían su solo lujo, y en París es fácil procurárselos.

Nuestro primer encuentro tuvo lugar en una oscura librería de la rue Montmartre, donde la casualidad de que ambos anduviéramos en busca de un mismo libro —tan raro como notable— sirvió para aproximarnos. Volvimos a encontrarnos una y otra vez. Me sentí profundamente interesado por la menuda historia de familia que Dupin me contaba detalladamente, con todo ese candor a que se abandona un francés cuando se trata de su propia persona. Me quedé asombrado, al mismo tiempo, por la extraordinaria amplitud de su cultura; pero, sobre todo, sentí encenderse mi alma ante el exaltado fervor y la vívida frescura de su imaginación. Dado lo que yo buscaba en ese entonces en París, sentí que la compañía de un hombre semejante me resultaría un tesoro inestimable, y no vacilé en decírselo. Quedó por fin decidido que viviríamos juntos durante mi permanencia en la ciudad, y, como mi situación financiera era algo menos comprometida que la suya, logré que quedara a mi cargo alquilar y amueblar —en un estilo que armonizaba con la melancolía un tanto fantástica de nuestro carácter— una decrépita y grotesca mansión abandonada a causa de supersticiones sobre las cuales no inquirimos, y que se acercaba a su ruina en una parte aislada y solitaria del Faubourg Saint—Germain.

Si nuestra manera de vivir en esa casa hubiera llegado al conocimiento del mundo, éste nos hubiera considerado como locos —aunque probablemente como locos inofensivos—. Nuestro aislamiento era perfecto. No admitíamos visitantes. El lugar de nuestro retiro era un secreto celosamente guardado para mis antiguos amigos; en cuanto a Dupin, hacía muchos años que había dejado de ver gentes o de ser conocido en París. Sólo vivíamos para nosotros.

Una rareza de mi amigo (¿qué otro nombre darle?) consistía en amar la noche por la noche misma; a esta bizarrerie, como a todas las otras, me abandoné a mi vez sin esfuerzo, entregándome a sus extraños caprichos con perfecto abandono. La negra divinidad no podía permanecer siempre con nosotros, pero nos era dado imitarla. A las primeras luces del alba, cerrábamos las pesadas persianas de nuestra vieja casa y encendíamos un par de bujías que, fuertemente perfumadas, sólo lanzaban débiles y mortecinos rayos. Con ayuda de ellas ocupábamos nuestros espíritus en soñar, leyendo, escribiendo o conversando, hasta que el reloj nos advertía la llegada de la verdadera oscuridad. Salíamos entonces a la calle tomados del brazo, continuando la conversación del día o vagando al azar hasta muy tarde, mientras buscábamos entre las luces y las sombras de la populosa ciudad esa infinidad de excitantes espirituales que puede proporcionar la observación silenciosa.

En esas oportunidades, no dejaba yo de reparar y admirar (aunque, dada su profunda idealidad, cabía esperarlo) una peculiar aptitud analítica de Dupin. Parecía complacerse especialmente en ejercitarla —ya que no en exhibirla— y no vacilaba en confesar el placer que le producía. Se jactaba, con una risita discreta, de que frente a él la mayoría de los hombres tenían como una ventana por la cual podía verse su corazón, y estaba pronto a demostrar sus afirmaciones con pruebas tan directas como sorprendentes del íntimo conocimiento que de mí tenía. En aquellos momentos, su actitud era fría y abstraída; sus ojos miraban como sin ver, mientras su voz, habitualmente de un rico registro de tenor, subía a un falsete que hubiera parecido petulante de no mediar lo deliberado y lo preciso de sus palabras. Al observarlo en esos casos, me ocurría muchas veces pensar en la antigua filosofía del alma doble, y me divertía con la idea de un doble Dupin: el creador y el analista.

No se suponga, por lo que llevo dicho, que estoy circunstanciando algún misterio o escribiendo una novela. Lo que he referido de mi amigo francés era tan sólo el producto de una inteligencia excitada o quizá enferma. Pero el carácter de sus observaciones en el curso de esos períodos se apreciará con más claridad mediante un ejemplo.

Errábamos una noche por una larga y sucia calle, en la vecindad del Palais Royal. Sumergidos en nuestras meditaciones, no habíamos pronunciado una sola sílaba durante un cuarto de hora, por lo menos. Bruscamente, Dupin pronunció estas palabras:

—Sí, es un hombrecillo muy pequeño, y estaría mejor en el Théâtre des Variétés.

—No cabe duda —repuse inconscientemente, sin advertir (pues tan absorto había estado en mis reflexiones) la extraordinaria forma en que

Dupin coincidía con mis pensamientos. Pero, un instante después, me di cuenta y me sentí profundamente asombrado.

—Dupin —dije gravemente—, esto va más allá de mi comprensión. Le confieso sin rodeos que estoy atónito y que apenas puedo dar crédito a mis sentidos. ¿Cómo es posible que haya sabido que yo estaba pensando en…?

Aquí me detuve, para asegurarme sin lugar a dudas de si realmente sabía en quién estaba yo pensando.

—En Chantilly —dijo Dupin—. ¿Por qué se interrumpe? Estaba usted diciéndose que su pequeña estatura le veda los papeles trágicos.

Tal era, exactamente, el tema de mis reflexiones. Chantilly era un ex remendón de la rue Saint—Denis que, apasionado por el teatro, había encarnado el papel de Jerjes en la tragedia homónima de Crébillon, logrando tan sólo que la gente se burlara de él.

—En nombre del cielo —exclamé—, dígame cuál es el método… si es que hay un método… que le ha permitido leer en lo más profundo de mí.

En realidad, me sentía aún más asombrado de lo que estaba dispuesto a reconocer.

—El frutero —replicó mi amigo— fue quien lo llevó a la conclusión de que el remendón de suelas no tenía estatura suficiente para Jerjes et id genus omne.

—¡El frutero! ¡Me asombra usted! No conozco ningún frutero.

—El hombre que tropezó con usted cuando entrábamos en esta calle… hará un cuarto de hora.

Recordé entonces que un frutero, que llevaba sobre la cabeza una gran cesta de manzanas, había estado a punto de derribarme accidentalmente cuando pasábamos de la rue C… a la que recorríamos ahora. Pero me era imposible comprender qué tenía eso que ver con Chantilly.

—Se lo explicaré —me dijo Dupin, en quien no había la menor partícula de charlatanerie— y, para que pueda comprender claramente, remontaremos primero el curso de sus reflexiones desde el momento en que le hablé hasta el de su choque con el frutero en cuestión. Los eslabones principales de la cadena son los siguientes: Chantilly, Orión, el doctor Nichols, Epicuro, la estereotomía, el pavimento, el frutero.

Pocas personas hay que, en algún momento de su vida, no se hayan entretenido en remontar el curso de las ideas mediante las cuales han llegado a alguna conclusión. Con frecuencia, esta tarea está llena de interés, y aquel que la emprende se queda asombrado por la distancia aparentemente ilimitada e inconexa entre el punto de partida y el de llegada.

¡Cuál habrá sido entonces mi asombro al oír las palabras que acababa de pronunciar Dupin y reconocer que correspondían a la verdad!

—Si no me equivoco —continuó él—, habíamos estado hablando de caballos justamente al abandonar la rue C… Éste fue nuestro último tema de conversación. Cuando cruzábamos hacia esta calle, un frutero que traía una gran canasta en la cabeza pasó rápidamente a nuestro lado y lo empaló a usted contra una pila de adoquines correspondiente a un pedazo de la calle en reparación. Usted pisó una de las piedras sueltas, resbaló, torciéndose ligeramente el tobillo; mostró enojo o malhumor, murmuró algunas palabras, se volvió para mirar la pila de adoquines y siguió andando en silencio. Yo no estaba especialmente atento a sus actos, pero en los últimos tiempos la observación se ha convertido para mí en una necesidad.

»Mantuvo usted los ojos clavados en el suelo, observando con aire quisquilloso los agujeros y los surcos del pavimento (por lo cual comprendí que seguía pensando en las piedras), hasta que llegamos al pequeño pasaje llamado Lamartine, que con fines experimentales ha sido pavimentado con bloques ensamblados y remachados. Aquí su rostro se animó y, al notar que sus labios se movían, no tuve dudas de que murmuraba la palabra "estereotomía", término que se ha aplicado pretenciosamente a esta clase de pavimento. Sabía que para usted sería imposible decir "estereotomía" sin verse llevado a pensar en átomos y pasar de ahí a las teorías de Epicuro; ahora bien, cuando discutimos no hace mucho este tema, recuerdo haberle hecho notar de qué curiosa manera —por lo demás desconocida— las vagas conjeturas de aquel noble griego se han visto confirmadas en la reciente cosmogonía de las nebulosas; comprendí, por tanto, que usted no dejaría de alzar los ojos hacia la gran nebulosa de Orión, y estaba seguro de que lo haría. Efectivamente, miró usted hacia lo alto y me sentí seguro de haber seguido correctamente sus pasos hasta ese momento. Pero en la amarga crítica a Chantilly que apareció en el Musée de ayer, el escritor satírico hace algunas penosas alusiones al cambio de nombre del remendón antes de calzar los coturnos, y cita un verso latino sobre el cual hemos hablado muchas veces. Me refiero al verso:

Perdidit antiquum litera prima sonum.

»Le dije a usted que se refería a Orión, que en un tiempo se escribió Urión; y, dada cierta acritud que se mezcló en aquella discusión, estaba seguro de que usted no la había olvidado. Era claro, pues, que no dejaría de combinar las dos ideas de Orión y Chantilly. Que así lo hizo, lo supe por la sonrisa que pasó por sus labios. Pensaba usted en la inmolación del pobre zapatero. Hasta ese momento había caminado algo encorvado, pero de pronto lo vi erguirse en toda su estatura. Me sentí seguro de que estaba pensando en la diminuta figura de Chantilly. Y en este punto interrumpí sus meditaciones para hacerle notar que, en efecto, el tal Chantilly era muy pequeño y que estaría mejor en el Théâtre des Variétés.

Poco tiempo después de este episodio, leíamos una edición nocturna de la Gazette des Tribunaux cuando los siguientes párrafos atrajeron nuestra atención:

EXTRAÑOS ASESINATOS. — Esta mañana, hacia las tres, los habitantes del quartier Saint—Roch fueron arrancados de su sueño por los espantosos alaridos procedentes del cuarto piso de una casa situada en la rue Morgue, ocupada por madame L'Espanaye y su hija, mademoiselle Camille L'Espanaye. Como fuera imposible lograr el acceso a la casa, después de perder algún tiempo, se forzó finalmente la puerta con una ganzúa y ocho o diez vecinos penetraron en compañía de dos gendarmes. Por ese entonces, los gritos habían cesado, pero cuando el grupo remontaba el primer tramo de la escalera se oyeron dos o más voces que discutían violentamente y que parecían proceder de la parte superior de la casa. Al llegar al segundo piso, las voces callaron a su vez, reinando una profunda calma. Los vecinos se separaron y empezaron a recorrer las habitaciones una por una. Al llegar a una gran cámara situada en la parte posterior del cuarto piso (cuya puerta, cerrada por dentro con llave, debió ser forzada), se vieron en presencia de un espectáculo que les produjo tanto horror como estupefacción.

El aposento se hallaba en el mayor desorden: los muebles, rotos, habían sido lanzados en todas direcciones. El colchón del único lecho aparecía tirado en mitad del piso. Sobre una silla había una navaja manchada de sangre. Sobre la chimenea aparecían dos o tres largos y espesos mechones de cabello humano igualmente empapados en sangre y que daban la impresión de haber sido arrancados de raíz. Se encontraron en el piso cuatro napoleones, un aro de topacio, tres cucharas grandes de plata, tres más pequeñas de métal d'Alger, y dos sacos que contenían casi cuatro mil francos en oro. Los cajones de una cómoda situada en un ángulo habían sido abiertos y aparentemente saqueados, aunque quedaban en ellos numerosas prendas. Descubrióse una pequeña caja fuerte de hierro debajo de la cama (y no del colchón). Estaba abierta y con la llave en la cerradura. No contenía nada, aparte de unas viejas cartas y papeles igualmente sin importancia.

»No se veía huella alguna de madame L'Espanaye, pero al notarse la presencia de una insólita cantidad de hollín al pie de la chimenea, se procedió a registrarla, encontrándose (¡cosa horrible de describir!) el cadáver de su hija, cabeza abajo, el cual había sido metido a la fuerza en la estrecha abertura y considerablemente empujado hacia arriba. El cuerpo estaba aún caliente. Al examinarlo, se advirtieron en él numerosas excoriaciones, producidas, sin duda, por la violencia con que fuera introducido y por la que requirió arrancarlo de allí. Veíanse profundos arañazos en el rostro, y en la garganta aparecían contusiones negruzcas y profundas huellas de uñas, como si la víctima hubiera sido estrangulada.

»Luego de una cuidadosa búsqueda en cada porción de la casa, sin que apareciera nada nuevo, los vecinos se introdujeron en un pequeño patio pavimentado de la parte posterior del edificio y encontraron el cadáver de la anciana señora, la cual había sido degollada tan salvajemente que, al tratar de levantar el cuerpo, la cabeza se desprendió del tronco. Horribles mutilaciones aparecían en la cabeza y en el cuerpo, y este último apenas presentaba forma humana.

»Hasta el momento no se ha encontrado la menor clave que permita solucionar tan horrible misterio.»

La edición del día siguiente contenía los siguientes detalles adicionales:

«La tragedia de la rue Morgue. — Diversas personas han sido interrogadas con relación a este terrible y extraordinario suceso, pero nada ha trascendido que pueda arrojar alguna luz sobre él. Damos a continuación las declaraciones obtenidas:

»Pauline Dubourg, lavandera, manifiesta que conocía desde hacía tres años a las dos víctimas, de cuya ropa se ocupaba. La anciana y su hija parecían hallarse en buenos términos y se mostraban sumamente cariñosas entre sí. Pagaban muy bien. No sabía nada sobre su modo de vida y sus medios de subsistencia. Creía que madame L. decía la buenaventura. Pasaba por tener dinero guardado. Nunca encontró a otras personas en la casa cuando iba a buscar la ropa o la devolvía. Estaba segura de que no tenían ningún criado o criada. Opinaba que en la casa no había ningún mueble, salvo en el cuarto piso.

»Pierre Moreau, vendedor de tabaco, declara que desde hace cuatro años vendía regularmente pequeñas cantidades de tabaco y de rapé a madame L'Espanaye. Nació en la vecindad y ha residido siempre en ella. La extinta y su hija ocupaban desde hacía más de seis años la casa donde se encontraron los cadáveres. Anteriormente vivía en ella un joyero, que alquilaba las habitaciones superiores a diversas personas. La casa era de propiedad de madame L., quien se sintió disgustada por los abusos que cometía su inquilino y ocupó personalmente la casa, negándose a alquilar parte alguna. La anciana señora daba señales de senilidad. El testigo vio a su hija unas cinco o seis veces durante esos seis años. Ambas llevaban una vida muy retirada y pasaban por tener dinero. Había oído decir a los vecinos que madame L. decía la buenaventura, pero no lo creía. Nunca vio entrar a nadie, salvo a la anciana y su hija, a un mozo de servicio que estuvo allí una o dos veces, y a un médico que hizo ocho o diez visitas.

»Muchos otros vecinos han proporcionado testimonios coincidentes. No se ha hablado de nadie que frecuentara la casa. Se ignora si madame L. y su hija tenían parientes vivos. Pocas veces se abrían las persianas de las ventanas delanteras. Las de la parte posterior estaban siempre cerradas, salvo las de la gran habitación en la parte trasera del cuarto piso. La casa se hallaba en excelente estado y no era muy antigua.

»Isidore Muset, gendarme, declara que fue llamado hacia las tres de la mañana y que, al llegar a la casa, encontró a unas veinte o treinta personas reunidas que se esforzaban por entrar. Violentó finalmente la entrada (con una bayoneta y no con una ganzúa). No le costó mucho abrirla, pues se trataba de una puerta de dos batientes que no tenía pasadores ni arriba ni abajo. Los alaridos continuaron hasta que se abrió la puerta, cesando luego de golpe. Parecían gritos de persona (o personas) que sufrieran los más agudos dolores; eran gritos agudos y prolongados, no breves y precipitados. El testigo trepó el primero las escaleras. Al llegar al primer descanso oyó dos voces que discutían con fuerza y agriamente; una de ellas era ruda y la otra mucho más aguda y muy extraña. Pudo entender algunas palabras provenientes de la primera voz, que correspondía a un francés. Estaba seguro de que no se trataba de una voz de mujer. Pudo distinguir las palabras sacré y diable. La voz más aguda era de un extranjero. No podría asegurar si se trataba de un hombre o una mujer. No entendió lo que decía, pero tenía la impresión de que hablaba en español. El estado de la habitación y de los cadáveres fue descrito por el testigo en la misma forma que lo hicimos ayer.

»Henri Duval, vecino, de profesión platero, declara que formaba parte del primer grupo que entró en la casa. Corrobora en general la declaración de Muset. Tan pronto forzaron la puerta, volvieron a cerrarla para mantener alejada a la muchedumbre, que, pese a lo avanzado de la hora, se estaba reuniendo rápidamente. El testigo piensa que la voz más aguda pertenecía a un italiano. Está seguro de que no se trataba de un francés. No puede asegurar que se tratara de una voz masculina. Pudo ser la de una mujer. No está familiarizado con la lengua italiana. No alcanzó a distinguir las palabras, pero por la entonación está convencido de que quien hablaba era italiano. Conocía a madame L. y a su hija. Había conversado frecuentemente con ellas. Estaba seguro de que la voz aguda no pertenecía a ninguna de las difuntas.

»Odenheimer, restaurateur. Este testigo se ofreció voluntariamente a declarar. Como no habla francés, testimonió mediante un intérprete. Es originario de Ámsterdam. Pasaba frente a la casa cuando se oyeron los gritos. Duraron varios minutos, probablemente diez. Eran prolongados y agudos, tan horribles como penosos de oír. El testigo fue uno de los que entraron en el edificio. Corroboró las declaraciones anteriores en todos sus detalles, salvo uno. Estaba seguro de que la voz más aguda pertenecía a un hombre y que se trataba de un francés. No pudo distinguir las palabras pronunciadas. Eran fuertes y precipitadas, desiguales y pronunciadas aparentemente con tanto miedo como cólera. La voz era áspera; no tanto aguda como áspera. El testigo no la calificaría de aguda. La voz más gruesa dijo varias veces: sacré, diable, y una vez Mon Dieu.

»Jules Mignaud, banquero, de la firma Mignaud e hijos, en la calle Deloraine. Es el mayor de los Mignaud. Madame L'Espanaye poseía algunos bienes. Había abierto una cuenta en su banco durante la primavera del año 18… (ocho años antes). Hacía frecuentes depósitos de pequeñas sumas. No había retirado nada hasta tres días antes de su muerte, en que personalmente extrajo la suma de 4.000 francos. La suma le fue pagada en oro y un empleado la llevó a su domicilio.

»Adolphe Lebon, empleado de Mignaud e hijos, declara que el día en cuestión acompañó hasta su residencia a madame L'Espanaye, llevando los 4.000 francos en dos sacos. Una vez abierta la puerta, mademoiselle L. vino a tomar uno de los sacos, mientras la anciana señora se encargaba del otro. Por su parte, el testigo saludó y se retiró.

No vio a persona alguna en la calle en ese momento. Se trata de una calle poco importante, muy solitaria.

»William Bird, sastre, declara que formaba parte del grupo que entró en la casa. Es de nacionalidad inglesa. Lleva dos años de residencia en París. Fue uno de los primeros en subir las escaleras. Oyó voces que disputaban. La más ruda era la de un francés. Pudo distinguir varias palabras, pero ya no las recuerda todas. Oyó claramente: sacré y mon Dieu. En ese momento se oía un ruido como si varias personas estuvieran luchando; era un sonido de forcejeo, como si algo fuese arrastrado. La voz aguda era muy fuerte, mucho más que la voz ruda. Está seguro de que no se trataba de la voz de un inglés. Parecía la de un alemán. Podía ser una voz de mujer. El testigo no comprende el alemán.

»Cuatro de los testigos nombrados más arriba fueron nuevamente interrogados, declarando que la puerta del aposento donde se encontró el cadáver de mademoiselle L. estaba cerrada por dentro cuando llegaron hasta ella. Reinaba un profundo silencio; no se escuchaban quejidos ni rumores de ninguna especie. No se vio a nadie en el momento de forzar la puerta. Las ventanas, tanto de la habitación del frente como de la trasera, estaban cerradas y firmemente aseguradas por dentro. Entre ambas habitaciones había una puerta cerrada, pero la llave no estaba echada. La puerta que comunicaba la habitación del frente con el corredor había sido cerrada con llave por dentro. Un cuarto pequeño situado en el frente del cuarto piso, al comienzo del corredor, apareció abierto, con la puerta entornada. La habitación estaba llena de camas viejas, cajones y objetos por el estilo. Se procedió a revisarlos uno por uno, no se dejó sin examinar una sola pulgada de la casa. Se enviaron deshollinadores para que exploraran las chimeneas. La casa tiene cuatro pisos, con mansardes. Una trampa que da al techo estaba firmemente asegurada con clavos y no parece haber sido abierta durante años. Los testigos no están de acuerdo sobre el tiempo transcurrido entre el momento en que escucharon las voces que disputaban y la apertura de la puerta de la habitación. Algunos sostienen que transcurrieron tres minutos; otros calculan cinco. Costó mucho violentar la puerta.

»Alfonso Garcio, empresario de pompas fúnebres, habita en la rue Morgue. Es de nacionalidad española. Formaba parte del grupo que entró en la casa. No subió las escaleras. Tiene los nervios delicados y teme las consecuencias de toda agitación. Oyó las voces que disputaban. La más ruda pertenecía a un francés. No pudo comprender lo que decía. La voz aguda era la de un inglés; está seguro de esto. No comprende el inglés, pero juzga basándose en la entonación.

»Alberto Montani, confitero, declara que fue de los primeros en subir las escaleras. Oyó las voces en cuestión. La voz ruda era la de un francés. Pudo distinguir varias palabras. El que hablaba parecía reprochar alguna cosa. No pudo comprender las palabras dichas por la voz más aguda, que hablaba rápida y desigualmente. Piensa que se trata de un ruso. Corrobora los testimonios restantes. Es de nacionalidad italiana. Nunca habló con un nativo de Rusia.

»Nuevamente interrogados, varios testigos certificaron que las chimeneas de todas las habitaciones eran demasiado angostas para admitir el paso de un ser humano. Se pasaron "deshollinadores" —cepillos cilíndricos como los que usan los que limpian chimeneas— por todos los tubos existentes en la casa. No existe ningún pasaje en los fondos por el cual alguien hubiera podido descender mientras el grupo subía las escaleras. El cuerpo de mademoiselle L'Espanaye estaba tan firmemente encajado en la chimenea, que no pudo ser extraído hasta que cuatro o cinco personas unieron sus esfuerzos.

»Paul Dumas, médico, declara que fue llamado al amanecer para examinar los cadáveres de las víctimas. Los mismos habían sido colocados sobre el colchón del lecho correspondiente a la habitación donde se encontró a mademoiselle L. El cuerpo de la joven aparecía lleno de contusiones y excoriaciones. El hecho de que hubiese sido metido en la chimenea bastaba para explicar tales marcas. La garganta estaba enormemente excoriada. Varios profundos arañazos aparecían debajo del mentón, conjuntamente con una serie de manchas lívidas resultantes, con toda evidencia, de la presión de unos dedos. El rostro estaba horriblemente pálido y los ojos se salían de las órbitas. La lengua aparecía a medias cortada. En la región del estómago se descubrió una gran contusión, producida, aparentemente, por la presión de una rodilla. Según opinión del doctor Dumas, mademoiselle L'Espanaye había sido estrangulada por una o varias personas.

»El cuerpo de la madre estaba horriblemente mutilado. Todos los huesos de la pierna y el brazo derechos se hallaban fracturados en mayor o menor grado. La tibia izquierda había quedado reducida a astillas, así como todas las costillas del lado izquierdo. El cuerpo aparecía cubierto de contusiones y estaba descolorido. Resultaba imposible precisar el arma con que se habían inferido tales heridas. Un pesado garrote de mano, o una ancha barra de hierro, quizá una silla, cualquier arma grande, pesada y contundente, en manos de un hombre sumamente robusto, podía haber producido esos resultados. Imposible que una mujer pudiera infligir tales heridas con cualquier arma que fuese. La cabeza de la difunta aparecía separada del cuerpo y, al igual que el resto, terriblemente contusa. Era evidente que la garganta había sido seccionada con un instrumento muy afilado, probablemente una navaja.

»Alexandre Etienne, cirujano, fue llamado al mismo tiempo que el doctor Dumas para examinar los cuerpos. Confirmó el testimonio y las opiniones de este último.

»No se ha obtenido ningún otro dato de importancia, a pesar de haberse interrogado a varias otras personas. Jamás se ha cometido en París un asesinato tan misterioso y tan enigmático en sus detalles… si es que en realidad se trata de un asesinato. La policía está perpleja, lo cual no es frecuente en asuntos de esta naturaleza. Pero resulta imposible hallar la más pequeña clave del misterio.»

La edición vespertina del diario declaraba que en el quartier Saint—Roch reinaba una intensa excitación, que se había practicado un nuevo y minucioso examen del lugar del hecho, mientras se interrogaba a nuevos testigos, pero que no se sabía nada nuevo. Un párrafo final agregaba, sin embargo, que un tal Adolphe Lebon acababa de ser arrestado y encarcelado, aunque nada parecía acusarlo, a juzgar por los hechos detallados.

Dupin se mostraba singularmente interesado en el desarrollo del asunto; o por lo menos así me pareció por sus maneras, pues no hizo el menor comentario. Tan sólo después de haberse anunciado el arresto de Lebon me pidió mi parecer acerca de los asesinatos.

No pude sino sumarme al de todo París y declarar que los consideraba un misterio insoluble. No veía modo alguno de seguir el rastro al asesino.

—No debemos pensar en los modos posibles que surgen de una investigación tan rudimentaria —dijo Dupin—. La policía parisiense, tan alabada por su penetración, es muy astuta, pero nada más. No procede con método, salvo el del momento. Toma muchas disposiciones ostentosas, pero con frecuencia estas se hallan tan mal adaptadas a su objetivo que recuerdan a Monsieur Jourdain, que pedía sa robe de chambre… pour mieux entendre la musique. Los resultados obtenidos son con frecuencia sorprendentes, pero en su mayoría se logran por simple diligencia y actividad. Cuando estas son insuficientes, todos sus planes fracasan. Vidocq, por ejemplo, era hombre de excelentes conjeturas y perseverante. Pero como su pensamiento carecía de suficiente educación, erraba continuamente por el excesivo ardor de sus investigaciones. Dañaba su visión por mirar el objeto desde demasiado cerca. Quizá alcanzaba a ver uno o dos puntos con singular agudeza, pero procediendo así perdía el conjunto de la cuestión. En el fondo, se trataba de un exceso de profundidad, y la verdad no siempre está dentro de un pozo. Por el contrario, creo que, en lo que se refiere al conocimiento más importante, es invariablemente superficial. La profundidad corresponde a los valles, donde la buscamos, y no a las cimas montañosas, donde se la encuentra. Las formas y fuentes de este tipo de error se ejemplifican muy bien en la contemplación de los cuerpos celestes. Si se observa una estrella de una ojeada, oblicuamente, volviendo hacia ella la porción exterior de la retina (mucho más sensible a las impresiones luminosas débiles que la parte interior), se verá la estrella con claridad y se apreciará plenamente su brillo, el cual se empaña apenas la contemplamos de lleno. Es verdad que en este último caso llegan a nuestros ojos mayor cantidad de rayos, pero la porción exterior posee una capacidad de recepción mucho más refinada. Por causa de una indebida profundidad confundimos y debilitamos el pensamiento, y Venus misma puede llegar a borrarse del firmamento si la escrutamos de manera demasiado sostenida, demasiado concentrada o directa.

»En cuanto a esos asesinatos, procedamos personalmente a un examen antes de formarnos una opinión. La encuesta nos servirá de entretenimiento (me pareció que el término era extraño, aplicado al caso, pero no dije nada). Además, Lebon me prestó cierta vez un servicio por el cual le estoy agradecido. Iremos a estudiar el terreno con nuestros propios ojos. Conozco a G…, el prefecto de policía, y no habrá dificultad en obtener el permiso necesario.

La autorización fue acordada, y nos encaminamos inmediatamente a la rue Morgue. Se trata de uno de esos míseros pasajes que corren entre la rue Richelieu y la rue Saint—Roch. Atardecía cuando llegamos, pues el barrio estaba considerablemente distanciado del de nuestra residencia. Encontramos fácilmente la casa, ya que aún había varias personas mirando las persianas cerradas desde la acera opuesta. Era una típica casa parisiense, con una puerta de entrada y una casilla de cristales con ventana corrediza, correspondiente a la loge du concierge. Antes de entrar, recorrimos la calle, doblamos por un pasaje y, volviendo a doblar, pasamos por la parte trasera del edificio, mientras Dupin examinaba la entera vecindad, así como la casa, con una atención minuciosa cuyo objeto me resultaba imposible de adivinar.

Volviendo sobre nuestros pasos, retornamos a la parte delantera y, luego de llamar y mostrar nuestras credenciales, fuimos admitidos por los agentes de guardia. Subimos las escaleras, hasta llegar a la habitación donde se había encontrado el cuerpo de mademoiselle L'Espanaye y donde aún yacían ambas víctimas. Como es natural, el desorden del aposento había sido respetado. No vi nada que no estuviese detallado en la Gazette des Tribunaux. Dupin lo inspeccionaba todo, sin exceptuar los cuerpos de las víctimas. Pasamos luego a las otras habitaciones y al patio; un gendarme nos acompañaba a todas partes. El examen nos tuvo ocupados hasta que oscureció, y era de noche cuando salimos. En el camino de vuelta, mi amigo se detuvo algunos minutos en las oficinas de uno de los diarios parisienses.

He dicho ya que sus caprichos eran muchos y variados, y que je les ménageais (pues no hay traducción posible de la frase). En esta oportunidad, Dupin rehusó toda conversación vinculada con los asesinatos, hasta el día siguiente a mediodía. Entonces, súbitamente, me preguntó si había observado alguna cosa peculiar en el escenario de aquellas atrocidades.

Algo había en su manera de acentuar la palabra, que me hizo estremecer sin que pudiera decir por qué.

—No, nada peculiar —dije—. Por lo menos, nada que no hayamos encontrado ya referido en el diario.

—Me temo —repuso Dupin— que la Gazette no haya penetrado en el insólito horror de este asunto. Pero dejemos de lado las vanas opiniones de ese diario. Tengo la impresión de que se considera insoluble este misterio por las mismísimas razones que deberían inducir a considerarlo fácilmente solucionable; me refiero a lo excesivo, a lo outré de sus características. La policía se muestra confundida por la aparente falta de móvil, y no por el asesinato en sí, sino por su atrocidad. Está asimismo perpleja por la aparente imposibilidad de conciliar las voces que se oyeron disputando, con el hecho de que en lo alto sólo se encontró a la difunta mademoiselle L'Espanaye, aparte de que era imposible escapar de la casa sin que el grupo que ascendía la escalera lo notara. El salvaje desorden del aposento; el cadáver metido, cabeza abajo, en la chimenea; la espantosa mutilación del cuerpo de la anciana, son elementos que, junto con los ya mencionados y otros que no necesito mencionar, han bastado para paralizar la acción de los investigadores policiales y confundir por completo su tan alabada perspicacia. Han caído en el grueso pero común error de confundir lo insólito con lo abstruso. Pero, justamente a través de esas desviaciones del plano ordinario de las cosas, la razón se abrirá paso, si ello es posible, en la búsqueda de la verdad. En investigaciones como la que ahora efectuamos no debería preguntarse tanto «qué ha ocurrido», como «qué hay en lo ocurrido que no se parezca a nada ocurrido anteriormente». En una palabra, la facilidad con la cual llegaré o he llegado a la solución de este misterio se halla en razón directa de su aparente insolubilidad a ojos de la policía.

Me quedé mirando a mi amigo con silenciosa estupefacción.

—Estoy esperando ahora —continuó Dupin, mirando hacia la puerta de nuestra habitación— a alguien que, si bien no es el perpetrador de esas carnicerías, debe de haberse visto envuelto de alguna manera en su ejecución. Es probable que sea inocente de la parte más horrible de los crímenes. Confío en que mi suposición sea acertada, pues en ella se apoya toda mi esperanza de descifrar completamente el enigma. Espero la llegada de ese hombre en cualquier momento… y en esta habitación. Cierto que puede no venir, pero lo más probable es que llegue. Si así fuera, habrá que retenerlo. He ahí unas pistolas; los dos sabemos lo que se puede hacer con ellas cuando la ocasión se presenta.

Tomé las pistolas, sabiendo apenas lo que hacía y, sin poder creer lo que estaba oyendo, mientras Dupin, como si monologara, continuaba sus reflexiones. Ya he mencionado su actitud abstraída en esos momentos. Sus palabras se dirigían a mí, pero su voz, aunque no era forzada, tenía esa entonación que se emplea habitualmente para dirigirse a alguien que se halla muy lejos. Sus ojos, privados de expresión, sólo miraban la pared.

—Las voces que disputaban y fueron oídas por el grupo que trepaba la escalera —dijo— no eran las de las dos mujeres, como ha sido bien probado por los testigos. Con esto queda eliminada toda posibilidad de que la anciana señora haya matado a su hija, suicidándose posteriormente. Menciono esto por razones metódicas, ya que la fuerza de madame L'Espanaye hubiera sido por completo insuficiente para introducir el cuerpo de su hija en la chimenea, tal como fue encontrado, amén de que la naturaleza de las heridas observadas en su cadáver excluye toda idea de suicidio. El asesinato, pues, fue cometido por terceros, y a éstos pertenecían las voces que se escucharon mientras disputaban. Permítame ahora llamarle la atención, no sobre las declaraciones referentes a dichas voces, sino a algo peculiar en esas declaraciones. ¿No lo advirtió usted?

Hice notar que, mientras todos los testigos coincidían en que la voz más ruda debía ser la de un francés, existían grandes desacuerdos sobre la voz más aguda o —como la calificó uno de ellos— la voz áspera.

—Tal es el testimonio en sí —dijo Dupin—, pero no su peculiaridad. Usted no ha observado nada característico. Y, sin embargo, había algo que observar. Como bien ha dicho, los testigos coinciden sobre la voz ruda. Pero, con respecto a la voz aguda, la peculiaridad no consiste en que estén en desacuerdo, sino en que un italiano, un inglés, un español, un holandés y un francés han tratado de describirla, y cada uno de ellos se ha referido a una voz extranjera. Cada uno de ellos está seguro de que no se trata de la voz de un compatriota. Cada uno la vincula, no a la voz de una persona perteneciente a una nación cuyo idioma conoce, sino a la inversa. El francés supone que es la voz de un español, y agrega que "podría haber distinguido algunas palabras si hubiera sabido español". El holandés sostiene que se trata de un francés, pero nos enteramos de que, como no habla francés, testimonió mediante un intérprete. El inglés piensa que se trata de la voz de un alemán, pero el testigo no comprende el alemán. El español "está seguro" de que se trata de un inglés, pero "juzga basándose en la entonación", ya que no comprende el inglés. El italiano cree que es la voz de un ruso, pero nunca habló con un nativo de Rusia. Un segundo testigo francés difiere del primero y está seguro de que se trata de la voz de un italiano. No está familiarizado con la lengua italiana, pero al igual que el español, "está convencido por la entonación". Ahora bien: ¡cuán extrañamente insólita tiene que haber sido esa voz para que pudieran reunirse semejantes testimonios! ¡Una voz en cuyos tonos los ciudadanos de las cinco grandes divisiones de Europa no pudieran reconocer nada familiar! Me dirá usted que podía tratarse de la voz de un asiático o un africano. Ni unos ni otros abundan en París, pero, sin negar esa posibilidad, me limitaré a llamarle la atención sobre tres puntos. Un testigo califica la voz de "áspera, más que aguda". Otros dos señalan que era "precipitada y desigual". Ninguno de los testigos se refirió a palabras reconocibles, a sonidos que parecieran palabras.

»No sé —continuó Dupin— la impresión que pudo haber causado hasta ahora en su entendimiento, pero no vacilo en decir que cabe extraer deducciones legítimas de esta parte del testimonio —la que se refiere a las voces ruda y aguda—, suficientes para crear una sospecha que debe de orientar todos los pasos futuros de la investigación del misterio. Digo «deducciones legítimas», sin expresar plenamente lo que pienso. Quiero dar a entender que las deducciones son las únicas que corresponden, y que la sospecha surge inevitablemente como resultado de las mismas. No le diré todavía cuál es esta sospecha. Pero tenga presente que, por lo que a mí se refiere, bastó para dar forma definida y tendencia determinada a mis investigaciones en el lugar del hecho.

»Transportémonos ahora con la fantasía a esa habitación. ¿Qué buscaremos en primer lugar? Los medios de evasión empleados por los asesinos. Supongo que bien puedo decir que ninguno de los dos cree en acontecimientos sobrenaturales. Madame y mademoiselle L'Espanaye no fueron asesinadas por espíritus. Los autores del hecho eran de carne y hueso, y escaparon por medios materiales. ¿Cómo, pues? Afortunadamente, sólo hay una manera de razonar sobre este punto, y esa manera debe conducirnos a una conclusión definida. Examinemos uno por uno los posibles medios de escape. Resulta evidente que los asesinos se hallaban en el cuarto donde se encontró a mademoiselle L'Espanaye, o por lo menos en la pieza contigua, en momentos en que el grupo subía las escaleras. Vale decir que debemos buscar las salidas en esos dos aposentos. La policía ha levantado los pisos, los techos y la mampostería de las paredes en todas direcciones. Ninguna salida secreta pudo escapar a sus observaciones. Pero, como no me fío de sus ojos, miré el lugar con los míos. Efectivamente, no había salidas secretas. Las dos puertas que comunican las habitaciones con el corredor estaban bien cerradas, con las llaves por dentro. Veamos ahora las chimeneas. Aunque de diámetro ordinario en los primeros ocho o diez pies por encima de los hogares, los tubos no permitirían más arriba el paso del cuerpo de un gato grande. Quedando así establecida la total imposibilidad de escape por las vías mencionadas, nos vemos reducidos a las ventanas. Nadie podría haber huido por la del cuarto delantero, ya que la muchedumbre reunida lo hubiese visto. Los asesinos tienen que haber pasado, pues, por las de la pieza trasera. Llevados a esta conclusión de manera tan inequívoca, no nos corresponde, en nuestra calidad de razonadores, rechazarla por su aparente imposibilidad. Lo único que cabe hacer es probar que esas aparentes "imposibilidades" no son tales en realidad.

»Hay dos ventanas en el aposento. Contra una de ellas no hay ningún mueble que la obstruya, y es claramente visible. La porción inferior de la otra queda oculta por la cabecera del pesado lecho, que ha sido arrimado a ella. La primera ventana apareció firmemente asegurada desde dentro. Resistió los más violentos esfuerzos de quienes trataron de levantarla. En el marco, a la izquierda, había una gran perforación de barreno, y en ella un solidísimo clavo hundido casi hasta la cabeza. Al examinar la otra ventana se vio que había un clavo colocado en forma similar; todos los esfuerzos por levantarla fueron igualmente inútiles. La policía, pues, se sintió plenamente segura de que la huida no se había producido por ese lado. Y, por tanto, consideró superfluo extraer los clavos y abrir las ventanas.

»Mi examen fue algo más detallado, y eso por la razón que acabo de darle: allí era el caso de probar que todas las aparentes imposibilidades no eran tales en realidad.

»Seguí razonando en la siguiente forma… a posteriori. Los asesinos escaparon desde una de esas ventanas. Por tanto, no pudieron asegurar nuevamente los marcos desde el interior, tal como fueron encontrados (consideración que, dado lo obvio de su carácter, interrumpió la búsqueda de la policía en ese terreno). Los marcos estaban asegurados. Es necesario, pues, que tengan una manera de asegurarse por sí mismos. La conclusión no admitía escapatoria. Me acerqué a la ventana que tenía libre acceso, extraje con alguna dificultad el clavo y traté de levantar el marco. Tal como lo había anticipado, resistió a todos mis esfuerzos. Comprendí entonces que debía de haber algún resorte oculto, y la corroboración de esta idea me convenció de que por lo menos mis premisas eran correctas, aunque el detalle referente a los clavos continuara siendo misterioso. Un examen detallado no tardó en revelarme el resorte secreto. Lo oprimí y, satisfecho de mi descubrimiento, me abstuve de levantar el marco.

»Volví a poner el clavo en su sitio y lo observé atentamente. Una persona que escapa por la ventana podía haberla cerrado nuevamente, y el resorte habría asegurado el marco. Pero, ¿cómo reponer el clavo? La conclusión era evidente y estrechaba una vez más el campo de mis investigaciones. Los asesinos tenían que haber escapado por la otra ventana. Suponiendo, pues, que los resortes fueran idénticos en las dos ventanas, como parecía probable, necesariamente tenía que haber una diferencia entre los clavos, o por lo menos en su manera de estar colocados. Trepando al armazón de la cama, miré minuciosamente el marco de sostén de la segunda ventana. Pasé la mano por la parte posterior, descubriendo en seguida el resorte que, tal como había supuesto, era idéntico a su vecino. Miré luego el clavo. Era tan sólido como el otro y, aparentemente, estaba fijo de la misma manera y hundido casi hasta la cabeza.

»Pensará usted que me sentí perplejo, pero si así fuera no ha comprendido la naturaleza de mis inducciones. Para usar una frase deportiva, hasta entonces no había cometido falta. No había perdido la pista un solo instante. Los eslabones de la cadena no tenían ninguna falla. Había perseguido el secreto hasta su última conclusión: y esa conclusión era el clavo. Ya he dicho que tenía todas las apariencias de su vecino de la otra ventana; pero el hecho, por más concluyente que pareciera, resultaba de una absoluta nulidad comparado con la consideración de que allí, en ese punto, se acababa el hilo conductor. "Tiene que haber algo defectuoso en el clavo", pensé. Al tocarlo, su cabeza quedó entre mis dedos juntamente con un cuarto de pulgada de la espiga. El resto de la espiga se hallaba dentro del agujero, donde se había roto. La fractura era muy antigua, pues los bordes aparecían herrumbrados, y parecía haber sido hecho de un martillazo, que había hundido parcialmente la cabeza del clavo en el marco inferior de la ventana. Volví a colocar cuidadosamente la parte de la cabeza en el lugar de donde la había sacado, y vi que el clavo daba la exacta impresión de estar entero; la fisura resultaba invisible. Apretando el resorte, levanté ligeramente el marco; la cabeza del clavo subió con él, sin moverse de su lecho. Cerré la ventana, y el clavo dio otra vez la impresión de estar dentro.

»Hasta ahora, el enigma quedaba explicado. El asesino había huido por la ventana que daba a la cabecera del lecho. Cerrándose por sí misma (o quizá ex profeso), la ventana había quedado asegurada por su resorte. Y la resistencia ofrecida por éste había inducido a la policía a suponer que se trataba del clavo, dejando así de lado toda investigación suplementaria.

»La segunda cuestión consiste en el modo del descenso. Mi paseo con usted por la parte trasera de la casa me satisfizo al respecto. A unos cinco pies y medio de la ventana en cuestión corre una varilla de pararrayos. Desde esa varilla hubiera resultado imposible alcanzar la ventana, y mucho menos introducirse por ella. Observé, sin embargo, que las persianas del cuarto piso pertenecen a esa curiosa especie que los carpinteros parisienses denominan ferrades; es un tipo rara vez empleado en la actualidad, pero que se ve con frecuencia en casas muy viejas de Lyon y Bordeaux. Se las fabrica como una puerta ordinaria (de una sola hoja, y no de doble batiente), con la diferencia de que la parte inferior tiene celosías o tablillas que ofrecen excelente asidero para las manos.

En este caso, las persianas alcanzan un ancho de tres pies y medio. Cuando las vimos desde la parte posterior de la casa, ambas estaban entornadas, es decir, en ángulo recto con relación a la pared. Es probable que también los policías hayan examinado los fondos del edificio; pero, si así lo hicieron, miraron las ferrades en el ángulo indicado, sin darse cuenta de su gran anchura; por lo menos, no la tomaron en cuenta. Sin duda, seguros de que por esa parte era imposible toda fuga, se limitaron a un examen muy sumario. Para mí, sin embargo, era claro que si se abría del todo la persiana correspondiente a la ventana situada sobre el lecho, su borde quedaría a unos dos pies de la varilla del pararrayos. También era evidente que, desplegando tanta agilidad como coraje, se podía llegar hasta la ventana trepando por la varilla. Estirándose hasta una distancia de dos pies y medio (ya que suponemos la persiana enteramente abierta), un ladrón habría podido sujetarse firmemente de las tablillas de la celosía. Abandonando entonces su sostén en la varilla, afirmando los pies en la pared y lanzándose vigorosamente hacia adelante, habría podido hacer girar la persiana hasta que se cerrara; si suponemos que la ventana estaba abierta en este momento, habría logrado entrar así en la habitación.

»Le pido que tenga especialmente en cuenta que me refiero a un insólito grado de vigor, capaz de llevar a cabo una hazaña tan azarosa y difícil. Mi intención consiste en demostrarle, primeramente, que el hecho pudo ser llevado a cabo; pero, en segundo lugar, y muy especialmente, insisto en llamar su atención sobre el carácter extraordinario, casi sobrenatural, de ese vigor capaz de cosa semejante.

»Usando términos judiciales, usted me dirá sin duda que para «redondear mi caso» debería subestimar y no poner de tal modo en evidencia la agilidad que se requiere para dicha proeza. Pero la práctica de los tribunales no es la de la razón. Mi objetivo final es tan sólo la verdad. Y mi propósito inmediato consiste en inducirlo a que yuxtaponga la insólita agilidad que he mencionado a esa voz tan extrañamente aguda (o áspera) y desigual, sobre cuya nacionalidad no pudieron ponerse de acuerdo los testigos y en cuyos acentos no se logró distinguir ningún vocablo articulado.

Al oír estas palabras, pasó por mi mente una vaga e informe concepción de lo que quería significar Dupin. Me pareció estar a punto de entender, pero sin llegar a la comprensión, así como a veces nos hallamos a punto de recordar algo que finalmente no se concreta. Pero mi amigo seguía hablando.

—Habrá notado usted —dijo— que he pasado de la cuestión de la salida de la casa a la del modo de entrar en ella. Era mi intención mostrar que ambas cosas se cumplieron en la misma forma y en el mismo lugar. Volvamos ahora al interior del cuarto y examinemos lo que allí aparece. Se ha dicho que los cajones de la cómoda habían sido saqueados, aunque quedaron en ellos numerosas prendas. Esta conclusión es absurda. No pasa de una simple conjetura, bastante tonta por lo demás. ¿Cómo podemos asegurar que las ropas halladas en los cajones no eran las que éstos contenían habitualmente? Madame L'Espanaye y su hija llevaban una vida muy retirada, no veían a nadie, salían raras veces, y pocas ocasiones se les presentaban de cambiar de tocado. Lo que se encontró en los cajones era de tan buena calidad como cualquiera de los efectos que poseían las damas. Si un ladrón se llevó una parte, ¿por qué no tomó lo mejor… por qué no se llevó todo? En una palabra: ¿por qué abandonó cuatro mil francos en oro, para cargarse con un hato de ropa? El oro fue abandonado. La suma mencionada por monsieur Mignaud, el banquero, apareció en su casi totalidad en los sacos tirados por el suelo. Le pido, por tanto, que descarte de sus pensamientos la desatinada idea de un móvil, nacida en el cerebro de los policías por esa parte del testimonio que se refiere al dinero entregado en la puerta de la casa. Coincidencias diez veces más notables que esta (la entrega del dinero y el asesinato de sus poseedores tres días más tarde) ocurren a cada hora de nuestras vidas sin que nos preocupemos por ellas. En general, las coincidencias son grandes obstáculos en el camino de esos pensadores que todo lo ignoran de la teoría de las probabilidades, esa teoría a la cual los objetivos más eminentes de la investigación humana deben los más altos ejemplos. En esta instancia, si el oro hubiese sido robado, el hecho de que la suma hubiese sido entregada tres días antes habría constituido algo más que una coincidencia. Antes bien, hubiera corroborado la noción de un móvil. Pero, dadas las verdaderas circunstancias del caso, si hemos de suponer que el oro era el móvil del crimen, tenemos entonces que admitir que su perpetrador era lo bastante indeciso y lo bastante estúpido como para olvidar el oro y el móvil al mismo tiempo.

»Teniendo, pues, presentes los puntos sobre los cuales he llamado su atención —la voz singular, la insólita agilidad y la sorprendente falta de móvil en un asesinato tan atroz como este—, echemos una ojeada a la carnicería en sí. Estamos ante una mujer estrangulada por la presión de unas manos e introducida en el cañón de la chimenea con la cabeza hacia abajo. Los asesinos ordinarios no emplean semejantes métodos. Y mucho menos esconden al asesinado en esa forma. En el hecho de introducir el cadáver en la chimenea, admitirá usted que hay algo excesivamente inmoderado, algo por completo inconciliable con nuestras nociones sobre los actos humanos, incluso si suponemos que su autor es el más depravado de los hombres. Piense, asimismo, en la fuerza prodigiosa que hizo falta para introducir el cuerpo hacia arriba, cuando para hacerlo descender fue necesario el concurso de varias personas.

»Volvámonos ahora a las restantes señales que pudo dejar ese maravilloso vigor. En el hogar de la chimenea se hallaron espesos (muy espesos) mechones de cabello humano canoso. Habían sido arrancados de raíz. Bien sabe usted la fuerza que se requiere para arrancar en esa forma veinte o treinta cabellos. Y además vio los mechones en cuestión tan bien como yo. Sus raíces (cosa horrible) mostraban pedazos del cuero cabelludo, prueba evidente de la prodigiosa fuerza ejercida para arrancar quizá medio millón de cabellos de un tirón. La garganta de la anciana señora no solamente estaba cortada, sino que la cabeza había quedado completamente separada del cuerpo; el instrumento era una simple navaja. Lo invito a considerar la brutal ferocidad de estas acciones. No diré nada de las contusiones que presentaba el cuerpo de madame L'Espanaye. Monsieur Dumas y su valioso ayudante, monsieur Etienne, han decidido que fueron producidas por un instrumento contundente, y hasta ahí la opinión de dichos caballeros es muy correcta. El instrumento contundente fue evidentemente el pavimento de piedra del patio, sobre el cual cayó la víctima desde la ventana que da sobre la cama. Por simple que sea, esto escapó a la policía por la misma razón que se les escapó el ancho de las persianas: frente a la presencia de clavos, se quedaron ciegos ante la posibilidad de que las ventanas hubieran sido abiertas alguna vez.

»Si ahora, en adición a estas cosas, ha reflexionado usted adecuadamente sobre el extraño desorden del aposento, hemos llegado al punto de poder combinar las nociones de una asombrosa agilidad, una fuerza sobrehumana, una ferocidad brutal, una carnicería sin motivo, una grotesquerie en el horror por completo ajena a lo humano, y una voz de tono extranjero para los oídos de hombres de distintas nacionalidades y privada de todo silabeo inteligible. ¿Qué resultado obtenemos? ¿Qué impresión he producido en su imaginación?

Al escuchar las preguntas de Dupin, sentí que un estremecimiento recorría mi cuerpo.

—Un maníaco es el autor del crimen —dije—. Un loco furioso escapado de alguna maison de santé de la vecindad.

—En cierto sentido —dijo Dupin—, su idea no es inaplicable. Pero, aun en sus más salvajes paroxismos, las voces de los locos jamás coinciden con esa extraña voz escuchada en lo alto. Los locos pertenecen a alguna nación, y, por más incoherentes que sean sus palabras, tienen, sin embargo, la coherencia del silabeo. Además, el cabello de un loco no es como el que ahora tengo en la mano. Arranqué este pequeño mechón de entre los dedos rígidamente apretados de madame L'Espanaye. ¿Puede decirme qué piensa de ellos?

—¡Dupin… este cabello es absolutamente extraordinario…! ¡No es cabello humano! —grité, trastornado por completo.

—No he dicho que lo fuera —repuso mi amigo—. Pero antes de que resolvamos este punto, le ruego que mire el bosquejo que he trazado en este papel. Es un facsímil de lo que en una parte de las declaraciones de los testigos se describió como «contusiones negruzcas, y profundas huellas de uñas» en la garganta de mademoiselle L'Espanaye, y en otra (declaración de los señores Dumas y Etienne) como «una serie de manchas lívidas que, evidentemente, resultaban de la presión de unos dedos».

—Notará usted —continuó mi amigo, mientras desplegaba el papel— que este diseño indica una presión firme y fija. No hay señal alguna de deslizamiento. Cada dedo mantuvo (probablemente hasta la muerte de la víctima) su terrible presión en el sitio donde se hundió primero. Le ruego ahora que trate de colocar todos sus dedos a la vez en las respectivas impresiones, tal como aparecen en el dibujo.

Lo intenté sin el menor resultado.

—Quizá no estemos procediendo debidamente —dijo Dupin—. El papel es una superficie plana, mientras que la garganta humana es cilíndrica. He aquí un rodillo de madera, cuya circunferencia es aproximadamente la de una garganta. Envuélvala con el dibujo y repita el experimento.

Así lo hice, pero las dificultades eran aún mayores.

—Esta marca —dije— no es la de una mano humana.

—Lea ahora —replicó Dupin— este pasaje de Cuvier.

Era una minuciosa descripción anatómica y descriptiva del gran orangután leonado de las islas de la India oriental. La gigantesca estatura, la prodigiosa fuerza y agilidad, la terrible ferocidad y las tendencias imitativas de estos mamíferos son bien conocidas. Instantáneamente comprendí todo el horror del asesinato.

—La descripción de los dedos —dije al terminar la lectura— concuerda exactamente con este dibujo. Sólo un orangután, entre todos los animales existentes, es capaz de producir las marcas que aparecen en su diseño. Y el mechón de pelo coincide en un todo con el pelaje de la bestia descrita por Cuvier. De todas maneras, no alcanzo a comprender los detalles de este aterrador misterio. Además, se escucharon dos voces que disputaban y una de ellas era, sin duda, la de un francés.

—Cierto. Y recordará usted que, casi unánimemente, los testigos declararon haber oído decir a esa voz las palabras: Mon Dieu! Dadas las circunstancias, uno de los testigos (Montani, el confitero) acertó al sostener que la exclamación tenía un tono de reproche o reconvención. Sobre esas dos palabras, pues, he apoyado todas mis esperanzas de una solución total del enigma. Un francés estuvo al tanto del asesinato. Es posible —e incluso muy probable— que fuera inocente de toda participación en el sangriento episodio. El orangután pudo habérsele escapado. Quizá siguió sus huellas hasta la habitación; pero, dadas las terribles circunstancias que se sucedieron, le fue imposible capturarlo otra vez. El animal anda todavía suelto. No continuaré con estas conjeturas (pues no tengo derecho a darles otro nombre), ya que las sombras de reflexión que les sirven de base poseen apenas suficiente profundidad para ser alcanzadas por mi intelecto, y no pretenderé mostrarlas con claridad a la inteligencia de otra persona. Las llamaremos conjeturas, pues, y nos referiremos a ellas como tales. Si el francés en cuestión es, como lo supongo, inocente de tal atrocidad, este aviso que dejé anoche cuando volvíamos a casa en las oficinas de Le Monde (un diario consagrado a cuestiones marítimas y muy leído por los navegantes) lo hará acudir a nuestra casa.

Me alcanzó un papel, donde leí:

Capturado. —En el Bois de Boulogne, en la mañana del... (la mañana del asesinato), se ha capturado un gran orangután leonado de la especie de Borneo. Su dueño (de quien se sabe que es un marinero perteneciente a un barco maltés) puede reclamarlo, previa identificación satisfactoria y pago de los gastos resultantes de su captura y cuidado. Presentarse al número... calle... Faubourg Saint—Germain... tercer piso.

—Pero, ¿cómo es posible —pregunté— que sepa usted que el hombre es un marinero y que pertenece a un barco maltés?

—No lo sé —dijo Dupin—, y no estoy seguro de ello. Pero he aquí un trocito de cinta que, a juzgar por su forma y su grasienta condición, debió de ser usado para atar el pelo en una de esas largas queues de que tan orgullosos se muestran los marineros. Además, el nudo pertenece a esa clase que pocas personas son capaces de hacer, salvo los marinos, y es característico de los malteses. Encontré esta cinta al pie de la varilla del pararrayos. Imposible que perteneciera a una de las víctimas. De todos modos, si me equivoco al deducir de la cinta que el francés era un marinero perteneciente a un barco maltés, no he causado ningún daño al estamparlo en el aviso. Si me equivoco, el hombre pensará que me he confundido por alguna razón que no se tomará el trabajo de averiguar. Pero si estoy en lo cierto, hay mucho de ganado. Conocedor, aunque inocente de los asesinatos, el francés vacilará, como es natural, antes de responder al aviso y reclamar el orangután. He aquí cómo razonará: «Soy inocente y pobre; mi orangután es muy valioso y para un hombre como yo representa una verdadera fortuna. ¿Por qué perderlo a causa de una tonta aprensión? Está ahí, a mi alcance. Lo han encontrado en el Bois de Boulogne, a mucha distancia de la escena del crimen. ¿Cómo podría sospechar alguien que ese animal es el culpable? La policía está desorientada y no ha podido encontrar la más pequeña huella. Si llegaran a seguir la pista del mono, les será imposible probar que supe algo de los crímenes o echarme alguna culpa como testigo de ellos. Además, soy conocido. El redactor del aviso me designa como dueño del animal. Ignoro hasta dónde llega su conocimiento. Si renuncio a reclamar algo de tanto valor, que se sabe de mi pertenencia, las sospechas recaerán, por lo menos, sobre el animal. Contestaré al aviso, recobraré el orangután y lo tendré encerrado hasta que no se hable más del asunto.»

En ese momento oímos pasos en la escalera.

—Prepare las pistolas —dijo Dupin—, pero no las use ni las exhiba hasta que le haga una seña.

La puerta de entrada de la casa había quedado abierta y el visitante había entrado sin llamar, subiendo algunos peldaños de la escalera. Pero, de pronto, pareció vacilar y lo oímos bajar. Dupin corría ya a la puerta cuando advertimos que volvía a subir. Esta vez no vaciló, sino que, luego de trepar decididamente la escalera, golpeó en nuestra puerta.

—¡Adelante! —dijo Dupin con voz cordial y alegre.

El hombre que entró era, con toda evidencia, un marino, alto, robusto y musculoso, con un semblante en el que cierta expresión audaz no resultaba desagradable. Su rostro, muy atezado, aparecía en gran parte oculto por las patillas y los bigotes. Traía consigo un grueso bastón de roble, pero al parecer ésa era su única arma. Se inclinó torpemente, dándonos las buenas noches en francés; a pesar de un cierto acento suizo de Neufchâtel, se veía que era de origen parisiense.

—Siéntese usted, amigo mío —dijo Dupin—. Supongo que viene en busca del orangután. Palabra, se lo envidio un poco; es un magnífico animal, que presumo debe de tener gran valor. ¿Qué edad le calcula usted?

El marinero respiró profundamente, con el aire de quien se siente aliviado de un peso intolerable, y contestó con tono reposado:

—No podría decirlo, pero no tiene más de cuatro o cinco años. ¿Lo guarda usted aquí?

—¡Oh, no! Carecemos de lugar adecuado. Está en una caballeriza de la rue Dubourg, cerca de aquí. Podría usted llevárselo mañana por la mañana. Supongo que estará en condiciones de probar su derecho de propiedad.

—Por supuesto que sí, señor.

—Lamentaré separarme de él —dijo Dupin.

—No quisiera que usted se hubiese molestado por nada —declaró el marinero—. Estoy dispuesto a pagar una recompensa por el hallazgo del animal. Una suma razonable, se entiende.

—Pues bien —repuso mi amigo—, eso me parece muy justo. Déjeme pensar: ¿qué le pediré? ¡Ah, ya sé! He aquí cuál será mi recompensa: me contará usted todo lo que sabe sobre esos crímenes en la rue Morgue.

Dupin pronunció las últimas palabras en voz muy baja y con gran tranquilidad. Después, con igual calma, fue hacia la puerta, la cerró y guardó la llave en el bolsillo. Sacando luego una pistola, la puso sin la menor prisa sobre la mesa.

El rostro del marinero enrojeció como si un acceso de sofocación se hubiera apoderado de él. Levantándose, aferró su bastón, pero un segundo después se dejó caer de nuevo en el asiento, temblando violentamente y pálido como la muerte. No dijo una palabra. Lo compadecí desde lo más profundo de mi corazón.

—Amigo mío, se está usted alarmando sin necesidad —dijo cordialmente Dupin—. Le aseguro que no tenemos intención de causarle el menor daño. Lejos de nosotros querer perjudicarlo: le doy mi palabra de caballero y de francés. Estoy perfectamente enterado de que es usted inocente de las atrocidades de la rue Morgue. Pero sería inútil negar que, en cierto modo, se halla implicado en ellas. Fundándose en lo que le he dicho, supondrá que poseo medios de información sobre este asunto, medios que le sería imposible imaginar. El caso se plantea de la siguiente manera: usted no ha cometido nada que no debiera haber cometido, nada que lo haga culpable. Ni siquiera se le puede acusar de robo, cosa que pudo llevar a cabo impunemente. No tiene nada que ocultar ni razón para hacerlo. Por otra parte, el honor más elemental lo obliga a confesar todo lo que sabe. Hay un hombre inocente en la cárcel, acusado de un crimen cuyo perpetrador puede usted denunciar.

Mientras Dupin pronunciaba estas palabras, el marinero había recobrado en buena parte su compostura, aunque su aire decidido del comienzo se había desvanecido por completo.

—¡Dios venga en mi ayuda! —dijo, después de una pausa—. Sí, le diré todo lo que sé sobre este asunto, aunque no espero que crea ni la mitad de lo que voy a contarle… ¡Estaría loco si pensara que van a creerme! Y, sin embargo, soy inocente, y lo confesaré todo aunque me cueste la vida.

En sustancia, lo que nos dijo fue lo siguiente: poco tiempo atrás, había hecho un viaje al archipiélago índico. Un grupo del que formaba parte desembarcó en Borneo y penetró en el interior a fin de hacer una excursión placentera. Entre él y un compañero capturaron al orangután. Como su compañero falleciera, quedó dueño único del animal. Después de considerables dificultades, ocasionadas por la indomable ferocidad de su cautivo durante el viaje de vuelta, logró finalmente encerrarlo en su casa de París, donde, para aislarlo de la incómoda curiosidad de sus vecinos, lo mantenía cuidadosamente recluido, mientras el animal curaba de una herida en la pata que se había hecho con una astilla a bordo del buque. Una vez curado, el marinero estaba dispuesto a venderlo.

Una noche, o más bien una madrugada, en que volvía de una pequeña juerga de marineros, nuestro hombre se encontró con que el orangután había penetrado en su dormitorio, luego de escaparse de la habitación contigua donde su captor había creído tenerlo sólidamente encerrado. Navaja en mano y embadurnado de jabón, se había sentado frente a un espejo y trataba de afeitarse, tal como, sin duda, había visto hacer a su amo espiándolo por el ojo de la cerradura. Aterrado al ver arma tan peligrosa en manos de un animal que, en su ferocidad, era harto capaz de utilizarla, el marinero se quedó un instante sin saber qué hacer. Por lo regular, lograba contener al animal, aun en sus arrebatos más terribles, con ayuda de un látigo, y pensó acudir otra vez a ese recurso. Pero al verlo, el orangután se lanzó de un salto a la puerta, bajó las escaleras y, desde ellas, saltando por una ventana que, desgraciadamente, estaba abierta, se dejó caer a la calle.

Desesperado, el francés se precipitó en su seguimiento. Navaja en mano, el mono se detenía para mirar y hacer muecas a su perseguidor, dejándolo acercarse casi hasta su lado. Entonces echaba a correr otra vez. Siguió así la caza durante largo tiempo. Las calles estaban profundamente tranquilas, pues eran casi las tres de la madrugada. Al atravesar el pasaje de los fondos de la rue Morgue, la atención del fugitivo se vio atraída por la luz que salía de la ventana abierta del aposento de madame L'Espanaye, en el cuarto piso de su casa. Precipitándose hacia el edificio, descubrió la varilla del pararrayos, trepó por ella con inconcebible agilidad, aferró la persiana que se hallaba completamente abierta y pegada a la pared, y en esta forma se lanzó hacia adelante hasta caer sobre la cabecera de la cama. Todo esto había ocurrido en menos de un minuto. Al saltar en la habitación, las patas del orangután rechazaron nuevamente la persiana, la cual quedó abierta.

El marinero, a todo esto, se sentía tranquilo y preocupado al mismo tiempo. Renacían sus esperanzas de volver a capturar a la bestia, ya que le sería difícil escapar de la trampa en que acababa de meterse, salvo que bajara otra vez por el pararrayos, ocasión en que sería posible atraparlo. Por otra parte, se sentía ansioso al pensar en lo que podría estar haciendo en la casa. Esta última reflexión indujo al hombre a seguir al fugitivo. Para un marinero no hay dificultad en trepar por una varilla de pararrayos; pero, cuando hubo llegado a la altura de la ventana, que quedaba muy alejada a su izquierda, no pudo seguir adelante; lo más que alcanzó fue a echarse a un lado para observar el interior del aposento. Apenas hubo mirado, estuvo a punto de caer a causa del horror que lo sobrecogió. Fue en ese momento cuando empezaron los espantosos alaridos que arrancaron de su sueño a los vecinos de la rue Morgue. Madame L'Espanaye y su hija, vestidas con sus camisones de dormir, habían estado aparentemente ocupadas en arreglar algunos papeles en la caja fuerte ya mencionada, la cual había sido corrida al centro del cuarto. Hallábase abierta, y, a su lado, en el suelo, los papeles que contenía. Las víctimas debían de haber estado sentadas dando la espalda a la ventana y, a juzgar por el tiempo transcurrido entre la entrada de la bestia y los gritos, parecía probable que en un primer momento no hubieran advertido su presencia. El golpear de la persiana pudo ser atribuido por ellas al viento.

En el momento en que el marinero miró hacia el interior del cuarto, el gigantesco animal había aferrado a madame L'Espanaye por el cabello (que la dama tenía suelto, como si se hubiera estado peinando) y agitaba la navaja cerca de su cara imitando los movimientos de un barbero. La hija yacía postrada e inmóvil, víctima de un desmayo. Los gritos y los esfuerzos de la anciana señora, durante los cuales le fueron arrancados los mechones de la cabeza, tuvieron por efecto convertir los propósitos probablemente pacíficos del orangután en otros llenos de furor. Con un solo golpe de su musculoso brazo separó casi completamente la cabeza del cuerpo de la víctima. La vista de la sangre transformó su cólera en frenesí. Rechinando los dientes y echando fuego por los ojos, saltó sobre el cuerpo de la joven y, hundiéndole las terribles garras en la garganta, las mantuvo así hasta que hubo expirado. Las furiosas miradas de la bestia cayeron entonces sobre la cabecera del lecho, sobre el cual el rostro de su amo, paralizado por el horror, alcanzaba apenas a divisarse. La furia del orangután, que, sin duda, no olvidaba el temido látigo, se cambió instantáneamente en miedo. Seguro de haber merecido un castigo, pareció deseoso de ocultar sus sangrientas acciones y se lanzó por el cuarto, lleno de nerviosa agitación, echando abajo y rompiendo los muebles a cada salto y arrancando el lecho de su bastidor. Finalmente se apoderó del cadáver de mademoiselle L'Espanaye y lo metió en el cañón de la chimenea, tal como fue encontrado luego; tomó luego el de la anciana y lo tiró de cabeza por la ventana.

En momentos en que el mono se acercaba a la ventana con su mutilada carga, el marinero se echó aterrorizado hacia atrás y, deslizándose sin precaución alguna hasta el suelo, corrió inmediatamente a su casa, temeroso de las consecuencias de semejante atrocidad y olvidando en su terror toda preocupación por la suerte del orangután. Las palabras que los testigos oyeron en la escalera fueron las exclamaciones de espanto del francés, mezcladas con los diabólicos sonidos que profería la bestia.

Poco me queda por agregar. El orangután debió de escapar por la varilla del pararrayos un segundo antes de que la puerta fuera forzada. Sin duda, cerró la ventana a su paso. Más tarde fue capturado por su mismo dueño, quien lo vendió al Jardin des Plantes en una elevada suma.

Le Bon fue puesto en libertad inmediatamente después que hubimos narrado todas las circunstancias del caso —con algunos comentarios por parte de Dupin— en el bureau del prefecto de policía. Este funcionario, aunque muy bien dispuesto hacia mi amigo, no pudo ocultar del todo el fastidio que le producía el giro que había tomado el asunto, y deslizó uno o dos sarcasmos sobre la conveniencia de que cada uno se ocupara de sus propios asuntos.

—Déjelo usted hablar —me dijo Dupin, que no se había molestado en replicarle—. Deje que se desahogue; eso aliviará su conciencia. Me doy por satisfecho con haberlo derrotado en su propio terreno. De todos modos, el hecho de que haya fracasado en la solución del misterio no es ninguna razón para asombrarse; en verdad, nuestro amigo el prefecto es demasiado astuto para ser profundo. No hay fibra en su ciencia: mucha cabeza y nada de cuerpo, como las imágenes de la diosa Laverna, o, a lo sumo, mucha cabeza y lomos, como un bacalao. Pero, después de todo, es un buen hombre. Lo estimo especialmente por cierta forma maestra de gazmoñería, a la cual debe su reputación. Me refiero a la manera que tiene de nier ce qui est, et d'expliquer ce qui n'est pas.

EL MISTERIO DE MARIE ROGÊT

POR EDGAR ALLAN POE

Aun entre los pensadores más sosegados, pocos hay que alguna vez no se hayan sorprendido al comprobar que creían a medias en lo sobrenatural —de manera vaga pero sobrecogedora—, basándose para ello en coincidencias de naturaleza tan asombrosa que, en cuanto meras coincidencias, el intelecto no ha alcanzado a aprehender. Tales sentimientos (ya que las creencias a medias de que hablo no logran la plena fuerza del pensamiento) nunca se borran del todo hasta que se los explica por la doctrina de las posibilidades. Ahora bien, este cálculo es puramente matemático en esencia, y así nos encontramos con la anomalía de que la ciencia más rígida y exacta se aplica a las sombras y vaguedades de la especulación más intangible.

Los extraordinarios detalles que me toca dar a conocer constituyen, por lo que se refiere al tiempo, la rama principal de una serie de coincidencias apenas comprensibles, cuya rama secundaria o final reconocerán todos los lectores en el reciente asesinato de Mary Cecilia Rogers, en Nueva York.

Cuando en un relato titulado «Los crímenes de la calle Morgue», publicado hace un año, traté de poner de manifiesto algunas notables características de la mentalidad de mi amigo, el chevalier C. Auguste Dupin, no se me ocurrió que volvería jamás a ocuparme del tema. Era mi intención describir esas características, y su objeto fue plenamente logrado dentro de la terrible serie de circunstancias que pusieron de manifiesto el modo de ser de Dupin. Podría haber aducido otros ejemplos, pero no hubieran resultado más probatorios. Los recientes sucesos, sin embargo, con su sorprendente desarrollo, me obligan a proporcionar nuevos detalles que tendrán la apariencia de una confesión forzada. Pero, luego de lo que he oído en estos últimos tiempos, sería verdaderamente extraño que guardara silencio sobre lo que vi y oí hace mucho.

Una vez resuelta la tragedia de la muerte de madame L'Espanaye y su hija, Dupin se despreocupó inmediatamente del asunto y recayó en sus viejos hábitos de melancólica ensoñación. Por mi parte, inclinado como soy a la abstracción, no dejé de acompañarlo en su humor; seguíamos ocupando las mismas habitaciones en el Faubourg Saint—Germain, y abandonamos toda preocupación por el futuro para sumergirnos plácidamente en el presente, reduciendo a sueños el mortecino mundo que nos rodeaba.

Estos sueños, sin embargo, solían interrumpirse. Fácilmente se imaginará que el papel desempeñado por mi amigo en el drama de la rue Morgue no había dejado de impresionar a la policía parisiense. El nombre de Dupin se había vuelto familiar a todos sus miembros. La sencilla naturaleza de aquellas inducciones por la cuales había desenredado el misterio no fue nunca explicado por Dupin a nadie, fuera de mí —ni siquiera al prefecto—, por lo cual no sorprenderá que su intervención se considerara poco menos que milagrosa, o que las aptitudes analíticas del chevalier le valieran fama de intuitivo. Su franqueza lo hubiera llevado a desengañar a todos los que creyeran esto último, pero su humor indolente lo alejaba de la reiteración de un tópico que había dejado de interesarle hacía mucho. Fue así como Dupin se convirtió en el blanco de las miradas de la policía, y en no pocos casos la prefectura trató de contratar sus servicios. Uno de los ejemplos más notables lo proporcionó el asesinato de una joven llamada Marie Rogêt.

El hecho ocurrió unos dos años después de las atrocidades de la rue Morgue. Marie, cuyo nombre y apellido llamarán inmediatamente la atención por su parecido con los de la infortunada vendedora de cigarros de Nueva York, era hija única de la viuda Estelle Rogêt. Su padre había muerto cuando Marie era muy pequeña, y desde entonces hasta unos dieciocho meses antes del asesinato que nos ocupa, madre e hija habían vivido juntas en la rue Pavee Saint André, donde la señora Rogêt, ayudada por la joven, dirigía una pensión. Las cosas siguieron así hasta que Marie cumplió veintidós años, y su gran belleza atrajo la atención de un perfumista que ocupaba uno de los negocios en la galería del Palais Royal, cuya clientela principal la constituían los peligrosos aventureros que infestaban la vecindad. Monsieur Le Blanc no ignoraba las ventajas de que la bella Marie atendiera la perfumería, y su generosa propuesta fue prontamente aceptada por la joven, aunque su madre no dejó de mostrar alguna vacilación.

Las previsiones del comerciante se cumplieron, y sus salones no tardaron en hacerse famosos gracias a los encantos de la vivaz grisette. Un año llevaba ésta en su empleo, cuando sus admiradores quedaron confundidos por su brusca desaparición. Monsieur Le Blanc no se explicaba su ausencia, y madame Rogêt estaba llena de ansiedad y terror. Los periódicos se ocuparon inmediatamente del asunto y la policía empezaba a efectuar investigaciones cuando, una semana después de su desaparición, Marie se presentó otra vez en la perfumería y reanudó sus tareas, dando la impresión de hallarse perfectamente bien, aunque su expresión reflejaba cierta tristeza. Como es natural, toda indagación fue inmediatamente suspendida, salvo las de carácter privado. Monsieur Le Blanc se mostró imperturbable y no dijo una palabra. A todas las preguntas formuladas, tanto Marie como su madre respondieron que la primera había pasado la semana con parientes que vivían en el campo. La cosa acabó ahí y fue bien pronto olvidada, sobre todo porque la joven, deseosa de evitar las impertinencias de la curiosidad, no tardó en despedirse definitivamente del perfumista y buscó refugio en casa de su madre, en la rue Pavee Saint André.

Habrían pasado cinco meses de su retorno al hogar, cuando alarmó a sus amigos una segunda y no menos brusca desaparición. Pasaron tres días sin que se tuviera noticia alguna. Al cuarto día, el cadáver apareció flotando en el Sena, cerca de la orilla opuesta al barrio de la rue Saint André, en un punto no muy alejado de la aislada vecindad de la Barrière du Roule.

La atrocidad del crimen (pues desde un principio fue evidente que se trataba de un crimen), la juventud y hermosura de la víctima y, sobre todo, su pasada notoriedad, conspiraron para producir una intensa conmoción en los espíritus de los sensibles parisienses. No recuerdo ningún caso similar que haya provocado efecto tan general y profundo. Durante varias semanas la discusión del absorbente tema hizo incluso olvidar los temas políticos del momento. El prefecto desplegó una insólita actividad y, como es natural, los recursos de la policía de París fueron empleados en su totalidad.

Al descubrirse el cadáver, nadie supuso que el asesino evadiría por mucho tiempo la investigación inmediatamente iniciada. Sólo al cumplirse la primera semana se estimó necesario ofrecer una recompensa, y aun así quedó limitada a la suma de mil francos. Entretanto la indagación procedía con vigor, ya que no siempre con tino, y numerosas personas fueron interrogadas en vano, mientras la excitación popular iba en aumento al advertir que no se daba con la menor clave que develara el misterio. Al cumplirse el décimo día se creyó conveniente doblar la suma ofrecida.

Transcurrió la segunda semana sin llegar a ningún descubrimiento, y como la animosidad siempre existente en París contra la policía se manifestara en una serie de graves disturbios, el prefecto asumió personalmente la responsabilidad de ofrecer la suma de veinte mil francos «por la denuncia del asesino» o, en caso de que se tratara de más de uno, «por la denuncia de cualquiera de los asesinos». En la proclamación de esta recompensa se prometía completo perdón a cualquier cómplice que se presentara a declarar contra el autor del hecho; al pie del cartel se agregó un segundo, por el cual un comité de ciudadanos ofrecía otros diez mil francos de recompensa. La suma total alcanzaba, pues, a treinta mil francos, lo cual debe considerarse extraordinario teniendo en cuenta la humilde condición de la víctima y la gran frecuencia con que en las grandes ciudades acontecen atrocidades de este género.

Nadie dudó entonces de que el misterioso asesinato sería inmediatamente esclarecido. Pero, aunque se efectuaron uno o dos arrestos que prometían buenos resultados, nada pudo aclararse que comprometiera a las personas en cuestión, las cuales recobraron la libertad. Por más raro que parezca, habían transcurrido tres semanas desde el descubrimiento del cuerpo sin que surgiera la menor luz reveladora, antes de que el rumor de los acontecimientos que tanto agitaban la opinión pública llegara a oídos de Dupin y de mí. Sumidos en investigaciones que reclamaban toda nuestra atención, hacía más de un mes que ninguno de los dos salía a la calle, recibía visitas o leía los diarios, aparte de una ojeada a los editoriales políticos.

La primera noticia del asesinato nos fue traída por G… en persona. Se presentó en la tarde del 13 de julio de 18… y permaneció con nosotros hasta muy entrada la noche. Se sentía picado ante el fracaso de todos sus esfuerzos por atrapar a los asesinos. Su reputación —según declaró con un aire típicamente parisiense— estaba comprometida. Incluso su honor se veía mancillado. Los ojos de la sociedad estaban clavados en él y no había sacrificio que no estuviese dispuesto a realizar para que el misterio quedara aclarado. Terminó su curiosa perorata con un cumplido sobre lo que denominaba el tacto de Dupin, y le hizo una proposición tan directa como generosa, cuya naturaleza precisa no estoy en condiciones de declarar, pero que no tiene relación directa con el tema fundamental de mi relato.

Mi amigo rechazó el cumplido lo mejor que pudo, pero aceptó inmediatamente la proposición, aunque sus ventajas eran momentáneas.

Arreglado este punto, el prefecto procedió a ofrecernos sus explicaciones del asunto, mezcladas con largos comentarios sobre los testimonios recogidos (que no conocíamos aún). Habló largo tiempo, indudablemente con mucha sapiencia, mientras yo insinuaba una que otra sugestión y la noche avanzaba con interminable lentitud. Dupin, cómodamente instalado en su sillón habitual, era la encarnación misma de la atención respetuosa. No se quitó en ningún momento los anteojos, y una ojeada ocasional que lancé por detrás de los cristales verdes bastó para convencerme de que dormía tan profunda como silenciosamente, a lo largo de las siete u ocho pesadísimas horas que precedieron la partida del prefecto.

A la mañana siguiente me procuré en la prefectura un informe completo de todos los testimonios obtenidos y, en las oficinas de los diarios, un ejemplar de cada edición en la cual se hubieran publicado noticias importantes sobre el triste caso. Libres de todo lo que cabía rechazar de plano, el total de las informaciones era el siguiente:

Marie Rogêt abandonó la casa de su madre en la rue Pavee Saint André hacia las nueve de la mañana del domingo 22 de junio de 18… Al salir informó a un señor Jacques St. Eustache —y solamente a él— que tenía intención de pasar el día en casa de una tía que habitaba en la rue des Drômes. Esta calle, angosta y breve pero muy populosa, no está lejos de la orilla del río y queda a unas dos millas —siguiendo la línea más directa posible— de la pensión de madame Rogêt. St. Eustache era el novio oficial de Marie, y vivía en la pensión donde asimismo almorzaba y cenaba. Quedó convenido que iría a buscar a su prometida al anochecer, para acompañarla de regreso. Aquella tarde, empero, se puso a llover copiosamente y, al suponer que Marie se quedaría en casa de su tía (como lo había hecho en circunstancias similares), su novio no creyó necesario mantener su promesa. A medida que avanzaba la noche, oyóse decir a madame Rogêt (que era una anciana achacosa, de setenta años) «que no volvería a ver nunca más a Marie»; pero en el momento nadie tomó en cuenta su observación.

El lunes se supo con certeza que la muchacha no había estado en la rue des Drômes, y cuando transcurrió el día sin noticias de ella se inició una tardía búsqueda en distintos puntos de la ciudad y alrededores. Pero sólo al cuarto día de la desaparición se tuvieron las primeras noticias concretas. Ese día (miércoles, 25 de junio), un señor Beauvais, que en unión de un amigo había estado haciendo indagaciones sobre Marie cerca de la Barrière du Roule, en la orilla del Sena opuesta a la rue Pavee

Saint André, fue informado de que unos pescadores acababan de extraer y llevar a la orilla un cadáver que había aparecido flotando en el río. En presencia del cuerpo, y luego de alguna vacilación, Beauvais lo identificó como el de la muchacha de la perfumería. Su amigo la reconoció antes que él.

El rostro estaba cubierto de sangre coagulada, parte de la cual salía de la boca. No se advertía ninguna espuma, como ocurre con los ahogados. Los tejidos celulares no estaban decolorados. Alrededor de la garganta se advertían magulladuras y huellas de dedos. Los brazos estaban doblados sobre el pecho y rígidos. La mano derecha aparecía cerrada; la izquierda, abierta en parte. En la muñeca izquierda había dos excoriaciones circulares, aparentemente causadas por cuerdas o por una cuerda pasada dos veces. Parte de la muñeca derecha aparecía también muy excoriada, lo mismo que toda la espalda y en especial los omoplatos. Al traer el cuerpo a la orilla los pescadores lo habían atado con una soga, pero ninguna de las excoriaciones había sido producida por ésta. El cuello aparecía sumamente hinchado. No se veía ninguna herida, ni contusiones que provinieran de golpes. Alrededor del cuello se encontró un cordón atado con tanta fuerza que no se alcanzaba a distinguirlo, de tal modo estaba incrustado en la carne; había sido asegurado con un nudo situado exactamente debajo de la oreja izquierda. Esto solo hubiera bastado para provocar la muerte. El testimonio médico dejó expresamente establecida la virtud de la difunta, expresando que había sido sometida a una brutal violencia. Al ser encontrado el cuerpo se hallaba en un estado que no impedía su identificación por parte de sus conocidos.

Las ropas de la víctima aparecían llenas de desgarrones y en desorden. Una tira de un pie de ancho había sido arrancada del vestido, desde el ruedo de la falda hasta la cintura, pero no desprendida por completo. Aparecía arrollada tres veces en la cintura y asegurada mediante una especie de ligadura en la espalda. La bata que Marie llevaba debajo del vestido era de fina muselina; una tira de dieciocho pulgadas de ancho había sido arrancada por completo de esta prenda, de manera muy cuidadosa y regular. Dicha tira apareció alrededor del cuello, pero no apretada, aunque había sido asegurada con un nudo firmísimo. Sobre la tira de muselina y el cordón había un lazo procedente de una cofia, que aún colgaba de él. Dicho lazo estaba asegurado con un nudo de marinero, y no con el que emplean las señoras.

Luego de identificado, el cadáver no fue conducido a la morgue, como se acostumbraba, ya que la formalidad parecía superflua, sino enterrado presurosamente no lejos del lugar donde fuera extraído del agua. Gracias a los esfuerzos de Beauvais, el asunto se mantuvo cuidadosamente en secreto y transcurrieron varios días antes de que el interés público despertara. Un semanario, sin embargo, se ocupó por fin del tema; exhumóse el cadáver, procediéndose a un nuevo examen del mismo, pero nada se agregó a lo anteriormente conocido. Mas esta vez se mostraron las ropas a la madre y amigos de Marie, quienes las identificaron como las que vestía la muchacha al abandonar su casa.

La agitación, entre tanto, aumentaba de hora en hora. Numerosas personas fueron arrestadas y puestas nuevamente en libertad. St. Eustache, en especial, provocaba vivas sospechas, pues en un comienzo fue incapaz de explicar satisfactoriamente sus movimientos a lo largo del domingo en que Marie salió de su casa. Más tarde, empero, presentó a monsieur G... testimonios escritos que daban cuenta clara de cada hora del día en cuestión. A medida que transcurría el tiempo sin que se hiciera el menor descubrimiento, empezaron a circular mil rumores contradictorios, y los periodistas se entregaron a la tarea de proponer sugestiones. Entre ellas, la que más llamó la atención fue la de que Marie Rogêt estaba todavía viva, y que el cuerpo hallado en el Sena correspondía a alguna otra desventurada mujer. Creo oportuno someter al lector los pasajes que contienen la sugestión aludida. Son transcripción literal de artículos aparecidos en L'Etoile, periódico redactado habitualmente con mucha competencia.

«Mademoiselle Rogêt abandonó la casa de su madre en la mañana del domingo 22 de junio, con el ostensible propósito de visitar a su tía o a algún otro pariente en la rue des Drômes. Desde esa hora, nadie parece haber vuelto a verla. No hay la menor huella ni noticia. Hasta la fecha, por lo menos, no se ha presentado nadie que la haya visto una vez que salió de la casa materna. Ahora bien, aunque carecemos de testimonios de que Marie Rogêt se hallaba aún entre los vivos después de las nueve de la mañana del domingo 22 de junio, hay pruebas de que lo estaba hasta esa hora. El miércoles, a mediodía, un cuerpo de mujer fue descubierto a flote cerca de la orilla de la Barrière du Roule. Aun presumiendo que Marie Rogêt fuera arrojada al río dentro de las tres horas siguientes a la salida de su casa, esto significa un término de tres días, hora más o menos, desde el momento en que abandonó su hogar. Pero sería absurdo suponer que el asesinato (si se trata de un asesinato) pudo ser consumado lo bastante pronto para permitir a los perpetradores arrojar el cuerpo al río antes de medianoche. Quienes cometen tan horribles crímenes prefieren la oscuridad a la luz… Vemos así que, si el cuerpo hallado en el río era el de Marie Rogêt, sólo pudo estar en el agua dos días y medio, o tres como máximo. Las experiencias han demostrado que los cuerpos de los ahogados, o de los arrojados al agua inmediatamente después de una muerte violenta, requieren de seis a diez días para que la descomposición esté lo bastante avanzada como para devolverlos a la superficie. Incluso si se dispara un cañonazo sobre el lugar donde hay un cadáver, y éste sube a la superficie antes de una inmersión de cinco o seis días, volverá a hundirse si no se lo amarra. Preguntamos ahora: ¿qué pudo determinar semejante alteración en el curso natural de las cosas? Si el cuerpo, maltratado como estaba, hubiera permanecido en tierra hasta la noche del martes, no habría dejado de aparecer en la costa alguna huella de los asesinos. Asimismo, resulta dudoso que el cuerpo hubiera subido tan pronto a flote, aun lanzado al agua después de dos días de producida la muerte. Y, lo que es más, parece altamente improbable que los miserables capaces de semejante crimen hayan arrojado el cadáver al agua sin atarle algún peso para mantenerlo sumergido, cosa que no ofrecía la menor dificultad.»

El articulista continúa arguyendo que el cuerpo debió de estar en el agua «no solamente tres días, sino, por lo menos, cinco veces ese tiempo», pues aparecía tan descompuesto que Beauvais tuvo gran dificultad para identificarlo. Este último punto, empero, fue plenamente refutado. Continúo traduciendo:

«¿En qué se basa, pues, monsieur Beauvais para afirmar que no duda de que el cuerpo es el de Marie Rogêt? Sabemos que procedió a desgarrar la manga del vestido y que afirmó que había advertido en el brazo marcas que probaban su identidad. El público habrá pensado que se trataba de alguna cicatriz o cicatrices. Pero monsieur Beauvais se limitó a frotar el brazo y comprobar que tenía vello, lo cual es el detalle menos concluyente que nos sea dado imaginar y tan poco probatorio como encontrar el brazo dentro de la manga. Monsieur Beauvais no regresó esa noche, pero hizo saber a madame Rogêt, a las siete de la tarde del miércoles, que se continuaba la investigación referente a su hija. Si concedemos que, dada su edad y su aflicción, madame Rogêt no podía identificar personalmente el cuerpo (lo cual es conceder mucho), cabe suponer que bien podía haber alguna otra persona o personas que consideraran necesario hacerse presentes y seguir de cerca la investigación si creían que el cadáver era el de Marie. Pero nadie se presentó. No se dijo ni se oyó una sola palabra sobre el asunto en la rue Pavee Saint André, nada que llegara a conocimiento de los ocupantes de la misma casa. Monsieur St. Eustache, el prometido de Marie, que habitaba en la pensión de su madre, declara que no supo nada del descubrimiento del cuerpo de su novia hasta que, a la mañana siguiente, monsieur Beauvais entró en su habitación y le comunicó la noticia. Se diría que semejante noticia fue recibida con suma frialdad.»

De esta manera, el articulista se esforzaba por crear la impresión de una cierta apatía por parte de los parientes de Marie, contradictoria con la suposición de que dichos parientes creían que el cadáver era el de la joven. Las insinuaciones pueden reducirse a lo siguiente: Marie, con la complicidad de sus amigos, se había ausentado de la ciudad por razones que implicaban un cargo contra su castidad. Al aparecer en el Sena un cuerpo que se parecía algo al de la muchacha, sus parientes habían aprovechado la oportunidad para impresionar al público con el convencimiento de su muerte. Pero L'Etoile volvía a apresurarse. Probóse claramente que la aludida apatía no era tal; que la madre de Marie estaba muy débil y tan afligida que era incapaz de ocuparse de nada; que St. Eustache, lejos de haber recibido fríamente la noticia, hallábase en tal estado de desesperación y se conducía de una manera tan extraviada, que monsieur Beauvais debió pedir a un amigo y pariente que no se separara de su lado y le impidiera presenciar la exhumación del cadáver. L'Etoile afirmaba, además, que el cuerpo había sido nuevamente enterrado a costa del municipio, que la familia había rechazado de plano una ventajosa oferta de sepultura privada, y que en la ceremonia no había estado presente ningún miembro de la familia. Pero todo eso, publicado a fin de reforzar la impresión que el periódico buscaba producir, fue satisfactoriamente refutado. Un número posterior del mismo diario trataba de arrojar sospechas sobre el mismo Beauvais. El redactor manifestaba:

«Se ha producido una novedad en este asunto. Nos informan que, en ocasión de una visita de cierta madame B… a la casa de madame Rogêt, monsieur Beauvais, que se disponía a salir, dijo a la primera nombrada que no tardaría en venir un gendarme, pero que no debía decir una sola palabra hasta su regreso, pues él mismo se ocuparía del asunto. En el estado actual de cosas, monsieur Beauvais parece ser quien tiene todos los hilos en la mano. Es imposible dar el menor paso sin tropezar en seguida con su persona. Por alguna razón este caballero ha decidido que nadie fuera de él se ocupara de las actuaciones, y se las ha compuesto para dejar de lado a los parientes masculinos de la difunta, procediendo en forma harto singular. Parece, además, haberse mostrado muy refractario a que los parientes de la víctima vieran el cadáver.»

Un hecho posterior contribuyó a dar alguna consistencia a las sospechas así arrojadas sobre Beauvais. Días antes de la desaparición de la joven, una persona que acudió a la oficina de aquél, en ausencia de su ocupante, observó que en la cerradura de la puerta había una rosa, y que en una pizarra colgada al lado aparecía el nombre Marie.

Hasta donde podíamos deducirlo por la lectura de los diarios, la impresión general era que la muchacha había sido víctima de una banda de criminales, quienes la habían arrastrado cerca del río, maltratado y, finalmente, asesinado. Le Commerciel periódico de gran influencia, combatía, sin embargo, vigorosamente esta opinión popular. Cito uno o dos pasajes de sus columnas:

«Estamos persuadidos de que, al encaminarse hacia la Barrière du Roule, la indagación ha seguido hasta ahora un camino equivocado. Es imposible que una persona tan popularmente conocida como la joven víctima hubiera podido caminar tres cuadras sin que la viera alguien, y cualquiera que la hubiese visto la recordaría, porque su figura interesaba a todo el mundo. Las calles estaban llenas de gente cuando Marie salió. Imposible que haya llegado a la Barrière du Roule o a la rue des Drômes sin ser reconocida por una docena de testigos. Y, sin embargo, no se ha presentado nadie que la haya visto fuera de la casa de su madre; aparte del testimonio que se refiere a las intenciones expresadas por Marie, no existe prueba alguna de que realmente haya salido de su casa.

»El traje de la víctima había sido desgarrado, arrollado a su cintura y atado; el propósito era llevar el cadáver como se lleva un envoltorio. Si el asesinato hubiera sido cometido en la Barrière du Roule no habría habido la menor necesidad de semejante cosa. El hecho de que el cuerpo haya sido encontrado flotando cerca de la Barrière no prueba el lugar donde fue arrojado al agua… Un trozo de una de las enaguas de la infortunada muchacha, de dos pies de largo por uno de ancho, le fue aplicado bajo el mentón y atado detrás de la cabeza, probablemente para ahogar sus gritos. Los individuos que hicieron esto no tenían pañuelo en el bolsillo.»

Uno o dos días antes de que el prefecto nos visitara, la policía recibió importantes informaciones que parecieron invalidar los argumentos esenciales de Le Commerciel. Dos niños, hijos de cierta madame Deluc, que vagabundeaban por los bosques próximos a la Barrière du Roule, entraron casualmente en un espeso soto, donde había tres o cuatro grandes piedras que formaban una especie de asiento con respaldo y escabel. Sobre la piedra superior aparecían unas enaguas blancas; en la segunda, una chalina de seda. También encontraron una sombrilla, guantes y un pañuelo de bolsillo. Este último ostentaba el nombre «Marie Rogêt». En las zarzas circundantes aparecieron jirones de vestido. La tierra estaba removida, rotos los arbustos y no cabía duda de que una lucha había tenido lugar. Entre el soto y el río se descubrió que los vallados habían sido derribados y la tierra mostraba señales de que se había arrastrado una pesada carga.

Un semanario, Le Soleil, contenía el siguiente comentario del descubrimiento, comentario que era como el eco de la prensa parisiense:

«Con toda evidencia, los objetos hallados llevaban en el lugar tres o cuatro semanas, por lo menos; aparecían estropeados y enmohecidos por la acción de las lluvias; el moho los había pegado entre sí. El pasto había crecido en torno y encima de algunos de ellos. La seda de la sombrilla era muy fuerte, pero sus fibras se habían adherido unas a otras por dentro. La parte superior, de tela doble y plegada, estaba enmohecida por la acción de la intemperie y se rompió al querer abrirla. Los jirones del vestido en las zarzas tenían unas tres pulgadas de ancho por seis de largo. Uno de ellos correspondía al dobladillo del vestido y había sido remendado; otro trozo era parte de la falda, pero no del dobladillo. Daban la impresión de ser pedazos arrancados y se hallaban en la zarza espinosa, a un pie del suelo… No cabe ninguna duda, pues, de que se ha descubierto el escenario de tan espantoso atentado.»

Otros testimonios surgieron a consecuencia del descubrimiento. Madame Deluc declaró ser la dueña de una posada situada sobre el camino, no lejos de la orilla del río, en la parte opuesta a la Barrière du Roule. Esta región es particularmente solitaria y constituye el habitual lugar de esparcimiento de los pájaros de cuenta de París, que cruzan el río en bote. Hacia las tres de la tarde del domingo en cuestión llegó a la posada una muchacha a quien acompañaba un hombre joven y moreno. Ambos permanecieron algún tiempo en la casa. Al partir se encaminaron rumbo a los espesos bosques de la vecindad. Madame Deluc había observado con atención el tocado de la muchacha, pues le recordaba mucho uno que había tenido una parienta suya fallecida. Reparó, sobre todo, en la chalina. Poco después de la partida de la pareja se presentó una pandilla de malandrines, quienes se condujeron escandalosamente, comieron y bebieron sin pagar, siguieron luego la ruta que habían tomado los dos jóvenes y regresaron a la posada al anochecer, volviendo a cruzar el río como si tuvieran mucha prisa.

Poco después de oscurecer, aquella misma tarde, madame Deluc y su hijo mayor oyeron los gritos de una mujer en la vecindad de la posada. Los gritos eran violentos, pero duraron poco. Madame D. no solamente reconoció la chalina hallada en el soto, sino el vestido que tenía el cadáver. Un conductor de ómnibus, Valence, testimonió asimismo haber visto a Marie Rogêt cuando cruzaba en un ferry el Sena, el domingo en cuestión, acompañada por un joven moreno. Valence conocía a la muchacha y estaba seguro de su identidad. Los efectos encontrados en el soto fueron reconocidos sin lugar a dudas por los parientes de la víctima.

Los distintos testimonios e informaciones recogidos por mí a pedido de Dupin contenían tan sólo un punto más, pero, al parecer, de gran importancia. Inmediatamente después del descubrimiento de las ropas que acaban de describirse encontróse el cuerpo de St. Eustache, el prometido de Marie, quien yacía moribundo en la vecindad de la que todos suponían la escena del atentado. Un frasco con la inscripción láudano apareció vacío a su lado. El aliento del agonizante revelaba la presencia del veneno. St. Eustache murió sin decir una palabra. En sus ropas se halló una carta donde brevemente reiteraba su amor por Marie y su intención de suicidarse.

—Apenas necesito decirle —declaró Dupin al finalizar el examen de mis notas— que este caso es mucho más intrincado que el de la rue Morgue, del cual difiere en un importante aspecto. Estamos aquí en presencia de un crimen ordinario, por más atroz que sea. No hay nada particularmente excesivo, outré, en sus características. Observará usted que por esta razón se consideró que el misterio era sencillo, cuando, en realidad, y por la misma razón, debía considerárselo muy difícil. Al principio, por ejemplo, no se creyó necesario ofrecer una recompensa. Los agentes de G... fueron capaces de comprender inmediatamente cómo y por qué podía haberse cometido esa atrocidad. Se representaron imaginariamente un modo —muchos modos— y un móvil —muchos móviles—. Y como no era imposible que cualquiera de tan numerosos modos y móviles pudiera haber sido el verdadero, descontaron que uno de ellos tenía que ser el verdadero. Pero la facilidad con que nacieron tan diversas fantasías y lo plausible de cada una deberían haber indicado las dificultades del caso antes que su facilidad. Ya le he hecho notar que la razón se abre camino por encima del nivel ordinario, si es que ha de encontrar la verdad, y que la verdadera pregunta en casos como éstos no es tanto: «¿Qué ha ocurrido?», sino: «¿Qué hay en lo ocurrido, que no se parece a nada de lo ocurrido anteriormente?» En las investigaciones en casa de madame L'Espanaye, los agentes de G... quedaron confundidos y descorazonados por lo insólito, lo infrecuente del caso que, para un intelecto debidamente ordenado, hubiese significado el más seguro augurio de buen éxito; mientras ese mismo intelecto podría desesperarse ante el carácter ordinario de todas las apariencias en el caso de la muchacha de la perfumería, que para los funcionarios de la prefectura eran signos de un fácil triunfo.

»En el caso de madame L'Espanaye y su hija, desde el principio de nuestra investigación no cupo duda alguna de que se había cometido un crimen. La idea de suicidio fue inmediatamente excluida. También aquí, desde el comienzo, podemos eliminar toda suposición en ese sentido. El cuerpo hallado en la Barrière du Roule se hallaba en un estado que elimina toda vacilación sobre punto tan importante. Pero se ha sugerido que el cadáver hallado no es el de Marie Rogêt; y la recompensa ofrecida se refiere a la denuncia del asesino o asesinos de ésta, y lo mismo el acuerdo a que hemos llegado con el prefecto. Bien conocemos a este caballero y no debemos confiar demasiado en él. Si iniciamos nuestras investigaciones a partir del cadáver hallado y seguimos la huella del asesino hasta descubrir que el cadáver pertenece a otra persona, o bien si partimos de la suposición de que Marie está viva y verificamos que, efectivamente, ésa es la verdad, en ambos casos perdemos el precio de nuestras fatigas, ya que tenemos que entendernos con monsieur G... Vale decir que nuestro primer objetivo —si pensamos en nosotros tanto como en la justicia— debe consistir en dejar bien establecido que el cadáver hallado pertenece a la Marie Rogêt desaparecida.

»Los argumentos de L'Etoile han tenido gran repercusión entre el público, y el periódico mismo está tan convencido de su importancia que comienza así uno de sus comentarios sobre el tema: "Varios diarios de la mañana, en su edición de hoy, aluden al concluyente artículo de L'Etoile del domingo". Para mí el tal artículo no es nada concluyente y sólo demuestra el celo de su redactor. Debemos tener en cuenta que, en general, nuestros periódicos se proponen fines sensacionalistas y triunfos personales mucho más que servir la causa de la verdad. Este último objetivo solamente es perseguido cuando coincide con los anteriores. El diario que se conforma con la opinión general (por bien fundada que esté) no logra los sufragios de la multitud. La masa popular sólo considera profundo aquello que está en abierta contradicción con las nociones generales. Tanto en el raciocinio como en la literatura, el epigrama obtiene la aprobación inmediata y universal. Y en ambos casos se halla en lo más bajo de la escala de méritos.

»Quiero decir que la mezcla de epigrama y melodrama que hay en la idea de que Marie Rogêt está todavía viva vale más para L'Etoile que lo que pueda haber de plausible en esa sugestión, y le ha ganado la favorable acogida del público. Examinemos lo principal de los argumentos del diario, tratando de evitar la incoherencia con la cual han sido expuestos.

»El primer propósito del redactor consiste en mostrar, basándose en lo breve del intervalo entre la desaparición de Marie y el hallazgo del cuerpo en el río, que este último no puede ser el de Marie. De inmediato, el redactor trata de reducir dicho intervalo a sus menores proporciones. En la ansiosa persecución de este objetivo, no vacila en abandonarse a meras suposiciones. "Sería absurdo suponer —declara— que el asesinato (si se trata de un asesinato) pudo ser consumado lo bastante pronto para permitir a los perpetradores arrojar el cuerpo al río antes de medianoche." Con toda naturalidad pregunto: ¿por qué? ¿Por qué es absurdo suponer que el crimen podo ser cometido cinco minutos después de que la muchacha salió de casa de su madre? ¿Por qué es absurdo suponer que el crimen fue cometido en cualquier momento de ese día? Ha habido asesinatos a todas horas. Pero si el crimen hubiese tenido lugar en cualquier momento entre las nueve de la mañana del domingo y un cuarto de hora antes de media noche, siempre habría habido tiempo suficiente «para arrojar el cuerpo al río antes de media noche». La suposición, pues, se reduce a esto: el asesinato no fue cometido el día domingo. Pero si permitimos a L'Etoile suponer eso, bien podemos permitirle todas las libertades. El párrafo que comienza: "Sería absurdo suponer que el asesino, etcétera", debió haber sido concebido por el redactor en la forma siguiente: "Sería absurdo suponer que el asesinato (si se trata de un asesinato) pudo ser consumado lo bastante pronto para permitir a los perpetradores arrojar el cuerpo al río antes de media noche; es absurdo, decimos, suponer tal cosa, y a la vez (como estamos resueltos a suponer) que el cuerpo no fue tirado al río hasta después de medianoche…" Frase bastante inconsistente en sí, pero no tan ridícula como la impresa.

»Si mi propósito —continuó Dupin— se limitara meramente a impugnar este pasaje del argumento de L'Etoile, podría dejar la cosa así. Pero no tenemos que habérnoslas con L'Etoile, sino con la verdad. Tal como aparece, la frase en cuestión sólo tiene un sentido, pero resulta importantísimo que vayamos más allá de las meras palabras, en busca de la idea que éstas trataron obviamente de expresar sin conseguirlo. La intención del periodista era hacer notar que en cualquier momento del día o de la noche del domingo en que se hubiera cometido el crimen, resultaba improbable que los asesinos hubieran osado transportar el cuerpo al río antes de medianoche. Y es aquí donde reside la suposición contra la cual me rebelo. Se da por supuesto que el asesinato fue cometido en un lugar y en tales circunstancias que hacían necesario transportar el cadáver. Ahora bien, el asesinato pudo producirse a la orilla del río o en el río mismo; vale decir que el acto de arrojar el cadáver al río pudo ocurrir en cualquier momento del día o de la noche, como la forma de ocultamiento más inmediata y más obvia. Comprenderá que no sugiero nada de esto como probable o como coincidente con mi propia opinión. Hasta ahora, mis intenciones no se refieren a los hechos del caso. Simplemente deseo prevenirlo contra el tono de esa sugestión de L'Etoile, mostrándole desde un comienzo su carácter.

»Luego de fijar un límite adecuado a sus nociones preconcebidas y de suponer que, de tratarse del cuerpo de Marie, sólo podría haber permanecido breve tiempo en el agua, el diario continúa diciendo:

»"Las experiencias han demostrado que los cuerpos de los ahogados o de los arrojados al agua inmediatamente después de una muerte violenta requieren de seis a diez días para que la descomposición esté lo bastante avanzada como para devolverlos a la superficie. Incluso si se dispara un cañonazo sobre el lugar donde hay un cadáver y éste sube a la superficie antes de una inmersión de cinco o seis días volverá a hundirse si no se lo amarra".

»Estas afirmaciones han sido tácitamente aceptadas por todos los diarios de París, con excepción de Le Moniteur, Este último se esfuerza por desvirtuar esa parte del párrafo que se refiere a "los cuerpos de los ahogados", citando cinco o seis casos en los cuales los cadáveres de personas ahogadas reaparecieron a flote tras un lapso menor del que sostiene L'Etoile. Pero Le Moniteur procede de manera muy poco lógica al pretender refutar la totalidad del argumento de L'Etoile mediante ejemplos particulares que lo contradicen. Aunque hubiera sido posible aducir cincuenta en vez de cinco ejemplos de cuerpos que se hallaron flotando después de dos o tres días, esos cincuenta ejemplos podrían seguir siendo razonablemente considerados como excepciones a la regla de L'Etoile hasta el momento en que pudiera refutarse la regla misma. Admitiendo esta última (como lo hace Le Moniteur, que se limita a señalar sus excepciones), el argumento de L'Etoile conserva toda su fuerza, ya que sólo se refiere a la probabilidad de que el cuerpo haya surgido a la superficie en menos de tres días, y esta probabilidad seguirá manteniéndose a favor de L'Etoile hasta que los ejemplos tan puerilmente aducidos tengan número suficiente para constituir una regla antagónica.

»Verá usted de inmediato que toda argumentación opuesta debe concentrarse en la regla en sí, y a tal fin debemos examinar la razón misma de la regla. En general, el cuerpo humano no es ni más liviano ni más pesado que el agua del Sena; vale decir que el peso específico del cuerpo humano en condición natural equivale aproximadamente al del volumen de agua dulce que desplaza. Los cuerpos de gentes gruesas y corpulentas, de huesos pequeños, y en general los de las mujeres, son más livianos que los cuerpos delgados, de huesos grandes, y en general de los masculinos; a su vez el peso específico del agua de río se ve más o menos influido por el flujo proveniente del mar. Pero, dejando esto a un lado, puede afirmarse que muy pocos cuerpos se hundirían espontáneamente, incluso en agua dulce. Prácticamente todos los que caen en un río pueden mantenerse a flote, siempre que logren equilibrar el peso específico del agua con el suyo; vale decir, que queden casi completamente sumergidos, con el minino posible fuera del agua. La posición adecuada para el que no sabe nadar es la vertical, como si estuviera caminando, con la cabeza completamente echada hacia atrás y sumergida, salvo la boca y la nariz. Colocados en esa forma, descubriremos que nos mantenemos a flote sin dificultad ni esfuerzo. Naturalmente que el peso del cuerpo y el volumen de agua desplazado se equilibran estrechamente, y la menor diferencia determinará la preponderancia de uno de ellos. Un brazo levantado fuera del agua, por ejemplo, y privado así de su sostén, representa un peso adicional suficiente para sumergir por completo la cabeza, mientras que la ayuda del más pequeño trozo de madera nos permitirá sacar la cabeza lo suficiente para mirar en torno. Ahora bien, cuando alguien que no sabe nadar se debate en el agua, levantará invariablemente los brazos, mientras se esfuerza por mantener la cabeza en posición vertical. El resultado de esto es la inmersión de la boca y la nariz, que acarrea, en los esfuerzos por respirar, la entrada del agua en los pulmones. El agua penetra igualmente en el estómago, y el cuerpo pesa más por la diferencia entre el peso del aire que previamente llenaba dichas cavidades y el del líquido que las ocupa ahora. Tal diferencia basta para que el cuerpo se hunda por regla general, aunque es insuficiente en caso de personas de huesos menudos y una cantidad anormal de materia grasa. Estas personas siguen flotando incluso después de haberse ahogado.

»Suponiendo que el cuerpo se encuentre en el fondo del río, permanecerá allí hasta que por algún motivo su peso específico vuelva a ser menor que la masa de agua que desplaza. Esto puede deberse a la descomposición o a otras razones. La descomposición produce gases que distienden los tejidos celulares y todas las cavidades, produciendo en el cadáver esa hinchazón tan horrible de ver. Cuando la distensión ha avanzado a punto tal que el volumen del cuerpo aumenta de tamaño sin un aumento correspondiente de masa, su peso específico resulta menor que el del agua desplazada y, por tanto, se remonta a la superficie. Pero la descomposición se ve modificada por innumerables circunstancias y es acelerada o retardada por múltiples causas; vayan como ejemplos el calor o frío de la estación, la densidad mineral o la pureza del agua, la profundidad de ésta, su movimiento o estancamiento, las características del cuerpo, su estado normal o anormal antes de la muerte. Resulta, pues, evidente que no podemos señalar con seguridad un período preciso tras el cual el cadáver saldrá a flote a causa de la descomposición. Bajo ciertas condiciones, este resultado puede ocurrir dentro de una hora; bajo otras, puede no producirse jamás. Existen preparados químicos por los cuales un cuerpo puede ser preservado para siempre de la corrupción; uno de ellos es el bicloruro de mercurio. Pero, aparte de la descomposición, suele producirse en el estómago una cantidad de gas derivada de la fermentación acetosa de materias vegetales, gas que también puede originarse en otras cavidades y provenir de otras causas, en cantidad suficiente para provocar una distensión que hará subir el cuerpo a la superficie. El efecto producido por el disparo de un cañón es el resultante de las simples vibraciones. Éstas desprenderán el cuerpo del barro o el limo en el cual se halle depositado permitiéndole salir a flote una vez que las causas antes citadas lo hayan preparado para ello; también puede vencer la resistencia de algunas partes putrescibles de los tejidos celulares, permitiendo que las cavidades se distiendan bajo la influencia de los gases.

»Así, una vez que tenemos ante nosotros todos los datos necesarios sobre este tema, podemos emplearlos para poner fácilmente a prueba las afirmaciones de L'Etoile. "Las experiencias han demostrado —dice éste— que los cuerpos de los ahogados, o de los arrojados al agua inmediatamente después de una muerte violenta, requieren de seis a diez días para que la descomposición esté lo bastante avanzada como para devolverlos a la superficie. Incluso si se dispara un cañonazo sobre el lugar donde hay un cadáver, y éste sube a la superficie antes de una inmersión de cinco o seis días, volverá a hundirse si no se lo amarra."

»A la luz de lo que sabemos, la totalidad de este párrafo aparece como un tejido de inconsecuencias e incoherencias. La experiencia no demuestra que los "cuerpos de ahogados" requieran de seis a diez días para que la descomposición avance lo suficiente para devolverlos a la superficie. Tanto la ciencia como la experiencia muestran que el término de su reaparición es y debe ser necesariamente variable. Si, además, un cuerpo ha salido a flote por el disparo de un cañón, no "volverá a hundirse si no se lo amarra" hasta que la descomposición haya avanzado lo bastante para permitir el escape del gas acumulado en el interior. Quiero llamar su atención sobre el distingo que se hace entre "cuerpos de ahogados" y cuerpos "arrojados al agua inmediatamente después de una muerte violenta". Aunque el redactor admite la distinción, los incluye empero en la misma categoría. Ya he demostrado que el cuerpo de un hombre que se ahoga se vuelve específicamente más pesado que la masa de agua que desplaza, y que no se hundiría si no fuera por los movimientos en el curso de los cuales saca los brazos fuera del agua, y su ansiedad por respirar debajo de ésta, con lo cual el espacio que ocupaba el aire en los pulmones se ve reemplazado por agua. Pero estos movimientos y estas respiraciones no ocurren en un cuerpo "arrojado al agua inmediatamente después de una muerte violenta". En este último caso, pues, es regla general que el cuerpo no se hunda, detalle que L'Etoile evidentemente ignora. Cuando la descomposición alcanza un grado avanzado, cuando la carne se ha desprendido en gran parte de los huesos, entonces, pero solo entonces, perderemos de vista el cadáver.

»¿Qué nos queda ahora del argumento por el cual el cuerpo encontrado no puede ser el de Marie Rogêt dado que apareció flotando a tres días apenas de su desaparición? En caso de haberse ahogado, el cuerpo pudo no hundirse nunca, ya que se trataba de una mujer; o, en caso de hundirse, pudo reaparecer al cabo de veinticuatro horas o menos. Sin embargo, nadie supone que Marie se haya ahogado, y, habiendo sido asesinada antes de que la arrojaran al río, su cadáver pudo ser encontrado a flote en cualquier momento.

»"Pero —dice L'Etoile– si el cuerpo, maltratado como estaba, hubiera permanecido en tierra hasta la noche del martas, no habría dejado de encontrarse en la costa alguna huella de los asesinos." Aquí resulta difícil darse cuenta al principio de la intención del razonador. Trata de anticiparse a algo que supone puede constituir una objeción a su teoría: vale decir que el cuerpo fue guardado dos días en tierra, entrando en descomposición con mayor rapidez que si hubiera estado sumergido en el agua. Supone que, si ése fuera el caso, el cadáver podría haber surgido a la superficie el día miércoles, y piensa que solo gracias a esas circunstancias podría haber aparecido. Se apresura, por tanto, a mostrar que no fue guardado en tierra, pues, de ser así, "no habría dejado de encontrarse en la costa alguna huella de los asesinos". Me imagino que usted sonríe ante este sequitur. No alcanza a ver cómo la mera permanencia del cadáver en tierra podría multiplicar las huellas de los asesinos. Tampoco lo veo yo.

»"Y, lo que es más —continua nuestro diario—, parece altamente improbable que los miserables capaces de semejante crimen hayan arrojado el cadáver al agua sin atarle algún peso para mantenerlo sumergido, cosa que no ofrecía la menor dificultad." ¡Observe en esta parte la risible confusión de pensamiento! Nadie —ni siquiera L'Etoile– pone en duda el crimen cometido contra el cuerpo encontrado. Las señales de violencia son demasiado evidentes. La finalidad de nuestro razonador consiste solamente en mostrar que este cuerpo no es el de Marie. Quiere probar que Marie no fue asesinada, sin dudar de que el cuerpo hallado lo haya sido. Pero sus observaciones sólo prueban este último punto. He aquí un cadáver al que no han atado ningún peso. Si lo hubieran echado al agua los asesinos, éstos no habrían dejado de hacerlo. Por lo tanto, no lo echaron al agua los asesinos. Si alguna cosa se prueba, es solamente eso. La cuestión de la identidad no se toca ni remotamente, y L'Etoile se ha tomado todo ese trabajo para contradecir lo que admitía un momento antes. "Estamos completamente convencidos —manifiesta— que el cuerpo hallado es el e una mujer asesinada."

»No es la única vez que nuestro razonador se contradice sin darse cuenta. Como ya he señalado, su evidente finalidad consiste en reducir lo más posible el intervalo entre la desaparición de Marie y el hallazgo del cadáver. Sin embargo, lo vemos insistir en el hecho de que nadie vio a la muchacha desde el momento en que abandonó la casa de su madre.

"Carecemos de testimonios —declara— de que Marie Rogêt se hallaba aún entre los vivos después de las nueve de la mañana del domingo 22 de junio." Dado que es éste un argumento evidentemente parcial, hubiera sido preferible que lo dejara de lado, ya que si se supiera de alguien que hubiese reconocido a Marie, digamos el lunes o el martas, el intervalo en cuestión se habría reducido mucho y, conforme al razonamiento anterior, las probabilidades de que el cadáver hallado fuera el de la grisette habrían disminuido en mucho. Resulta divertido, pues, observar cómo L'Etoile insiste sobre este punto con pleno convencimiento de que refuerza su argumentación general.

»Examine ahora nuevamente la parte del artículo que se refiere a la identificación del cadáver por Beauvais. A propósito del vello del brazo, es evidente que L'Etoile peca por falta de ingenio. Dado que monsieur Beauvais no es ningún tonto, jamás se habría apresurado a identificar el cadáver basándose tan sólo en que tenía vello en el brazo. Todo brazo tiene vello. La generalización en que incurre L'Etoile es una simple deformación de la fraseología del testigo. Este debió referirse a alguna particularidad del vello. Pudo referirse al color, a la cantidad, al largo o a la distribución.

»"Sus pies eran pequeños —sigue diciendo el diario—, pero hay miles de pies pequeños. Tampoco constituyen una prueba sus ligas y sus zapatos, ya que unos y otros se venden en lotes. Lo mismo cabe decir de las flores de su sombrero. Monsieur Beauvais insiste en que el broche de las ligas había sido cambiado de lugar para que ajustaran. Esto no significa nada, ya que muchas mujeres prefieren llevar las ligas nuevas a su casa y ajustarlas allí al diámetro de su pierna, en vez de probarlas en la tienda donde las compran." Aquí resulta difícil suponer que el razonador obra de buena fe. Si en su búsqueda del cuerpo de Marie, monsieur Beauvais encontró un cadáver que en sus medidas y apariencias generales correspondía a la joven desaparecida, cabe suponer que, sin tomar en cuenta para nada la cuestión de la vestimenta, debió imaginar que se trataba de ella. Si, además de las medidas y formas generales, descubrió en el brazo un vello cuyo aspecto correspondía al que había observado en vida de Marie, su opinión debió, con toda justicia, acentuarse, y el aumento de seguridad pudo muy bien estar en relación directa con la particularidad o rareza del vello del brazo. Si los pies de Marie eran pequeños, y también lo eran los del cadáver, el aumento de probabilidades de que éste correspondiera a aquélla no se daría ya en proporción meramente aritmética, sino geométrica o acumulativa. Agreguemos a esto los zapatos, análogos a los que Marie llevaba puestos el día de su desaparición; aunque dichos zapatos "se vendan en lotes", aumenta a tal punto la probabilidad, que casi la vuelven certeza. Lo que en sí mismo no sería una prueba de identidad se convierte, por su posición corroborativa, en la más segura de las pruebas. Agréguese a esto las flores del sombrero, coincidentes con las que llevaba la joven desaparecida, y no pediremos nada más. Y si por una sola flor no exigiríamos otra prueba, ¿qué diremos de dos, o tres, o más? Cada una que se agrega es una prueba múltiple; no una prueba sumada a otra, sino multiplicada por cientos o miles. Descubramos ahora en el cadáver un par de ligas como las que usaba la difunta, y sería casi una locura seguir adelante. Pero, además, ocurre que estas ligas aparecen ajustadas, mediante el corrimiento de su broche, en la misma forma en que Marie había ajustado las suyas poco antes de salir de su casa. Dudar, ahora, es hipocresía o locura. Cuando L'Etoile sostiene que este acortamiento de las ligas es una práctica habitual, lo único que demuestra es su pertinacia en el error. La calidad de elástica de toda liga demuestra por sí misma que la necesidad de acortarla es muy poco frecuente. Lo que está hecho para ajustar por sí mismo sólo rara vez necesitará ayuda para cumplir su cometido. Sólo por accidente, en su más estricto sentido, las ligas de Marie requirieron ser acortadas. Y ellas solas hubieran bastado para asegurar ampliamente su identidad. Pero aquí no se trata de que el cadáver tuviera las ligas de la joven desaparecida, o sus zapatos, o su gorro, o las flores de su gorro, o sus pies, o una marca peculiar en el brazo, o su medida y apariencia generales, sino que el cadáver tenía todo eso junto. Si se pudiera probar que, frente a ello, el redactor de L'Etoile experimentó verdaderamente dudas no haría falta en su caso un mandato de lunático inquirendo. A nuestro hombre le ha parecido muy sagaz hacerse eco de las charlas de los abogados, que, por su parte, se contentan con repetir los rígidos preceptos de los tribunales. Le haré notar aquí que mucho de lo que en un tribunal se rechaza como prueba constituye la mejor de las pruebas para la inteligencia. Ocurre que el tribunal, guiándose por principios generales ya reconocidos y registrados, no gusta de apartarse de ellos en casos particulares. Y esta pertinaz adhesión a los principios, con total omisión de las excepciones en conflicto, es un medio seguro para alcanzar el máximo de verdad alcanzable, en cualquier período prolongado de tiempo. Esta práctica, en masse, es, por tanto, razonable; pero no es menos cierto que engendra cantidad de errores particulares.

»Con respecto a las insinuaciones apuntadas contra Beauvais, estará usted pronto a desecharlas de un soplo. Supongo que habrá ya advertido la verdadera naturaleza de este excelente caballero. Es un entrometido, lleno de fantasía romántica y con muy poco ingenio. En una situación verdaderamente excitante como la presente, toda persona como él se conducirá de manera de provocar sospechas por parte de los excesivamente sutiles o de los mal dispuestos. Según surge de las notas reunidas por usted, monsieur Beauvais tuvo algunas entrevistas con el director de L'Etoile, y lo disgustó al aventurar la opinión de que el cadáver, pese a la teoría de aquél, era sin lugar a dudas el de Marie. "Persiste —dice el diario— en afirmar que el cadáver es el de Marie, pero no es capaz de señalar ningún detalle, fuera de los ya comentados, que imponga su creencia a los demás." Sin reiterar el hecho de que mejores pruebas "para imponer su creencia a los demás" no podrían haber sido nunca aducidas, conviene señalar que en un caso de este tipo un hombre puede muy bien estar convencido, sin ser capaz de proporcionar la menor razón de su convencimiento a un tercero. Nada es más vago que las impresiones referentes a la identidad personal. Cada uno reconoce a su vecino, pero pocas veces se está en condiciones de dar una razón que explique ese reconocimiento. El director de L'Etoile no tiene derecho de ofenderse porque la creencia de monsieur Beauvais carezca de razones.

»Las sospechosas circunstancias que lo rodean cuadran mucho más con mi hipótesis de entrometimiento romántico que con la sugestión de culpabilidad lanzada por el redactor. Una vez adoptada la interpretación más caritativa, no tendremos dificultad en comprender la rosa en el agujero de la cerradura, el nombre "Marie" en la pizarra, el haber "dejado de lado a los parientes masculinos de la difunta", la resistencia "a que los parientes de la víctima vieran el cadáver", la advertencia hecha a madame B… de que no debía decir nada al gendarme hasta que él, monsieur Beauvais, estuviera de regreso y, finalmente, su decisión aparente de que "nadie, fuera de él, se ocuparía de las actuaciones". Me parece incuestionable que Beauvais cortejaba a Marie, que ella coqueteaba con él, y que nuestro hombre estaba ansioso de que lo creyeran dueño de su confianza e íntimamente vinculado con ella. No insistiré sobre este punto. Por lo demás, las pruebas refutan redondamente las afirmaciones de L'Etoile tocantes a la supuesta apatía por parte de la madre y otros parientes, apatía contradictoria con su convencimiento de que el cadáver era el de la muchacha; pasemos adelante, pues, como si la cuestión de la identidad quedara probada a nuestra entera satisfacción.»

—¿Y qué piensa usted —pregunté— de las opiniones de Le Commerciel?

—En esencia, merecen mucha mayor atención que todas las formuladas sobre el asunto. Las deducciones derivadas de las premisas son lógicas y agudas, pero, en dos casos, las premisas se basan en observaciones imperfectas. Le Commerciel insinúa que Marie fue secuestrada por alguna banda de malandrines a poca distancia de la casa de su madre. «Es imposible —señala— que una persona tan popularmente conocida como la joven víctima hubiera podido caminar tres cuadras sin que la viera alguien.» Esta idea nace de un hombre que reside hace mucho en París, donde está empleado, y cuyas andanzas en uno u otro sentido se limitan en su mayoría a la vecindad de las oficinas públicas. Sabe que raras veces se aleja más de doce cuadras de su oficina sin ser reconocido o saludado por alguien. Frente a la amplitud de sus relaciones personales, compara esta notoriedad con la de la joven perfumista, sin advertir mayor diferencia entre ambas, y llega a la conclusión de que, cuando Marie salía de paseo, no tardaba en ser reconocida por diversas personas, como en su caso. Pero esto podría ser cierto si Marie hubiese cumplido itinerarios regulares y metódicos, tan restringidos como los del redactor, y análogos a los suyos. Nuestro razonador va y viene a intervalos regulares dentro de una periferia limitada, llena de personas que lo conocen porque sus intereses coinciden con los suyos, puesto que se ocupan de tareas análogas. Pero cabe suponer que los paseos de Marie carecían de rumbo preciso. En este caso particular lo más probable es que haya tomado por un camino distinto de sus itinerarios acostumbrados. El paralelo que suponemos existía en la mente de Le Commerciel sólo es defendible si se trata de dos personas que atraviesan la ciudad de extremo a extremo. En este caso, si imaginamos que las relaciones personales de cada uno son equivalentes en número, también serán iguales las posibilidades de que cada uno encuentre el mismo número de personas conocidas. Por mi parte, no sólo creo posible, sino muy probable, que Marie haya andado por las diversas calles que unen su casa con la de su tía, sin encontrar a ningún conocido. Al estudiar este aspecto como corresponde, no se debe olvidar nunca la gran desproporción entre las relaciones personales (incluso las del hombre más popular de París) y la población total de la ciudad.

»De todos modos, la fuerza que aparentemente pueda tener la sugestión de Le Commerciel disminuye mucho si pensamos en la hora en que Marie abandonó su casa. "Las calles estaban llenas de gente cuando salió", dice Le Commerciel; pero no es así. Eran las nueve de la mañana. Es verdad que durante toda la semana las calles están llenas de gente a las nueve. Pero no el domingo. Ese día, la mayoría de los vecinos están en su casa, preparándose para ir a la iglesia. Ninguna persona observadora habrá dejado de reparar en el aire particularmente desierto de la ciudad, entre las ocho y las diez del domingo. De diez a once, las calles están colmadas, pero nunca en el período antes señalado.

»En otro punto me parece que Le Commerciel parte de una observación deficiente. "Un trozo de una de las enaguas de la infortunada muchacha —dice—, de dos pies de largo por uno de ancho, le fue aplicado bajo el mentón y atado detrás de la cabeza, probablemente para ahogar sus gritos. Los individuos que hicieron esto no tenían pañuelo en el bolsillo." Ya veremos si esta idea está bien fundada o no; pero por "individuos que no tenían pañuelo en el bolsillo" el redactor entiende la peor ralea de malhechores. Ahora bien, ocurre que precisamente éstos tienen siempre un pañuelo en el bolsillo, aunque carezcan de camisa. Habrá tenido usted ocasión de observar cuan indispensable se ha vuelto en estos últimos años el pañuelo para el matón más empedernido.»

—¿Y qué cabe pensar —pregunté— del artículo de Le Soleil?

—Pues cabe pensar que es una lástima que su redactor no haya nacido loro, en cuyo caso hubiera sido el más ilustre de su raza. Se ha limitado a repetir los distintos puntos de las publicaciones ajenas, escogiéndolos con laudable esfuerzo de uno y otro diario. «Con toda evidencia —manifiesta— los objetos hallados llevaban en el lugar tres o cuatro semanas, por lo menos… No cabe ninguna duda, pues, que se ha descubierto el lugar de tan espantoso atentado.» Los hechos señalados aquí por Le Soleil están sin embargo muy lejos de disipar mis dudas al respecto, y vamos a examinarlos detalladamente más adelante, en relación con otro aspecto del asunto.

«Ocupémonos por ahora de cosas distintas. No habrá dejado usted de reparar en la extrema negligencia del examen del cadáver. Cierto que la cuestión de la identidad quedó o debió quedar prontamente terminada, pero había otros aspectos por verificar ¿No fue saqueado el cadáver? ¿No llevaba la difunta joyas al salir de su casa? De ser así, ¿se encontró alguna al examinar el cuerpo? He aquí cuestiones importantes, totalmente descuidadas por la investigación, y quedan otras igualmente importantes que no han merecido la menor atención. Tendremos que asegurarnos mediante indagaciones particulares. El caso de St. Eustache exige ser nuevamente examinado. No abrigo sospechas sobre él, pero es preciso proceder metódicamente. Nos aseguraremos sin lugar a ninguna duda sobre la validez de los testimonios escritos que presentó acerca de sus movimientos en el curso del domingo. Los certificados de este género suelen prestarse fácilmente a la mistificación. Si no encontramos nada de anormal en ellos, desecharemos a St. Eustache de nuestra investigación. Su suicidio, que corroboraría las sospechas en caso de que los certificados fueran falsos, constituye una circunstancia perfectamente explicable en caso contrario, y que no debe alejarnos de nuestra línea normal de análisis.

»En lo que me proponga ahora, dejaremos de lado los puntos interiores de la tragedia, concentrando nuestra atención en su periferia. Uno de los errores en investigaciones de este género consiste en limitar la indagación a lo inmediato, con total negligencia de los acontecimientos colaterales o circunstanciales. Los tribunales incurren en la mala práctica de reducir los testimonios y los debates a los límites de lo que consideran pertinente. Pero la experiencia ha mostrado, como lo mostrará siempre la buena lógica, que una parte muy grande, quizá la más grande de la verdad, surge de lo que se consideraba marginal y accesorio. Basándose en el espíritu de este principio, si no en su letra, la ciencia moderna se ha decidido a calcular sobre lo imprevisto. Pero quizá no me hago entender. La historia del conocimiento humano ha mostrado ininterrumpidamente que la mayoría de los descubrimientos más valiosos los debemos a acaecimientos colaterales, incidentales o accidentales; se ha hecho necesario, pues, con vistas al progreso, conceder el más amplio espacio a aquellas invenciones que nacen por casualidad y completamente al margen de las esperanzas ordinarias. Ya no es filosófico fundarse en lo que ha sido para alcanzar una visión de lo que será. El accidente se admite como una porción de la subestructura. Hacemos de la posibilidad una cuestión de cálculo absoluto. Sometemos lo inesperado y lo inimaginado a las fórmulas matemáticas de las escuelas.

«Repito que es un hecho verificado que la mayor porción de toda verdad surge de lo colateral; y de acuerdo con el espíritu del principio que se deriva, desviaré la indagación de la huella tan transitada como estéril del hecho mismo, para estudiar las circunstancias contemporáneas que lo rodean. Mientras usted se asegura de la validez de esos certificados, yo examinaré los periódicos en forma más general de lo que ha hecho usted hasta ahora. Por el momento, sólo hemos reconocido el campo de investigación, pero sería raro que una ojeada panorámica como la que me propongo no nos proporcionara algunos menudos datos que establezcan una dirección para nuestra tarea.»

En cumplimiento de las indicaciones de Dupin, procedí a verificar escrupulosamente el asunto de los certificados. Resultó de ello una plena seguridad en su validez y la consiguiente inocencia de St. Eustache. Mi amigo se ocupaba entretanto —con una minucia que en mi opinión carecía de objeto— del escrutinio de los archivos de los diferentes diarios. Al cabo de una semana, me presentó los siguientes extractos:

«Hace tres años y medio, la misma Marie Rogêt desapareció de la parfumerie de monsieur Le Blanc, en el Palais Royal, causando un revuelo semejante al de ahora. Una semana después, Marie reapareció en el mostrador de la tienda, tan bien como siempre, aparte de una ligera palidez que no era usual en ella. Monsieur Le Blanc y madame Rogêt dieron a entender que Marie había pasado la semana en casa de amigos, en el campo, y el asunto fue rápidamente callado. Presumimos que esta ausencia responde a un capricho de la misma especie y que, dentro de una semana, o quizá de un mes, volveremos a tener a Marie entre nosotros» (Evening Paper, domingo 23 de junio).

«Un diario de la tarde de ayer se refiere a una misteriosa desaparición anterior de mademoiselle Rogêt. Es bien sabido que, durante la semana de su ausencia de la parfumerie de Le Blanc, estuvo acompañada por un joven oficial de marina muy notorio por su libertinaje. Cabe suponer que una querella providencial la trajo nuevamente a su casa. Conocemos el nombre del libertino en cuestión, que se halla actualmente destacado en París, pero no lo hacemos público por razones comprensibles» (Le Mercure, mañana del martes 24 de junio).

«El más repudiable de los atentados ha tenido lugar anteayer en las proximidades de esta ciudad. Al anochecer, un caballero que paseaba con su esposa y su hija, comprometió los servicios de seis hombres jóvenes que paseaban en bote cerca de las orillas del Sena, a fin de que los transportaran al otro lado. Al llegar a destino los pasajeros desembarcaron, y se alejaban ya hasta perder de vista el bote cuando la hija descubrió que había olvidado su sombrilla. Al volver en su busca fue asaltada por la pandilla, llevada al centro del río, amordazada y sometida a un brutal ultraje, tras lo cual los villanos la depositaron en un punto cercano a aquel donde había embarcado con sus padres. Los miserables se hallan prófugos, pero la policía les sigue la huella y pronto algunos de ellos serán capturados» (Morning Paper, 25 de junio).

«Hemos recibido una o dos comunicaciones tendentes a echar la culpa del horrible crimen a Mennais; pero, como este caballero ha sido plenamente exonerado de toda sospecha por la indagación legal, y los argumentos de nuestros distintos corresponsales parecen más entusiastas que profundos, no creemos oportuno darlos a conocer» (Morning Paper, 28 de junio).

«Hemos recibido varias enérgicas comunicaciones, que aparentemente proceden de diversas fuentes y que dan por seguro que la infortunada Marie Rogêt ha sido víctima de una de las numerosas bandas de malhechores que infestan cada domingo los alrededores de la ciudad. Nuestra opinión se inclina decididamente en favor de esta suposición. En nuestras próximas ediciones dejaremos espacio para exponer los aludidos argumentos» (Evening Paper, martes 31 de junio).

«El lunes, uno de los lancheros del servicio de aduanas vio en el Sena un bote vacío a la deriva. La vela se hallaba en el fondo del bote. El lanchero lo remolcó y lo dejó en el amarradero de su puesto. A la mañana siguiente fue retirado de allí sin permiso de ninguno de los empleados. El timón se encuentra en el depósito de lanchas» (La Diligence, jueves 26 de junio).

Leyendo los diversos pasajes, no solamente me parecieron ajenos a la cuestión, sino que no alcancé a imaginar la manera en que cualquiera de los mismos podía pesar sobre aquélla. Esperé, pues, alguna explicación de Dupin.

—Por el momento —me dijo—, no me detendré en los dos primeros pasajes. Los he copiado, sobre todo, para mostrarle la extraordinaria negligencia de la policía, que, hasta donde puedo saberlo por el prefecto, no se ha molestado en interrogar al oficial de marina mencionado en uno de ellos. Sin embargo, sería una locura afirmar que entre la primera y la segunda desaparición de Marie no cabe suponer ninguna conexión. Admitamos que la primera fuga terminó en una querella entre los enamorados y el retorno a casa de la decepcionada Marie. Podemos ahora encarar una segunda fuga o rapto (si realmente se trata de ello) como indicación de que el seductor ha reanudado sus avances y no como el resultado de la intervención de un segundo cortejante. Miramos la cosa como una reconciliación entre enamorados y no como el comienzo de una nueva aventura. Hay diez probabilidades contra una de que el hombre que huyó una vez con Marie le haya propuesto una segunda escapatoria, y no que a la primera propuesta haya sucedido una segunda hecha por otro individuo. Le haré notar, además, que el lapso entre la primera fuga (sobre la cual no cabe duda) y la segunda —presumible— abarca pocos meses más que la duración general de los cruceros de nuestros barcos de guerra. ¿Fueron interrumpidos los bajos designios del seductor por la necesidad de embarcarse, y aprovechó la primera oportunidad a su retorno para renovar esos designios aún no completamente consumados… o, por lo menos, no completamente consumados por él? Nada sabemos de todo ello.

»Dirá usted, sin embargo, que en el segundo caso no hubo realmente una fuga. De acuerdo; pero, ¿estamos en condiciones de asegurar que no existió un designio frustrado? Fuera de St. Eustache, y quizá de Beauvais, no encontramos ningún pretendiente conocido de Marie. Nada se ha dicho que aluda a alguno. ¿Quién es, pues, ese amante secreto del cual los parientes de Marie (por lo menos, la mayoría) no saben nada, pero con quien la joven se reúne en la mañana del domingo, y que goza hasta tal punto de su confianza que no vacila en quedarse a su lado hasta que cae la noche en los solitarios bosques de la Barrière du Roule? ¿Quién es ese enamorado secreto, pregunto, del cual los parientes (o casi todos) no saben nada? ¿Y qué significa la extraña profecía proferida por madame Rogêt la mañana de la partida de Marie: "Temo que no volveré a verla nunca más"?

»Pero si no podemos suponer que madame Rogêt estaba al tanto de la intención de fuga, ¿no podemos, por lo menos, imaginar que la joven abrigaba esa intención? Al salir de su casa dio a entender que iba a visitar a su tía en la rue des Drômes, y pidió a St. Eustache que fuera a buscarla al anochecer. A primera vista, esto contradice abiertamente mi sugestión. Pero reflexionemos. Es bien sabido que Marie se encontró con alguien y cruzó el río en su compañía, llegando a la Barrière du Roule hacia las tres de la tarde. Al consentir en acompañar a este individuo (con cualquier propósito, conocido o no por su madre), Marie debió pensar en lo que había dicho al salir de su casa y en la sorpresa y sospecha que experimentaría su prometido, St. Eustache, cuando al acudir en su busca a la rue des Drômes se encontrara con que no había estado allí; sin contar que al volver a la pensión con esta alarmante noticia se enteraría de que su ausencia duraba desde la mañana. Repito que Marie debió pensar en todas esas cosas. Debió prever la cólera de St. Eustache y las sospechas de todos. No podía pensar en volver a casa para enfrentar esas sospechas;

pero éstas dejaban de tener importancia si suponemos que Marie no tenía intenciones de volver.

«Imaginemos así sus reflexiones: "Tengo que encontrarme con cierta persona a fin de fugarme con ella o para otros propósitos que sólo yo sé. Es necesario que no se produzca ninguna interrupción; debemos contar con tiempo suficiente para eludir toda persecución. Daré a entender que pienso pasar el día en casa de mi tía, en la rue des Drômes, y diré a St. Eustache que no vaya a buscarme hasta la noche; de esta manera podré ausentarme de casa el mayor tiempo posible sin despertar sospechas ni ansiedad; todo estará perfectamente explicado y ganaré más tiempo que de cualquier otra manera. Si pido a St. Eustache que vaya a buscarme al anochecer, seguramente no se presentará antes; pero, si no se lo pido, tendré menos tiempo a mi disposición, ya que todos esperarán que vuelva más temprano, y mi ausencia no tardará en provocar ansiedad. Ahora bien, si mis intenciones fueran las de volver a casa, si sólo me interesara dar un paseo con la persona en cuestión, no me convendría pedir a St. Eustache que fuera a buscarme, ya que al llegar a la rue des Drômes se daría perfecta cuenta de que le he mentido, cosa que podría evitar saliendo de casa sin decirle nada, volviendo antes de la noche y declarando luego que estuve de visita en casa de mi tía. Pero como mi intención es la de no volver nunca, o no volver por algunas semanas, o no volver hasta que ciertos ocultamientos se hayan efectuado, lo único que debe preocuparme es la manera de ganar tiempo."

»Usted ha hecho notar en sus apuntes que la opinión general más difundida sobre este triste asunto es que la muchacha fue víctima de una pandilla de malandrines. Ahora bien, y bajo ciertas condiciones, la opinión popular no debe ser despreciada. Cuando surge por sí misma, cuando se manifiesta de manera espontánea, cabe considerarla paralelamente a esa intuición que es el privilegio de todo individuo de genio. En noventa y nueve casos sobre cien, me siento movido a conformarme con sus decisiones. Pero lo importante es estar seguros de que no hay en ella la más leve huella de sugestión. La voz pública tiene que ser rigurosamente auténtica, y con frecuencia es muy difícil percibir y mantener esa distinción. En este caso, me parece que la "opinión pública" referente a una pandilla se ha visto fomentada por el suceso colateral que se detalla en el tercero de los pasajes que le he mostrado. Todo París está excitado por el descubrimiento del cadáver de Marie, una joven tan hermosa como conocida. El cuerpo muestra señales de violencia y aparece flotando en el río. Pero entonces se da a conocer que en esos mismos días en que se supone que Marie fue asesinada, otra joven ha sido víctima de una pandilla de depravados y ha sufrido un ultraje análogo al padecido por la difunta. ¿Cabe maravillarse de que la atrocidad conocida haya podido influir sobre el juicio popular con respecto a la desconocida? Ese juicio esperaba una dirección, y el ultraje ya conocido parecía indicarla oportunamente. También Marie fue encontrada en el río, y fue allí donde tuvo lugar el otro atentado. La relación entre ambos hechos era tan palpable, que lo asombroso hubiera sido que la opinión dejara de apreciarla y utilizarla. Pero, en realidad, si de algo sirve el primer ultraje, cometido en la forma conocida, es para probar que el segundo, ocurrido casi al mismo tiempo, no fue cometido en esa forma. Hubiera sido un milagro que, mientras una banda de malhechores perpetraba en cierto lugar un atentado de la más nefanda especie, otra banda similar, en un lugar igualmente similar, en la misma ciudad, bajo idénticas circunstancias, con los mismos medios y recursos, estuviera entregada a un atentado de la misma naturaleza y en el mismo período de tiempo. Sin embargo, la opinión popular así movida pretende justamente hacernos creer en esa extraordinaria serie de coincidencias.

»Antes de seguir, consideremos la supuesta escena del asesinato en el soto de la Barrière du Roule. Aunque denso, el soto se halla en la inmediata vecindad de un camino público. Había en su interior tres o cuatro grandes piedras que formaban una especie de asiento, con respaldo y escabel. Sobre la piedra superior se encontraron unas enaguas blancas; en la segunda una chalina de seda. También aparecieron una sombrilla, guantes y un pañuelo de bolsillo. El pañuelo ostentaba el nombre "Marie Rogêt". En las zarzas aparecían jirones de ropas. La tierra estaba pisoteada, rotas las ramas y no cabía duda de que había tenido lugar una violenta lucha.

»No obstante el entusiasmo con que la prensa recibió el descubrimiento de este soto y la unanimidad con que aceptó que se trataba del escenario del atentado, preciso es admitir la existencia de muy serios motivos de duda. Puedo o no creer que ése sea el escenario, pero insisto en que hay muchos motivos de duda. Si, como lo sugiere Le Commerciel, el verdadero escenario se encontrara en las vecindades de la rue Pavee St. André y los perpetradores del crimen se hallaran todavía en París, éstos debieron quedarse aterrados al ver que la atención pública era orientada con tanta agudeza por la buena senda. Cierto tipo de inteligencia no habría tardado en advertir la urgente necesidad de dar un paso que volviera a desviar la atención. Y puesto que el soto de la

Barrière du Roule había ya dado motivo a sospechas, la idea de depositar allí los objetos que se encontraron era perfectamente natural. Pese a lo que dice Le Soleil, no existe verdadera prueba de que los objetos hayan estado allí mucho más de algunos días, en tanto abundan las pruebas circunstanciales de que no podrían haberse encontrado en el lugar sin despertar la atención durante los veinte días transcurridos desde el domingo fatal a la tarde en que fueron hallados por los niños. "Los efectos —dice Le Soleil, siguiendo la opinión de sus predecesores— aparecían estropeados y enmohecidos por la acción de las lluvias; el moho los había pegado entre sí. El pasto había crecido en torno y encima de algunos de ellos. La seda de la sombrilla era muy fuerte, pero sus fibras se habían adherido unas a otras por dentro. La parte superior, de tela doble y forrada, estaba enmohecida por la acción de la intemperie y se rompió al querer abrirla." Con respecto al pasto "que había crecido en torno y encima de algunos de ellos", no cabe duda de que el hecho sólo pudo ser registrado partiendo de las declaraciones y los recuerdos de dos niños, ya que éstos levantaron los efectos y los llevaron a su casa antes de que un tercero los viera. Ahora bien, en tiempo caluroso y húmedo (como el correspondiente al momento del crimen) el pasto crece hasta dos o tres pulgadas en un solo día. Una sombrilla tirada en un campo recién sembrado de césped quedará completamente oculta en una semana. Y, por lo que se refiere a ese moho, sobre el cual Le Soleil insiste al punto de emplear tres veces el término o sus derivados en un solo y breve comentario, ¿cómo puede ignorar sus características? ¿Habrá que explicarle que se trata de una de las muchas variedades de fungus, cuyo rasgo más común consiste en nacer y morir dentro de las veinticuatro horas?

»Vemos así, de una ojeada, que todo lo que con tanta soberbia se ha aducido para sostener que los objetos habían estado "tres o cuatro semanas por lo menos" en el soto, resulta totalmente nulo como prueba. Por otra parte, cuesta mucho creer que esos efectos pudieron quedar en el soto durante más de una semana (digamos de un domingo a otro). Quienes saben algo sobre los aledaños de París no ignoran lo difícil que es aislarse en ellos, a menos de alejarse mucho de los suburbios. Ni por un momento cabe imaginar un sitio inexplorado o muy poco frecuentado entre sus bosques o sotos. Imaginemos a un enamorado de la naturaleza, atado por sus deberes al polvo y al calor de la metrópoli, que pretenda, incluso en días de semana, saciar su sed de soledad en los lugares llenos de encanto natural que rodean la ciudad. A cada paso nuestro excursionista verá disiparse el creciente encanto ante la voz y la presencia de algún individuo peligroso o de una pandilla de pájaros de avería en plena fiesta. Buscará la soledad en lo más denso de la vegetación, pero en vano. He ahí los rincones específicos donde abunda la canalla, he ahí los templos más profanados. Lleno de repugnancia, nuestro paseante volverá a toda prisa al sucio París, mucho menos odioso como sumidero que esos lugares donde la suciedad resulta tan incongruente. Pero si la vecindad de París se ve colmada durante la semana, ¿qué diremos del domingo? En ese día, precisamente, el matón que se ve libre del peso del trabajo o no tiene oportunidad de cometer ningún delito, busca los aledaños de la ciudad, no porque le guste la campiña, ya que la desprecia, sino porque allí puede escapar a las restricciones y convenciones sociales. No busca el aire fresco y el verdor de los árboles, sino la completa licencia del campo. Allí, en la posada al borde del camino o bajo el follaje de los bosques, se entrega sin otros testigos que sus camaradas a los desatados excesos de la falsa alegría, doble producto de la libertad y del ron. Lo que afirmo puede ser verificado por cualquier observador desapasionado: habría que considerar como una especie de milagro que los artículos en cuestión hubieran permanecido ocultos durante más de una semana en cualquiera de los sotos de los alrededores inmediatos de París.

»Pero hay además otros motivos para sospechar que esos efectos fueron dejados en el soto con miras a distraer la atención de la verdadera escena del atentado En primer término, observe usted la fecha de su descubrimiento y relaciónela con la del quinto pasaje extraído por mí de los diarios. Observará que el descubrimiento siguió casi inmediatamente a las urgentes comunicaciones enviadas al diario. Aunque diversas y provenientes, al parecer, de distintas fuentes, todas ellas tendían a lo mismo, vale decir a encaminar la atención hacia una pandilla como perpetradora del atentado en las vecindades de la Barrière du Roule. Ahora bien, lo que debe observarse es que esos objetos no fueron encontrados por los muchachos como consecuencia de dichas comunicaciones o por la atención pública que las mismas habían provocado, sino que los efectos no fueron encontrados antes por la sencilla razón de que no se hallaban en el soto, y que fueron depositados allí en la fecha o muy poco antes de la fecha de las comunicaciones al diario por los culpables autores de las comunicaciones mismas.

»Dicho soto es un lugar sumamente curioso. La vegetación es muy densa, y dentro de los límites cercados por ella aparecen tres extraordinarias piedras que forman un asiento con respaldo y escabel. Este soto, tan lleno de arte, se halla en la vecindad inmediata, a poquísima distancia de la morada de madame Deluc, cuyos hijos acostumbraban a explorar minuciosamente los arbustos en busca de corteza de sasafrás. ¿Sería insensato apostar —y apostar mil contra uno— que jamás transcurrió un solo día sin que alguno de los niños penetrara en aquel sombrío recinto vegetal y se encaramara en el trono natural formado por las piedras? Quien vacilara en hacer esa apuesta no ha sido nunca niño o ha olvidado el carácter infantil. Lo repito: es muy difícil comprender cómo esos efectos pudieron permanecer en el soto más de uno o dos días sin ser descubiertos. Y ello proporciona un sólido terreno para sospechar —pese a la dogmática ignorancia de Le Soleil– que fueron arrojados en ese sitio en una fecha comparativamente tardía.

»Pero aún hay otras y más sólidas razones para creer esto último. Permítame señalarle lo artificioso de la distribución de los efectos. En la piedra más alta aparecían unas enaguas blancas; en la segunda, una chalina de seda; tirados alrededor, una sombrilla, guantes y un pañuelo de bolsillo con el nombre "Marie Rogêt". He aquí una distribución que naturalmente haría una persona no demasiado sagaz queriendo dar la impresión de naturalidad. Pero esta disposición no es en absoluto natural. Lo más lógico hubiera sido suponer todos los efectos en el suelo y pisoteados. En los estrechos límites de esa enramada parece difícil que las enaguas y la chalina hubiesen podido quedar sobre las piedras, mientras eran sometidas a los tirones en uno y otro sentido de varias personas en lucha. Se dice que "la tierra estaba removida, rotos los arbustos y no cabía duda de que una lucha había tenido lugar". Pero las enaguas y la chalina aparecen colocadas allí como en los cajones de una cómoda. "Los jirones del vestido en las zarzas tenían unas tres pulgadas de ancho por seis de largo. Uno de ellos correspondía al dobladillo del vestido y había sido remendado… Daban la impresión de pedazos arrancados." Aquí, inadvertidamente, Le Soleil emplea una frase extraordinariamente sospechosa. Según la descripción, en efecto, los jirones "dan la impresión de pedazos arrancados", pero arrancados a mano y deliberadamente. Es un accidente rarísimo que, en ropa como la que nos ocupa, un jirón "sea arrancado" por una espina. Dada la naturaleza de semejantes tejidos, cuando una espina o un clavo se engancha en ellos los desgarra rectangularmente, dividiéndolos en dos desgarraduras longitudinales en ángulo recto, que se encuentran en un vértice constituido por el punto donde penetra la espina; en esa forma, resulta casi imposible concebir que el jirón "sea arrancado". Por mi parte no lo he visto nunca, y usted tampoco. Para arrancar un pedazo de semejante tejido hará falta casi siempre la acción de dos fuerzas actuando en diferentes direcciones. Sólo si el tejido tiene dos bordes, como, por ejemplo, en el caso de un pañuelo, y se desea arrancar una tira, bastará con una sola fuerza. Pero en esta instancia se trata de un vestido que no tiene más que un borde. Para que una espina pudiera arrancar una tira del interior, donde no hay ningún borde, hubiera hecho falta un milagro, aparte de que no bastaría con una sola espina. Aun si hubiera un borde, se requerirían dos espinas, de las cuales una actuaría en dos direcciones y la otra en una. Y conste que en este caso suponemos que el borde no está dobladillado. Si lo estuviera, no habría la menor posibilidad de arrancar una tira. Vemos, pues, los muchos y grandes obstáculos que se ofrecen a las espinas para "arrancar" tiras de una tela, y, sin embargo, se pretende que creamos que así han sido arrancados varios jirones. ¡Y uno de ellos correspondía al dobladillo del vestido! Otra de las tiras era parte de la falda, pero no del dobladillo. Vale decir que había sido completamente arrancado por las espinas del interior sin bordes del vestido. Bien se nos puede perdonar por no creer en semejantes cosas; y, sin embargo, tomadas colectivamente, ofrecen quizá menos campo a la sospecha que la sola y sorprendente circunstancia de que esos artículos hubieran sido abandonados en el soto por asesinos que se habían tomado el trabajo de transportar el cadáver. Empero, usted no habrá comprendido claramente mi pensamiento si supone que mi intención es negar que el soto haya sido el escenario del atentado. La villanía pudo ocurrir en ese lugar o, con mayor probabilidad, un accidente pudo producirse en la posada de madame Deluc. Pero éste es un punto de menor importancia. No es nuestra intención descubrir el escenario del crimen, sino encontrar a sus perpetradores. Lo que he señalado, no obstante lo minucioso de mis argumentos, tiene por objeto, en primer lugar, mostrarle lo absurdo de las dogmáticas y aventuradas afirmaciones de Le Soleil, y en segundo término, y de manera especial, conducirlo por una ruta natural a un nuevo examen de una duda: la de si este asesinato ha sido o no la obra de una pandilla.

»Resumiremos el asunto aludiendo brevemente a los odiosos detalles que surgen de las declaraciones del médico forense en la indagación judicial. Basta señalar que sus inferencias dadas a conocer con respecto al número de los bandidos participantes en el atentado fueron ridiculizadas como injustas y totalmente privadas de fundamento por los mejores anatomistas de París. No se trata de que ello no haya podido ser como se infiere, sino de que no había fundamentos para esa inferencia. ¿Y no los había, en cambio, para otra?

»Reflexionemos ahora sobre "las huellas de una lucha" y preguntémonos qué es lo que tales huellas alcanzan a demostrar. ¿Una pandilla? ¿Pero no demuestran, por el contrario, la ausencia de una pandilla? ¿Qué lucha podía tener lugar, tan violenta y prolongada, como para dejar "huellas" en todas direcciones entre una débil e indefensa muchacha y la imaginable pandilla de malhechores? El silencioso abrazo de unos pocos brazos robustos y todo habría terminado. La víctima debía quedar reducida a una total pasividad. Recordará usted que los argumentos empleados sobre el soto como escenario de lo ocurrido se aplican, en su mayor parte, a un ultraje cometido por más de un individuo. Solamente si imaginamos a un violador podremos concebir (y sólo entonces) una lucha tan violenta y obstinada como para dejar semejantes "huellas".

»Ya he mencionado la sospecha que nace de que los objetos en cuestión fueran abandonados en el soto. Parece casi imposible que semejantes pruebas de culpabilidad hayan sido dejadas accidentalmente donde se las encontró. Si suponemos una suficiente presencia de ánimo para retirar el cadáver, ¿qué pensar de una prueba aún más positiva que el cuerpo mismo (cuyas facciones hubieran sido borradas prontamente por la corrupción) abandonada a la vista de cualquiera en la escena del atentado? Me refiero al pañuelo con el nombre de la muerta. Si quedó allí por accidente, no hay duda de que no se trataba de una pandilla. Sólo cabe imaginar ese accidente relacionado con una sola persona. Veamos: un individuo acaba de cometer el asesinato. Está solo con el fantasma de la muerta. Se siente aterrado por lo que yace inanimado ante él. El arrebato de su pasión ha cesado y en su pecho se abre paso el miedo de lo que acaba de cometer. Le falta esa confianza que la presencia de otros inspira. Está solo con el cadáver. Tiembla, se siente confundido. Pero es necesario ocultar el cuerpo. Lo arrastra hacia el río dejando atrás todas las otras pruebas de su culpabilidad; sería difícil, si no imposible, llevar todo a la vez, y además no habrá dificultad en regresar más tarde en busca del resto. Mas en ese trabajoso recorrido hasta el agua su temor redobla. Los sonidos de la vida acechan en su camino. Diez veces oye o cree oír los pasos de un observador. Hasta las mismas luces de la ciudad lo espantan. Con todo, después de largas y frecuentes pausas, llenas de terrible ansiedad, llega a la orilla del río y hace desaparecer su espantosa carga quizá con ayuda de un bote. Pero ahora, ¿qué tesoros tiene el mundo, qué amenazas de venganza para impulsar al solitario asesino a recorrer una vez más el trabajoso y arriesgado camino hasta el soto, donde quedan los espeluznantes recuerdos de lo sucedido? No, no volverá, sean cuales fueren las consecuencias. Aun si quisiera, no podría volver. Su único pensamiento es el de escapar inmediatamente. Da la espalda para siempre a esos terribles bosques y huye como de una maldición.

»¿Pasaría lo mismo con una banda? Su número les habría inspirado recíproca confianza, en el caso de que ésta falte alguna vez en el pecho de un criminal empedernido; y una pandilla sólo podemos suponerla formada por individuos de esa laya. Su número, pues, hubiera impedido el incontrolable y alocado temor que, según imagino, debió de paralizar a un hombre solo. Si podemos presumir un descuido por parte de uno, dos o tres, sin duda el cuarto hubiera pensado en ello. No habrían dejado huella alguna a sus espaldas, ya que su número les permitía llevarse todo de una sola vez. No había ninguna necesidad de volver.

«Considere ahora el hecho de que en el vestido que llevaba el cadáver al ser encontrado, "una tira de un pie de ancho había sido arrancada del vestido, desde el ruedo de la falda hasta la cintura; aparecía arrollada tres veces en la cintura y asegurada mediante una especie de ligadura en la espalda". Esto se hizo con evidente intención de obtener un asa mediante la cual transportar el cuerpo. Pero, en caso de tratarse de varios hombres, ¿habrían recurrido a eso? Para tres o cuatro de ellos, los miembros del cadáver proporcionaban no sólo suficiente asidero, sino el mejor posible. El sistema empleado corresponde a un solo individuo, y esto nos lleva al hecho de que "entre el soto y el río se descubrió que los vallados habían sido derribados y la tierra mostraba señales de que se había arrastrado una pesada carga". ¿Cree usted que varios individuos se hubieran impuesto la superflua tarea de derribar un vallado para arrastrar un cuerpo que podía ser pasado por encima en un momento? ¿Cree usted que varios hombres hubieran arrastrado un cuerpo al punto de dejar evidentes huellas?

»Aquí corresponde referirse a una observación de Le Commerciel, que en cierta medida ya he comentado antes. "Un trozo de una de las enaguas de la infortunada muchacha —dice—, de dos pies de largo por uno de ancho, le fue aplicado bajo el mentón y atado detrás de la cabeza, probablemente para ahogar sus gritos. Los individuos que hicieron esto no tenían pañuelos en el bolsillo."

»Ya he hecho notar que un verdadero pillastre no carece nunca de pañuelo. Pero no me refiero ahora a eso. Que dicha atadura no fue empleada por falta de pañuelo y para los fines que supone Le Commerciel, lo demuestra el hallazgo del pañuelo en el lugar del hecho; y que su finalidad no era la de "ahogar sus gritos", surge de que se haya empleado esa atadura en vez de algo que hubiera sido mucho más adecuado. Pero los términos de los testimonios aluden a la tira en cuestión diciendo que "apareció alrededor del cuello, pero no apretada, aunque había sido asegurada con un nudo firmísimo". Estos términos son bastante vagos, pero difieren completamente de los de Le Commerciel. La tira tenía dieciocho pulgadas de ancho y, por lo tanto, aunque fuera de muselina, constituía una banda muy fuerte si se la doblaba sobre sí misma longitudinalmente. Así fue como se la encontró. Mi deducción es la siguiente: El asesino solitario, después de llevar alzado el cuerpo durante un trecho (sea desde el soto u otra parte) ayudándose con la tira arrollada a la cintura, notó que el peso resultaba excesivo para sus fuerzas. Resolvió entonces arrastrar su carga, y la investigación demuestra que, en efecto, el cuerpo fue arrastrado. A tal fin, era necesario atar una especie de cuerda a una de las extremidades. El mejor lugar era el cuello, ya que la cabeza impediría que se zafara. En este punto, el asesino debió pensar en la tira que circundaba la cintura de la víctima. Hubiera querido usarla, pero se le planteaba el inconveniente de que estaba arrollada al cadáver, sujeta por una atadura, sin contar que no había sido completamente arrancada del vestido. Más fácil resultaba arrancar una nueva tira de las enaguas. Así lo hizo, ajustándola al cuello, y en esa forma arrastró a su víctima hasta la orilla del río. El hecho de que este lazo, difícil y penosamente obtenido, y sólo a medias adecuado a su finalidad, fuera sin embargo empleado por el asesino, nace del hecho de que éste estaba ya demasiado lejos para utilizar la chalina, vale decir, después que hubo abandonado el soto (si se trataba del soto) y se encontraba a mitad de camino entre éste y el río.

»Dirá usted que el testimonio de madame Deluc (!) apunta especialmente a la presencia de una pandilla en la vecindad del soto, aproximadamente, en el momento del asesinato. Estoy de acuerdo. Incluso me pregunto si no había una docena de pandillas como la descrita por madame Deluc en la vecindad de la Barrière du Roule y aproximadamente en el momento de la tragedia. Pero la pandilla que se ganó la marcada enemistad —y el testimonio tardío y bastante sospechoso— de madame Deluc, es la única a la cual esta honesta y escrupulosa anciana reprocha haberse regalado con sus pasteles y haber bebido su coñac sin tomarse la molestia de pagar los gastos. Et hinc illæ iræ?

»Pero, ¿cuál es el preciso testimonio de madame Deluc? "Se presentó una pandilla de malandrines, los cuales se condujeron escandalosamente, comieron y bebieron sin pagar, siguieron luego la ruta que habían tomado los dos jóvenes y regresaron a la posada al anochecer, volviendo a cruzar el río como si tuvieran mucha prisa."

»Ahora bien, esta "gran prisa" debió probablemente parecer más grande a ojos de madame Deluc, quien reflexionaba triste y nostálgicamente sobre sus pasteles y su cerveza profanados, y por los cuales debió abrigar aún alguna esperanza de compensación. ¿Por qué, si no, se refirió a la prisa, desde el momento que ya era "el anochecer"? No hay ninguna razón para asombrarse de que una banda de pillos se apresure a volver a casa cuando queda por cruzar en bote un ancho río, cuando amenaza tormenta y se acerca la noche. «Digo que se acerca, pues la noche aún no había caído. Era tan sólo "al anochecer" cuando la prisa indecente de aquellos "bandidos" ofendió los modestos ojos de madame Deluc. Pero estamos enterados de que esa misma noche, tanto madame Deluc como su hijo mayor, "oyeron los gritos de una mujer en la vecindad de la posada". ¿Y qué palabras emplea madame Deluc para señalar el momento de la noche en que se oyeron esos gritos? "Poco después de oscurecer", afirma. Pero "poco después de oscurecer" significa que ya ha oscurecido. Vale decir, resulta perfectamente claro que la pandilla abandonó la Barrière du Roule antes de que se produjeran los gritos escuchados (?) por madame Deluc. Y aunque en las muchas transcripciones del testimonio las expresiones en cuestión son clara e invariablemente empleadas como acabo de hacerlo en mi conversación con usted, hasta ahora ninguno de los diarios parisienses, ni ninguno de los funcionarios policiales ha señalado tan gruesa discrepancia.

»Sólo añadiré un argumento contra la noción de una banda, pero el mismo tiene, en mi opinión, un peso irresistible. Dada la enorme recompensa ofrecida y el pleno perdón que se concede por toda declaración probatoria, no cabe imaginar un solo instante que algún miembro de una pandilla de miserables criminales —o de cualquier pandilla— no haya traicionado hace rato a sus cómplices. En una pandilla colocada en esa situación, cada uno de sus miembros no está tan ansioso de recompensa o de impunidad, como temeroso de ser traicionado. Se apresura a delatar lo antes posible, a fin de no ser delatado a su turno. Y que el secreto no haya sido divulgado es la mejor prueba de que realmente se trata de un secreto. Los horrores de esa terrible acción sólo son conocidos por Dios y por una o dos personas.

»Resumamos los magros pero evidentes frutos de nuestro análisis. Hemos llegado, ya sea a la noción de un accidente fatal en la posada de madame Deluc, o de un asesinato perpetrado en el soto de la Barrière du Roule por un amante o, en todo caso, por alguien íntima y secretamente vinculado con la difunta. Esta persona es de tez morena. Dicha tez, la ligadura en la tira que rodeaba el cuerpo, y el "nudo de marinero" con el cual apareció atado el cordón de la cofia, apuntan a un marino. Su camaradería con la difunta, muchacha alegre pero no depravada, lo designa como perteneciente a un grado superior al de simple marinero. Las comunicaciones al diario, correctamente escritas, son en gran medida una corroboración de lo anterior. La circunstancia de la primera fuga, conforme la menciona Le Mercure, tiende a conectar la idea de este marino con la del "oficial de marina", de quien se sabe que fue el primero en inducir a la infortunada víctima a cometer una irregularidad.

»Y aquí, de la manera más justa, interviene el hecho de la continua ausencia del hombre moreno. Permítame hacerle notar de paso que la tez del mismo es morena y atezada; no es un color moreno común el que atrajo la atención tanto de Valence como de madame Deluc. Pero, ¿por qué está ausente este hombre? ¿Fue asesinado por la pandilla? Si es así, ¿cómo no hay más que huellas de la joven asesinada? Es natural suponer que los dos atentados se produjeron en el mismo lugar. ¿Y dónde se halla su cadáver? Con toda probabilidad, los asesinos hubieran hecho desaparecer a ambos en la misma forma. Pero lo que cabe suponer es que este hombre vive, y que lo que le impide darse a conocer es el miedo de que lo acusen del asesinato. Esta razón es la que influye sobre él actualmente, en esta última fase de la investigación, ya que los testimonios han señalado que se le vio con Marie; pero no tenía ninguna influencia en el período inmediato al crimen. El primer impulso de un inocente hubiera sido denunciar el ultraje y ayudar a identificar a los culpables. Era lo que correspondía. El hombre había sido visto con la joven. Cruzó el río con ella en un ferryboat. Aun para un atrasado mental la denuncia de los asesinos era el único y más seguro medio de librarse personalmente de toda sospecha. No podemos imaginarlo, en la noche del domingo fatal, inocente y a la vez ignorante del atentado que acababa de cometerse. Y, sin embargo, sólo cabría suponer esas circunstancias para concebir que hubiese dejado de denunciar a los asesinos en caso de hallarse con vida.

»¿Qué medios tenemos para llegar a la verdad? A medida que sigamos adelante los veremos multiplicarse y ganar en claridad. Cribemos hasta el fondo la cuestión de la primera escapatoria. Documéntemenos sobre la historia de "el oficial", con sus circunstancias actuales y sus andanzas en el momento preciso del asesinato. Comparemos cuidadosamente entre sí las distintas comunicaciones enviadas al diario de la noche, cuyo objeto era inculpar a una pandilla. Hecho esto, comparemos dichas comunicaciones, tanto desde el punto de vista del estilo como de su presentación, con las enviadas al diario de la mañana, en un período anterior, y que tenían por objeto insistir con vehemencia en la culpabilidad de Mennais. Cumplido todo esto, comparemos el total de esas comunicaciones con papeles escritos de puño y letra por el susodicho oficial. Tratemos de asegurarnos, mediante repetidos interrogatorios a madame Deluc y a sus hijos, así como a Valence, el conductor del ómnibus, de más detalles sobre la apariencia personal del "hombre de la tez morena". Hábilmente dirigidas, estas indagaciones no dejarán de extraer informaciones sobre estos puntos particulares (o sobre otros), que incluso los interrogados pueden no saber que están en condiciones de proporcionar. Y sigamos entonces la huella del bote recogido por el lanchero en la mañana del lunes veintitrés de junio, bote que fue retirado, sin el timón, del depósito de lanchas, a escondidas del empleado de turno y en un momento anterior al descubrimiento del cadáver. Con la debida precaución y perseverancia daremos infaliblemente con ese bote, pues no sólo el lanchero que lo encontró puede identificarlo, sino que tenemos su timón. El gobernalle de un bote de vela no hubiera sido abandonado fácilmente, si se tratara de alguien que no tenía nada que reprocharse. Y aquí haré un paréntesis para insinuar un detalle. El hallazgo del bote a la deriva no fue anunciado en el momento. Conducido discretamente al depósito de lanchas, fue retirado con la misma discreción. Pero su propietario o usuario, ¿cómo pudo saber, en la mañana del martes y sin ayuda de ningún anuncio, dónde se hallaba el bote, salvo que supongamos que está vinculado de alguna manera con la marina, y que esa vinculación personal y permanente le permitía enterarse de sus menores novedades, de sus mínimas noticias locales?

»Al hablar del asesino solitario, que arrastra a su víctima hasta la costa, he sugerido ya la posibilidad de que hubiera hecho uso de un bote. Podemos sostener ahora que Marie Rogêt fue echada al agua desde un bote, lo cual me parece lógico, ya que no cabía confiar el cadáver a las aguas poco profundas de la costa. Las peculiares marcas de la espalda y hombros de la víctima apuntan a las cuadernas del fondo de un bote. También corrobora esta idea el que el cadáver fuera encontrado sin un peso atado como lastre. De haber sido echado al agua en la costa, le hubieran agregado algún peso. Cabe suponer que la falta del mismo se debió a un descuido del asesino, que olvidó llevarlo consigo al alejarse río adentro. En el momento de lanzar el cuerpo al agua debió de advertir su olvido, pero no tenía nada a mano para remediarlo. Debió de preferir cualquier riesgo antes que regresar a aquella terrible playa. Luego, libre de su fúnebre carga, el asesino se apresuró a regresar a la ciudad. Allí, en algún muelle mal iluminado, saltó a tierra. En cuanto al bote, ¿lo amarraría allí mismo? Debió de proceder con demasiada prisa para pensar en tal cosa. Además, de amarrarlo, hubiera sentido que dejaba a sus espaldas pruebas contra sí mismo. Su reacción natural debió de ser la de alejar lo más posible todo lo que guardara alguna relación con el crimen. No sólo quería huir de aquel muelle, sino que no permitiría que el bote quedara allí. Seguramente lo lanzó a la deriva. Pero sigamos adelante con nuestras suposiciones. A la mañana siguiente, el miserable se siente presa del más inexpresable horror al enterarse de que el bote ha sido recogido y llevado a un lugar que él frecuenta diariamente; un lugar donde quizá sus obligaciones lo hacen acudir de continuo. A la noche siguiente, sin atreverse a pedir el timón, se apodera del bote. Ahora bien: ¿dónde está ese bote sin gobernalle? Descubrirlo debe constituir uno de nuestros primeros propósitos. De la luz que emane de ese descubrimiento comenzará a nacer el día de nuestro triunfo. Con una rapidez que nos sorprenderá, el bote va a guiarnos hasta aquel que lo utilizó en la medianoche del domingo fatal. Una corroboración seguirá a otra y el asesino será identificado.»

Por razones que no especificaremos, pero que resultarán obvias a muchos lectores, nos hemos tomado la libertad de omitir la parte del manuscrito confiado a nuestras manos dónde se detalla el seguimiento de la apenas perceptible pista lograda por Dupin. Sólo nos parece conveniente dejar constancia, en resumen, de que los resultados previstos fueron alcanzados, y que el prefecto cumplió fielmente, aunque sin muchas ganas, los términos de su convenio con el chevalier. El artículo del señor Poe concluye con las siguientes palabras (Los directores):

Se comprenderá que hablo de coincidencias y nada más. Lo que he dicho sobre este punto debe bastar. No hay fe en mi corazón sobre lo preternatural. Que la naturaleza y su Dios son dos, nadie capaz de pensar lo negará. Que el segundo, creando la primera, puede controlarla y modificarla a su voluntad, es asimismo incuestionable. Digo «a su voluntad» porque se trata de una cuestión de voluntad y no, como el extravío de la lógica supone, de poder. No se trata de que la Deidad no pueda modificar sus leyes, sino que la insultamos al suponer una posible necesidad de modificación. En sus orígenes, esas leyes fueron planeadas para abrazar todas las contingencias que podrían presentarse en el futuro. Con Dios, todo es ahora.

Repito, pues, que sólo hablo de estas cosas como de coincidencias. Más aún: en lo que he relatado se verá que entre el destino de la infortunada Mary Cecilia Rogers (hasta donde dicho destino es conocido) y el de una tal Marie Rogêt (hasta un momento dado de su historia) existió un paralelo de tan extraordinaria exactitud que frente a él la razón se siente confundida. He dicho que esto se verá. Pero no se suponga por un solo instante que, al continuar con la triste narración referente a Marie desde la época mencionada, y seguir hasta su desenlace el misterio que rodeó su muerte, abrigo la encubierta intención de insinuar que el paralelo continúa, o sugerir que las medidas adoptadas en París para el descubrimiento del asesino de una grisette, o cualquier medida fundada en raciocinios similares, producirían en el otro caso resultados equivalentes.

Preciso es tener en cuenta —refiriéndonos a la última parte de la suposición— que la más nimia variación en los hechos de los dos casos podría dar motivo a los más grandes errores al hacer tomar a ambas series de eventos distintas direcciones; lo mismo que, en aritmética, un error que en sí mismo es insignificante, por mera multiplicación en los distintos pasos de un proceso llega a producir un resultado enormemente alejado de la verdad. Con respecto a la primera parte de las suposiciones, no debemos olvidar que el cálculo de probabilidades al cual me referí antes prohíbe toda idea de la prolongación del paralelismo, y lo hace con una fuerza y decisión proporcionales a la medida en que dicho paralelo se ha mostrado hasta entonces exacto y acertado. Es ésta una de esas proposiciones anómalas que, reclamando en apariencia un pensar diferente del pensar matemático, sólo puede ser plenamente abarcada por una mente matemática. Nada más difícil, por ejemplo, que convencer al lector corriente de que el hecho de que el seis haya sido echado dos veces por un jugador de dados, basta para apostar que no volverá a salir en la tercera tentativa. El intelecto rechaza casi siempre toda sugestión en este sentido. No se acepta que dos tiros ya efectuados, y que pertenecen por completo al pasado, puedan influir sobre un tiro que sólo existe en el futuro. Las probabilidades de echar dos seises parecen exactamente las mismas que en cualquier otro momento, vale decir que sólo están sometidas a la influencia de todos los otros tiros que pueden producirse en el juego de dados. Esta reflexión parece tan obvia que las tentativas de contradecirla son casi siempre recibidas con una sonrisa despectiva antes que con atención respetuosa. No pretendo exponer aquí, dentro de los límites de este trabajo, el craso error involucrado en esa actitud; para los que entienden de filosofía, no necesita explicación. Baste decir que forma parte de una infinita serie de engaños que surgen en la senda de la razón, por culpa de su tendencia a buscar la verdad en el detalle.

LA BANDA DE LOS LUNARES

Por ARTHUR CONAN DOYLE

Al repasar mis notas sobre los setenta y tantos casos en los que, durante los ocho últimos años, he estudiado los métodos de mi amigo Sherlock Holmes, he encontrado muchos trágicos, algunos cómicos, un buen número de ellos que eran simplemente extraños, pero ninguno vulgar; porque, trabajando como él trabajaba, más por amor a su arte que por afán de riquezas, se negaba a intervenir en ninguna investigación que no tendiera a lo insólito e incluso a lo fantástico. Sin embargo, entre todos estos casos tan variados, no recuerdo ninguno que presentara características más extraordinarias que el que afectó a una conocida familia de Surrey, los Roylott de Stoke Moran. Los acontecimientos en cuestión tuvieron lugar en los primeros tiempos de mi asociación con Holmes, cuando ambos compartíamos un apartamento de solteros en Baker Street. Podría haberlo dado a conocer antes, pero en su momento se hizo una promesa de silencio, de la que no me he visto libre hasta el mes pasado, debido a la prematura muerte de la dama a quien se hizo la promesa. Quizás convenga sacar los hechos a la luz ahora, pues tengo motivos para creer que corren rumores sobre la muerte del doctor Grimesby Roylott que tienden a hacer que el asunto parezca aún más terrible de lo que fue en realidad.

Una mañana de principios de abril de 1883, me desperté y vi a Sherlock Holmes completamente vestido, de pie junto a mi cama. Por lo general, se levantaba tarde, y en vista de que el reloj de la repisa sólo marcaba las siete y cuarto, le miré parpadeando con una cierta sorpresa, y tal vez algo de resentimiento, porque yo era persona de hábitos muy regulares.

—Lamento despertarle, Watson —dijo—, pero esta mañana nos ha tocado a todos. A la señora Hudson la han despertado, ella se desquitó conmigo, y yo con usted.

—¿Qué es lo que pasa? ¿Un incendio?

—No, un cliente. Parece que ha llegado una señorita en estado de gran excitación, que insiste en verme. Está aguardando en la sala de estar. Ahora bien, cuando las jovencitas vagan por la metrópoli a estas horas de la mañana, despertando a la gente dormida y sacándola de la cama, hay que suponer que tienen que comunicar algo muy apremiante. Si resultara ser un caso interesante, estoy seguro de que le gustaría seguirlo desde el principio. En cualquier caso, me pareció que debía llamarle y darle la oportunidad.

—Querido amigo, no me lo perdería por nada del mundo. No existía para mí mayor placer que seguir a Holmes en todas sus investigaciones y admirar las rápidas deducciones, tan veloces como si fueran intuiciones, pero siempre fundadas en una base lógica, con las que desentrañaba los problemas que se le planteaban.

Me vestí a toda prisa, y a los pocos minutos estaba listo para acompañar a mi amigo a la sala de estar. Una dama vestida de negro y con el rostro cubierto por un espeso velo estaba sentada junto a la ventana y se levantó al entrar nosotros.

—Buenos días, señora —dijo Holmes animadamente—. Me llamo Sherlock Holmes. Éste es mi íntimo amigo y colaborador, el doctor Watson, ante el cual puede hablar con tanta libertad como ante mí mismo. Ajá, me alegro de comprobar que la señora Hudson ha tenido el buen sentido de encender el fuego. Por favor, acérquese a él y pediré que le traigan una taza de chocolate, pues veo que está usted temblando.

—No es el frío lo que me hace temblar —dijo la mujer en voz baja, cambiando de asiento como se le sugería.

—¿Qué es, entonces?

—El miedo, señor Holmes. El terror —al hablar, alzó su velo y pudimos ver que efectivamente se encontraba en un lamentable estado de agitación, con la cara gris y desencajada, los ojos inquietos y asustados, como los de un animal acosado. Sus rasgos y su figura correspondían a una mujer de treinta años, pero su cabello presentaba prematuras mechas grises, y su expresión denotaba fatiga y agobio. Sherlock Holmes la examinó de arriba a abajo con una de sus miradas rápidas que lo veían todo.

—No debe usted tener miedo —dijo en tono consolador, inclinándose hacia delante y palmeándole el antebrazo—. Pronto lo arreglaremos todo, no le quepa duda. Veo que ha venido usted en tren esta mañana.

—¿Es que me conoce usted?

—No, pero estoy viendo la mitad de un billete de vuelta en la palma de su guante izquierdo. Ha salido usted muy temprano, y todavía ha tenido que hacer un largo trayecto en coche descubierto, por caminos accidentados, antes de llegar a la estación.

La dama se estremeció violentamente y se quedó mirando con asombro a mi compañero.

—No hay misterio alguno, querida señora —explicó Holmes sonriendo—. La manga izquierda de su chaqueta tiene salpicaduras de barro nada menos que en siete sitios. Las manchas aún están frescas. Sólo en un coche descubierto podría haberse salpicado así, y eso sólo si venía sentada a la izquierda del cochero.

—Sean cuales sean sus razones, ha acertado usted en todo —dijo ella—. Salí de casa antes de las seis, llegué a Leatherhead a las seis y veinte y cogí el primer tren a Waterloo. Señor, ya no puedo aguantar más esta tensión, me volveré loca de seguir así. No tengo a nadie a quien recurrir… sólo hay una persona que me aprecia, y el pobre no sería una gran ayuda. He oído hablar de usted, señor Holmes; me habló de usted la señora Farintosh, a la que usted ayudó cuando se encontraba en un grave apuro. Ella me dio su dirección. ¡Oh, señor! ¿No cree que podría ayudarme a mí también, y al menos arrojar un poco de luz sobre las densas tinieblas que me rodean? Por el momento, me resulta imposible retribuirle por sus servicios, pero dentro de uno o dos meses me voy a casar, podré disponer de mi renta y entonces verá usted que no soy desagradecida.

Holmes se dirigió a su escritorio, lo abrió y sacó un pequeño fichero que consultó a continuación.

—Farintosh —dijo—. Ah, sí, ya me acuerdo del caso; giraba en torno a una tiara de ópalo. Creo que fue antes de conocernos, Watson. Lo único que puedo decir, señora, es que tendré un gran placer en dedicar a su caso la misma atención que dediqué al de su amiga. En cuanto a la retribución, mi profesión lleva en sí misma la recompensa; pero es usted libre de sufragar los gastos en los que yo pueda incurrir, cuando le resulte más conveniente. Y ahora, le ruego que nos exponga todo lo que pueda servirnos de ayuda para formarnos una opinión sobre el asunto.

—¡Ay! —replicó nuestra visitante—. El mayor horror de mi situación consiste en que mis temores son tan inconcretos, y mis sospechas se basan por completo en detalles tan pequeños y que a otra persona le parecerían triviales, que hasta el hombre a quien, entre todos los demás, tengo derecho a pedir ayuda y consejo, considera todo lo que le digo como fantasías de una mujer nerviosa. No lo dice así, pero puedo darme cuenta por sus respuestas consoladoras y sus ojos esquivos. Pero he oído decir, señor Holmes, que usted es capaz de penetrar en las múltiples maldades del corazón humano. Usted podrá indicarme cómo caminar entre los peligros que me amenazan.

—Soy todo oídos, señora.

—Me llamo Helen Stoner, y vivo con mi padrastro, último superviviente de una de las familias sajonas más antiguas de Inglaterra, los Roylott de Stoke Moran, en el límite occidental de Surrey.

Holmes asintió con la cabeza.

—El nombre me resulta familiar —dijo.

—En otro tiempo, la familia era una de las más ricas de Inglaterra, y sus propiedades se extendían más allá de los límites del condado, entrando por el norte en Berkshire y por el oeste en Hampshire. Sin embargo, en el siglo pasado hubo cuatro herederos seguidos de carácter disoluto y derrochador, y un jugador completó, en tiempos de la Regencia, la ruina de la familia. No se salvó nada, con excepción de unas pocas hectáreas de tierra y la casa, de doscientos años de edad, sobre la que pesa una fuerte hipoteca. Allí arrastró su existencia el último señor, viviendo la vida miserable de un mendigo aristócrata; pero su único hijo, mi padrastro, comprendiendo que debía adaptarse a las nuevas condiciones, consiguió un préstamo de un pariente que le permitió estudiar medicina, y emigró a Calcuta, donde, gracias a su talento profesional y a su fuerza de carácter, consiguió una numerosa clientela. Sin embargo, en un arrebato de cólera, provocado por una serie de robos cometidos en su casa, azotó hasta matarlo a un mayordomo indígena, y se libró por muy poco de la pena de muerte. Tuvo que cumplir una larga condena, al cabo de la cual regresó a Inglaterra convertido en un hombre huraño y desengañado.

—Durante su estancia en la India, el doctor Roylott se casó con mi madre, la señora Stoner, joven viuda del general de división Stoner, de la artillería de Bengala. Mi hermana Julia y yo éramos gemelas, y sólo teníamos dos años cuando nuestra madre se volvió a casar. Mi madre disponía de un capital considerable, con una renta que no bajaba de las mil libras al año, y se lo confió por entero al doctor Roylott mientras viviésemos con él, estipulando que cada una de nosotras debía recibir cierta suma anual en caso de contraer matrimonio. Mi madre falleció poco después de nuestra llegada a Inglaterra... hace ocho años, en un accidente ferroviario cerca de Crewe. A su muerte, el doctor Roylott abandonó sus intentos de establecerse como médico en Londres, y nos llevó a vivir con él en la mansión ancestral de Stoke Moran. El dinero que dejó mi madre bastaba para cubrir todas nuestras necesidades, y no parecía existir obstáculo a nuestra felicidad.

—Pero, aproximadamente por aquella época, nuestro padrastro experimentó un cambio terrible. En lugar de hacer amistades e intercambiar visitas con nuestros vecinos, que al principio se alegraron muchísimo de ver a un Roylott de Stoke Moran instalado de nuevo en la vieja mansión familiar, se encerró en la casa sin salir casi nunca, a no ser para enzarzarse en furiosas disputas con cualquiera que se cruzase en su camino. El temperamento violento, rayano con la manía, parece ser hereditario en los varones de la familia, y en el caso de mi padrastro creo que se intensificó a consecuencia de su larga estancia en el trópico. Provocó varios incidentes bochornosos, dos de los cuales terminaron en el juzgado, y acabó por convertirse en el terror del pueblo, de quien todos huían al verlo acercarse, pues tiene una fuerza extraordinaria y es absolutamente incontrolable cuando se enfurece.

—La semana pasada tiró al herrero del pueblo al río, por encima del pretil, y sólo a base de pagar todo el dinero que pude reunir conseguí evitar una nueva vergüenza pública. No tiene ningún amigo, a excepción de los gitanos errantes, y a estos vagabundos les da permiso para acampar en las pocas hectáreas de tierra cubierta de zarzas que componen la finca familiar, aceptando a cambio la hospitalidad de sus tiendas y marchándose a veces con ellos durante semanas enteras. También le apasionan los animales indios, que le envía un contacto en las colonias, y en la actualidad tiene un guepardo y un babuino que se pasean en libertad por sus tierras, y que los aldeanos temen casi tanto como a su dueño.

—Con esto que le digo podrá usted imaginar que mi pobre hermana Julia y yo no llevábamos una vida de placeres. Ningún criado quería servir en nuestra casa, y durante mucho tiempo hicimos nosotras todas las labores domésticas. Cuando murió no tenía más que treinta años y, sin embargo, su cabello ya empezaba a blanquear, igual que el mío.

—Entonces, su hermana ha muerto.

—Murió hace dos años, y es de su muerte de lo que vengo a hablarle. Comprenderá usted que, llevando la vida que he descrito, teníamos pocas posibilidades de conocer a gente de nuestra misma edad y posición. Sin embargo, teníamos una tía soltera, hermana de mi madre, la señorita Honoria Westphail, que vive cerca de Harrow, y de vez en cuando se nos permitía hacerle breves visitas. Julia fue a su casa por Navidad, hace dos años, y allí conoció a un comandante de Infantería de Marina retirado, al que se prometió en matrimonio. Mi padrastro se enteró del compromiso cuando regresó mi hermana, y no puso objeciones a la boda. Pero menos de quince días antes de la fecha fijada para la ceremonia, ocurrió el terrible suceso que me privó de mi única compañera.

Sherlock Holmes había permanecido recostado en su butaca con los ojos cerrados y la cabeza apoyada en un cojín, pero al oír esto entreabrió los párpados y miró de frente a su interlocutora.

—Le ruego que sea precisa en los detalles —dijo.

—Me resultará muy fácil, porque tengo grabados a fuego en la memoria todos los acontecimientos de aquel espantoso período. Como ya le he dicho, la mansión familiar es muy vieja, y en la actualidad sólo un ala está habitada. Los dormitorios de esta ala se encuentran en la planta baja, y las salas en el bloque central del edificio. El primero de los dormitorios es el del doctor Roylott, el segundo el de mi hermana, y el tercero el mío. No están comunicados, pero todos dan al mismo pasillo. ¿Me explico con claridad?

—Perfectamente.

—Las ventanas de los tres cuartos dan al jardín. La noche fatídica, el doctor Roylott se había retirado pronto, aunque sabíamos que no se había acostado porque a mi hermana le molestaba el fuerte olor de los cigarros indios que solía fumar. Por eso dejó su habitación y vino a la mía, donde se quedó bastante rato, hablando sobre su inminente boda. A las once se levantó para marcharse, pero en la puerta se detuvo y se volvió a mirarme.

»—Dime, Helen —dijo—. ¿Has oído a alguien silbar en medio de la noche?

»—Nunca —respondí.

»—¿No podrías ser tú, que silbas mientras duermes?

»—Desde luego que no. ¿Por qué?

»—Porque las últimas noches he oído claramente un silbido bajo, a eso de las tres de la madrugada. Tengo el sueño muy ligero, y siempre me despierta. No podría decir de dónde procede, quizás del cuarto de al lado, tal vez del jardín. Se me ocurrió preguntarte por si tú también lo habías oído.

»—No, no lo he oído. Deben ser esos horribles gitanos que hay en la huerta.

»—Probablemente. Sin embargo, si suena en el jardín, me extraña que tú no lo hayas oído también.

»—Es que yo tengo el sueño más pesado que tú.

»—Bueno, en cualquier caso, no tiene gran importancia —me dirigió una sonrisa, cerró la puerta y pocos segundos después oí su llave girar en la cerradura.

—Caramba —dijo Holmes—. ¿Tenían la costumbre de cerrar siempre su puerta con llave por la noche?

—Siempre.

—¿Y por qué?

—Creo haber mencionado que el doctor tenía sueltos un guepardo y un babuino. No nos sentíamos seguras sin la puerta cerrada.

—Es natural. Por favor, prosiga con su relato.

—Aquella noche no pude dormir. Sentía la vaga sensación de que nos amenazaba una desgracia. Como recordará, mi hermana y yo éramos gemelas, y ya sabe lo sutiles que son los lazos que atan a dos almas tan estrechamente unidas. Fue una noche terrible. El viento aullaba en el exterior, y la lluvia caía con fuerza sobre las ventanas. De pronto, entre el estruendo de la tormenta, se oyó el grito desgarrado de una mujer aterrorizada. Supe que era la voz de mi hermana. Salté de la cama, me envolví en un chal y salí corriendo al pasillo. Al abrir la puerta, me pareció oír un silbido, como el que había descrito mi hermana, y pocos segundos después un golpe metálico, como si se hubiese caído un objeto de metal. Mientras yo corría por el pasillo se abrió la cerradura del cuarto de mi hermana y la puerta giró lentamente sobre sus goznes. Me quedé mirando horrorizada, sin saber lo que iría a salir por ella. A la luz de la lámpara del pasillo, vi que mi hermana aparecía en el hueco, con la cara lívida de espanto y las manos extendidas en petición de socorro, toda su figura oscilando de un lado a otro, como la de un borracho. Corrí hacia ella y la rodeé con mis brazos, pero en aquel momento parecieron ceder sus rodillas y cayó al suelo. Se estremecía como si sufriera horribles dolores, agitando convulsivamente los miembros. Al principio creí que no me había reconocido, pero cuando me incliné sobre ella gritó de pronto, con una voz que no olvidaré jamás: «¡Dios mío, Helen! ¡Ha sido la banda! ¡La banda de lunares!» Quiso decir algo más, y señaló con el dedo en dirección al cuarto del doctor, pero una nueva convulsión se apoderó de ella y ahogó sus palabras. Corrí llamando a gritos a nuestro padrastro, y me tropecé con él, que salía en bata de su habitación. Cuando llegamos junto a mi hermana, ésta ya había perdido el conocimiento, y aunque él le vertió brandy por la garganta y mandó llamar al médico del pueblo, todos los esfuerzos fueron en vano, porque poco a poco se fue apagando y murió sin recuperar la conciencia. Éste fue el espantoso final de mi querida hermana.

—Un momento —dijo Holmes—. ¿Está usted segura de lo del silbido y el sonido metálico? ¿Podría jurarlo?

—Eso mismo me preguntó el juez de instrucción del condado durante la investigación. Estoy convencida de que lo oí, a pesar de lo cual, entre el fragor de la tormenta y los crujidos de una casa vieja, podría haberme equivocado.

—¿Estaba vestida su hermana?

—No, estaba en camisón. En la mano derecha se encontró el extremo chamuscado de una cerilla, y en la izquierda una caja de fósforos.

—Lo cual demuestra que encendió una cerilla y miró a su alrededor cuando se produjo la alarma. Eso es importante. ¿Y a qué conclusiones llegó el juez de instrucción?

—Investigó el caso minuciosamente, porque la conducta del doctor Roylott llevaba mucho tiempo dando que hablar en el condado, pero no pudo descubrir la causa de la muerte. Mi testimonio indicaba que su puerta estaba cerrada por dentro, y las ventanas tenían postigos antiguos, con barras de hierro que se cerraban cada noche. Se examinaron cuidadosamente las paredes, comprobando que eran bien macizas por todas partes, y lo mismo se hizo con el suelo, con idéntico resultado. La chimenea es bastante amplia, pero está enrejada con cuatro gruesos barrotes. Así pues, no cabe duda de que mi hermana se encontraba sola cuando le llegó la muerte. Además, no presentaba señales de violencia.

—¿Qué me dice del veneno?

—Los médicos investigaron esa posibilidad, sin resultados.

—¿De qué cree usted, entonces, que murió la desdichada señorita?

—Estoy convencida de que murió de puro y simple miedo o de trauma nervioso, aunque no logro explicarme qué fue lo que la asustó.

—¿Había gitanos en la finca en aquel momento?

—Sí, casi siempre hay algunos.

—Ya. ¿Y qué le sugirió a usted su alusión a una banda… una banda de lunares?

—A veces he pensado que se trataba de un delirio sin sentido; otras veces, que debía referirse a una banda de gente, tal vez a los mismos gitanos de la finca. No sé si los pañuelos de lunares que muchos de ellos llevan en la cabeza le podrían haber inspirado aquel extraño término.

Holmes meneó la cabeza como quien no se da por satisfecho.

—Nos movemos en aguas muy profundas —dijo—. Por favor, continúe con su narración.

—Desde entonces han transcurrido dos años, y mi vida ha sido más solitaria que nunca, hasta hace muy poco. Hace un mes, un amigo muy querido, al que conozco desde hace muchos años, me hizo el honor de pedir mi mano. Se llama Armitage, Percy Armitage, segundo hijo del señor Armitage, de Crane Water, cerca de Reading. Mi padrastro no ha puesto inconvenientes al matrimonio, y pensamos casarnos en primavera. Hace dos días se iniciaron unas reparaciones en el ala oeste del edificio, y hubo que agujerear la pared de mi cuarto, por lo que me tuve que instalar en la habitación donde murió mi hermana y dormir en la misma cama en la que ella dormía. Imagínese mi escalofrío de terror cuando anoche, estando yo acostada pero despierta, pensando en su terrible final, oí de pronto en el silencio de la noche el suave silbido que había anunciado su propia muerte. Salté de la cama y encendí la lámpara, pero no vi nada anormal en la habitación. Estaba demasiado nerviosa como para volver a acostarme, así que me vestí y, en cuanto salió el sol, me eché a la calle, cogí un coche en la posada Crown, que está enfrente de casa, y me planté en Leatherhead, de donde he llegado esta mañana, con el único objeto de venir a verle y pedirle consejo.

—Ha hecho usted muy bien —dijo mi amigo—. Pero ¿me lo ha contado todo?

—Sí, todo.

—Señorita Stoner, no me lo ha dicho todo. Está usted encubriendo a su padrastro.

—¿Cómo? ¿Qué quiere decir?

Por toda respuesta, Holmes levantó el puño de encaje negro que adornaba la mano que nuestra visitante apoyaba en la rodilla. Impresos en la blanca muñeca se veían cinco pequeños moratones, las marcas de cuatro dedos y un pulgar.

—La han tratado con brutalidad —dijo Holmes.

La dama se ruborizó intensamente y se cubrió la lastimada muñeca.

—Es un hombre duro —dijo—, y seguramente no se da cuenta de su propia fuerza.

Se produjo un largo silencio, durante el cual Holmes apoyó el mentón en las manos y permaneció con la mirada fija en el fuego crepitante.

—Es un asunto muy complicado —dijo por fin—. Hay mil detalles que me gustaría conocer antes de decidir nuestro plan de acción, pero no podemos perder un solo instante. Si nos desplazáramos hoy mismo a Stoke Moran, ¿nos sería posible ver esas habitaciones sin que se enterase su padrastro?

—Precisamente dijo que hoy tenía que venir a Londres para algún asunto importante. Es probable que esté ausente todo el día y que pueda usted actuar sin estorbos. Tenemos una sirvienta, pero es vieja y estúpida, y no me será difícil quitarla de en medio.

—Excelente. ¿Tiene algo en contra de este viaje, Watson?

—Nada en absoluto.

—Entonces, iremos los dos. Y usted, ¿qué va a hacer?

—Ya que estoy en Londres, hay un par de cosillas que me gustaría hacer. Pero pienso volver en el tren de las doce, para estar allí cuando ustedes lleguen.

—Puede esperarnos a primera hora de la tarde. Yo también tengo un par de asuntillos que atender. ¿No quiere quedarse a desayunar?

—No, tengo que irme. Me siento ya más aliviada desde que le he confiado mi problema. Espero volverle a ver esta tarde —dejó caer el tupido velo negro sobre su rostro y se deslizó fuera de la habitación.

—¿Qué le parece todo esto, Watson? —preguntó Sherlock Holmes recostándose en su butaca.

—Me parece un asunto de lo más turbio y siniestro.

—Turbio y siniestro a no poder más.

—Sin embargo, si la señorita tiene razón al afirmar que las paredes y el suelo son sólidos, y que la puerta, ventanas y chimenea son infranqueables, no cabe duda de que la hermana tenía que encontrarse sola cuando encontró la muerte de manera tan misteriosa.

—¿Y qué me dice entonces de los silbidos nocturnos y de las intrigantes palabras de la mujer moribunda?

—No se me ocurre nada.

—Si combinamos los silbidos en la noche, la presencia de una banda de gitanos que cuentan con la amistad del viejo doctor, el hecho de que tenemos razones de sobra para creer que el doctor está muy interesado en impedir la boda de su hijastra, la alusión a una banda por parte de la moribunda, el hecho de que la señorita Helen Stoner oyera un golpe metálico, que pudo haber sido producido por una de esas barras de metal que cierran los postigos al caer de nuevo en su sitio, me parece que hay una buena base para pensar que podemos aclarar el misterio siguiendo esas líneas.

—Pero ¿qué es lo que han hecho los gitanos?

—No tengo ni idea.

—Encuentro muchas objeciones a esa teoría.

—También yo. Precisamente por esa razón vamos a ir hoy a Stoke Moran. Quiero comprobar si las objeciones son definitivas o se les puede encontrar una explicación. Pero… ¿qué demonio?…

Lo que había provocado semejante exclamación de mi compañero fue el hecho de que nuestra puerta se abriera de golpe y un hombre gigantesco apareciera en el marco. Sus ropas eran una curiosa mezcla de lo profesional y lo agrícola: llevaba un sombrero negro de copa, una levita con faldones largos y un par de polainas altas, y hacía oscilar en la mano un látigo de caza. Era tan alto que su sombrero rozaba el montante de la puerta, y tan ancho que la llenaba de lado a lado. Su rostro amplio, surcado por mil arrugas, tostado por el sol hasta adquirir un matiz amarillento y marcado por todas las malas pasiones, se volvía alternativamente de uno a otro de nosotros, mientras sus ojos, hundidos y biliosos, y su nariz alta y huesuda, le daban cierto parecido grotesco con un ave de presa, vieja y feroz.

—¿Quién de ustedes es Holmes? —preguntó la aparición.

—Ése es mi nombre, señor, pero me lleva usted ventaja —respondió mi compañero, muy tranquilo.

—Soy el doctor Grimesby Roylott, de Stoke Moran.

—Ah, ya —dijo Holmes suavemente—. Por favor, tome asiento, doctor.

—No me da la gana. Mi hijastra ha estado aquí. La he seguido. ¿Qué le ha estado contando?

—Hace algo de frío para esta época del año —dijo Holmes.

—¿Qué le ha contado? —gritó el viejo, enfurecido.

—Sin embargo, he oído que la cosecha de azafrán se presenta muy prometedora —continuó mi compañero, imperturbable.

—¡Ja! Conque se desentiende de mí, ¿eh? —dijo nuestra nueva visita, dando un paso adelante y esgrimiendo su látigo de caza—. Ya le conozco, granuja. He oído hablar de usted. Usted es Holmes, el entrometido.

Mi amigo sonrió.

—¡Holmes el metomentodo!

La sonrisa se ensanchó.

—¡Holmes, el correveidile de Scotland Yard!

Holmes soltó una risita cordial.

—Su conversación es de lo más amena —dijo—. Cuando se vaya, cierre la puerta, porque hay una cierta corriente.

—Me iré cuando haya dicho lo que tengo que decir. No se atreva a meterse en mis asuntos. Me consta que la señorita Stoner ha estado aquí. La he seguido. Soy un hombre peligroso para quien me fastidia. ¡Fíjese!

Dio un rápido paso adelante, cogió el atizafuego y lo curvó con sus enormes manazas morenas.

—¡Procure mantenerse fuera de mi alcance! —rugió. Y, arrojando el hierro doblado a la chimenea, salió de la habitación a grandes zancadas.

—Parece una persona muy simpática —dijo Holmes, echándose a reír—. Yo no tengo su corpulencia, pero si se hubiera quedado le habría podido demostrar que mis manos no son mucho más débiles que las suyas —y, diciendo esto, recogió el atizador de hierro y, con un súbito esfuerzo, volvió a enderezarlo—. ¡Pensar que ha tenido la insolencia de confundirme con el cuerpo oficial de policía! No obstante, este incidente añade interés personal a la investigación, y sólo espero que nuestra amiga no sufra las consecuencias de su imprudencia al dejar que esa bestia le siguiera los pasos. Y ahora, Watson, pediremos el desayuno y después daré un paseo hasta Doctors' Commons, donde espero obtener algunos datos que nos ayuden en nuestra tarea.

Era casi la una cuando Sherlock Holmes regresó de su excursión. Traía en la mano una hoja de papel azul, repleta de cifras y anotaciones.

—He visto el testamento de la esposa fallecida —dijo—. Para determinar el valor exacto, me he visto obligado a averiguar los precios actuales de las inversiones que en él figuran. La renta total, que en la época en que murió la esposa era casi de 1,100 libras, en la actualidad, debido al descenso de los precios agrícolas, no pasa de las 750. En caso de contraer matrimonio, cada hija puede reclamar una renta de 250. Es evidente, por lo tanto, que si las dos chicas se hubieran casado, este payaso se quedaría a dos velas; y con que sólo se casara una, ya notaría un bajón importante. El trabajo de esta mañana no ha sido en vano, ya que ha quedado demostrado que el tipo tiene motivos de los más fuertes para tratar de impedir que tal cosa ocurra. Y ahora, Watson, la cosa es demasiado grave como para andar perdiendo el tiempo, especialmente si tenemos en cuenta que el viejo ya sabe que nos interesamos por sus asuntos, así que, si está usted dispuesto, llamaremos a un coche para que nos lleve a Waterloo. Le agradecería mucho que se metiera el revólver en el bolsillo. Un Eley n.º 2 es un excelente argumento para tratar con caballeros que pueden hacer nudos con un atizador de hierro. Eso y un cepillo de dientes, creo yo, es todo lo que necesitamos.

En Waterloo tuvimos la suerte de coger un tren a Leatherhead, y una vez allí alquilamos un coche en la posada de la estación y recorrimos cuatro o cinco millas por los encantadores caminos de Surrey. Era un día verdaderamente espléndido, con un sol resplandeciente y unas cuantas nubes algodonosas en el cielo. Los árboles y los setos de los lados empezaban a echar los primeros brotes, y el aire olía agradablemente a tierra mojada. Para mí, al menos, existía un extraño contraste entre la dulce promesa de la primavera y la siniestra intriga en la que nos habíamos implicado. Mi compañero iba sentado en la parte delantera, con los brazos cruzados, el sombrero caído sobre los ojos y la barbilla hundida en el pecho, sumido aparentemente en los más profundos pensamientos. Pero de pronto se incorporó, me dio un golpecito en el hombro y señaló hacia los prados.

—¡Mire allá! —dijo.

Un parque con abundantes árboles se extendía en suave pendiente, hasta convertirse en bosque cerrado en su punto más alto. Entre las ramas sobresalían los frontones grises y el alto tejado de una mansión muy antigua.

—¿Stoke Moran? —preguntó.

—Sí, señor; ésa es la casa del doctor Grimesby Roylott —confirmó el cochero.

—Veo que están haciendo obras —dijo Holmes—. Es allí donde vamos.

—El pueblo está allí —dijo el cochero, señalando un grupo de tejados que se veía a cierta distancia a la izquierda—. Pero si quieren ustedes ir a la casa, les resultará más corto por esa escalerilla de la cerca y luego por el sendero que atraviesa el campo. Allí, por donde está paseando la señora.

—Y me imagino que dicha señora es la señorita Stoner —comentó Holmes, haciendo visera con la mano sobre los ojos—. Sí, creo que lo mejor es que hagamos lo que usted dice.

Nos apeamos, pagamos el trayecto y el coche regresó traqueteando a Leatherhead.

—Me pareció conveniente —dijo Holmes mientras subíamos la escalerilla— que el cochero creyera que venimos aquí como arquitectos, o para algún otro asunto concreto. Puede que eso evite chismorreos.

Buenas tardes, señorita Stoner. Ya ve que hemos cumplido nuestra palabra.

Nuestra cliente de por la mañana había corrido a nuestro encuentro con la alegría pintada en el rostro.

—Les he estado esperando ansiosamente —exclamó, estrechándonos afectuosamente las manos—. Todo ha salido de maravilla. El doctor Roylott se ha marchado a Londres, y no es probable que vuelva antes del anochecer.

—Hemos tenido el placer de conocer al doctor —dijo Holmes, y en pocas palabras le resumió lo ocurrido.

La señorita Stoner palideció hasta los labios al oírlo.

—¡Cielo santo! —exclamó—. ¡Me ha seguido!

—Eso parece.

—Es tan astuto que nunca sé cuándo estoy a salvo de él. ¿Qué dirá cuando vuelva?

—Más vale que se cuide, porque puede encontrarse con que alguien más astuto que él le sigue la pista. Usted tiene que protegerse encerrándose con llave esta noche. Si se pone violento, la llevaremos a casa de su tía de Harrow. Y ahora, hay que aprovechar lo mejor posible el tiempo, así que, por favor, llévenos cuanto antes a las habitaciones que tenemos que examinar.

El edificio era de piedra gris manchada de liquen, con un bloque central más alto y dos alas curvadas, como las pinzas de un cangrejo, una a cada lado. En una de dichas alas, las ventanas estaban rotas y tapadas con tablas de madera, y parte del tejado se había hundido, dándole un aspecto ruinoso. El bloque central estaba algo mejor conservado, pero el ala derecha era relativamente moderna, y las cortinas de las ventanas, junto con las volutas de humo azulado que salían de las chimeneas, demostraban que en ella residía la familia. En un extremo se habían levantado andamios y abierto algunos agujeros en el muro, pero en aquel momento no se veía ni rastro de los obreros. Holmes caminó lentamente de un lado a otro del césped mal cortado, examinando con gran atención la parte exterior de las ventanas.

—Supongo que ésta corresponde a la habitación en la que usted dormía, la del centro a la de su difunta hermana, y la que se halla pegada al edificio principal a la habitación del doctor Roylott.

—Exactamente. Pero ahora duermo en la del centro.

—Mientras duren las reformas, según tengo entendido. Por cierto, no parece que haya una necesidad urgente de reparaciones en ese extremo del muro.

—No había ninguna necesidad. Yo creo que fue una excusa para sacarme de mi habitación.

—¡Ah, esto es muy sugerente! Ahora, veamos: por la parte de atrás de este ala está el pasillo al que dan estas tres habitaciones. Supongo que tendrá ventanas.

—Sí, pero muy pequeñas. Demasiado estrechas para que pueda pasar nadie por ellas.

—Puesto que ustedes dos cerraban sus puertas con llave por la noche, el acceso a sus habitaciones por ese lado es imposible. Ahora, ¿tendrá usted la bondad de entrar en su habitación y cerrar los postigos de la ventana?

La señorita Stoner hizo lo que le pedían, y Holmes, tras haber examinado atentamente la ventana abierta, intentó por todos los medios abrir los postigos cerrados, pero sin éxito. No existía ninguna rendija por la que pasar una navaja para levantar la barra de hierro. A continuación, examinó con la lupa las bisagras, pero éstas eran de hierro macizo, firmemente empotradas en la recia pared.

—¡Hum! —dijo, rascándose la barbilla y algo perplejo—. Desde luego, mi teoría presenta ciertas dificultades. Nadie podría pasar con estos postigos cerrados. Bueno, veamos si el interior arroja alguna luz sobre el asunto.

Entramos por una puertecita lateral al pasillo encalado al que se abrían los tres dormitorios. Holmes se negó a examinar la tercera habitación y pasamos directamente a la segunda, en la que dormía la señorita Stoner y en la que su hermana había encontrado la muerte. Era un cuartito muy acogedor, de techo bajo y con una amplia chimenea de estilo rural. En una esquina había una cómoda de color castaño, en otra una cama estrecha con colcha blanca, y a la izquierda de la ventana una mesa de tocador. Estos artículos, más dos sillitas de mimbre, constituían todo el mobiliario de la habitación, aparte de una alfombra cuadrada de Wilton que había en el centro. El suelo y las paredes eran de madera de roble, oscura y carcomida, tan vieja y descolorida que debía remontarse a la construcción original de la casa. Holmes arrimó una de las sillas a un rincón y se sentó en silencio, mientras sus ojos se desplazaban de un lado a otro, arriba y abajo, asimilando cada detalle de la habitación.

—¿Con qué comunica esta campanilla? —preguntó por fin, señalando un grueso cordón de campanilla que colgaba junto a la cama, y cuya borla llegaba a apoyarse en la almohada.

—Con la habitación de la sirvienta.

—Parece más nueva que el resto de las cosas.

—Sí, la instalaron hace sólo dos años.

—Supongo que a petición de su hermana.

—No; que yo sepa, nunca la utilizó. Si necesitábamos algo, íbamos a buscarlo nosotras mismas.

—La verdad, me parece innecesario instalar aquí un llamador tan bonito. Excúseme unos minutos, mientras examino el suelo.

Se tumbó boca abajo en el suelo, con la lupa en la mano, y se arrastró velozmente de un lado a otro, inspeccionando atentamente las rendijas del entarimado. A continuación hizo lo mismo con las tablas de madera que cubrían las paredes. Por último, se acercó a la cama y permaneció algún tiempo mirándola fijamente y examinando la pared de arriba a abajo. Para terminar, agarró el cordón de la campanilla y dio un fuerte tirón.

—¡Caramba, es simulado! —exclamó.

—¿Cómo? ¿No suena?

—No, ni siquiera está conectado a un cable. Esto es muy interesante. Fíjese en que está conectado a un gancho justo por encima del orificio de ventilación.

—¡Qué absurdo! ¡Jamás me había fijado!

—Es muy extraño —murmuró Holmes, tirando del cordón—. Esta habitación tiene uno o dos detalles muy curiosos. Por ejemplo, el constructor tenía que ser un estúpido para abrir un orificio de ventilación que da a otra habitación, cuando, con el mismo esfuerzo, podría haberlo hecho comunicar con el aire libre.

—Eso también es bastante moderno —dijo la señorita.

—Más o menos, de la misma época que el llamador —aventuró Holmes.

—Sí, por entonces se hicieron varias pequeñas reformas.

—Y todas parecen de lo más interesante… cordones de campanilla sin campanilla y orificios de ventilación que no ventilan. Con su permiso, señorita Stoner, proseguiremos nuestras investigaciones en la habitación de más adentro.

La alcoba del doctor Grimesby Roylott era más grande que la de su hijastra, pero su mobiliario era igual de escueto. Una cama turca, una pequeña estantería de madera llena de libros, en su mayoría de carácter técnico, una butaca junto a la cama, una vulgar silla de madera arrimada a la pared, una mesa camilla y una gran caja fuerte de hierro eran los principales objetos que saltaban a la vista. Holmes recorrió despacio la habitación, examinándolos todos con el más vivo interés.

—¿Qué hay aquí? —preguntó, golpeando con los nudillos la caja fuerte.

—Papeles de negocios de mi padrastro.

—Entonces es que ha mirado usted dentro.

—Sólo una vez, hace años. Recuerdo que estaba llena de papeles.

—¿Y no podría haber, por ejemplo, un gato?

—No. ¡Qué idea tan extraña!

—Pues fíjese en esto —y mostró un platillo de leche que había encima de la caja.

—No, gato no tenemos, pero sí que hay un guepardo y un babuino.

—¡Ah, sí, claro! Al fin y al cabo, un guepardo no es más que un gato grandote, pero me atrevería a decir que con un platito de leche no bastaría, ni mucho menos, para satisfacer sus necesidades. Hay una cosa que quiero comprobar.

Se agachó ante la silla de madera y examinó el asiento con la mayor atención.

—Gracias. Esto queda claro —dijo levantándose y metiéndose la lupa en el bolsillo—. ¡Vaya! ¡Aquí hay algo muy interesante!

El objeto que le había llamado la atención era un pequeño látigo para perros que colgaba de una esquina de la cama. Su extremo estaba atado formando un lazo corredizo.

—¿Qué le sugiere a usted esto, Watson?

—Es un látigo común y corriente. Aunque no sé por qué tiene este nudo.

—Eso no es tan corriente, ¿eh? ¡Ay, Watson! Vivimos en un mundo malvado, y cuando un hombre inteligente dedica su talento al crimen, se vuelve aún peor. Creo que ya he visto suficiente, señorita Stoner, y, con su permiso, daremos un paseo por el jardín.

Jamás había visto a mi amigo con un rostro tan sombrío y un ceño tan fruncido como cuando nos retiramos del escenario de la investigación. Habíamos recorrido el jardín varias veces de arriba abajo, sin que ni la señorita Stoner ni yo nos atreviéramos a interrumpir el curso de sus pensamientos, cuando al fin Holmes salió de su ensimismamiento.

—Es absolutamente esencial, señorita Stoner —dijo—, que siga usted mis instrucciones al pie de la letra en todos los aspectos.

—Le aseguro que así lo haré.

—La situación es demasiado grave como para andarse con vacilaciones. Su vida depende de que haga lo que le digo.

—Vuelvo a decirle que estoy en sus manos.

—Para empezar, mi amigo y yo tendremos que pasar la noche en su habitación.

Tanto la señorita Stoner como yo le miramos asombrados.

—Sí, es preciso. Deje que le explique. Aquello de allá creo que es la posada del pueblo, ¿no?

—Sí, el «Crown».

—Muy bien. ¿Se verán desde allí sus ventanas?

—Desde luego.

—En cuanto regrese su padrastro, usted se retirará a su habitación, pretextando un dolor de cabeza. Y cuando oiga que él también se retira a la suya, tiene usted que abrir la ventana, alzar el cierre, colocar un candil que nos sirva de señal y, a continuación, trasladarse con todo lo que vaya a necesitar a la habitación que ocupaba antes. Estoy seguro de que, a pesar de las reparaciones, podrá arreglárselas para pasar allí una noche.

—Oh, sí, sin problemas.

—El resto, déjelo en nuestras manos.

—Pero ¿qué van ustedes a hacer?

—Vamos a pasar la noche en su habitación e investigar la causa de ese sonido que la ha estado molestando.

—Me parece, señor Holmes, que ya ha llegado usted a una conclusión —dijo la señorita Stoner, posando su mano sobre el brazo de mi compañero.

—Es posible.

—Entonces, por compasión, dígame qué ocasionó la muerte de mi hermana.

—Prefiero tener pruebas más terminantes antes de hablar.

—Al menos, podrá decirme si mi opinión es acertada, y murió de un susto.

—No, no lo creo. Creo que es probable que existiera una causa más tangible. Y ahora, señorita Stoner, tenemos que dejarla, porque si regresara el doctor Roylott y nos viera, nuestro viaje habría sido en vano.

Adiós, y sea valiente, porque si hace lo que le he dicho puede estar segura de que no tardaremos en librarla de los peligros que la amenazan.

Sherlock Holmes y yo no tuvimos dificultades para alquilar una alcoba con sala de estar en el «Crown». Las habitaciones se encontraban en la planta superior, y desde nuestra ventana gozábamos de una espléndida vista de la entrada a la avenida y del ala deshabitada de la mansión de Stoke Moran. Al atardecer vimos pasar en un coche al doctor Grimesby Roylott, con su gigantesca figura sobresaliendo junto a la menuda figurilla del muchacho que guiaba el coche. El cochero tuvo alguna dificultad para abrir las pesadas puertas de hierro, y pudimos oír el áspero rugido del doctor y ver la furia con que agitaba los puños cerrados, amenazándolo. El vehículo siguió adelante y, pocos minutos más tarde, vimos una luz que brillaba de pronto entre los árboles, indicando que se había encendido una lámpara en uno de los salones.

—¿Sabe usted, Watson? —dijo Holmes mientras permanecíamos sentados en la oscuridad—. Siento ciertos escrúpulos de llevarle conmigo esta noche. Hay un elemento de peligro indudable.

—¿Puedo servir de alguna ayuda?

—Su presencia puede resultar decisiva.

—Entonces iré, sin duda alguna.

—Es usted muy amable.

—Dice usted que hay peligro. Evidentemente, ha visto usted en esas habitaciones más de lo que pude ver yo.

—Eso no, pero supongo que yo habré deducido unas pocas cosas más que usted. Imagino, sin embargo, que vería usted lo mismo que yo.

—Yo no vi nada destacable, a excepción del cordón de la campanilla, cuya finalidad confieso que se me escapa por completo.

—¿Vio usted el orificio de ventilación?

—Sí, pero no me parece que sea tan insólito que exista una pequeña abertura entre dos habitaciones. Era tan pequeña que no podría pasar por ella ni una rata.

—Yo sabía que encontraríamos un orificio así antes de venir a Stoke Moran.

—¡Pero Holmes, por favor!

—Le digo que lo sabía. Recuerde usted que la chica dijo que su hermana podía oler el cigarro del doctor Roylott. Eso quería decir, sin lugar a dudas, que tenía que existir una comunicación entre las dos habitaciones. Y tenía que ser pequeña, o alguien se habría fijado en ella durante la investigación judicial. Deduje, pues, que se trataba de un orificio de ventilación.

—Pero, ¿qué tiene eso de malo?

—Bueno, por lo menos existe una curiosa coincidencia de fecha. Se abre un orificio, se instala un cordón y muere una señorita que dormía en la cama. ¿No le resulta llamativo?

—Hasta ahora no veo ninguna relación.

—¿No observó un detalle muy curioso en la cama?

—No.

—Estaba clavada al suelo. ¿Ha visto usted antes alguna cama sujeta de ese modo?

—No puedo decir que sí.

—La señorita no podía mover su cama. Tenía que estar siempre en la misma posición con respecto a la abertura y al cordón… podemos llamarlo así, porque, evidentemente, jamás se pensó en dotarlo de campanilla.

—Holmes, creo que empiezo a entrever adónde quiere usted ir a parar —exclamé—. Tenemos el tiempo justo para impedir algún crimen artero y horrible.

—De lo más artero y horrible. Cuando un médico se tuerce, es peor que ningún criminal. Tiene sangre fría y tiene conocimientos. Palmer y Pritchard estaban en la cumbre de su profesión. Este hombre aún va más lejos, pero creo, Watson, que podremos llegar más lejos que él. Pero ya tendremos horrores de sobra antes de que termine la noche; ahora, por amor de Dios, fumemos una pipa en paz, y dediquemos el cerebro a ocupaciones más agradables durante unas horas.

A eso de las nueve, se apagó la luz que brillaba entre los árboles y todo quedó a oscuras en dirección a la mansión. Transcurrieron lentamente dos horas y, de pronto, justo al sonar las once, se encendió exactamente frente a nosotros una luz aislada y brillante.

—Ésa es nuestra señal —dijo Holmes, poniéndose en pie de un salto—. Viene de la ventana del centro.

Al salir, Holmes intercambió algunas frases con el posadero, explicándole que íbamos a hacer una visita de última hora a un conocido y que era posible que pasáramos la noche en su casa. Un momento después avanzábamos por el oscuro camino, con el viento helado soplándonos en la cara y una lucecita amarilla parpadeando frente a nosotros en medio de las tinieblas para guiarnos en nuestra tétrica incursión.

No tuvimos dificultades para entrar en la finca porque la vieja tapia del parque estaba derruida por varios sitios. Nos abrimos camino entre los árboles, llegamos al jardín, lo cruzamos, y nos disponíamos a entrar por la ventana cuando de un macizo de laureles salió disparado algo que parecía un niño deforme y repugnante, que se tiró sobre la hierba retorciendo los miembros y luego corrió a toda velocidad por el jardín hasta perderse en la oscuridad.

—¡Dios mío! —susurré—. ¿Ha visto eso?

Por un momento, Holmes se quedó tan sorprendido como yo, y su mano se cerró como una presa sobre mi muñeca. Luego, se echó a reír en voz baja y acercó los labios a mi oído.

—Es una familia encantadora —murmuró—. Eso era el babuino.

Me había olvidado de los extravagantes animalitos de compañía del doctor. Había también un guepardo, que podía caer sobre nuestros hombros en cualquier momento. Confieso que me sentí más tranquilo cuando, tras seguir el ejemplo de Holmes y quitarme los zapatos, me encontré dentro de la habitación. Mi compañero cerró los postigos sin hacer ruido, colocó la lámpara encima de la mesa y recorrió con la mirada la habitación. Todo seguía igual que como lo habíamos visto durante el día. Luego se arrastró hacia mí y, haciendo bocina con la mano, volvió a susurrarme al oído, en voz tan baja que a duras penas conseguí entender las palabras.

—El más ligero ruido sería fatal para nuestros planes.

Asentí para dar a entender que lo había oído.

—Tenemos que apagar la luz, o se vería por la abertura.

Asentí de nuevo.

—No se duerma. Su vida puede depender de ello. Tenga preparada la pistola por si acaso la necesitamos. Yo me sentaré junto a la cama, y usted en esa silla.

Saqué mi revólver y lo puse en una esquina de la mesa.

Holmes había traído un bastón largo y delgado que colocó en la cama a su lado. Junto a él puso la caja de cerillas y un cabo de vela. Luego apagó la lámpara y quedamos sumidos en las tinieblas.

¿Cómo podría olvidar aquella angustiosa vigilia? No se oía ni un sonido, ni siquiera el de una respiración, pero yo sabía que a pocos pasos de mí se encontraba mi compañero, sentado con los ojos abiertos y en el mismo estado de excitación que yo. Los postigos no dejaban pasar ni un rayito de luz, y esperábamos en la oscuridad más absoluta. De vez en cuando nos llegaba del exterior el grito de algún ave nocturna, y en una ocasión oímos, al lado mismo de nuestra ventana, un prolongado gemido gatuno, que indicaba que, efectivamente, el guepardo andaba suelto. Cada cuarto de hora oíamos a lo lejos las graves campanadas del reloj de la iglesia. ¡Qué largos parecían aquellos cuartos de hora! Dieron las doce, la una, las dos, las tres, y nosotros seguíamos sentados en silencio, aguardando lo que pudiera suceder.

De pronto se produjo un momentáneo resplandor en lo alto, en la dirección del orificio de ventilación, que se apagó inmediatamente; le siguió un fuerte olor a aceite quemado y metal recalentado. Alguien había encendido una linterna sorda en la habitación contigua. Oí un suave rumor de movimiento, y luego todo volvió a quedar en silencio, aunque el olor se hizo más fuerte. Permanecí media hora más con los oídos en tensión. De repente se oyó otro sonido… un sonido muy suave y acariciador, como el de un chorrito de vapor al salir de una tetera. En el instante mismo en que lo oímos, Holmes saltó de la cama, encendió una cerilla y golpeó furiosamente con su bastón el cordón de la campanilla.

—¿Lo ve, Watson? —gritaba—. ¿Lo ve?

Pero yo no veía nada. En el mismo momento en que Holmes encendió la luz, oí un silbido suave y muy claro, pero el repentino resplandor ante mis ojos hizo que me resultara imposible distinguir qué era lo que mi amigo golpeaba con tanta ferocidad. Pude percibir, no obstante, que su rostro estaba pálido como la muerte, con una expresión de horror y repugnancia.

Había dejado de dar golpes y levantaba la mirada hacia el orificio de ventilación, cuando, de pronto, el silencio de la noche se rompió con el alarido más espantoso que jamás he oído. Un grito cuya intensidad iba en aumento, un ronco aullido de dolor, miedo y furia, todo mezclado en un solo chillido aterrador. Dicen que abajo, en el pueblo, e incluso en la lejana casa parroquial, aquel grito levantó a los durmientes de sus camas. A nosotros nos heló el corazón; yo me quedé mirando a Holmes, y él a mí, hasta que los últimos ecos se extinguieron en el silencio del que habían surgido.

—¿Qué puede significar eso? —jadeé.

—Significa que todo ha terminado —respondió Holmes—. Y quizás, a fin de cuentas, sea lo mejor que habría podido ocurrir. Coja su pistola y vamos a entrar en la habitación del doctor Roylott.

Encendió la lámpara con expresión muy seria y salió al pasillo. Llamó dos veces a la puerta de la habitación sin que respondieran desde dentro. Entonces hizo girar el picaporte y entró, conmigo pegado a sus talones, con la pistola amartillada en la mano.

Una escena extraordinaria se ofrecía a nuestros ojos. Sobre la mesa había una linterna sorda con la pantalla a medio abrir, arrojando un brillante rayo de luz sobre la caja fuerte, cuya puerta estaba entreabierta. Junto a esta mesa, en la silla de madera, estaba sentado el doctor Grimesby Roylott, vestido con una larga bata gris, bajo la cual asomaban sus tobillos desnudos, con los pies enfundados en unas babuchas rojas. Sobre su regazo descansaba el corto mango del largo látigo que habíamos visto el día anterior, el curioso látigo con el lazo en la punta. Tenía la barbilla apuntando hacia arriba y los ojos fijos, con una mirada terriblemente rígida, en una esquina del techo. Alrededor de la frente llevaba una curiosa banda amarilla con lunares pardos que parecía atada con fuerza a la cabeza. Al entrar nosotros, no se movió ni hizo sonido alguno.

—¡La banda! ¡La banda de lunares! —susurró Holmes.

Di un paso adelante. Al instante, el extraño tocado empezó a moverse y se desenroscó, apareciendo entre los cabellos la cabeza achatada en forma de rombo y el cuello hinchado de una horrenda serpiente.

—¡Una víbora de los pantanos! —exclamó Holmes—. La serpiente más mortífera de la India. Este hombre ha muerto a los diez segundos de ser mordido. ¡Qué gran verdad es que la violencia se vuelve contra el violento y que el intrigante acaba por caer en la fosa que cava para otro! Volvamos a encerrar a este bicho en su cubil y luego podremos llevar a la señorita Stoner a algún sitio más seguro e informar a la policía del condado de lo que ha sucedido.

Mientras hablaba cogió rápidamente el látigo del regazo del muerto, pasó el lazo por el cuello del reptil, lo desprendió de su macabra percha y, llevándolo con el brazo bien extendido, lo arrojó a la caja fuerte, que cerró a continuación.

Éstos son los hechos verdaderos de la muerte del doctor Grimesby Roylott, de Stoke Moran. No es necesario que alargue un relato que ya es bastante extenso, explicando cómo comunicamos la triste noticia a la aterrorizada joven, cómo la llevamos en el tren de la mañana a casa de su tía de Harrow, o cómo el lento proceso de la investigación judicial llegó a la conclusión de que el doctor había encontrado la muerte mientras jugaba imprudentemente con una de sus peligrosas mascotas. Lo poco que aún me quedaba por saber del caso me lo contó Sherlock Holmes al día siguiente, durante el viaje de regreso.

—Yo había llegado a una conclusión absolutamente equivocada —dijo—, lo cual demuestra, querido Watson, que siempre es peligroso sacar deducciones a partir de datos insuficientes. La presencia de los gitanos y el empleo de la palabra «banda», que la pobre muchacha utilizó sin duda para describir el aspecto de lo que había entrevisto fugazmente a la luz de la cerilla, bastaron para lanzarme tras una pista completamente falsa. El único mérito que puedo atribuirme es el de haber reconsiderado inmediatamente mi postura cuando, pese a todo, se hizo evidente que el peligro que amenazaba al ocupante de la habitación, fuera el que fuera, no podía venir por la ventana ni por la puerta. Como ya le he comentado, en seguida me llamaron la atención el orificio de ventilación y el cordón que colgaba sobre la cama. Al descubrir que no tenía campanilla, y que la cama estaba clavada al suelo, empecé a sospechar que el cordón pudiera servir de puente para que algo entrara por el agujero y llegara a la cama. Al instante se me ocurrió la idea de una serpiente y, sabiendo que el doctor disponía de un buen surtido de animales de la India, sentí que probablemente me encontraba sobre una buena pista. La idea de utilizar una clase de veneno que los análisis químicos no pudieran descubrir parecía digna de un hombre inteligente y despiadado, con experiencia en Oriente. Muy sagaz tendría que ser el juez de guardia capaz de descubrir los dos pinchacitos que indicaban el lugar donde habían actuado los colmillos venenosos.

»A continuación pensé en el silbido. Por supuesto, tenía que hacer volver a la serpiente antes de que la víctima pudiera verla a la luz del día. Probablemente, la tenía adiestrada, por medio de la leche que vimos, para que acudiera cuando él la llamaba. La hacía pasar por el orificio cuando le parecía más conveniente, seguro de que bajaría por la cuerda y llegaría a la cama. Podía morder a la durmiente o no; es posible que esta se librase todas las noches durante una semana, pero tarde o temprano tenía que caer.

»Había llegado ya a estas conclusiones antes de entrar en la habitación del doctor. Al examinar su silla, comprobé que tenía la costumbre de ponerse en pie sobre ella: evidentemente, tenía que hacerlo para llegar al respiradero. La visión de la caja fuerte, el plato de leche y el látigo con lazo bastó para disipar las pocas dudas que pudieran quedarme. El golpe metálico que oyó la señorita Stoner lo produjo sin duda el padrastro al cerrar apresuradamente la puerta de la caja fuerte, tras meter dentro a su terrible ocupante. Una vez formada mi opinión, ya conoce usted las medidas que adopté para ponerla a prueba. Oí el silbido del animal, como sin duda lo oyó usted también, y al momento encendí la luz y lo ataqué.

—Con el resultado de que volvió a meterse por el respiradero.

—Y también con el resultado de que, una vez al otro lado, se revolvió contra su amo. Algunos golpes de mi bastón habían dado en el blanco, y la serpiente debía estar de muy mal humor, así que atacó a la primera persona que vio. No cabe duda de que soy responsable indirecto de la muerte del doctor Grimesby Roylott, pero confieso que es poco probable que mi conciencia se sienta abrumada por ello.

EL PROBLEMA FINAL

Por ARTHUR CONAN DOYLE

Con el corazón apesadumbrado, cojo mi pluma para escribir estas líneas en las que dejo constancia por última vez de los singulares dones que distinguían a mi amigo, el señor Sherlock Holmes. De modo incoherente, y veo al profundizar en ello que inadecuado, he intentado narrar las extrañas experiencias que viví en su compañía, desde que el azar nos unió en la etapa de Estudio en escarlata hasta el momento de su intervención en el caso de «El tratado naval», que tuvo el indiscutible efecto de evitar un serio conflicto internacional. Mi intención era detener allí estas memorias y no hacer referencia alguna a aquel suceso que dejó en mi vida un vacío tan grande que no ha bastado el transcurso de dos años para colmarlo. Pero las recientes cartas en las que el coronel James Moriarty defiende la memoria de su hermano me obligan a exponer ante el público los hechos exactamente como sucedieron.

Solo yo conozco enteramente la verdad y me alegra que haya llegado el momento en que nada justifique ocultarla por más tiempo. Que yo sepa, solo han aparecido tres menciones en la prensa: la que publicó el Journal de Genéve, el 6 de mayo de 1891, la noticia difundida por Reuters en los periódicos ingleses el 7 de mayo, y por último las recientes cartas a las que me he referido. La primera y la segunda eran extremadamente concisas, mientras que las cartas son, como voy a demostrar, una completa mixtificación de los hechos. Me corresponde, pues, a mí contar por primera vez lo que ocurrió entre el profesor Moriarty y el señor Sherlock Holmes.

Debe recordarse que, después de mi matrimonio y de haber abierto mi consulta médica privada, la estrecha relación que habíamos mantenido Sherlock Holmes y yo se vio en cierto modo alterada. Él seguía recurriendo de vez en cuando a mí, cuando necesitaba que alguien le acompañara en sus investigaciones, pero estas ocasiones se hicieron cada vez más raras, hasta llegar al punto de que en el año 1890 solo hubo tres casos de los que guardo notas. En el invierno de aquel año y en los comienzos de la primavera de 1891, leí en la prensa que el Gobierno francés le había confiado un asunto de gran importancia, y recibí dos notas de Holmes, fechadas en Narbonne y Nimes, de las que deduje que su estancia en Francia iba a ser prolongada. Me sorprendió, por lo tanto, verle aparecer en mi consultorio la noche del 24 de abril. Parecía más pálido y delgado que de costumbre.

—Sí, últimamente he maltratado un poco mi salud —reconoció, respondiendo más a mi mirada que a mis palabras—. He pasado una temporada un poco tensa. ¿Le importa que cierre las contraventanas?

La única luz de la habitación procedía de la lámpara situada sobre la mesa en la que yo había estado leyendo. Holmes caminó, pegado a las paredes, hasta las ventanas, cerró las contraventanas y echó el pestillo.

—¿Tiene miedo de algo? —le pregunté.

—Pues sí.

—¿De qué?

—De las pistolas.

—Mi querido Holmes, ¿qué quiere decir con esto?

—Creo que me conoce lo bastante, Watson, para saber que no soy en absoluto una persona pusilánime. Pero sería una estupidez más que un acto de valor negarse a admitir que nos acecha un peligro. ¿Podría darme una cerilla?

Aspiró el humo de su cigarrillo como si agradeciera su efecto relajante.

—Debo disculparme por comparecer a estas horas —dijo—, y además tengo que pedirle que sea esta vez tan poco convencional como para permitir que yo salga de su casa saltando el muro posterior de su jardín.

—Pero ¿qué significa todo esto?

Extendió una mano y vi, a la luz de la lámpara, que tenía dos nudillos heridos y ensangrentados.

—Como ve, no se trata de una nadería —me dijo con una sonrisa—. Al contrario, es algo lo bastante serio como para que a uno le lesionen la mano. ¿Está en casa la señora Watson?

—No. Está fuera de Londres visitando a unos amigos.

—¡Ajá! ¿Está usted solo?

—Sí.

—En tal caso me será más fácil pedirle que se venga conmigo una semana al continente.

—¿Dónde?

—A cualquier parte. Da lo mismo.

Había algo muy raro en todo aquello. No era normal que Holmes se tomara sin más unas vacaciones, y algo en su rostro pálido y fatigado me decía que estaba sometido a una fuerte tensión nerviosa. Leyó la pregunta en mis ojos y, juntando las yemas de los dedos y apoyando los codos en las rodillas, me explicó cuál era la situación.

—Es posible que no haya oído hablar nunca del profesor Moriarty —dijo.

—Nunca.

—¡Ahí radica lo genial y extraordinario del caso! —exclamó—. Este hombre contamina toda la ciudad y nadie ha oído hablar de él. Esto lo sitúa en la cima de los anales del crimen. Le aseguro, Watson, y hablo con toda seriedad, que, si pudiera derrotarle y liberar de él a la sociedad, consideraría que ha llegado a la culminación de mi propia carrera y estaría dispuesto a iniciar una vida más tranquila. Entre nosotros, los recientes casos en los que he prestado mis servicios a la familia real de Escandinavia y a la República Francesa me han dejado en situación de poder llevar una vida apacible y centrar mi atención en las investigaciones químicas. Pero no podría descansar, Watson, no podría quedarme tranquilamente sentado, sabiendo que un hombre como el profesor Moriarty anda suelto por las calles de Londres.

—¿Qué es lo que ha hecho, pues?

—Su carrera ha sido extraordinaria. Procede de buena familia y recibió una esmerada educación. La naturaleza le ha dotado además de unas excepcionales facultades para las matemáticas. A los veintiún años escribió un tratado sobre el teorema binomial, que causó sensación en Europa. Gracias a esto, obtuvo una cátedra de matemáticas en una de nuestras pequeñas universidades y todo parecía indicar que le aguardaba una brillante carrera. Pero Moriarty tiene unas tendencias hereditarias extremadamente diabólicas. Corre por sus venas un instinto criminal que, en lugar de atenuarse, aumentó y se hizo infinitamente más peligroso por sus notables facultades mentales. Empezaron a correr sombríos rumores acerca de él por la universidad, y por último tuvo que dimitir de la cátedra y venirse a Londres, donde logró un puesto de tutor en el ejército. Esto es por todos conocido, pero lo que voy a contarle ahora lo he descubierto yo.

»Como bien sabe, Watson, nadie conoce el mundo criminal de Londres mejor que yo. Durante años he sido consciente de que existe un poder oculto detrás del malhechor, un poder organizado que se interpone en el camino de la ley y que ampara al delincuente. Una y otra vez, en los casos más variados, como la falsificación, el robo o el asesinato, he sentido la presencia de esta fuerza, y he adivinado sus efectos en muchos de los crímenes sin resolver en los que no he sido personalmente consultado. Durante años intenté atravesar el velo que la envolvía, y por fin llegó el momento en que encontré el hilo y lo seguí hasta que me llevó, a través de mil recovecos, hasta el exprofesor Moriarty, el famoso matemático.

»Es el Napoleón del crimen, Watson. Es el organizador de la mitad de los hechos delictivos que tienen lugar en esta gran ciudad. Es un genio, un filósofo, un pensador abstracto. Tiene un cerebro de primera. Permanece inmóvil, como una araña en el centro de su tela, pero esta tiene mil hilos y los conoce perfectamente todos. Él no hace apenas nada. Solo planea. Pero sus agentes son muchos y están bien organizados. Si hay un delito que llevar a cabo, un documento que robar, una casa que desvalijar, un hombre que eliminar, se recurre al profesor, y el asunto se planifica y se ejecuta. Tal vez atrapen al ejecutante, y en este caso se encuentra el dinero para su fianza o para su defensa. Pero nunca se atrapa al poder central que ha utilizado al agente, ni siquiera se llega a sospechar su existencia. Esta es la organización que he descubierto, Watson, y he consagrado toda mi energía a desenmascararla y destruirla.

»Pero el profesor está rodeado de unas medidas de seguridad tan inteligentes que, hiciera lo que hiciera, parecía imposible obtener las pruebas necesarias para conseguir su condena. Usted conoce mis facultades, querido Watson, pero al cabo de tres meses me he visto obligado a reconocer que me enfrento a un contrincante dotado de una inteligencia igual a la mía. Mi horror por sus crímenes se funde con mi admiración por su talento. Pero por fin ha cometido un error, un error muy pequeño, pero mayor de lo que se podía permitir teniéndome a mí tras sus pasos. Ha llegado mi oportunidad, y, partiendo de este punto, he tejido mi red alrededor de él y lo tengo ahora todo a punto para cerrarla. En un plazo de tres días, es decir el próximo lunes, el profesor y los principales miembros de su banda estarán en manos de la policía. Seguirá el mayor juicio criminal del siglo, la aclaración de más de cuarenta misterios, y la horca para muchos de estos delincuentes. Pero, si actuamos prematuramente, pueden escapársenos entre los dedos, incluso en el último instante.

»Si hubiese podido conseguir todo esto sin que llegara a conocimiento del profesor Moriarty, todo hubiese marchado sobre ruedas. Pero es demasiado astuto. Ha seguido cada paso que yo daba para tejer las redes a su alrededor. Una y otra vez ha intentado escapar, y una y otra vez le he ganado la partida. Le aseguro, amigo mío, que si se escribiera un informe detallado de este silencioso duelo, podría considerarse el trabajo más brillante de la literatura detectivesca. Nunca había llegado yo a tal altura, y nunca me había dado la réplica a tal altura mi contrincante. Él es certero en sus golpes, y yo lo soy, si cabe, todavía más. Esta mañana he dado los últimos pasos, y solo necesitaba tres días para cerrar el caso. Pero estaba sentado en mi habitación, reflexionando sobre todo esto, cuando se ha abierto la puerta y ha aparecido ante mí el profesor Moriarty en persona.

»Tengo los nervios bastante templados, Watson. Pero debo confesar que sufrí un sobresalto cuando vi al hombre que tanto lugar ha ocupado en mis pensamientos en el umbral de mi casa. Su aspecto me era casi familiar. Es extremadamente alto y delgado; tiene la frente abombada y blanca, y los ojos muy hundidos. Bien afeitado, pálido y de aspecto ascético, conserva en sus rasgos cierto aire de catedrático. Tiene los hombros caídos por el mucho estudio y echa la cabeza hacia delante, haciéndola oscilar lentamente de un lado a otro como si se tratara de un reptil. Me observó con gran curiosidad y con el ceño fruncido.

»—Tiene usted menos desarrollo frontal de lo que esperaba —dijo al fin—. Acariciar con el dedo el gatillo de un arma de fuego cargada metida en el bolsillo del batín es una costumbre peligrosa.

»La verdad es que, cuando él entró, advertí de inmediato que mi persona corría un gran peligro. A él no le quedaba otra escapatoria que silenciar mi lengua. Cogí precipitadamente el revólver y me lo metí en el bolsillo, y ahora le estaba apuntando a través de la tela. Al oír su comentario, saqué el arma y la deposité sobre la mesa. Él seguía sonriendo y parpadeando, pero había algo en sus ojos que hizo que me alegrara de tener el revólver tan a mano.

»—Evidentemente usted no me conoce —dijo.

»—Todo lo contrario —repuse—. Evidentemente le conozco muy bien. Le ruego que tome asiento. Puedo dedicarle cinco minutos de mi tiempo, si tiene usted algo que decirme.

»—Todo lo que tengo que decirle ya le ha pasado a usted antes por la mente.

»—En tal caso, tal vez mi respuesta haya pasado ya también por la suya —repliqué.

»—¿Se mantiene en sus trece?

»—Por supuesto.

»Se llevó la mano al bolsillo y yo cogí la pistola de la mesa. Pero sacó simplemente una agenda donde había anotadas algunas fechas.

»—Usted se cruzó en mi camino el cuatro de enero —dijo—. El veintitrés me causó serias molestias, a mediados de febrero me ocasionó un grave trastorno, a finales de marzo obstaculizó seriamente mis planes, y ahora, a finales de abril, su continua persecución me ha puesto en una posición tan difícil que corro grave riesgo de perder mi libertad. La situación es insostenible.

»—¿Tiene usted alguna sugerencia? —inquirí.

»—Debe usted abandonar, señor Holmes —contestó, balanceando la cabeza como un reptil—. De veras, debe hacerlo, ¿sabe?

»—A partir del lunes —le respondí.

»—¡No me salga con esas! —dijo—. Estoy seguro de que un hombre de su inteligencia comprenderá que esta historia solo puede tener un final. Es necesario que usted abandone. Ha manipulado la situación de tal modo que únicamente me ha dejado una salida. Ha sido para mí un placer intelectual verle librar esta batalla y le aseguro, sin faltar a la verdad, que me dolería verme obligado a adoptar una medida extrema. Sonría usted si quiere, pero le aseguro que lo lamentaría de veras.

»—El peligro forma parte de mi trabajo —observé.

»—No se trata de un peligro. Se trata de una destrucción inevitable. Usted se ha cruzado en el camino, no de un solo individuo, sino de una organización muy poderosa, cuyo alcance, a pesar de su inteligencia, es incapaz de imaginar. Debe quitarse de en medio, señor Holmes, o será pisoteado.

»—Mucho me temo —dije, mientras me ponía en pie— que el placer de esta entrevista me ha hecho olvidar que hay asuntos importantes que me esperan.

»Él se levantó también y me miró en silencio, sacudiendo tristemente la cabeza.

»—Bien, bien… —dijo al fin—. Es una pena, pero he hecho cuanto he podido. Conozco todos los movimientos de su juego. No puede hacer usted nada antes del lunes. Ha sido un duelo entre nosotros dos, señor Holmes. Usted espera llevarme al banquillo de los acusados. Yo le aseguro que nunca me llevará allí. Usted espera derrotarme. Yo le aseguro que no me derrotará nunca. Y, si es usted lo bastante inteligente para destruirme, le aseguro que yo podré hacer lo mismo con usted.

»—Me halaga usted mucho, señor Moriarty. Deje que le devuelva yo el cumplido diciéndole que, si estuviera seguro de lo primero, aceptaría gustoso, por el bien de la comunidad, lo segundo.

»—Puedo prometerle una de las dos cosas, pero no la otra —gruñó.

»Volvió hacia mí su encorvada espalda y se marchó, sin dejar de observarlo todo y de parpadear.

»Esta fue mi singular entrevista con el profesor Moriarty. Confieso que me dejó una sensación muy desagradable. Su modo de hablar, suave y conciso, logra impresionar más que cualquier bravuconada. Seguramente usted se preguntará: ¿por qué no recurrir a la policía? La razón es que estoy convencido de que el golpe final lo darían sus agentes. Tengo pruebas concluyentes de que sería así.

—¿Ha sufrido ya algún ataque por parte de ellos?

—Amigo mío, el profesor Moriarty no es hombre que deje crecer la hierba bajo sus pies. Al mediodía salí a resolver unos asuntos en Oxford Street. Al llegar al cruce de Bentinck Street con Welbeck Street, un carromato tirado por dos caballos giró de repente y se abalanzó como un rayo sobre mí. Salté a la acera y me salvé por una fracción de segundo. El vehículo huyó por Marylebone Lane y desapareció. Tras esto, no volví a bajar de la acera, Watson, pero, mientras caminaba por Vere Street, cayó un ladrillo desde el tejado de una de las casas y se hizo trizas junto a mis pies. Llamé a la policía e hice que examinaran el lugar. Había un montón de tejas y de ladrillos en el tejado, para llevar a cabo unas reparaciones, y dijeron que seguramente lo derrumbó el viento. Por supuesto yo no creí esta versión, pero carecía de pruebas. Después cogí un coche y fui a pasar el día a la casa de mi hermano en Pall Mall. Ahora he venido a visitarle a usted, y de camino hacia aquí me ha agredido un rufián provisto de una porra. He logrado derribarlo y la policía lo ha detenido, pero le aseguro con toda certeza que jamás encontrará conexión alguna entre el caballero contra cuyos dientes me he hecho polvo los nudillos y el retirado profesor de matemáticas, que, me atrevería a decir, está resolviendo fórmulas en una pizarra a diez millas de aquí. Ahora entenderá usted por qué razón lo primero que hice al entrar fue cerrar las contraventanas y por qué le he pedido permiso para salir por un lugar menos notorio que la puerta principal.

A menudo había admirado el valor de mi amigo, pero nunca tanto como en aquellos momentos, cuando estaba sentado allí, tratando una serie de incidentes que tenían que haber hecho forzosamente que aquel día fuera terrorífico para él.

—¿Pasará aquí la noche? —le pregunté.

—No, amigo mío, podría ser un huésped peligroso. Ya he hecho mis planes y todo saldrá bien. Las cosas están lo bastante avanzadas para poder seguir adelante sin mi intervención en lo relativo al arresto, pero mi presencia es imprescindible para conseguir la condena. Por lo tanto, no puedo hacer obviamente otra cosa que desaparecer durante los pocos días que quedan hasta que pueda entrar la policía en acción. Y sería un placer para mí que usted pudiera acompañarme al continente.

—Mi consulta tiene pocos pacientes en este momento —dije—, y mi vecino médico puede sustituirme. Me encantará ir con usted.

—¿Y salir mañana por la mañana?

—Si es conveniente, sí.

—Sí. Es muy conveniente. Estas son sus instrucciones y le ruego, querido amigo, que las obedezca al pie de la letra, pues se está jugando ahora una partida en la que usted y yo nos enfrentamos al canalla más listo y al sindicato criminal más poderoso de Europa. ¡Escuche bien! Esta tarde enviará por un mensajero de confianza el equipaje que desee llevar consigo, sin ninguna etiqueta, a la estación Victoria. Por la mañana mande a buscar un coche de punto, dando orden de que no cojan el primero ni el segundo que llegue. Suba a él y diríjase al lado de Lowther Arcade que da al Strand, entregando la dirección escrita al cochero y pidiéndole que no la tire. Tenga el importe a punto, y en el preciso instante en que el coche se detenga, precipítese por Lowther Arcade, calculando el tiempo justo para llegar al otro extremo a las nueve y cuarto. Encontrará una berlina esperándole junto a la acera, conducida por un tipo que llevará un grueso abrigo negro con el cuello ribeteado de rojo. Súbase a ella y llegará a la estación Victoria a tiempo para coger el Continental Express.

—¿Dónde le encontraré a usted?

—En la estación. Tenemos reservado el segundo compartimiento de primera clase empezando por la cabeza del tren.

—Este es, pues, nuestro lugar de encuentro.

—Sí.

En vano le rogué que se quedara a pasar la noche en mi casa. Temía evidentemente acarrear problemas al hogar bajo cuyo techo se refugiara, y ese fue el motivo que le obligó a marcharse. Con unas palabras apresuradas sobre nuestros planes del día siguiente, se puso en pie, salió conmigo al jardín, saltó el muro que da a Mortimer Street, llamó inmediatamente a un coche y poco después le oí alejarse en él.

Por la mañana, seguí las instrucciones de Holmes al pie de la letra. Mandé a buscar un carruaje, tomando las precauciones precisas para evitar que fuese uno que hubiesen preparado de antemano, y después del desayuno me dirigí a Lowther Arcade, que recorrí a toda la velocidad que me permitían las piernas. Me esperaba una berlina con un corpulento conductor envuelto en un abrigo oscuro. En cuanto estuve dentro, fustigó al caballo y salimos hacia la estación Victoria. Cuando me apeé, hizo dar media vuelta al caballo y se alejó deprisa, sin dirigirme siquiera una mirada.

Hasta aquí todo iba bien. El equipaje estaba allí, y no tuve dificultad alguna en encontrar el compartimiento, menos todavía por ser el único del tren con un rótulo de «reservado». Ahora mi único temor era que Holmes no apareciese. En el reloj de la estación solo faltaban siete minutos para la hora de salida. Busqué en vano la enjuta figura de mi amigo entre los grupos de viajeros. No había ni rastro de él. Pasé unos minutos ayudando a un venerable sacerdote italiano que, con un inglés chapurreado, intentaba explicarle al maletero que su equipaje debía facturarse vía París. Tras echar otro vistazo, regresé a mi compartimiento, donde me encontré con que el maletero, a pesar del rótulo, había instalado al anciano sacerdote italiano como compañero de viaje. Fue inútil intentar explicarle que su presencia allí constituía una intrusión, porque mi italiano era todavía más rudimentario que su inglés. Me resigné, pues, y seguí buscando ansiosamente a mi amigo con la mirada. Me sobrecogió un escalofrío al pensar que su ausencia podía deberse a que le había sucedido algo malo durante la noche. Habían cerrado las puertas y sonaba el silbido del tren, cuando…

—Querido Watson —dijo una voz—, ni siquiera se ha dignado darme los buenos días.

Me giré estupefacto. El anciano sacerdote volvió el rostro hacia mí. En un instante se borraron las arrugas, la nariz se alejó del mentón, el labio inferior retrocedió y la boca dejó de temblar, los ojos apagados recuperaron su brillo y la encogida figura se irguió. Un momento después, todo el cuerpo se contrajo de nuevo, y Holmes desapareció tan aprisa como había aparecido.

—¡Cielo Santo! ¡Qué susto me ha dado!

—Aún es necesario tomar todo tipo de precauciones —comenzó a cuchichear—. Tengo motivos para creer que nos siguen de cerca. ¡Ah! ¡Ahí tenemos a Moriarty en persona!

Mientras Holmes decía estas palabras, el tren había empezado a moverse. Miré hacia atrás y vi a un hombre alto que se abría paso a violentos empujones entre la multitud y que agitaba la mano como si quisiera que detuvieran el tren. Pero era demasiado tarde, porque este iba tomando velocidad e instantes después salía de la estación.

—A pesar de todas las precauciones que hemos tomado, ya ve que nos ha ido de un pelo —dijo Holmes, riendo.

Se levantó, se quitó la sotana negra y el sombrero que le habían servido de disfraz y los guardó en una bolsa de mano.

—¿Ha leído la prensa de la mañana, Watson?

—No.

—¿No sabe nada, pues, de lo ocurrido en Baker Street?

—¿Baker Street?

—Han prendido fuego a nuestras habitaciones. Sin grandes daños.

—¡Dios mío, Holmes, esto es intolerable!

—Debieron perder completamente mi pista después de que arrestaran al matón. De lo contrario, no habrían supuesto que yo regresaba a mi casa. Tomaron, evidentemente, la precaución de vigilarle a usted, y es esto lo que ha traído a Moriarty a la estación Victoria. ¿Ha cometido algún error mientras venía?

—He hecho exactamente lo que usted me dijo.

—¿Encontró la berlina?

—Sí, me estaba esperando.

—¿Reconoció al cochero?

—No.

—Era mi hermano Mycroft. En casos como este es una ventaja poder actuar sin recurrir a mercenarios. Pero ahora tenemos que planear lo que haremos con Moriarty.

—Como viajamos en un tren expreso que tiene conexión horaria con el barco, creo que nos hemos librado de él.

—Amigo mío, veo que usted no captó el alcance de mis palabras cuando dije que este hombre está al mismo nivel intelectual que yo. No supondrá usted que, si fuese yo el perseguidor, me daría por vencido ante un obstáculo tan nimio. ¿Por qué tiene, pues, tan baja opinión de él?

—¿Qué cree que va a hacer?

—Lo mismo que haría yo.

—Y ¿qué haría usted?

—Conseguir un tren privado.

—Es demasiado tarde.

—En absoluto. Nuestro tren se detiene en Canterbury, y el barco sale siempre con al menos quince minutos de retraso. Nos alcanzará allí.

—Se diría que somos nosotros los criminales. Hagamos que lo arresten en cuanto llegue.

—Sería echar por la borda tres meses de trabajo. Pescaríamos el pez gordo, pero los pequeños se escabullirían por todos los agujeros de la red. El lunes los tendremos a todos. No, no podemos ni plantearnos arrestarle ahora.

—¿Entonces?

—Nos apearemos en Canterbury.

—¿Y después?

—Tendremos que viajar en tren hasta Newhaven y cruzar desde allí a Dieppe. Moriarty hará lo que haría yo. Seguirá viaje hasta París, localizará nuestras maletas y esperará dos días en el depósito de equipajes. Entretanto, nosotros compraremos un par de bolsas de viaje, apoyaremos la economía de los países donde pasemos adquiriendo todo lo que nos haga falta, y llegaremos tranquilamente a Suiza vía Luxemburgo y Basilea.

Bajamos en Canterbury y tuvimos que esperar una hora para coger un tren a Newhaven.

Yo estaba mirando compungido el vagón de equipajes, que se alejaba rápidamente con todas mis pertenencias, cuando Holmes me tiró de la manga y señaló las vías.

—Ya lo ve… —dijo.

A lo lejos, de los bosques de Kentish ascendía una delgada columna de humo. Un instante después, una máquina de tren que arrastraba un único vagón tomaba a toda velocidad la curva de entrada a la estación. Casi no nos dio tiempo a escondernos tras un montón de maletas antes de que cruzara traqueteando y rugiendo ante nosotros y nos lanzara en pleno rostro una bocanada de aire caliente.

—Ahí va —dijo Holmes, mientras veíamos que el único vagón se ladeaba y se zarandeaba al pasar por las agujas—. Como puede ver, la inteligencia de nuestro amigo tiene sus límites. Hubiera sido un golpe genial deducir lo que yo deduciría y actuar en consecuencia.

—Y ¿qué habría hecho, caso de habernos alcanzado?

—No cabe la menor duda de que hubiera intentado asesinarme. Pero en este juego participamos dos. Lo que importa ahora es decidir si almorzamos aquí a una hora temprana o si corremos el riesgo de morir de inanición hasta poder comer en el restaurante de Newhaven.

Aquella noche llegamos hasta Bruselas, donde pasamos dos días, y al tercer día estábamos en Estrasburgo. El lunes por la mañana Holmes telegrafió a la policía de Londres, y por la noche nos aguardaba ya una respuesta en el hotel. Holmes abrió el sobre y luego lanzó maldiciendo el papel a la chimenea.

—¡Debía haberlo supuesto! —rezongó—. ¡Ha escapado!

—¿Moriarty?

—Han pillado a toda la banda menos a él. Se les ha escabullido. Al salir yo del país, no quedó nadie allí capaz de hacerle frente. Pero de veras pensé que les había puesto a este canalla en las manos. Lo mejor será que regrese usted a Inglaterra, Watson.

—¿Por qué?

—Porque ahora sería un compañero peligroso para usted. Este hombre lo ha perdido todo. Si vuelve a Londres está acabado. Si he interpretado correctamente su carácter, consagrará ahora todas sus energías a vengarse de mí. Eso afirmó en nuestra breve entrevista. Y creo que hablaba en serio. Le aconsejo de veras que regrese a su consultorio.

No era un consejo que pudiera tener la más mínima posibilidad de éxito con un tipo como yo, que era a la vez un viejo combatiente y un viejo amigo. Estuvimos discutiendo la cuestión durante media hora en la salle-à-manger, y aquella misma noche reanudamos juntos el viaje y nos dirigimos a Ginebra.

Pasamos una semana deliciosa merodeando por el valle del Ródano, y después, saliendo por Leuk, llegamos al puerto de montaña de Gemmi, aún cubierto de nieve, y luego, por Interlaken, hasta Meiringen. Fue un viaje encantador, con el delicado verde primaveral a nuestros pies y el virginal blanco invernal sobre nuestras cabezas. Pero yo me daba perfecta cuenta de que Holmes no olvidaba un solo instante la sombra que nos acechaba. Estuviéramos en los acogedores pueblos alpinos o en los solitarios puertos de montaña, yo advertía por las rápidas miradas escrutadoras que dirigía a los rostros de cuantos se cruzaban en nuestro camino su convicción de que no podíamos considerarnos en ninguna parte a salvo del peligro que nos amenazaba.

Recuerdo que en cierta ocasión, mientras paseábamos por las melancólicas orillas del Daubensee, se desprendió un peñasco de la cresta de una montaña que quedaba a nuestra derecha, rodó ladera abajo y cayó con estrépito en el lago, justo a nuestra espalda. Un instante después, Holmes había escalado la cuesta y, de pie en la cima, escrutaba el paisaje en todas direcciones. En vano le aseguró nuestro guía que en aquel lugar el desprendimiento de piedras era bastante habitual en primavera. No dijo nada, pero me sonrió con el aire del hombre que acaba de comprobar que era cierto lo que había profetizado.

Pero, a pesar de estar constantemente en guardia, no se deprimió en ningún momento. Al contrario, no recuerdo haberle visto nunca de tan buen humor. Se refirió una y otra vez al hecho de que, si tuviese la certeza de que la sociedad se libraba del profesor Moriarty, daría por felizmente concluida su carrera.

—Creo poder afirmar, Watson, que mi vida no ha sido completamente inútil —comentó—. Si hoy se cerrara mi historial, sería capaz de examinarlo con ecuanimidad. El aire de Londres es más grato gracias a mí. En más de mil casos, no tengo conciencia de haber usado nunca mi capacidad al servicio del mal. Últimamente me tienta más examinar los problemas de la naturaleza que aquellos, más superficiales, de los que es responsable el artificioso estado de nuestra sociedad. Sus memorias alcanzarán su punto final, Watson, el día que corone mi carrera con la captura o la muerte del criminal más astuto y peligroso de Europa.

Seré breve pero preciso en lo poco que queda por contar. No es un tema en el que me guste detenerme, pero soy consciente de que no debo omitir ningún detalle.

Llegamos al pueblecito de Meiringen el 3 de mayo, y nos hospedamos en el Englischer Hof, regentado entonces por el viejo Peter Steiler. Nuestro hospedero era un hombre inteligente y hablaba perfectamente inglés, porque había trabajado tres años en el hotel Grosvenor de Londres como camarero. Siguiendo su consejo, salimos juntos el día 4 con la intención de cruzar las montañas y pasar la noche en la aldea de Rosenlaui. Nos dio instrucciones estrictas de no pasar junto a la catarata de Reichenbach, que queda a media altura de la colina, sin dar un pequeño rodeo para visitarla.

Es, sin duda, un lugar aterrador. El torrente alimentado por las aguas del deshielo se precipita por un tremendo abismo, del que asciende el agua pulverizada que se asemeja a la humareda de una casa en llamas. El abismo en el que se precipita el río forma un cañón tremendo, flanqueado por rocas relucientes y negras como el carbón, que se va estrechando hasta constituir una espumosa fosa de profundidad incalculable, de la que el agua se desborda y salta con fuerza por encima de los dentados bordes. La enorme masa de agua que cae constantemente y la espesa nube de vapor que asciende incesante aturden con su estrépito y con su movimiento a quien las contempla. Nosotros permanecimos cerca del borde, observando el destello de las aguas al estrellarse contra las negras rocas y escuchando el alarido casi humano que ascendía del abismo con el agua vaporizada.

El sendero trazaba un semicírculo para dar una vista completa de la catarata, pero terminaba bruscamente, y el viajero se veía obligado a retroceder sobre sus pasos. Dábamos, pues, media vuelta para regresar, cuando vimos que un joven suizo se acercaba corriendo con un carta en la mano. Iba dentro de un sobre del hotel que acabábamos de dejar y me la dirigía a mí el hospedero. Al parecer, a los pocos minutos de nuestra partida había llegado una señora inglesa en estado muy grave. Había pasado el invierno en Davos Platz y se disponía a reunirse con unos amigos suyos en Lucerna, cuando le sobrevino una repentina hemorragia. Creían que le quedaban solo unas horas de vida, pero sería un gran consuelo para ella ver a un médico inglés, de modo que, si yo quería regresar, etcétera. El bueno de Steiler me aseguraba en la posdata que consideraría que le hacía a él un gran favor, porque la mujer se negaba a que la atendiese un médico suizo, lo cual hacía recaer sobre él una enorme responsabilidad.

Era difícil negarse a una petición de ese tipo. Me resultaba imposible negarme al ruego de una compatriota que agonizaba en tierras extrañas. Pero tenía reparos en abandonar a Holmes. Acordamos por fin que el joven mensajero suizo se quedaría con él como guía y acompañante mientras yo regresaba a Meiringen. Mi amigo me dijo que se quedaría un rato más en la cascada y que luego iría paseando por la colina hasta Rosenlaui, donde yo podría reunirme con él por la noche. Mientras me alejaba, vi a Holmes, con la espalda apoyada contra una roca y los brazos cruzados, observando el correr de las aguas. Era la última imagen que iba a tener de él.

Cuando me hallaba cerca del final de la pendiente, volví la vista atrás. Era imposible, desde aquella posición, ver la catarata, pero sí podía ver la curva del sendero que conducía hasta ella. Recuerdo que un hombre caminaba apresuradamente por él. Pude distinguir su negra silueta dibujada contra el fondo verde.

Tardé poco más de una hora en llegar a Meiringen. El viejo Steiler estaba de pie en el porche del hotel.

—Bueno —le dije, acercándome presuroso—. Espero que la mujer no haya empeorado.

Un gesto de extrañeza pasó por su cara, y me dio un vuelco el corazón al ver que parpadeaba sorprendido.

—¿No ha escrito usted esto? —le pregunté, mientras me sacaba la carta del bolsillo—. ¿No hay una señora inglesa enferma en el hotel?

—¡No, no la hay! —exclamó—. ¡Pero la carta viene en un sobre del hotel! Ah, debió escribirlo aquel inglés alto que llegó después de que ustedes se marcharan. Dijo que…

Pero yo no esperé las explicaciones del hospedero. Corrí aterrado por las calles del pueblo, en dirección al sendero por el que acababa de bajar. El descenso me había llevado una hora. A pesar de todos mis esfuerzos, habían transcurrido otras dos cuando llegué de nuevo a la catarata de Reichenbach. En la roca donde había dejado a Holmes estaba todavía su bastón de montaña, pero de él no había rastro y fue inútil que le llamara a gritos. Obtuve por única respuesta el eco de mi propia voz al reverberar sucesivamente en los peñascos que me rodeaban. Fue ver aquel bastón lo que me dejó helado y enfermo. Probaba que Holmes no había ido a Rosenlaui. Se había quedado allí, en aquel sendero de tres pies de anchura, con un muro cortado a pico a sus espaldas y un abismo ante sus pies, hasta que le alcanzó su enemigo. También había desaparecido el joven suizo. Seguramente estaba pagado por Moriarty y había dejado solos a los dos hombres. Y después, ¿qué había sucedido? ¿Quién podría saber lo que había ocurrido después?

Permanecí inmóvil un par de minutos para recuperarme, porque lo terrible del suceso me había anonadado. Después empecé a pensar en los métodos de Holmes, e intenté ponerlos en práctica para esclarecer la tragedia. ¡Resultó, por desdicha, muy fácil! Nosotros dos no habíamos llegado, mientras hablábamos, hasta el final del sendero, y el bastón indicaba el punto en que nos habíamos detenido. La humedad que despide la nube de vapor mantiene siempre blando el suelo negruzco y hasta un pájaro dejaría huellas en él. Había dos líneas de huellas claramente perceptibles en el sendero, las dos alejándose de mí. No había ninguna de regreso. A pocas yardas del final, el suelo estaba pisoteado y embarrado, y las cañas y helechos de alrededor habían sido arrancados o destrozados. Me tumbé boca abajo y miré hacia el fondo; las minúsculas partículas de agua pulverizada saltaban a mi alrededor. Había ido oscureciendo y solo podía distinguir, aquí y allá, el brillo de la humedad en las negras paredes y, muy abajo, al final del cañón, el resplandor de las aguas revueltas. Grité, pero solo llegó hasta mí el rugido casi humano de la cascada.

Pero yo iba a recibir, a pesar de todo, unas últimas palabras de despedida de mi amigo y compañero. Como he dicho, su bastón había quedado apoyado en una roca que sobresalía junto al camino. Vi brillar algo sobre ella, alargué la mano y encontré la pitillera de plata que Holmes llevaba siempre consigo. Al cogerla, cayó al suelo ondeando un trozo de papel que había debajo. Lo desdoblé y vi que se trataba de tres hojas arrancadas de su bloc de notas, y dirigidas a mí. Era característico de mi amigo que la dirección estuviera tan clara y la letra fuera tan segura y precisa como si las hubiese escrito sentado en su despacho. Decían así:

Mi querido Watson:

Escribo estas pocas líneas por cortesía del señor Moriarty, que me espera para que entablemos la discusión final sobre las cuestiones que median entre nosotros. Me ha hecho un esbozo de los métodos de que se ha valido para esquivar a la policía inglesa y para mantenerse informado de nuestros movimientos. Esto confirma, desde luego, la elevada opinión que yo me había formado de su inteligencia. Me alegra pensar que podré liberar a la sociedad de los efectos que pudiera causar su presencia, aunque mucho me temo que hay que pagar un elevado precio y que esto apenará a mis amigos y especialmente a usted, querido Watson. De todos modos, ya le expliqué que mi carrera había alcanzado su cenit y que no podía imaginar para ella mejor final que este. De hecho, para serle sincero, yo estaba seguro de que la carta de Meiringen era falsa, y permití que usted se marchara porque preveía que iba a suceder algo así. Dígale al inspector Paterson que los documentos que necesita para la condena de la banda están en la carpeta M, dentro de un sobre azul y marcados con el nombre «Moriarty». Antes de salir de Inglaterra resolví todos mis asuntos y dejé los documentos relativos a mi herencia a mi hermano Mycroft. Le ruego transmita mis saludos a la señora Watson. Sinceramente suyo para siempre, querido amigo,

Sherlock Holmes

Bastarán unas palabras para redactar lo poco que aún queda por contar. Un examen realizado por expertos apenas si deja dudas de que la pelea entre aquellos dos hombres terminó, como solo podía terminar dada la situación, con la caída de ambos al abismo, abrazados el uno al otro. Resultaba inútil cualquier intento por recuperar los cadáveres y allí, en lo más hondo de aquella espantosa caldera de aguas revueltas y espuma efervescente, quedarán para siempre sepultados el más peligroso de los criminales y el más distinguido paladín de la justicia que haya tenido nuestra generación. Nada se supo del paradero del joven suizo, y no cabe duda de que era uno de los numerosos cómplices de Moriarty. En cuanto a la banda, el público recordará para siempre el modo en que las pruebas que Holmes había acumulado demostraron por completo la culpabilidad de todos sus miembros, y con cuánto peso cayó sobre ellos la mano de mi amigo, aún después de muerto. Pocos detalles salieron a la luz durante el proceso acerca de su terrible jefe y, si yo hoy me he visto obligado a exponer detalladamente su carrera, se debe a los individuos insensatos que han intentado reivindicar su memoria mediante ataques a aquel a quien siempre consideraré el mejor y más inteligente de los hombres que me ha sido dado conocer.

LA SEÑAL DE LA ESPADA ROTA

Por G. K. CHESTERTON

Grises se veían los millares de brazos de aquella selva; plateados sus millones de dedos. En un cielo de pizarra verde azulosa, las frías y lúcidas estrellas resultaban briznas de hielo. Toda aquella tierra, tan feraz y poco habitada, aparecía como endurecida bajo la tenue escarcha. Los huecos negros que alternaban con los troncos de los árboles semejaban cavernas negras e infinitas de aquel despiadado infierno escandinavo, infierno de insoportable frío. Aun la piedra cuadrangular de la torre de la iglesia parecía ser cosa de origen septentrional y de carácter pagano, cual si fuera una torre bárbara entre las rocas marinas de Islandia. Mala noche para venir a explorar el camposanto de la Iglesia. Pero tal vez valía la pena.

El camposanto se levantaba al lado de las cenicientas orillas del bosque, sobre una corcova o dorso del césped verde que, a la luz de las estrellas, era grisáceo. Casi todas las sepulturas estaban en una pendiente, y el camino que llevaba a la iglesia era tan empinado como una escalera. En lo alto de la colina, en el plano, aparecía el monumento al que debía su fama el lugar. Contrastaba con las sepulturas informes: que lo rodeaban, porque era obra de uno de los más célebres escultores de la moderna Europa. Con todo, su celebridad había pasado al olvido ante la celebridad del hombre cuya imagen representaba la escultura. Al lápiz plateado de la luz estelar se veía la sólida imagen metálica de un soldado moribundo, alzadas las manos en una perenne plegaria, la cabeza sobre la dura almohada del cañón. La cara, venerable y barbada, bien patilluda, según la antigua y pesada moda del coronel «Newcomen».

El uniforme, aunque tratado: en unos cuantos toques sencillos, era el de la guerra moderna. A la derecha, una espada con la punta rota; a la izquierda, la sagrada Biblia. En las luminosas tardes veraniegas llegaban coches llenos de americanos y gente culta de los alrededores que venían a admirar el sepulcro. Aun entonces, todos sentían que aquella vasta región forestal, con su colina del cementerio y su iglesia, era un sitio muy abandonado y oculto. En las heladas negruras del invierno, ya se comprenderá que era el sitio más solitario bajo las estrellas. Sin embargo, en la quietud de aquellos bosques inmóviles rechinó una reja. Y he aquí que dos vagas figuras negras entraron por el camino que conducía al cementerio.

El claror frío de las estrellas era tan tenue que nada se podía saber de aquellos hombres sino que ambos iban de negro, que uno de ellos era gigantesco y el otro, como por contraste, casi enano. Se dirigieron hacia la gran tumba esculpida del guerreo histórico y la contemplaron un rato. En todo el contorno no se veía un hombre ni una cosa viviente, y aun podía dudarse en un parpadeo de fantasía, de si aquellos hombres eran hombres. En todo caso, su conversación comenzó con frases muy extrañas. El hombre pequeño rompió el silencio y dijo así:

—¿Dónde esconderá una arenita un sabio?

—En la playa —dijo el hombre alto en voz baja.

El pequeño movió la cabeza, y tras corto silencio dijo:

—¿Dónde esconderá una hoja el sabio? Y el otro contestó:

—En el bosque.

Nueva pausa. Y luego el mayor continuó:

—¿Quiere usted decir que cuando el sabio trata de ocultar un diamante verdadero está probado que lo esconderá entre falsos?

—No, no —dijo el pequeño, soltando la risa—. Lo pasado, pasado.

Pateó unos segundos para calentarse los pies, y luego:

—No estoy pensando en eso, sino en algo muy diferente —dijo— y muy peculiar. ¿Quiere usted encender una cerilla?

El gigantón se hurgó los bolsillos, y pronto se oyó un chasquido, y una llama pintó de oro todo un paño del monumento. Allí, en letras negras, estaban talladas las conocidas palabras que tantos norteamericanos leyeron con el mayor respeto:

Consagrado a la memoria
del general sir Arthur Saint Clare,
héroe y mártir, que siempre venció a sus enemigos y siempre supo
perdonarlos, y al fin murió
por la traición a manos de ellos. Plegue a Dios —en quien
él puso su confianza— recompensarle y vengarle.

La cerilla le quemó al fin los dedos al gigante, se apagó y cayó. Iba el hombre a encender otra cuando su compañero le detuvo:

—Muy bien, amigo Flambeau. Ya he visto lo que quería. O más bien: no he visto lo que deseaba no ver. Y ahora, a caminar una milla y media hasta la próxima posada. Porque sabe el cielo la necesidad de estar junto al fuego y echar un trago de cerveza que experimenta quien se atreve con semejante historia.

Bajaron por la escarpada senda, cerraron otra vez la rústica reja, y con paso firme y ruidoso se internaron por el congelado camino de la selva. Anduvieron un cuarto de milla en silencio antes de que el pequeño dijera:

—Sí; el sabio esconde un grano de arena en la playa. Pero si no hay playa por allí cerca, ¿qué, hace? ¿Ignora usted los trabajos que pasó ese gran St. Clare?

—Yo no sé una palabra sobre los generales ingleses, padre Brown —contestó el otro, riendo—. Aunque algo sé de los policías ingleses. Yo solo sé que, sea quien fuere ese personaje, me ha arrastrado usted de aquí para allá por todos los sitios donde quedan reliquias de él. Se diría que murió, por lo menos, en seis distintos lugares. Yo he visto una placa conmemorativa del general St. Clare en la abadía de Westminster. He visto una saltarina estatua ecuestre del general St. Clare en el muelle. He visto un medallón del general St. Clare en la calle donde nació y otro en la calle donde vivió, y ahora me arrastra usted al cementerio de esta aldea para ver el sitio en que su ataúd se conserva. La verdad es que comienzo a cansarme de este magnífico personaje, sobre todo porque ignoro completamente quién fue. ¿Qué anda usted buscando en todas estas lápidas y efigies?

—Una palabra, y nada más —dijo el padre Brown—. Una palabra que no puedo encontrar.

—Bueno —dijo Flambeau—; ¿quiere explicármelo?

—Lo dividiré en dos partes —dijo el sacerdote—. Primero lo que todos saben, y después lo que yo sé. Lo que todos saben es muy sencillo y breve de contar. Además, es una completa equivocación.

—¡Bravo! —dijo el gigantesco Flambeau alegremente—. Comencemos por la equivocación, comencemos por lo que todo el mundo sabe y que no es verdad.

—Si no todo es mentira, por lo menos está muy mal entendido —continuó el padre Brown—. Porque en rigor todo lo que el público sabe se reduce a esto: el público sabe que Arthur St. Clare fue un gran general inglés victorioso. Sabe que, tras espléndidas y concienzudas campañas en la India y en África, mandaba la expedición contra el Brasil cuando el gran patriota brasileño Olivier lanzó su ultimátum. Sabe que entonces St. Clare atacó a Olivier con escasas fuerzas y que éste le opuso un ejército poderoso. Que tras heroica resistencia cayó prisionero. Y sabe que después de caer en manos enemigas, y con escándalo del mundo civilizado, St. Clare fue colgado de un árbol. Así lo encontraron tras la retirada de los brasileños, con la espada rota colgada al cuello.

—¿Y es falsa esta versión popular? —preguntó Flambeau.

—No —dijo su amigo—; hasta aquí, la versión es exacta.

—Es que la historia no puede ir más allá —advirtió Flambeau—. Y si todo esto es verdadero, ¿dónde está el misterio?

Habían pasado ya muchos centenares de árboles grises y fantásticos antes de que al curita le diera la gana de contestar. Al fin, mordiéndose un dedo, explicó:

—Mire usted: el misterio es un misterio psicológico. O mejor dicho, es un misterio de dos psicologías. En esa cuestión del Brasil, dos de los más famosos hombres de la historia moderna obraron en absoluta contradicción con su respectivo carácter. Recuerde usted que ambos, Olivier y St. Clare, eran héroes; lo de siempre: la lucha entre Héctor y Aquiles. ¿Y qué diría usted de un combate en que Aquiles se portara tímidamente y Héctor como traidor?

—Prosiga usted —dijo el otro con impaciencia, viendo que su interlocutor volvía a morderse un dedo y callaba.

—Sir Arthur St. Clare era un soldado religioso a la antigua, el tipo de militares que nos salvó cuando los motines de los cipayos —continuó el padre Brown—. Siempre estaba más por el deber que por el ataque, y con todo su valor y acometividad personales, era un jefe prudente, a quien indignaba todo gasto inútil de fuerzas. Sin embargo, en esa su última batalla parece haber intentado algo que aun a los ojos de un niño resulta absurdo. No hace falta ser un estratega para comprender que aquello era un disparate. No hace falta ser un estratega para echarse a un lado cuando pasa un automóvil. Éste es el primer misterio ¿dónde tenía la cabeza el general inglés? Y el segundo enigma es éste: ¿dónde tenía el corazón el general brasileño? El presidente Olivier habrá sido un visionario o, si se quiere, un obstáculo; pero aun sus enemigos admiten que era magnánimo como un caballero andante. Casi todos sus prisioneros quedaban libres y hasta recibían de él beneficios. Los que se lo figuraban de otro modo, después de tratarlo, se quedaban encantados de su sencillez y su bondad. ¿Cómo es posible admitir que solo una vez en la vida se le haya ocurrido vengarse tan diabólicamente? ¿Y esto precisamente el día en que ningún daño había recibido? Ya lo ve usted. Uno de los hombres más sabios del mundo obra un día como un idiota, sin ninguna razón. Uno de los hombres más buenos del mundo obra un día como un demonio, sin ninguna razón. Y toda la cuestión está en eso. Conciérteme usted esas medidas, amigo mío.

—No, no —dijo el otro dando un resoplido—. Conciértemelas usted. Y haga el favor de explicármelo todo muy claro.

—Bueno —continuó el padre Brown—. No sería justo decir que la versión pública es tal cual yo la he descrito, sin añadir que de entonces acá han sucedido dos cosas. No puedo decir que traigan nueva luz a nuestro enigma, porque nadie ha acertado aún a entenderlas. Pero, por lo menos, traen una nueva especie de oscuridad: desvían hacia otro punto la oscuridad. La primera cosa fue ésta: el médico de la familia de St. Clare rompió con la familia y se puso a publicar una serie de violentos artículos, en que afirmaba que el difunto general había sido un maniático religioso, pero, según los hechos por él alegados el general resultaba sencillamente un hombre peligroso. Así la campaña del médico fracasó. Todos sabían, por lo demás, que St. Clare compartía ciertas excentricidades de la piedad puritana. El segundo incidente es más importante. En el infortunado y desamparado regimiento que hizo aquel temerario ataque en Río Negro había un tal capitán Keith que estaba comprometido por aquella sazón con la hija de St. Clare y que después se casó con ella. Cayó prisionero en manos de Olivier, y, como todos los demás prisioneros, con excepción del general, parece que fue tratado muy bondadosamente y pronto fue puesto en libertad. Unos veinte años después, este hombre, entonces teniente coronel, publicó una especie de autobiografía titulada: Un oficial inglés en Birmania y en el Brasil. Y en la página que el lector ansioso busca afanosamente para dar con el relato del misterioso fin de St. Clare aparecen, más o menos, estas palabras: «En todo este libro he contado todos los sucesos tal como han ocurrido, porque comparto la antigua opinión de que la gloria de Inglaterra es lo bastante adulta para cuidarse sola. Pero en este punto de la derrota de Río Negro tengo que hacer una excepción, y las razones que me obligan a ello, aunque de orden privado, son enteramente honorables y también bastante imperiosas. Sin embargo, para hacer justicia a la memoria de dos hombres eminentes debo decir algunas palabras. Se ha acusado al general St. Clare de haberse portado con torpeza en aquella ocasión; yo soy testigo, al menos, de que aquella jornada, bien entendida, fue una de las más brillantes y sagaces de su historia. También sobre el presidente

Olivier ha caído la acusación de que se portó con una injusticia salvaje. Debo al honor de un enemigo el manifestar que en esa ocasión extremó, todavía más que nunca, su característica bondad. Y para decirlo en pocas palabras, puedo asegurar a mis compatriotas que ni St. Clare fue tan necio ni Olivier tan bárbaro como parece. Y es cuanto puedo decir, y ninguna otra consideración humana me obligará a añadir una palabra».

Una enorme luna de hielo, como reluciente bola de nieve, se había levantado por entre la maraña de árboles que quedaba frente a ellos y a su fulgor el narrador pudo refrescar sus recuerdos del texto del capitán Keith con una hoja de papel impreso que llevaba consigo. La dobló, la guardó de nuevo, y Flambeau alargó la mano con un ademán muy francés para decir:

—Espere un poco, espere un poco. Creo adivinar algo al primer intento.

Y siguió caminando, resollando fuerte, con la negra cabeza y cuello de toro algo doblados, como un corredor en pos de la meta. El curita, divertido e interesado, tuvo que esforzarse por trotar en pos de su amigo. Frente a ellos los árboles comenzaron a abrirse a derecha e izquierda y el camino desembocó en un valle claro y bañado de luna y después volvió a escurrirse, como un conejo, por entre los vericuetos de otro bosque. La entrada de este otro bosque se veía pequeña y redonda como la boca de un túnel lejano. Pero estaba a menos de cien metros, y antes de que Flambeau volviera a hablar, se descubrió ante ellos como una caverna.

—¡Ya lo tengo! —exclamó dándose en el muslo con entusiasmo—. Todo ha sido pensarlo cuatro minutos óigame usted.

—Venga —asintió el otro.

Flambeau levantó la cabeza, pero bajó la voz.

—El general sir Arthur St. Clare —dijo— proviene de una familia en quien la locura era hereditaria y todo su anhelo era ocultar esto a su hija y, a ser posible, también a su futuro yerno. Con razón o sin ella, creyó un día estar cerca de la crisis fatal y prefirió antes suicidarse. Pero un suicidio ordinario hubiera provocado sospechas de lo que él deseaba ocultar. Al acercarse el momento de la batalla, sintió que su cerebro se iba nublando cada vez más, y en un momento de desesperación sacrificó su deber público a su deber privado. Se arrojó al combate precipitadamente, con la esperanza de caer a la primera bala. Al ver que solo había logrado el fracaso y la prisión, la bomba oculta en su cerebro estalló, rompió su espada, y él mismo se colgó de un árbol.

Quedóse mirando la gris fachada del bosque que se movía frente a ellos con la boca negra en el centro, como boca de sepultura por donde se precipitaba el sendero. Tal vez ese vago aspecto amenazador de un bosque que se traga un camino reforzó su visión de la tragedia del desdichado general porque se estremeció un poco.

—¡Terrible historia! —dijo.

—¡Terrible historia! —repitió el sacerdote con la cabeza ladeada—. Pero falsa.

Después echó hacia atrás la cabeza con desesperación y exclamó:

—¡Ojalá así hubiera sido!

El talludo Flambeau se le quedó mirando.

—La historia que usted acaba de forjar es limpia, por lo menos —explicó el pequeño—. Es una historia grata, pura, honrada, tan blanca y tan franca como esa luna. Después de todo la locura y la desesperación son cosas harto inocentes. Hay cosas mucho peores, Flambeau.

Flambeau se puso a contemplar la luna, que el otro acababa de invocar y que, vista desde allí, aparecía cruzada por la rama negra de un árbol en forma de cuerno.

—Padre…, padre —dijo Flambeau, gesticulando a la francesa y apresurando el paso—, ¿dice usted que pudo ser peor?

—Peor —repitió el padre Brown como un eco. Y penetraron en el negro túnel del bosque que a uno y otro lado ofrecía un tapiz corrido de troncos, como en los confusos corredores de un sueño.

Pronto se encontraron en las más secretas entrañas de la selva, sintiendo que pasaban rozando sus caras unos follajes que ni siquiera podían ver. El sacerdote dijo otra vez:

—¿Dónde ocultará el sabio una hoja? En el bosque. Pero… ¿si no tiene a mano ningún bosque…?

—Bueno, bueno —gritó el irritable Flambeau—. ¿Qué hará entonces?

—Sembrará y formará un bosque para ocultarla —dijo el sacerdote con voz opaca—. ¡Un grave pecado!

—¡Oiga usted! —gritó su impaciente amigo, excitados sus nervios por la oscuridad de aquel enigma como por la oscuridad del bosque—. ¿Quiere usted explicarme eso o no? ¿Hay algunos otros datos?

—Hay otros tres indicios de datos —dijo el otro— que he desenterrado por ahí en rincones y agujeros. Voy a presentarlos a usted en un orden lógico más que cronológico. En primer término, nuestra autoridad, para establecer el resultado de la batalla, son los despachos del propio Olivier que son bastante claros. Dice que se encontraba atrincherado con dos o tres regimientos en las alturas que dominan Río Negro y al otro lado del cual el terreno es más bajo y pantanoso. Más allá, el campo se levanta ligeramente, y allí está el puesto avanzado de los ingleses, soportado por fuerzas que se han quedado muy atrás. En conjunto, las fuerzas inglesas son muy superiores a las suyas, pero ese regimiento avanzado se encuentra tan lejos de sus bases, que Olivier considera posible el plan de cruzar el río para cortar dicho regimiento. Al anochecer, sin embargo, se ha decidido a no abandonar sus posiciones, que son singularmente ventajosas. Al amanecer del día siguiente ve con asombro que aquel puñado de ingleses, sin recibir auxilio ninguno de sus reservas de retaguardia, se ha atrevido a cruzar el río, en parte por un puente que hay a la derecha y en parte por un vado que hay más allá, y se encuentra ya a este lado del río y justamente debajo de él.

»Es increíble que siendo tan pocos y teniendo el enemigo posiciones tan ventajosas, intenten un ataque. Pero Olivier advierte otra circunstancia todavía más inexplicable: que en lugar de procurarse terreno sólido aquel regimiento de locos, dejando el río a su espalda, mediante un avance desconsiderado no hace más que meterse en el fango como un puñado de moscas que se mete en la miel. Inútil decir que los brasileños abren grandes claros en sus filas con el fuego de la artillería, y que ellos solo pueden contestar con un fuego de fusilería tan ineficaz como animoso. Con todo, no cejan. Y el breve despacho de Olivier, termina con un gran tributo de admiración por el místico valor de aquellos imbéciles. "Finalmente —dice—, nuestras líneas avanzan y los impelen hacia el río. Hemos hecho prisionero al mismo general St. Clare y a varios oficiales. El coronel y el mayor han muerto en la acción. No puedo menos de manifestar que la historia ofrece pocos espectáculos más hermosos que la resistencia final de este regimiento extraordinario; allí se vio a los oficiales heridos arrebatar el arma a los soldados muertos, y al mismo general enfrentarse al enemigo a caballo, descubierta la cabeza y con una espada rota en la mano". Sobre lo que después sucedió con el general, también Olivier guarda silencio.

—Bueno —gruñó Flambeau—. Vengan más datos.

—El siguiente dato —dijo el padre Brown me costó algún tiempo descubrirlo, pero queda expuesto en dos palabras. En un hospicio que hay entre los pantanos de Lincolnshire me encontré con un veterano herido en la batalla de Río Negro y que, además, había asistido al coronel del regimiento en el instante de su muerte. Era éste un tal coronel Clancy, un irlandés de cepa y parece que, más que de sus heridas, murió de la rabia que tuvo. El pobre coronel, en todo caso, no era responsable de aquel avance desatentado; el general le había obligado a ello. Según el veterano, sus últimas y edificantes palabras fueron éstas: "Y allá va el asno de hombre con la espada rota; ¡así le rompieran la cabeza!»" Notará usted que todos han advertido este detalle de la espada rota, aunque todos lo han considerado con más respeto que el difunto coronel Clancy. Y ahora vamos al tercer indicio.

El camino comenzó a empinarse y el padre Brown tuvo que callar un poco para tomar aliento. Después prosiguió en igual tono:

—Hará apenas uno o dos meses murió en Inglaterra un oficial brasileño que salió de su país por ciertas dificultades con Olivier. Era persona bien conocida, tanto aquí como en el continente: un español, de nombre Espada. Yo le conocí también; era un viejo dandy de cara amarillenta que tenía una nariz ganchuda. Por razones de orden privado, tuve ocasión de examinar los documentos que dejó a su muerte. Era católico, desde luego, y yo le ayudé a bien morir. Entre sus cosas no había nada que sirviera para aclarar el misterio del general St. Clare, salvo cinco o seis breviarios que habían sido de un soldado inglés y estaban llenos de notas. Supongo que los brasileños los recogieron de algún cadáver que quedó en el campo. Las notas se interrumpían en la noche anterior a la batalla.

»Pero el relato que dejó ese soldado sobre la víspera de la acción era digno de leerse. Lo llevo conmigo, pero aquí no puedo leerlo; está esto muy oscuro. Le haré a usted un resumen de lo que dice. Comienza con una colección de frases burlescas que, por lo visto, le dirigían todos a algún individuo apodado el Buitre. Pero este Buitre no parece haber sido uno de los suyos ni siquiera un inglés. Tampoco es seguro que fuera un enemigo. Parece que fuera algún acompañante, un no combatiente, quizás un guía, quizás un corresponsal de guerra de algún periódico. Andaba junto al coronel Clancy, pero más a menudo se le ve aparecer, a través de las notas, junto al mayor. El mayor es una figura prominente en el relato del soldado: se le representa allí como un hombre encorvado de cabellos negros, llamado Murray, irlandés del Norte y puritano. Y se habla mucho del contraste cómico entre la austeridad de este hombre de Ulster y la jovialidad del coronel Clancy. También hay un chiste sobre los colorines del traje del llamado Buitre.

»Pero todas estas insignificancias desaparecen ante algo que podemos comparar a un toque de clarín. Detrás del campamento inglés y casi paralelo al río, corre uno de los escasos caminos que atraviesan aquel distrito. Al Oeste, el camino tuerce sobre el río y pasa el puente de que ya he hablado. Al Este el camino se mete por los matorrales, y a unas dos millas más allá llega al otro campamento inglés. De aquel punto se oyó venir aquella tarde un ruido y tintineo de caballería ligera, y hasta este simple narrador pudo comprender, con asombro, que llegaba el general con su Estado Mayor. Venía en ese soberbio caballo blanco que habrá usted visto en las revistas ilustradas y en los retratos de la Academia. Y puede usted estar seguro de que la tropa le saludó con verdadero entusiasmo. Pero él, sin gastar tiempo en ceremonias, saltó del caballo, se mezcló en el grupo de oficiales y les endilgó un discurso solemne, aunque confidencial. Lo que más impresionó a nuestro narrador fue el singular empeño que el general mostraba de discutirlo todo con el mayor Murray; sin embargo esta preferencia, con tal de no ser exagerada, no tenía nada de extraño. Ambos estaban hechos para entenderse; ambos eran gente que lee y practica su Biblia; ambos pertenecían al viejo tipo del militar evangelista. Ello es que cuando el general montó otra vez a caballo todavía estaba discutiendo sus planes muy seriamente con Murray y que al echar a andar el caballo lentamente hacia el río, el hombre de Ulster caminaba a su lado en animado debate. Los soldados los vieron alejarse y, por fin, desaparecer tras una masa de árboles donde el camino tuerce hacia el río, el coronel volvió a su tienda; la tropa, a sus puestos. El narrador se quedó por allí unos minutos, y de pronto vio algo extraordinario. El soberbio caballo blanco, que se había alejado a paso lento por el camino, como en las muchas paradas militares a que había concurrido, volvía a todo galope como si corriera en una pista. Al principio, la tropa se figuró que el caballo, con el jinete encima, se había desbocado; pero pronto pudieron darse cuenta de que era el mismo general, gran caballista, quien lo hacía correr. Caballo y jinete llegaron como un huracán hasta donde estaba la tropa, y allí, refrenando al caracoleante corcel, el general volvió hacia ellos la encendida cara y preguntó por el coronel con una voz como la trompeta del Juicio.

»Yo me figuro que los vertiginosos sucesos de esta catástrofe se mezclaron desordenadamente en el alma de aquellos hombres, como le pasó a nuestro diarista. Con sobresalto de una pesadilla cayeron todos, cayeron literalmente en sus filas y se enteraron de que era menester dar un ataque cruzando el río. El general y el mayor parece que habían descubierto quién sabe qué en el puente, y apenas quedaba tiempo de luchar a la desesperada. El mayor iba camino de la retaguardia para traer las reservas, pero aunque se dieran mucha prisa, era dudoso que pudieran llegar a tiempo. Como quiera, había que cruzar el río aquella noche y tomar las alturas al amanecer. Y el diario se interrumpe con el barullo y la palpitación de la romántica marcha nocturna.

El padre Brown caminaba ahora delante de su compañero, porque el camino se había hecho angosto y más pendiente y más intrincado, al grado que ya les parecía ir trepando por una escalera de caracol. Desde arriba; entre las tinieblas, bajaba la voz del sacerdote:

—Y todavía hay una circunstancia tan minúscula como enorme. Al azuzarlos el general a aquella carga caballeresca, desenvainó a medias la espada, y después la envainó otra vez como avergonzado de aquel ademán melodramático. Ya ve usted: otra vez la espada.

Una semiluz comenzó a filtrarse por entre la maraña de arbustos, echando a sus pies la sombra de una red. Comenzaban a subir de nuevo hacia la tenue luminosidad del campo abierto. Flambeau sintió que la verdad le rodeaba más como una atmósfera que como una idea. Y contestó, a tientas:

—Y, ¿qué tiene de extraño? ¿No llevan espada generalmente los oficiales?

—En la guerra moderna no es frecuente mencionar las espadas —dijo el otro—. Pero en esta historia topamos a cada instante con la espada.

—¿Y qué? —gruñó Flambeau—. Eso es un incidente insignificante y que tiene cierto color: el viejo general rompe su espada en su último combate. Todo el que se haya asomado a la Historia caerá en ello. Por eso en todas esas tumbas y conmemoraciones le representan con la espada rota. Supongo que no me ha arrastrado usted a esta expedición polar solo porque dos hombres, estudiando la manera de hacer sus respectivos cuadros, hayan reparado en este detalle de la espada rota de St. Clare.

—No —gritó el padre Brown con una voz como un pistoletazo—; pero, ¿quién es, de todos, el único que ha visto su espada incólume?

—¿Qué quiere usted decir? —dijo el otro, deteniéndose, bajo la inciertas estrellas, porque acababan de salir del túnel del bosque.

—Digo que, ¿quién fue el que vio su espada incólume? —repitió, obstinado, el padre Brown—. No fue seguramente el autor del diario de guerra, porque el general ocultó la espada a tiempo.

Flambeau contempló la lejanía lunar como contempla el sol un ciego; y, por primera vez, su amigo dejó ver su ansia al hablar.

—¡Flambeau! —gritó—; no puedo demostrarlo ni después de andar hurgando las tumbas. Pero estoy seguro de ello. Voy a añadir otra cosa que corona todo el edificio de sospechas. El coronel, por suerte fatal, fue uno de los primeros blancos del enemigo. Fue herido mucho antes de que las fuerzas se encontraran. Pero él vio ya la espada rota de St. Clare. ¿Por qué estaba ya rota? ¿Cómo y cuándo se había roto? Amigo mío, la espada se había roto antes de la batalla.

—¡Oh! —exclamó su amigo con lúgubre jocosidad—; ¿dónde habrá caído el otro pedazo?

—Puedo decírselo a usted —contestó el otro precipitadamente—. Está en el ángulo nordeste del cementerio de la catedral protestante de Belfast.

—¿De veras? —preguntó el otro—. ¿Ha ido usted a buscarlo allá?

—No he podido —repuso el otro, lamentándolo sinceramente—. Tiene encima un enorme monumento de mármol; un monumento del heroico mayor Murray, que cayó peleando gloriosamente en la famosa batalla de Río Negro. Flambeau se quedó galvanizado.

—¿Quiere usted decir? —preguntó al fin con voz áspera— que el general St. Clare odiaba a Murray y le mató en el campo de batalla porque…

—Todavía sigue usted lleno de buenos y nobles pensamientos —dijo el padre Brown—. Lo que pasó fue mucho peor.

—Bueno —dijo el gigantón—; mis recursos de imaginación perversa se han agotado.

El sacerdote pareció vacilar, no sabiendo cómo abordar su desenlace, y al fin dijo:

—¿Dónde esconderá el sabio una hoja? En el bosque.

El otro no contestó.

—Y si no hay bosque, fabricará uno. Y si quiere esconder una hoja marchita, fabricará un bosque marchito.

No hubo respuesta, y el sacerdote añadió:

—Y si se trata de esconder un cadáver, formará un campo de cadáveres para esconderlo.

Flambeau comenzó a alargar sus zancadas, como si quisiera a toda costa abreviar el tiempo o el espacio. Y el padre Brown continuó, como reanudando su última frase:

—Ya le he dicho a usted que sir Arthur St. Clare era un gran lector de su Biblia. Esto es lo que le pasó.

¿Cuándo entenderán los hombres que a nadie le aprovecha leer su Biblia, mientras no lea al mismo tiempo la Biblia de los demás? El impresor lee su Biblia y encuentra erratas de imprenta. El mormón lee su Biblia y da con la poligamia. El partidario de la Ciencia Cristiana lee la suya, y descubre que no es verdad que tengamos brazos y piernas. St. Clare era un viejo soldado protestante angloindio. Hágase usted cargo de lo que esto significa; y, por favor, vaya usted al fondo. Esto significa que estamos en presencia de un hombre formidable físicamente, que pasa lo más de su vida bajo un sol tropical, en el seno de una sociedad oriental, y que se hunde, sin ninguna guía ni preparación, en el abismo de un libro oriental. Naturalmente, este hombre lee, más que el Nuevo, el Antiguo Testamento. Y en el Antiguo, naturalmente, encuentra todo lo que quiere: lujuria, tiranía, traición. Sí; ya sé que era lo que suelen llamar un hombre honrado. Pero, ¿qué bondad hay en ser honrado adorando la maldad?

»En cada uno de los países cálidos y lejanos en que vivió, este hombre pudo disponer de un harén, torturar a los demás, amasar oro con vergüenza; pero siempre pudo decir, con mirada altiva, que lo hacía para la mayor gloria de Dios.

»Y creo explicar suficientemente mi propia teología preguntando: ¿de qué Dios? Sucede con estos pecados, que van abriendo sucesivamente las puertas del infierno, e internándonos en cuartos cada vez más pequeños. Éste es el principal argumento contra el crimen: que aunque el hombre no se vaya haciendo más malo, se va haciendo cada vez más débil. St. Clare se encontró pronto embarazado en un dédalo de soborno y chantaje, y cada vez le hizo más falta el dinero en efectivo. Y para la época de la batalla de Río Negro, ya, de uno en otro mundo, St. Clare había venido a caer en el sitio que Dante considera como el piso más bajo del Universo.

—¿Qué quiere decir usted?

—Quiero decir esto —replicó el clérigo, y señaló un charco congelado que brillaba a la luna—. ¿Se acuerda usted a quiénes pone Dante en el último círculo de hielo?

—A los traidores —dijo Flambeau.

Y al contemplar aquel inhumano paisaje de árboles, de contornos insolentes y casi obscenos, pudo figurarse que él mismo era Dante, y el sacerdote, con un hilito de voz, era un Virgilio que le conducía por la zona del eterno pecado.

La voz continuó:

—Olivier, como ya usted sabe, era hombre quijotesco, y no hubiera consentido un servicio secreto de espías. Pero el servicio, como tantas otras cosas, se estableció sin que él lo supiera. Y el que lo estableció fue mi amigo Espada. Era Espada, el pisaverde vestido de colorines, a quien la gente de tropa; por lo narigón, apodaba el Buitre. Habiéndose escurrido hasta el frente a título de filántropo, se coló en las filas inglesas, y al fin dio con el único hombre corrompido que había en las filas. Y este hombre era —¡Dios poderoso!— el jefe. St. Clare necesitaba dinero, montañas de dinero. El desacreditado médico de la familia amenazaba con contar, esas indiscreciones, que después salieron a la luz; historias de cosas monstruosas y prehistóricas en Park Lane; actos de un evangelista inglés que más parecían sacrificios humanos y actos propios de hordas de esclavos. También hacía falta dinero para dotar a la hija; porque amaba tanto la fama de la riqueza como la riqueza misma. Rompió la última amarra, dio el soplo a los brasileños, y los enemigos de Inglaterra le colmaron de oro. Pero había otro hombre que había hablado con Espada, el Buitre, y que también tenía acceso al general. Quién sabe cómo, el austero y joven mayor de Ulster sospechó la horrible verdad; y cuando paseaban lentamente por aquel camino, rumbo al paso del río Murray le dijo al general que debía renunciar al mando en aquel instante, so pena de ser procesado y fusilado. El general se mostró temporizador hasta que llegaron al bosquecillo del recodo; y en llegando allí, entre las aguas rumorosas y las palmas doradas de sol (casi veo el cuadro), el general desenvainó e hincó la hoja en el cuerpo del mayor.

Aquí el camino serpeaba un poco, costeando una colina llena de escarcha donde aparecían crueles bultos negros y ramaje y maleza; pero a Flambeau se le antojó ver una luna y estrellas, parecía resplandor de una hoguera hecha por los hombres. Y estuvo contemplándola atentamente, en tanto que la historia se acercaba a su fin.

—St. Clare era un canalla; pero de casta. Nunca, puedo jurarlo, nunca fue tan dueño de sí como cuando el pobre Murray yacía inerte a sus pies. Nunca en ninguna de sus victorias, según dijo bien el capitán Keith, fue tan grande aquel grande hombre como en esta derrota que el mundo considera desdeñosamente. Contempló fríamente su arma, limpió la sangre; vio que la punta se había roto en el pecho de su víctima. Y todo lo que había de suceder lo consideró tan serenamente como quien ve la calle tras las vidrieras del casino. Comprendió que aquel cadáver inexplicable sería encontrado; que aquella inexplicable punta de espada sería extraída; que se darían cuenta de la inexplicable espada rota que él ceñía, o notarían su falta si la ocultaba. Comprendió que había matado, pero no había hecho callar. Entonces su imperioso espíritu se irguió ante los obstáculos; solo quedaba un camino, que era hacer menos inexplicable aquel cadáver: alzar una montaña de cadáveres para esconderlo. Y antes de veinte minutos, ochocientos soldados ingleses marchaban a la muerte.

El cálido resplandor fue creciendo tras el helado cortinaje del bosque, y Flambeau se apresuró otra vez. El padre Brown se esforzó por seguirle el paso. Y continuó su historia:

—Tal era el valor de aquel millar de ingleses, y tal el genio de su comandante, que si hubieran atacado de una vez la colina, otra hubiera sido su suerte. Pero el mal espíritu, que jugaba con ellos como si fueran peones de ajedrez, tenía otros intentos. Era necesario que se quedaran empantanados junto al puente, para que la presencia de cadáveres en aquel sitio no llamara la atención más tarde. Y después, en la gran escena final, el santo soldado de cabellos de plata desenvainaría su espada rota como para conjurar la matanza. Como espectáculo improvisado, no estuvo mal, pero yo creo (probarlo no puedo), yo creo que, precisamente, mientras estaban por ahí atascados en aquel lodazal sangriento, hubo alguien que dudó… y sospechó.

Calló un instante, y después prosiguió:

—No sé de dónde me llega una voz que me dice: el hombre que sospechó fue el enamorado…, el que se iba a casar con la hija del viejo general.

—Pero, ¿qué pasó con Olivier y cómo colgaron al general? —preguntó Flambeau.

—Olivier, en parte por espíritu caballeresco, en parte por buena política, no gustaba de entorpecer sus marchas con el estorbo de los prisioneros. Casi siempre daba la libertad a todos. Y así lo hizo entonces.

—Con todos, menos con el general —dijo el gigante.

—Con todos, incluso con el general —insistió el sacerdote.

Flambeau frunció el ceño:

—No lo veo claro —dijo.

—Hay otra escena, Flambeau —dijo el padre Brown en un tono místico y profundo—, otra escena cuya realidad no puedo probar, pero puedo hacer algo mejor: la veo claramente. Veo un campo, de mañana, unas colinas áridas, tórridas, unos uniformes brasileños formados en columnas de marcha. Veo la camisa roja, la larga barba negra de Olivier, agitada por el viento: Olivier tiene el sombrero de ancha ala en la mano. Está despidiéndose del gran enemigo a quien concede la libertad; del sencillo veterano inglés de cabellos blancos que, en nombre de su gente, le da las gracias. Detrás de él permanece, en espera, el grupo de ingleses. A un lado, hay vehículos y provisiones para la partida. Redoblan los tambores. Los brasileños se ponen en marcha. Los ingleses están inmóviles como estatuas, y así permanecen hasta que el último destello y rumor de las columnas enemigas se borran en el horizonte tropical. Entonces se agitan todos como muertos que resucitan, y cincuenta rostros se vuelven hacia el general: ¡rostros inolvidables!

Flambeau dio un salto:

—¡No! —gritó—. No querrá usted decir…

—Sí —dijo el padre Brown con voz profunda y patética—. Fue una mano inglesa la que puso el nudo corredizo al cuello de St. Clare, y creo que fue la misma que puso el anillo en el dedo de su hija. Manos inglesas fueron las que lo izaron en el árbol abominable: las manos de aquellos que lo habían adorado y seguido en sus victorias. Y fueron almas inglesas (¡Dios nos perdone a todos!) las que, mientras él se mecía, bajo un sol extraño, en la verde horca de la palmera, pidieron, en su justa ira, que se abrieran para él los infiernos.

Al llegar a lo alto de la colina, los deslumbró la luz escarlata de una posada inglesa llena de cortinas rojas en las ventanas. Se alzaba al lado del camino en amplio ademán de hospitalidad. Tres puertas se abrían para invitar al caminante. Y hasta ellos llegó el rumor y la risa de los hombres que pasaban una noche feliz.

—Inútil decirle a usted más —continuó el padre Brown—. Lo juzgaron en mitad del desierto y lo ejecutaron; y después, por el honor de Inglaterra y de la hija del general, juraron callar para siempre la historia del dinero, de la traición y de la espada asesina. Tal vez (¡Dios les perdone!) todos procuraron olvidarla. Tratemos nosotros de hacer lo mismo. He aquí la posada. Entremos.

—Con toda el alma —dijo Flambeau, y se adelantó presuroso hacia el bar ruidoso e iluminado; cuando se detuvo, retrocedió y estuvo a punto de caer en mitad del camino.

—¡Mire usted, en nombre del diablo! —gritó, señalando la tabla que colgaba sobre la puerta de la posada. En la tablilla se veía, toscamente pintado, el puño de una espada y una hoja rota. Debajo, en caracteres anticuados, había un letrero: «La espada Rota».

—Pero, ¿no lo esperaba usted? —preguntó el padre Brown—. ¡Si es el dios de la provincia! La mitad de las posadas y calles de por aquí han tomado el nombre de él o de su leyenda.

—Creí que habíamos acabado ya con ese leproso —dijo Flambeau, escupiendo con disgusto.

—No, no se libertará usted de él en Inglaterra —dijo el sacerdote— mientras el bronce sea duro y la piedra resistente. Sus estatuas de mármol han de entusiasmar por siglos y siglos las almas inocentes y orgullosas de los niños; su tumba olerá a lealtad, como huele a lirios. Millones de hombres que no le conocieron amarán como a un padre a ese hombre que fue tratado como un andrajo por los pocos que le conocieron. Será tenido por un santo, y nunca se sabrá la verdad, porque yo estoy decidido. Hay tanto bien y tanto mal en violar un secreto, que prefiero poner a prueba mi conducta. Todos esos periódicos se acabarán. Ya pasó el ruido de la cuestión brasileña. Ya Olivier es honrado por todo el mundo. Pero yo me dije que si alguna vez, en palabras, en metal o en mármol que puedan durar como las pirámides, el coronel Clancy, el capitán Keith, el presidente Olivier o cualquiera otro inocente recibían el menor denuesto, entonces hablaría yo. Y en tanto que solo se tratara de cantar equivocadamente las glorias de St. Clare, callaría. Y así lo haré aunque me duela no poder publicar la verdad.

Entraron en la taberna de las cortinas rojas, que no solo era cómoda, sino casi lujosa. Sobre una mesa se veía una reproducción en plata de la tumba de St. Clare, con la cabeza de plata recostada sobre el cañón, y la espada de plata, rota. En los muros se veían bonitas fotografías en colores del sitio y la explicación del sistema de coches para los turistas. Los dos amigos se sentaron en los confortables bancos acolchados.

—Venga usted, que hace frío —dijo el padre Brown—. Que nos sirvan algo de vino o cerveza.

—O brandy —dijo Flambeau.

UN HABITANTE DE CARCOSA

Por AMBROSE BIERCE

Existen diversas clases de muerte. En algunas, el cuerpo perdura, en otras se desvanece por completo con el espíritu. Esto solamente sucede, por lo general, en la soledad (tal es la voluntad de Dios), y, no habiendo visto nadie ese final, decimos que el hombre se ha perdido para siempre o que ha partido para un largo viaje, lo que es de hecho verdad. Pero, a veces, este hecho se produce en presencia de muchos, cuyo testimonio es la prueba. En una clase de muerte el espíritu muere también, y se ha comprobado que puede suceder que el cuerpo continúe vigoroso durante muchos años. Y a veces, como se ha testificado de forma irrefutable, el espíritu muere al mismo tiempo que el cuerpo, pero, según algunos, resucita en el mismo lugar en que el cuerpo se corrompió.

Meditando estas palabras de Hali (Dios le conceda la paz eterna), y preguntándome cuál sería su sentido pleno, como aquel que posee ciertos indicios, pero duda si no habrá algo más detrás de lo que él ha discernido, no presté atención al lugar donde me había extraviado, hasta que sentí en la cara un viento helado que revivió en mí la conciencia del paraje en que me hallaba. Observé con asombro que todo me resultaba ajeno. A mi alrededor se extendía una desolada y yerma llanura, cubierta de yerbas altas y marchitas que se agitaban y silbaban bajo la brisa del otoño, portadora de Dios sabe qué misterios e inquietudes. A largos intervalos, se erigían unas rocas de formas extrañas y sombríos colores que parecían tener un mutuo entendimiento e intercambiar miradas significativas, como si hubieran asomado la cabeza para observar la realización de un acontecimiento previsto. Aquí y allá, algunos árboles secos parecían ser los jefes de esta malévola conspiración de silenciosa expectativa.

A pesar de la ausencia del sol, me pareció que el día debía estar muy avanzado, y aunque me di cuenta de que el aire era frío y húmedo, mi conciencia del hecho era más mental que física; no experimentaba ninguna sensación de molestia. Por encima del lúgubre paisaje se cernía una bóveda de nubes bajas y plomizas, suspendidas como una maldición visible. En todo había una amenaza y un presagio, un destello de maldad, un indicio de fatalidad. No había ni un pájaro, ni un animal, ni un insecto. El viento suspiraba en las ramas desnudas de los árboles muertos, y la yerba gris se curvaba para susurrar a la tierra secretos espantosos. Pero ningún otro ruido, ningún otro movimiento rompía la calma terrible de aquel funesto lugar.

Observé en la yerba cierto número de piedras gastadas por la intemperie y evidentemente trabajadas con herramientas. Estaban rotas, cubiertas de musgo, y medio hundidas en la tierra. Algunas estaban derribadas, otras se inclinaban en ángulos diversos, pero ninguna estaba vertical. Sin duda alguna eran lápidas funerarias, aunque las tumbas propiamente dichas no existían ya en forma de túmulos ni depresiones en el suelo. Los años lo habían nivelado todo. Diseminados aquí y allá, los bloques más grandes marcaban el sitio donde algún sepulcro pomposo o soberbio había lanzado su frágil desafío al olvido. Estas reliquias, estos vestigios de la vanidad humana, estos monumentos de piedad y afecto me parecían tan antiguos, tan deteriorados, tan gastados, tan manchados, y el lugar tan descuidado y abandonado, que no pude más que creerme el descubridor del cementerio de una raza prehistórica de hombres cuyo nombre se había extinguido hacía muchísimos siglos.

Sumido en estas reflexiones, permanecí un tiempo sin prestar atención al encadenamiento de mis propias experiencias, pero después de poco pensé: "¿Cómo llegué aquí?". Un momento de reflexión pareció proporcionarme la respuesta y explicarme, aunque de forma inquietante, el extraordinario carácter con que mi imaginación había revertido todo cuanto veía y oía. Estaba enfermo. Recordaba ahora que un ataque de fiebre repentina me había postrado en cama, que mi familia me había contado cómo, en mis crisis de delirio, había pedido aire y libertad, y cómo me habían mantenido a la fuerza en la cama para impedir que huyese. Eludí vigilancia de mis cuidadores, y vagué hasta aquí para ir… ¿adónde? No tenía idea. Sin duda me encontraba a una distancia considerable de la ciudad donde vivía, la antigua y célebre ciudad de Carcosa.

En ninguna parte se oía ni se veía signo alguno de vida humana. No se veía ascender ninguna columna de humo, ni se escuchaba el ladrido de ningún perro guardián, ni el mugido de ningún ganado, ni gritos de niños jugando; nada más que ese cementerio lúgubre, con su atmósfera de misterio y de terror debida a mi cerebro trastornado. ¿No estaría acaso delirando nuevamente, aquí, lejos de todo auxilio humano? ¿No sería todo eso una ilusión engendrada por mi locura? Llamé a mis mujeres y a mis hijos, tendí mis manos en busca de las suyas, incluso caminé entre las piedras ruinosas y la yerba marchita.

Un ruido detrás de mí me hizo volver la cabeza. Un animal salvaje —un lince— se acercaba. Me vino un pensamiento: "Si caigo aquí, en el desierto, si vuelve la fiebre y desfallezco, esta bestia me destrozará la garganta." Salté hacia él, gritando. Pasó a un palmo de mí, trotando tranquilamente, y desapareció tras una roca.

Un instante después, la cabeza de un hombre pareció brotar de la tierra un poco más lejos. Ascendía por la pendiente más lejana de una colina baja, cuya cresta apenas se distinguía de la llanura. Pronto vi toda su silueta recortada sobre el fondo de nubes grises. Estaba medio desnudo, medio vestido con pieles de animales; tenía los cabellos en desorden y una larga y andrajosa barba. En una mano llevaba un arco y flechas; en la otra, una antorcha llameante con un largo rastro de humo. Caminaba lentamente y con precaución, como si temiera caer en un sepulcro abierto, oculto por la alta hierba.

Esta extraña aparición me sorprendió, pero no me causó alarma. Me dirigí hacia él para interceptarlo hasta que lo tuve de frente; lo abordé con el familiar saludo:

—¡Que Dios te guarde!

No me prestó la menor atención, ni disminuyó su ritmo.

—Buen extranjero —proseguí—, estoy enfermo y perdido. Te ruego me indiques el camino a Carcosa.

El hombre entonó un bárbaro canto en una lengua desconocida, siguió caminando y desapareció.

Sobre la rama de un árbol seco un búho lanzó un siniestro aullido y otro le contestó a lo lejos. Al levantar los ojos vi a través de una brusca fisura en las nubes a Aldebarán y las Híadas. Todo sugería la noche: el lince, el hombre portando la antorcha, el búho. Y, sin embargo, yo veía… veía incluso las estrellas en ausencia de la oscuridad. Veía, pero evidentemente no podía ser visto ni escuchado. ¿Qué espantoso sortilegio dominaba mi existencia?

Me senté al pie de un gran árbol para reflexionar seriamente sobre lo que más convendría hacer. Ya no tuve dudas de mi locura, pero aún guardaba cierto resquemor acerca de esta convicción. No tenía ya rastro alguno de fiebre. Más aún, experimentaba una sensación de alegría y de fuerza que me eran totalmente desconocidas, una especie de exaltación física y mental. Todos mis sentidos estaban alerta: el aire me parecía una sustancia pesada, y podía oír el silencio.

La gruesa raíz del árbol gigante (contra el cual yo me apoyaba) abrazaba y oprimía una losa de piedra que emergía parcialmente por el hueco que dejaba otra raíz. Así, la piedra se encontraba al abrigo de las inclemencias del tiempo, aunque estaba muy deteriorada. Sus aristas estaban desgastadas; sus ángulos, roídos; su superficie, completamente desconchada. En la tierra brillaban partículas de mica, vestigios de su desintegración. Indudablemente, esta piedra señalaba una sepultura de la cual el árbol había brotado varios siglos antes. Las raíces hambrientas habían saqueado la tumba y aprisionado su lápida.

Un brusco soplo de viento barrió las hojas secas y las ramas acumuladas sobre la lápida. Distinguí entonces las letras del bajorrelieve de su inscripción, y me incliné a leerlas. ¡Dios del cielo! ¡Mi propio nombre...! ¡La fecha de mi nacimiento...! ¡y la fecha de mi muerte!

Un rayo de sol iluminó completamente el costado del árbol, mientras me ponía en pie de un salto, lleno de terror. El sol nacía en el rosado oriente. Yo estaba en pie, entre su enorme disco rojo y el árbol, pero ¡no proyectaba sombra alguna sobre el tronco!

Un coro de lobos aulladores saludó al alba. Los vi sentados sobre sus cuartos traseros, solos y en grupos, en la cima de los montículos y de los túmulos irregulares que llenaban a medias el desierto panorama que se prolongaba hasta el horizonte. Entonces me di cuenta de que eran las ruinas de la antigua y célebre ciudad de Carcosa.

Tales son los hechos que comunicó el espíritu de Hoseib Alar Robardin al médium Bayrolles.

EL FANTASMA Y EL ENSALMADOR

POR AMBROSE BIERCE

Al revisar los papeles de mi respetado y apreciado amigo Francis Purcell, que hasta el día de su muerte y por espacio de casi cincuenta años desempeñó las arduas tareas propias de un párroco en el sur de Irlanda, encontré el documento que presento a continuación. Como este había muchos, pues era coleccionista curioso y paciente de antiguas tradiciones locales, materia muy abundante en la región en la que habitaba. Recuerdo que recoger y clasificar estas leyendas constituía un pasatiempo para él; pero no tuve noticia de que su afición por lo maravilloso y lo fantástico llegara al extremo de incitarle a dejar constancia escrita de los resultados de sus investigaciones hasta que, bajo la forma de legado universal, su testamento puso en mis manos todos sus manuscritos. Para quienes piensen que el estudio de tales temas no concuerda con el carácter y las costumbres de un cura rural, es conveniente resaltar que existía una clase de sacerdotes, los de la vieja escuela, clase casi extinta en la actualidad, de costumbres más refinadas y de gustos más literarios que los de los discípulos de Maynooth.

Tal vez haya que añadir que en el sur de Irlanda está muy extendida la superstición que ilustra el siguiente relato, a saber, que el cadáver que ha recibido sepultura más recientemente, durante la primera etapa de su estancia, contrae la obligación de proporcionar agua fresca para calmar la sed abrasadora del purgatorio a los demás inquilinos del camposanto en el que se encuentra. El autor puede dar fe de un caso en el que un agricultor próspero y respetable de la zona lindante con Tipperary, apenado por la muerte de su esposa, introdujo en el féretro dos pares de abarcas, unas ligeras y otras más pesadas, las primeras para el tiempo seco y las segundas para la lluvia, con el fin de aliviar las fatigas de las inevitables expediciones que habría de acometer la difunta para buscar agua y repartirla entre las almas sedientas del purgatorio. Los enfrentamientos se tornan violentos y desesperados cuando, casualmente, dos cortejos fúnebres se aproximan al mismo tiempo al cementerio, pues cada cual se empeña en dar prioridad a su difunto para sepultarle y liberarle de la carga que recae sobre quien llega el último.

No hace mucho sucedió que uno de los dos cortejos, por miedo a que su amigo difunto perdiera esa inestimable ventaja, llegó al cementerio por un atajo y, violando uno de sus prejuicios más arraigados, sus miembros lanzaron el ataúd por encima del muro para no perder tiempo entrando por la puerta. Se podrían citar numerosos ejemplos, y todos ellos pondrían de manifiesto cuán arraigada se encuentra esta superstición entre los campesinos del sur. Pero no entretendré al lector con más preliminares y procederé a presentarle el siguiente:

Extracto de los manuscritos del difunto reverendo Francis Purcell, de Drumcoolagh.

«Voy a contar la siguiente historia con todos los detalles que recuerdo y con las propias palabras del narrador. Tal vez sea necesario destacar que se trataba de un hombre, como se suele decir, bien hablado, pues durante mucho tiempo enseñó las artes y las ciencias liberales que a su juicio era conveniente que conocieran los despiertos jóvenes de su parroquia natal, circunstancia esta que podría explicar la aparición de ciertas palabras altisonantes en el transcurso de la presente narración, más destacables por su eufonía que por la corrección con que se emplean. Sin más preámbulos, procedo a presentar ante ustedes las fantásticas aventuras de Terry Neil.

»Pues es una historia rara, y tan cierta como que yo estoy vivo, y hasta me atrevería a decir que no hay nadie en las siete parroquias que pueda contarla ni mejor ni con más claridad que yo, porque le pasó a mi padre y la he oído de su propia boca cien veces. Y no es porque fuera mi padre, pero puedo decir con orgullo que la palabra de mi padre era tan digna de crédito como el juramento de cualquier noble del país. Tanto es así que cuando algún pobre hombre se metía en líos, siempre era él quien iba de testigo a los tribunales. Pero bueno, eso da igual. Era el hombre más honrado y más sobrio de los alrededores, aunque, eso sí, le gustaba un poco demasiado empinar el codo. No había en todo el pueblo nadie mejor dispuesto para trabajar y cavar, y era muy mañoso para la carpintería y para arreglar muebles viejos y cosas por el estilo. Y como es natural, también le dio por componer huesos, porque no había nadie como él para ajustar la pata de un taburete o de una mesa, y puedo asegurar que nunca hubo ensalmador con tantísima clientela, hombres y niños, jóvenes y viejos. No ha habido en el mundo nadie que arreglara mejor un hueso roto. Pues bien, Terry Neil, que así se llamaba mi padre, viendo que el corazón se le ponía cada día más ligero y la cartera más pesada, cogió unas tierrecitas que pertenecían al señor de Phelim, debajo del viejo castillo, un sitio bien bonito. Ya fuera de noche o de día, iban a verle pobres desgraciados de toda la región con las piernas y los brazos rotos, que no podían ni apoyar siquiera un pie en el suelo, para que les juntara los huesos.

»Todo marchaba muy bien, señoría, pero era costumbre que cuando Phelim salía al campo, unos cuantos arrendatarios suyos vigilasen el castillo, como una especie de homenaje a la vieja familia, y la verdad, era un homenaje muy desagradable para ellos, porque todo el mundo sabía que en el castillo había algo raro. Al decir de los vecinos, el abuelo de Phelim, que Dios tenga en su gloria, era un caballero de los pies a la cabeza pero le daba por pasear en mitad de la noche, igual que lo hacemos usted o yo, y que Dios quiera que sigamos haciendo, desde el día que se le reventó una vena cuando sacaba un corcho de una botella. Pero a lo que vamos: el señor se salía del cuadro en el que estaba pintado su retrato, rompía todos los vasos y botellas que se le ponían por delante y se bebía lo que tuvieran, cosa que no es de extrañar. Si por casualidad entraba alguien de la familia, volvía a subirse a su sitio con cara de inocente, como si no supiera nada de nada, el muy sinvergüenza.

»Pues bien, señoría, como iba diciendo, una vez los del castillo fueron a Dublín a pasar una o dos semanas, así que, como de costumbre, varios arrendatarios fueron a vigilar el castillo, y a la tercera noche le tocó el turno a mi padre.

»—Maldita sea —se dijo para sus adentros—. Tengo que pasar en vela toda la noche, y encima con ese espíritu vagabundo, que Dios confunda, dando la tabarra por la casa y haciendo perrerías. Pero como no había forma de librarse de aquello, hizo de tripas corazón y allá que se fue a la caída de la noche, con una botella de whisky y otra de agua bendita.

»Llovía bastante y estaba todo oscuro y tenebroso cuando llegó mi padre. Se echó un poco de agua bendita por encima y, al poco tiempo, tuvo que beberse un vaso de whisky para entrar en calor. Le abrió la puerta el viejo mayordomo, Lawrence O'Connor, que siempre se había llevado bien con mi padre. Así que al ver quién era y que mi padre le dijo que le tocaba a él vigilar en el castillo, el mayordomo se ofreció a velar con él. Estoy seguro de que a mi padre no le pareció mal. Larry le dijo:

»—Vamos a encender fuego en el salón.

»—¿No será mejor en el comedor? —contesta mi padre, porque sabía que el retrato del señor estaba en el salón.

»—No se puede encender fuego en el comedor, porque en la chimenea hay un nido de grajillas —dice Lawrence.

»—Pues entonces vamos a la cocina, porque no me parece bien que una persona como yo esté en el salón —va y dice mi padre.

»—Venga, Terry —dice Lawrence—. Si vamos a mantener la vieja costumbre, más vale hacerlo como Dios manda.

»—¡Al diablo con las costumbres! —dijo mi padre, pero para sus adentros, a ver si me entiende, porque no quería que Lawrence notara que tenía miedo.

»—Bueno, como a ti te parezca, Lawrence —dice, y bajaron a la cocina hasta que prendiera la leña en el salón, para lo que no tuvieron que esperar mucho.

»Al poco rato subieron otra vez y se sentaron cómodamente junto a la chimenea del salón y se pusieron a charlar, fumando y bebiendo a sorbitos el whisky, con un buen fuego de leña y turba para calentarse las piernas.

»Pues, señor, como iba diciendo, estuvieron hablando y fumando tan a gusto hasta que Lawrence empezó a quedarse dormido, como solía pasarle con frecuencia, porque era un criado viejo acostumbrado a dormir mucho.

»—Pero hombre, ¿será posible que te estés durmiendo? —dice mi padre.

»—No digas bobadas —le contesta Larry—. Es que cierro los ojos para que no me entre el humo del tabaco, que me hace llorar. Así que no te metas donde no te llaman —le dice muy tieso (porque el hombre tenía una panza enorme, que Dios le tenga en su gloria)—, y continúa con lo que me estabas contando, que te escucho —le dice, cerrando los ojos.

»Cuando mi padre se dio cuenta de que no servía de nada hablarle, siguió con la historia de Jim Sullivan y su cabra, que es lo que estaba contando. Era una historia bien bonita, y tan entretenida que podría haber despertado a un lirón y aún más a un simple cristiano que se estaba quedando dormido. Pero, según cómo lo contaba mi padre, creo que jamás se ha oído nada por el estilo, porque le ponía toda el alma, como si le fuera en ello la vida, porque quería que Larry se mantuviera despierto. Pero no le sirvió de nada, porque lo invadió el sueño, y antes de que terminara de contar la historia, Larry O'Connor se puso a roncar como un condenado.

»—¡Maldita sea! —dice mi padre—. Este tipo es imposible, es capaz de dormirse en la misma habitación en la que ronda un espíritu. Que Dios nos coja confesados —dice, y fue a sacudir a Lawrence para espabilarlo, pero cayó en la cuenta de que si lo despertaba, seguramente se iría a la cama y lo dejaría completamente solo, lo que sería todavía peor.

«"En fin, no molestaré al pobre hombre", pensó mi padre. "No estaría bien interrumpirlo ahora que se ha quedado dormido. Ojalá estuviera yo igual que él."

»Así que se puso a pasear por la habitación, rezando, hasta que rompió a sudar, con perdón. Pero como no le servía de nada, se bebió lo menos medio litro de alcohol para darse ánimos.

»"Ojalá estuviera tan tranquilo como Larry" —se dijo—. "A lo mejor me duermo si me lo propongo."

»Y al tiempo que lo pensaba, arrastró un sillón grande hasta el de Lawrence y se acomodó lo mejor que pudo.

»Pero se me olvidaba contarle una cosa muy rara. Aunque no quería hacerlo, de vez en cuando miraba al cuadro, y se dio cuenta de que los ojos del retrato lo seguían a todas partes y lo miraban fijamente y hasta le hacían guiños. Al ver aquello, pensó: "Maldita sea mi suerte y el día en que se me ocurrió venir aquí. Pero nada vale lamentarse. Si tengo que morir, más vale armarse de valor."

»Pues bien, señoría, intentó tranquilizarse y hasta llegó a pensar que a lo mejor se había quedado dormido, pero lo desengañó el ruido de la tormenta, que hacía crujir las grandes ramas de los árboles y silbaba por el tiro de las chimeneas del castillo. Una vez, el viento dio tal bufido que le pareció que se iban a desmoronar los muros del castillo de lo fuerte que los sacudió. De repente se acabó la tormenta, y la noche se quedó de lo más apacible, como en pleno mes de julio. No habrían pasado más de tres minutos cuando le pareció oír un ruido sobre la repisa de la chimenea. Mi padre abrió una pizca los ojos y vio con toda claridad que el viejo señor salía del cuadro poco a poco, como si se estuviera quitando la chaqueta. Se apoyó en la repisa y puso los pies en el suelo. Y entonces, el viejo zorro, antes de seguir adelante, se paró un rato para ver si los dos hombres dormían, y cuando creyó que todo estaba en orden, estiró un brazo y agarró la botella de whisky, y se bebió por lo menos medio litro. Cuando quedó satisfecho, dejó la botella en el mismo sitio de antes con todo el cuidado del mundo y se puso a pasear por la habitación, tan sobrio como si no hubiera bebido ni una gota de alcohol. Cada vez que se paraba junto a él, a mi padre se le venía un olor a azufre, y le entró un miedo espantoso, porque sabía que es azufre precisamente lo que se quema en el infierno, con perdón. Se lo había oído contar muchas veces al padre

Murphy, que tenía que saber lo que pasa allí. El pobre ya ha muerto, que Dios lo tenga en su gloria. Mire usted, señoría, mi padre estuvo bastante tranquilo hasta que se le acercó el espíritu. Madre mía, le pasó tan cerca que el olor a azufre lo dejó sin respiración y le dio un ataque de tos tan fuerte que casi se cayó del sillón en que estaba.

»—¡Vaya, vaya! —dice el señor, parándose a poco más de dos pasos de mi padre y volviéndose para mirarlo—. De modo que eres tú, ¿eh? ¿Qué tal te va, Terry Neil?

»—A su disposición, señoría —dice mi padre (cuando se lo permitió el susto que tenía, porque estaba más muerto que vivo)—. Me alegro de ver a su señoría.

»—Terence —dice el señor—, eres un hombre respetable (cosa que es cierta), trabajador y sobrio, un verdadero ejemplo de embriaguez para toda la parroquia.

»—Gracias, señoría —respondió mi padre, cobrando ánimos—. Usted siempre ha sido un caballero muy atento. Que Dios tenga en su gloria a su señoría.

»—¿Que Dios me tenga en su gloria? —dice el espíritu (poniéndosele la cara roja de ira)—. ¿Que Dios me tenga en su gloria? Pero ¡serás cretino y bruto! ¿Qué modales son esos? —dice—. Yo no tengo la culpa de estar muerto, y la gente como tú no tiene que restregármelo por las narices a la primera de cambio —dice, dando una patada tan fuerte en el suelo que casi rompió la madera.

»—No soy más que un pobre hombre, tonto e ignorante —le dice mi padre.

»—Desde luego que sí —dice el señor—, pero para escuchar tus tonterías y hablar con gente como tú no me molestaría en subir hasta aquí... quiero decir, en bajar —dice, y a pesar de lo pequeño que fue el error, mi padre se dio cuenta—. Escúchame bien, Terence Neil —dice—. Siempre fui un buen amo para Patrick Neil, tu abuelo.

»—Sí que es verdad —dice mi padre.

»—Y además, creo que siempre fui un caballero correcto y sensato —dice el otro.

»—Así es como yo lo llamaría, sí señor —dice mi padre (aunque era una mentira muy gorda, pero ¡a ver qué iba a hacer!).

»—Pues aunque fui tan sobrio como la mayoría de los hombres, o al menos como la mayoría de los caballeros, y aunque en algunas épocas fui un cristiano tan extravagante como el que más, y caritativo e inhumano con los pobres —va y dice—, no me encuentro muy a gusto donde vivo ahora, que sería lo suyo.

»—Sí que es una lástima —dice mi padre—. A lo mejor su señoría debería hablar con el padre Murphy…

»—Calla la boca, deslenguado —dice el señor—. No es en mi alma en lo que estoy pensando. No sé cómo te atreves a hablar de almas con un caballero. Cuando quiera arreglar eso, iré a ver a quien se ocupa de estas cosas. No es mi alma lo que me molesta —dice, sentándose frente a mi padre—. Lo que tengo mal es la pierna derecha, la que me rompí en Glenvarloch el día en que maté a Barney.

«(Más adelante, mi padre se enteró de que era uno de sus caballos preferidos, que se cayó debajo de él al saltar la valla que bordea la cañada.)

»—¿No será que su señoría se siente incómodo por haberlo matado?

»—Calla la boca, estúpido —dice el señor—. Ahora te explico por qué me molesta la pierna —dice—. En el lugar en que paso la mayor parte del tiempo, a no ser los pocos ratos que me quedan para dar una vuelta por aquí, tengo que andar mucho, cosa a la que no estaba acostumbrado antes —dice—; y no me sienta nada bien, porque sabrás que a la gente con la que estoy le gusta muchísimo el agua, porque no hay nada mejor para la sed y, además, allí hace demasiado calor —dice—. Tengo la obligación de llevarles agua, aunque la verdad es que yo me quedo con muy poca. Te puedo asegurar que es una tarea complicada, porque esa gente parece estar seca y se la beben toda en cuanto la llevo. Pero lo que me lleva a mal traer es lo débil que tengo la pierna y, para abreviar, lo que quiero es que le des un par de tirones para ponerla en su sitio.

»—Pues, señoría, yo no me atrevería a hacerle una cosa así a su señoría —dice mi padre (porque no le apetecía lo más mínimo tocar al espíritu)—. Sólo lo hago con pobres hombres como yo.

»—No seas pelotillero —dice el señor—. Aquí tienes la pierna —dice, levantándola hacia mi padre—. Dale un buen tirón, porque si no lo haces, te juro por todos los poderes inmortales que no te dejaré un solo hueso sano.

»Cuando mi padre oyó aquello, comprendió que no le iba a servir de nada resistirse, así que cogió la pierna y se puso a tirar hasta que la cara se le cubrió de sudor, bendito sea Dios.

»—Tira fuerte, imbécil —dice el señor.

»—Como mande su señoría —dice mi padre.

»—Más fuerte —dice el señor.

»Y mi padre tiró con todas sus fuerzas.

»—Voy a beber un traguito para darme ánimos —dice el señor, acercando la mano a la botella y dejando caer todo el peso del cuerpo. Pero, con todo lo listo que era, metió la pata, porque cogió la otra botella. —A tu salud, Terence —dice—, y sigue tirando con todas tus fuerzas—. Levantó la botella de agua bendita, pero casi no se la había acercado a los labios cuando soltó un grito tan grande que pareció como si la habitación fuera a hacerse pedazos, y pegó tal sacudida que mi padre se quedó con la pierna en las manos. El señor dio un salto por encima de la mesa, y mi padre salió volando hasta el otro extremo de la habitación y se cayó de espaldas en el suelo. Cuando volvió en sí, el alegre sol de la mañana se colaba por las contraventanas, y él estaba tumbado de espaldas en el suelo. Tenía agarrada la pata de una silla que se había desprendido, y el viejo Larry seguía dormido como un tronco y roncando. Aquella mañana, mi padre fue a ver al padre Murphy, y desde ese día hasta el de su muerte no dejó de confesarse ni de ir a misa, y, como hablaba poco de lo que le había pasado, la gente le creía más. En cuanto al señor, o sea el espíritu, no se sabe si porque no le gustó lo que bebió o porque perdió una pierna, el caso es que nadie lo volvió a ver deambular.

TRAGEDIA NAVIDEÑA

Por AGATHA CHRISTIE

—Debo presentar una queja —dijo don Henry Clithering, mientras sus ojos chispeantes contemplaban a los reunidos.

El coronel Bantry, con las piernas estiradas, tenía el entrecejo fruncido y los ojos fijos en la repisa de la chimenea, como si fuera un soldado culpable, mientras su esposa hojeaba recelosa un catálogo de bulbos que acababa de llegarle en el último correo. El doctor Lloyd observaba con franca admiración a Jane Helier, y la joven y hermosa actriz, sus uñas rojas. Sólo aquella anciana solterona, la señorita Marple, estaba sentada muy erguida y sus ojos azules se encontraron con los de don Henry con un guiño interrogador:

—¿Una queja?

—Una queja muy seria. Nos hallamos reunidos seis personas, tres representantes de cada sexo, y yo protesto en nombre de los caballeros. Esta noche hemos contado tres historias, una cada uno de nosotros. Protesto porque las señoras no cumplen con su parte.

—¡Oh! —exclamó la señora Bantry indignada—. Estoy segura de que hemos cumplido. Hemos escuchado con toda atención, adoptando la actitud más femenina, la de no querer exhibirnos ante las candilejas.

—Es una excusa excelente —replicó don Henry—, pero no sirve. ¡Y eso que tiene un buen precedente en Las mil y una noches! De modo que adelante, Scherezade.

—¿Se refiere a mí? —preguntó la señora Bantry—. ¡Pero si yo no tengo nada que contar! Nunca me he visto rodeada de sangre ni de misterios.

—No ha de tratarse necesariamente de un crimen sangriento —dijo don Henry—. Pero estoy seguro de que una de nuestras tres damas tiene algún misterio pequeñito. Vamos, señorita Marple, cuéntenos "La extraña coincidencia de la asistenta", o "El misterio de la reunión de madres". No me decepcione usted en St. Mary Mead.

La señorita Marple meneó la cabeza.

—Nada que pudiera interesarle, don Henry. Tenemos nuestros pequeños misterios, por supuesto: un kilo de camarones que desapareció de la manera más incomprensible, pero eso no puede interesarle porque resultó ser muy trivial, aunque arrojara mucha luz acerca de la naturaleza humana.

—Usted me ha enseñado a creer en la naturaleza humana —replicó don Henry en tono solemne.

—¿Y qué nos cuenta usted, señorita Helier? —le preguntó el coronel Bantry—. Debe de haber tenido algunas experiencias interesantes.

—Sí, desde luego —intervino el doctor Lloyd.

—¿Yo? —dijo Jane—. ¿Es que… es que quieren que les cuente algo que me haya ocurrido?

—A usted o a alguno de sus amigos —rectificó decididamente don Henry.

—¡Oh! —dijo Jane con aire ausente—. No creo que nunca me haya ocurrido nada. Me refiero a nada parecido. He recibido muchas flores, por supuesto, y extraños mensajes, pero eso es propio de los hombres, ¿no les parece? No creo… —y haciendo una pausa se quedó absorta en sus recuerdos.

—Veo que tendremos que resignarnos al relato del kilo de camarones —dijo don Henry—. Vamos, señorita Marple.

—Es usted tan aficionado a las bromas, don Henry. Lo de los camarones es una tontería. Pero ahora que lo pienso, recuerdo un incidente… en realidad, no se trata de un incidente sino de algo mucho más serio, una tragedia. Y yo, en cierto modo, me vi mezclada en ella. Y nunca me he arrepentido de lo que hice. No, en absoluto. Pero no ocurrió en St. Mary Mead.

—Eso me decepciona —dijo don Henry—, pero procuraré sobreponerme. Sabía que podíamos confiar en usted.

Y adoptó la posición del oyente, mientras la señorita Marple enrojecía ligeramente.

—Espero que sabré contarlo como es debido —se disculpó preocupada—. Siempre tengo tendencia a divagar. Me voy de una cosa a otra sin darme cuenta de que lo hago. Y es tan difícil recordarlo todo con el debido orden. Tienen que perdonarme si les cuento mal la historia. Ocurrió hace tanto tiempo. Como digo, no tiene relación alguna con St. Mary Mead. A decir verdad, ocurrió en un hidro…

—¿Se refiere a uno de esos aviones que van por el mar? —preguntó Jane con los ojos muy abiertos.

—No, querida —dijo la señora Bantry, que le explicó que se trataba de un balneario hidrotermal, y su esposo agregó este comentario:

—¡Unos lugares horribles, horribles! Hay que levantarse temprano para beber un vaso de agua que sabe a demonios. Hay montones de ancianas sentadas por todas partes e intercambiando todo el día malvadas habladurías. Cielos, cuando pienso…

—Vamos, Arthur —dijo su esposa en tono amable—. Sabes que te sentó admirablemente.

—Montones de ancianas comentando escándalos —gruñó el coronel Bantry.

—Me temo que eso es cierto —dijo la señorita Marple—. Yo misma…

—Mi querida señorita Marple —exclamó el coronel horrorizado—. No quise decir ni por un momento…

Con las mejillas sonrosadas y un ademán de la mano, la señorita Marple lo hizo callar.

—Pero si es cierto, coronel Bantry. Sólo quería decirle esto. Déjeme ordenar mis ideas. Sí, hablan de escándalos, como usted dice, y casi todo el tiempo. La gente es muy aficionada a eso. Especialmente los jóvenes. Mi sobrino, que escribe libros, y muy buenos según creo, ha dicho cosas terribles sobre el hábito de difamar a otras personas sin tener la menor clase de pruebas, de lo malvado que es eso y demás. Pero lo que yo digo es que ninguna persona joven se para a pensar. En realidad, no examinan los hechos. Y sin duda el problema es éste: ¡Cuántas veces son ciertas las habladurías, como usted las llama! ¡Y como les digo, yo creo que, si en realidad examinaran los hechos, descubrirían que son ciertas nueve veces de cada diez! Por eso la gente se molesta tanto por ellas.

—Inspiradas presunciones —dijo don Henry.

—¡No!, ¡nada de eso! En realidad, se trata de una cuestión de práctica y experiencia. Tengo entendido que, si a un egiptólogo se le enseña uno de esos escarabajos tan curiosos, con sólo mirarlo puede decir si data de antes de Jesucristo o se trata de una vulgar imitación. Y no puede dar una regla definitiva de cómo lo consigue. Lo sabe. Se ha pasado toda la vida manejando esas piezas.

"Y eso es lo que estoy tratando de decir (muy mal, ya lo sé). Esas mujeres a quienes mi sobrino califica de "ociosas" disponen de mucho tiempo y su principal interés, por lo general, es ocuparse de la gente. Y por eso llegan a convertirse en expertas. Ahora los jóvenes hablan con toda libertad de cosas que ni siquiera se mencionaban en mis días, pero, en cambio, tienen una mentalidad absolutamente inocente. Creen en todo y en cualquiera. Y si alguien intenta prevenirlos, aunque sea con prudencia, le dicen que tiene una mentalidad victoriana, y eso, según ellos, es como estar en un pozo."

—¿Y qué tienen de malo los pozos? —dijo don Henry.

—Exacto —respondió la señorita Marple—, es lo más necesario en una casa. Pero desde luego, no es nada romántico. Ahora debo confesarles que yo también tengo mis sentimientos como cualquiera, y en determinadas ocasiones me han herido profundamente con comentarios hechos sin pensar. Sé que a los caballeros no les interesan las cuestiones domésticas, pero debo mencionar a una doncella que tuve, Ethel, una muchacha muy atractiva y cumplidora. Ahora bien, en cuanto la vi, me di cuenta de que era como Annie Webb y la hija de la pobre señora Bruitt. Si se le presentara ocasión, eso de lo mío y de lo tuyo no significaría nada para ella. De modo que la despedí a final de mes, dándole una carta de recomendación en la que decía que era honrada y sensata, pero por mi cuenta advertí a la señora Edwards para que no la contratara, y mi sobrino Raymond se puso furioso y dijo que nunca había visto una maldad semejante, sí, maldad. Pues bien, entró en casa de la señora Ashton, a quien yo no tenía obligación de advertir, ¿y qué ocurrió? Desaparecieron todos los encajes de su ropa interior y dos broches de brillantes. La muchacha se marchó en medio de la noche y nadie ha vuelto a tener noticias de ella.

La señorita Marple hizo una pausa para tomar aliento y luego continuó:

—Ustedes dirán que esto no tiene nada que ver con lo que ocurrió en el balneario de Keston Spa, pero lo tiene en cierto modo. Explica que yo no tuviera la menor duda, desde el momento en que vi juntos a los Sanders, de que él pretendía deshacerse de ella.

—¿Eh? —exclamó don Henry, inclinándose hacia adelante.

La señorita Marple volvió su apacible rostro hacia él.

—Como le decía, don Henry, no me cupo la menor duda. El señor Sanders era un hombre corpulento, bien parecido, de rostro coloradote, muy franco en su trato y popular entre todos. Y nadie podía ser más amable con su esposa. ¡Pero yo sabía que trataba de deshacerse de ella!

—Mi querida señorita Marple…

—Sí, lo sé. Eso es lo que diría mi sobrino, Raymond West, que no tenía la menor prueba, pero yo recuerdo a Walter Hones. Una noche que volvía paseando con su esposa, ella se cayó al río y él cobró el dinero del seguro. Y también recuerdo a un par de personas que andan sueltas por ahí hasta la fecha. Por cierto que una de ellas pertenece a nuestra misma esfera social. Se marchó a Suiza para hacer excursiones durante el verano con su esposa. Yo le aconsejé que no fuera. La pobre ni siquiera se enfadó conmigo, se limitó a reírse. Le parecía tan gracioso que una viejecita como yo le dijera semejantes cosas de su Harry.

—Bien, bien, sufrió un accidente y ahora Harry está casado con otra, pero ¿qué podía hacer yo? Lo sabía, pero no tenía la menor prueba.

—¡Oh, señorita Marple! —exclamó la señora Bantry—. No querrá decir que…

—Querida, estas cosas son muy corrientes, ya lo creo que lo son. Y los caballeros se sienten especialmente tentados por ser mucho más fuertes. Es tan fácil que parezca un accidente. Como les digo, en cuanto vi a los Sanders, lo supe. Fue en un tranvía. Estaba lleno y tuve que subir al piso superior. Nos levantamos los tres para apearnos y el señor Sanders perdió el equilibrio, se cayó hacia su esposa y la hizo caer escaleras abajo. Por fortuna, el cobrador era un hombre muy fuerte y logró sujetarla.

—Pero pudo tratarse muy bien de un accidente.

—Desde luego que lo fue, nada pudo ser más accidental. Pero el señor Sanders había pertenecido a la marina mercante, según me dijo, y un hombre que es capaz de conservar el equilibrio en uno de esos barcos que se inclinan tanto, no lo pierde en la imperial de un tranvía, cuando no lo perdió una vieja como yo. ¡No me diga eso!

—Y fue entonces cuando se convenció, ¿no es cierto, señorita Marple? —manifestó don Henry.

La anciana asintió.

—Estaba bastante segura, pero otro incidente ocurrido al cruzar la calle no mucho después me convenció todavía más. Ahora le pregunto a usted, don Henry, ¿qué podía hacer yo? Allí estaba una mujercita casada y feliz que no tardaría en ser asesinada.

—Mi querida amiga, me deja usted sin respiración.

—Eso le pasa porque, como la mayoría de la gente de hoy en día, no se enfrenta usted a los hechos. Prefiere pensar que ciertas cosas son imposibles. Pero son así y yo lo sabía. ¡Pero una se ve atada de pies y manos! Por ejemplo, no podía acudir a la policía; advertir a la joven hubiera sido inútil. Estaba enamorada de aquel hombre. De modo que me dispuse a averiguar todo lo que pudiera acerca de ellos. Hay un sinfín de oportunidades mientras se hace labor alrededor del fuego. La señora Sanders, Gladys era su nombre de pila, estaba deseosa de hablar. Al parecer no llevaban mucho tiempo casados. Su esposo debía heredar algunas propiedades, pero por el momento estaban bastante mal de dinero. En resumen, vivían de la pequeña renta de ella. Ya había oído la misma historia otras veces. Se lamentaba de no poder tocar el capital. ¡Al parecer, alguien había tenido un poco de sentido común! Pero el dinero era suyo y podía dejárselo a quien quisiera, según averigüé. Ella y su esposo habían hecho testamento, poco después de su matrimonio, uno a favor del otro. Muy conmovedor. Claro que cuando a Jack le fueran bien las cosas… Esa era la carga que debían soportar y entretanto andaban bastante apurados. Por aquel entonces tenían una habitación en el piso más alto, entre las del servicio, y muy peligrosa en caso de incendio, aunque tenían una escalera de incendios precisamente delante de la ventana. Me informé prudentemente de si tenían balcón. Son tan peligrosos los balcones… un empujoncito y…

—Le hice prometer a ella que no se asomaría al balcón, que había tenido un sueño. Esto la impresionó. A veces se puede hacer algún favor aprovechándose de la superstición. Era una joven rubia, de facciones un tanto desdibujadas, que llevaba los cabellos recogidos en un moño sobre la nuca. Y muy crédula. Le contó a su marido lo que yo le había dicho y observé que él me miraba con curiosidad un par de veces. Él no era crédulo y sabía que yo iba en aquel tranvía.

—Pero yo estaba preocupada, muy preocupada, porque no veía cómo podría engañarle. Podía impedir que ocurriera algo en el balneario con sólo decir unas palabras que le demostraran mis sospechas, pero eso únicamente significaría aplazar su plan hasta más tarde. No, empecé a creer que la única política aconsejable era una más osada y, de un modo u otro, tenderle una trampa. Si consiguiera inducirle a atentar contra la vida de su esposa por algún medio escogido por mí, entonces quedaría desenmascarado y ella se vería obligada a enfrentarse con la verdad por mucho que le sorprendiera.

—Me deja usted sin habla —dijo el doctor Lloyd—. ¿Qué plan podía usted seguir?

—Hubiera encontrado alguno, no tema —replicó la señorita Marple—. Pero aquel hombre era demasiado listo para mí y no esperó. Pensó que yo podía sospechar y, por ello, actuó antes de que pudiera asegurarme. Sabía que yo recelaría de un accidente, así que cometió el crimen.

Un murmullo recorrió la habitación, y la señorita Marple asintió con los labios apretados.

—Temo haberlo expuesto con bastante brusquedad. Debo tratar de explicarles exactamente lo ocurrido. Siempre he experimentado un sentimiento de amargura al recordarlo. Siempre me he sentido como si hubiera debido evitarlo a toda costa, pero quién conoce los designios del Señor. De todas formas, hice lo que pude.

—Se respiraba una atmósfera extraña, como si flotara una amenaza en el aire oprimiéndonos a todos: el presentimiento de una desgracia. Para empezar, primero murió George, el jefe de porteros, que llevaba años en el balneario y conocía a todo el mundo. Cogió una neumonía complicada con bronquitis y falleció en cuatro días. Fue muy triste para todos. Y, además, cuatro días antes de Navidad. Y luego una de las doncellas, una chica muy simpática; se le infectó un dedo y murió a las veinticuatro horas.

—Yo me encontraba en el salón con la señorita Trollope y la anciana señora Carpenter, y ésta se mostraba terriblemente pesimista.

—Fíjense bien en lo que les digo —anunció—. Seguro que la cosa no acaba aquí. ¿Conocen el refrán? No hay dos sin tres. Siempre resulta cierto. Tendremos otra muerte, no me cabe la menor duda. Y no habrá que esperar mucho. No hay dos sin tres.

—Cuando dijo estas últimas palabras, moviendo afirmativamente la cabeza y haciendo tintinear sus agujas de punto, yo alcé la vista un momento y mis ojos se encontraron con el señor Sanders, que permanecía de pie junto a la puerta. Por un momento le pillé desprevenido y pude leer en su rostro con la misma facilidad que en un libro abierto. Creeré hasta el fin de mis días que las palabras de la señora Carpenter le dieron la idea. Vi que trabajaba su cerebro. Y penetró en la estancia con su habitual sonrisa.

—¿Puedo hacer alguna compra de Navidad por ustedes, señoras? —preguntó—. Voy a ir ahora a Keston.

—Permaneció en nuestra compañía durante un par de minutos, riéndose y charlando, y luego se marchó. Como les digo, yo estaba preocupada y dije inmediatamente:

—¿Dónde está la señora Sanders? ¿Alguien lo sabe?

"La señorita Trollope dijo que había ido a jugar al bridge con unos amigos suyos, los Mortimer, y me tranquilicé momentáneamente, pero seguía preocupada, pues no sabía qué hacer. Media hora más tarde, subí a mi habitación y por el camino me encontré al doctor Coler, mi médico, y como quería consultarle acerca de mi reuma, lo llevé a mi habitación. Fue entonces cuando me habló (confidencialmente, según dijo) de la muerte de la pobre Mary, la doncella. El gerente no quería que se supiera y por ello me aconsejó que no se lo dijera a nadie. Desde luego yo no le dije que no hablábamos de otra cosa desde hacía una hora, cuando la pobre joven exhaló su último suspiro. Esas noticias corren enseguida y un hombre de su experiencia debía saberlo bastante bien. Pero el doctor Coler fue siempre un individuo confiado que creía lo que quería creer, y eso fue lo que me alarmó un minuto más tarde, al decirme que Sanders le había pedido que echara un vistazo a su esposa, pues últimamente no hacía bien las digestiones, etc.

"Y aquel mismo día Gladys Sanders me había dicho que había hecho maravillosamente la digestión y que estaba muy contenta.

"¿Comprenden? Todas mis sospechas volvieron a mí centuplicadas. Estaba preparando el camino… ¿para qué? El doctor Coler se marchó antes de que yo me hubiera decidido a hablarle, aunque, de haberlo hecho, no hubiera sabido qué decir. Cuando salí de la habitación, Sanders en persona bajaba del piso de arriba. Iba vestido para salir y me preguntó si quería algo de la ciudad. ¡Hice un esfuerzo terrible para contestarle amablemente! Y luego fui al vestíbulo para pedir un té. Recuerdo que eran más de las cinco y media.

"Ahora quisiera explicarles claramente lo que ocurrió a continuación. A las siete menos cuarto seguía aún en el vestíbulo cuando vi entrar al señor Sanders acompañado de dos caballeros. Los tres venían muy 'alegres'. El señor Sanders, dejando a sus amigos, vino hacia donde yo me encontraba sentada con la señorita Trollope para pedirnos consejo acerca del regalo de Navidad que pensaba hacerle a su esposa. Se trataba de un bolso de noche muy elegante.

"—Comprenderán, señoras —nos dijo—, que yo soy simplemente un rudo lobo de mar. ¿Qué entiendo yo de estas cosas? Me han dejado tres para que escoja y deseo contar con una opinión experta.

"Por supuesto, nosotras le dijimos que le ayudaríamos encantadas, y nos pidió que le acompañáramos a su habitación, ya que si los bajaba temía que su esposa pudiera llegar en cualquier momento. De modo que subimos con él. Nunca olvidaré lo que ocurrió luego, aún tiemblo al pensarlo.

"El señor Sanders abrió la puerta de su dormitorio y encendió la luz. No sé cuál de nosotras la vio primero.

"La señora Sanders estaba tendida en el suelo, boca abajo, muerta.

"Yo fui la primera en llegar junto a ella. Me arrodillé y le cogí la mano para tomarle el pulso, pero era inútil, su brazo estaba frío y rígido.

Junto a su cabeza había un calcetín lleno de arena, el arma con la que la habían golpeado. La señorita Trollope, una criatura estúpida, gemía en la puerta con las manos en la cabeza. Sanders gritó: "Mi esposa, mi esposa", y corrió hacia ella. Yo le impedí tocarla. Comprendan, en aquel momento estaba segura de que había sido él, y tal vez quisiera quitar u ocultar alguna cosa.

"—No hay que tocar nada —le dije—. Domínese, señor Sanders. Señorita Trollope, haga el favor de ir a buscar al gerente.

"Yo permanecí arrodillada junto al cadáver. No quería que Sanders se quedara a solas con él. Y no obstante, tuve que admitir que, si el hombre estaba fingiendo, lo hacía maravillosamente. Daba la impresión de estar completamente fuera de sí.

"El gerente no tardó en reunirse con nosotros y, tras inspeccionar rápidamente la habitación, nos hizo salir a todos y cerró la puerta con una llave que se guardó. Luego fue a telefonear a la policía. Tardaron un siglo en aparecer. Luego supimos que la línea estaba estropeada y que había tenido que enviar a un mozo al puesto de policía, y el balneario está fuera de la ciudad, junto a los páramos. La señora Carpenter estaba muy satisfecha de que su profecía 'No hay dos sin tres' se hubiera cumplido tan rápidamente. Oí decir que Sanders paseaba por los alrededores con las manos en la cabeza, gimiendo y demostrando un gran pesar.

"Finalmente llegó la policía y subieron a la habitación con el gerente y el señor Sanders. Más tarde enviaron a buscarme. El inspector escribía sentado ante una mesa. Era un hombre inteligente y me gustó.

"—¿Señorita Marple? —preguntó.

"—Sí.

"—Tengo entendido que estaba usted presente cuando fue encontrado el cadáver de la difunta.

"Respondí que sí y pasé a contarle lo ocurrido. Creo que para el buen hombre fue un alivio encontrar a alguien que respondiera a sus preguntas con coherencia, después de haber tenido que tratar con Sanders y Emily Trollope, que estaba completamente desmoronada, es natural, la pobrecilla. Recuerdo que mi querida madre me enseñó que una señora ha de saberse dominar siempre en público, por mucho que se descomponga en privado.

"—Un principio admirable —dijo don Henry con admiración.

"—Cuando hube terminado, el inspector me dijo:

"—Gracias, señora. Ahora lamento tener que pedirle que vuelva a mirar el cadáver. ¿Era ésa exactamente su posición cuando usted entró en la habitación? ¿No ha sido movido?

"Le expliqué que había impedido que lo hiciera el señor Sanders y el inspector asintió con aire de aprobación.

"—El caballero parece muy afectado —observó.

"—Sí, lo parece —repliqué.

"No pensaba haber puesto ningún énfasis especial en el "lo parece", pero el inspector me miró con interés.

"—¿De modo que el cadáver se encuentra exactamente igual a como estaba cuando lo encontraron? —me dijo.

"—Sí, con la excepción del sombrero —repliqué.

"El inspector me miró sorprendido.

"—¿Qué quiere usted decir? ¿El sombrero?

"Le expliqué que la pobre Gladys lo llevaba puesto, mientras que ahora estaba junto a ella. Yo supuse que había sido cosa de la policía, pero, sin embargo, el inspector lo negó rotundamente. Hasta el momento nada había sido movido o tocado, y permaneció unos instantes contemplando la figura de la difunta con expresión preocupada. Gladys iba vestida como si se dispusiera a salir: llevaba un abrigo de lana rojo oscuro con cuello de piel, y el sombrero, un modelo barato de fieltro rojo, estaba caído junto a su cabeza.

"El inspector se quedó nuevamente en silencio con el entrecejo fruncido. Luego se le ocurrió una idea.

"—¿Recuerda usted por casualidad si la difunta llevaba pendientes o si solía llevarlos?

"Por suerte tengo la costumbre de ser muy observadora. Recordaba haber visto brillar una perla bajo el ala del sombrero, aunque entonces no le presté atención especial, pero pude contestar afirmativamente a la primera pregunta.

"—Entonces concuerda. El contenido del joyero de esta señora ha sido robado, aunque no había en él gran cosa de valor, según tengo entendido, y le quitaron los anillos de los dedos. El asesino debió olvidar los pendientes y regresó por ellos después de descubierto el crimen. ¡Qué sangre fría! O tal vez… —miró a su alrededor y continuó despacio—… es posible que haya estado escondido en esta habitación todo el tiempo.

"Pero yo me negué a aceptar la idea. Le expliqué que yo misma había mirado debajo de la cama y que el gerente abrió las puertas del armario, y no existía ningún otro lugar donde pudiera esconderse un hombre. Es cierto que la parte central del armario estaba cerrada con llave, pero era sólo un espacio lleno de estantes y nadie pudo haberse escondido allí.

"El inspector asintió mientras yo le iba explicando todo aquello.

"—Tiene usted razón, señora —me dijo—. En ese caso, como ya le he dicho antes, debió regresar. ¡Un asesino de tremenda sangre fría!

"—¡Pero el gerente cerró la puerta y se guardó la llave!

"—Eso no significa nada. Queda el balcón y la escalera de incendios, por ahí entró el asesino. Es bastante probable que ustedes lo sorprendieran, se deslizara por la ventana y luego, al marcharse ustedes, regresara para continuar su trabajo.

"—¿Está usted seguro —le pregunté— de que era un ladrón?

"Me contestó secamente:

"—Bueno, eso parece, ¿no?

"Pero algo en su tono me tranquilizó. Comprendí que no le convencía el papel de viudo inconsolable que intentaba representar el señor Sanders.

"Admito con toda franqueza que me encontraba bajo lo que nuestros vecinos los franceses llaman idée fixe. Sabía que aquel hombre, Sanders, intentaba matar a su esposa. Y no cabía desde mi punto de vista la extraña y fantástica posibilidad de una coincidencia. Estaba segura de que mi presentimiento acerca del señor Sanders era absolutamente justificado. Aquel hombre era un malvado. Y a pesar de que todos sus fingimientos hipócritas no habían conseguido engañarme, recuerdo haber pensado que fingía su sorpresa y aflicción maravillosamente bien. Parecían tan Espontáneas, ya saben lo que quiero decir. Debo admitir que, después de mi conversación con el inspector, empecé a sentirme invadida por la duda. Porque si Sanders había sido el autor de aquel horrible crimen, yo no podía imaginar razón alguna por la que debiera haber vuelto por la escalera de incendios a llevarse los pendientes de su esposa. No hubiera sido lógico, y Sanders era un hombre muy sensato, por eso lo consideré siempre tan peligroso."

La señorita Marple contempló unos instantes a su audiencia.

—¿Ven tal vez adónde quiero ir a parar? En este caso creo que estaba tan segura que eso me cegó y el resultado me causó profunda sorpresa ya que se probó, sin la menor duda posible, que el señor Sanders no pudo cometer el crimen.

La señora Bantry exclamó un "oh" de sorpresa y la señorita Marple se volvió hacia ella.

—Ya sé, querida, que no era eso lo que usted esperaba cuando empecé mi historia. Yo tampoco lo esperaba. Pero los hechos son los hechos y, si se demuestra que uno se ha equivocado, hay que ser humilde y volver a empezar de nuevo. Yo sabía que el señor Sanders era un asesino en potencia y nunca ocurrió nada que destruyera esta opinión.

"Y ahora supongo que les gustará saber lo que ocurrió en realidad. La señora Sanders, como ya saben, pasó la tarde jugando al bridge con unos amigos, los Mortimer, a los que dejó a eso de las seis y cuarto. De la casa de sus amigos al balneario había un cuarto de hora paseando y algo menos a buen paso. Debió regresar a las seis y media. Nadie la vio entrar, de modo que debió hacerlo por la puerta lateral y subir directamente a su habitación. Allí se cambió (el traje chaqueta que llevaba para jugar al bridge estaba colgado en el armario) y se disponía a salir otra vez cuando la golpearon. Es muy posible que no llegara a enterarse de quién la golpeó. Tengo entendido que un calcetín relleno de arena es un arma eficiente. Eso hace pensar que su agresor debía estar escondido en la habitación, posiblemente en uno de los armarios, el que no abrió.

"Ahora pasemos a relatar los movimientos del señor Sanders. Salió, como ya he dicho, a eso de las cinco y media o un poco después. Realizó algunas compras en un par de tiendas y, cerca de las seis, entró en el Gran Hotel Spa, donde se reunió con dos amigos, los mismos que más tarde lo acompañaron al balneario. Estuvieron jugando al billar y deduzco que también bebieron bastante whisky. Esos dos hombres (se llamaban Hitchcock y Spender) estuvieron con él desde las seis en adelante. Vinieron caminando con él hasta el balneario y solo se separó de ellos para venir a hablar conmigo y la señorita Trollope, y eso, como les dije, fue cerca de las siete menos cuarto, hora en que su esposa ya debía de estar muerta.

"Debo decirles que yo misma hablé con esos dos amigos y no me gustaron. No eran ni simpáticos ni caballeros, pero tuve la certeza de que decían absolutamente la verdad al declarar que Sanders había pasado todo el tiempo en su compañía.

"Luego se averiguó otra cosa. Al parecer, durante la partida de bridge, llamaron por teléfono a la señora Sanders. Un tal señor Littleworth deseaba hablar con ella. Pareció excitada y satisfecha por algo. Casualmente, cometió un par de errores importantes y se marchó antes de lo que esperaban.

"Le preguntaron al señor Sanders si sabía si aquel señor Littleworth era una de las amistades de su esposa, mas declaró que nunca había oído aquel nombre. Y a mí me pareció, por la actitud de su esposa, que ella tampoco debía saber gran cosa de aquel Littleworth. Sin embargo, volvió del teléfono sonriente y ruborizada, lo cual hace suponer que quienquiera que fuese no dio su verdadero nombre, y eso en sí parece sospechoso, ¿no creen?

"De todas formas, el problema quedaba planteado así: O bien era cierta la historia del ladrón, cosa improbable, o bien la teoría de que la señora Sanders se estaba preparando para ir a reunirse con alguien. ¿Ese alguien entró en su habitación por la escalera de incendios? ¿Hubo una pelea? ¿O la atacó a traición?"

La señorita Marple se detuvo.

—¿Y bien? —preguntó don Henry—. ¿Cuál es la solución?

—Me estaba preguntando si la habría adivinado alguno de ustedes.

—Nunca he sido buena adivina —contestó la señora Bantry—. Me parece una lástima que Sanders tuviera una coartada tan maravillosa. Pero si a usted le satisfizo, tenía que ser cierta.

Jane Helier hizo una pregunta moviendo su hermosa cabecita.

—¿Por qué estaba cerrada una puerta del armario?

—Qué inteligente es usted, querida —dijo la señorita Marple con el rostro resplandeciente—. Eso es lo que yo me pregunté, aunque la explicación era bien sencilla. En su interior había un par de zapatillas bordadas y unos pañuelos de bolsillo que la pobrecilla bordaba para su esposo como regalo de Navidad. Por eso estaba cerrado y la llave fue encontrada en su bolso.

—¡Oh! —dijo Jane Helier—. Entonces, al fin y al cabo, no tiene interés.

—¡Oh, claro que sí! —replicó la señorita Marple—. Es precisamente la única cosa interesante, lo que hizo fracasar los planes del asesino.

Todos miraron a la anciana.

—Yo no lo comprendí hasta al cabo de dos días —dijo la señorita Marple—. Le estuve dando vueltas y más vueltas, y de pronto lo vi todo claro. Fui a ver al inspector para pedirle que probara una cosa y lo hizo. Le pedí que le pusiera el sombrero a la pobre difunta, y no pudo, por supuesto. No le cabía. ¿Comprenden?, no era suyo.

La señora Bantry se sobresaltó.

—Pero, ¿no lo tenía puesto al principio?

—En su cabeza no.

La señorita Marple se detuvo un momento para dejar que sus palabras hicieran efecto, y luego continuó:

—Dimos por hecho que aquel cadáver era el de la pobre Gladys, pero no le miramos la cara. Recuerden que estaba boca abajo y el sombrero le tapaba completamente la cabeza.

—Pero, ¿fue asesinada?

—Sí, más tarde. En el momento en que nosotros avisábamos a la policía, Gladys Sanders estaba viva.

—¿Quiere decir que otra persona fingió ser la muerta? Pero sin duda cuando usted la tocó…

—Era un cadáver lo que yo toqué, desde luego —replicó la señorita Marple en tono grave.

—Pero válgame el cielo —dijo el coronel Bantry—, no es posible deshacerse de un cadáver con tanta facilidad. ¿Qué hicieron después con el primero?

—Lo devolvió —dijo la señorita Marple—. Fue una idea malvada, pero muy inteligente, y se la dieron las palabras que nos oyó decir en el salón. ¿Por qué no utilizar el cadáver de la pobre Mary, la doncella? Recuerden que la habitación de los Sanders estaba entre las de los criados. Y la de Mary estaba dos puertas más allá, y los de la funeraria no irían a recoger el cadáver hasta después de que anocheciera. Él contaba con ello. Se llevó el cadáver por el balcón (a las cinco era ya de noche) y lo vistió con un traje de su esposa y su abrigo encarnado. ¡Y entonces encontró cerrada con llave la puerta del armario donde su esposa guardaba los sombreros! Sólo podía hacer una cosa: coger uno de los sombreros de la doncella. Nadie habría de notarlo. Dejó el calcetín relleno de arena junto a ella y fue en busca de sus amigos para establecer su coartada.

"Telefoneó a su esposa dando el nombre del señor Littleworth. Ignoro lo que le diría, ella era tan crédula, pero consiguió que abandonara su partida de bridge y regresara antes para encontrarse con él a las siete, junto a la escalera de incendios del balneario. Probablemente diciéndole que le reservaba una sorpresa.

"Regresó al balneario con sus amigos y se las arregló de modo que la señorita Trollope y yo descubriéramos el crimen con él. Incluso hizo ademán de querer dar la vuelta al cadáver ¡y yo lo detuve! Luego se avisó a la policía y él salió a lamentarse por los alrededores.

"Nadie le pidió que presentara una coartada después del crimen. Se reúne con su esposa, la hace subir por la escalera de incendios y entrar en su dormitorio. Tal vez le ha contado ya alguna historia para explicar la presencia del cadáver. Ella se inclina junto a él y Sanders la golpea con el calcetín relleno de arena. ¡Oh, Dios mío! ¡Todavía me estremezco! Y la chaqueta la cuelga en el armario y la viste con las ropas del otro cadáver.

"Pero el sombrero no le entra. La cabeza de Mary es pequeña y, en cambio, Gladys Sanders, como ya he dicho, llevaba un gran moño en la nuca. Por ello se ve obligado a dejarlo junto a ella con la esperanza de que nadie lo note. Luego vuelve a llevar el cuerpo de la pobre Mary a su habitación, donde la coloca de nuevo decorosamente."

—Parece increíble —dijo el doctor Lloyd—. Los riesgos que llegó a correr. La policía podía haber llegado demasiado pronto.

—Recuerde que la línea telefónica estaba averiada —replicó la señorita Marple—. Eso fue parte de su obra. No podía arriesgarse a que la policía se presentara demasiado pronto y, cuando llegaron, estuvieron un buen rato en el despacho del gerente antes de subir al dormitorio. Ésa era la parte más peligrosa de su plan: que alguien notara la diferencia entre un cuerpo que llevaba dos horas muerto y otro que sólo llevaba media hora. Pero confiaba en que las personas que habían descubierto el crimen no fueran expertas en la materia.

El doctor Lloyd asintió.

—Se supuso que el crimen había sido cometido a las siete menos cuarto poco más o menos. Y en realidad lo fue a las siete o pocos minutos después. Cuando el forense examinó el cadáver, debían ser cuanto menos las siete y media, y no podía precisarlo.

—Yo era la única que podía haberse dado cuenta —dijo la señorita Marple—. Cogí la mano de la muchacha y estaba fría como el hielo. ¡Poco después el inspector dijo que el crimen debía haberse cometido poco antes de nuestra llegada y yo no me di cuenta!

—Creo que se dio usted cuenta de muchas cosas, señorita Marple —replicó don Henry—. Ese caso ocurrió antes de que yo ocupara mi cargo. Ni siquiera recuerdo haberlo oído. ¿Qué ocurrió?

—Sanders fue ahorcado —explicó la señorita Marple—. Nunca me arrepentiré de haber ayudado a hacer justicia. No tengo esos escrúpulos humanitarios que rechazan la pena capital.

Su rostro se dulcificó.

—Pero me he reprochado a menudo amargamente no haber sabido salvar la vida de aquella pobre joven. ¿Pero quién hubiera escuchado a una pobre vieja? Vaya, vaya, ¿quién sabe? Tal vez fuera mejor para ella morir cuando era feliz que vivir luego desgraciada y desilusionada en un mundo que de pronto le hubiera parecido horrible. Ella amaba a aquel canalla y confiaba en él. Nunca llegó a descubrirlo.

—Bueno, entonces —dijo Jane Helier— todo terminó bien. Muy bien, quiero decir… —Se detuvo.

La señorita Marple miró a la hermosa y célebre Jane Helier y dijo asintiendo hacia ella amablemente:

—Comprendo, querida, comprendo.

UN VIGILANTE JUNTO AL MUERTO

Por AMBROSE BIERCE

I

En una habitación del piso superior de una vivienda desocupada situada en esa parte de San Francisco que se conoce con el nombre de North Beach, yacía bajo una sábana el cadáver de un hombre. La hora estaba próxima a las nueve de la noche; la habitación, apenas iluminada por una sola vela. Aunque el tiempo era bueno, las dos ventanas estaban cerradas con las persianas bajadas, contrariando la costumbre de dar mucho aire a los muertos. El mobiliario se componía tan solo de tres piezas: un sillón, una pequeña mesita de lectura sobre la que estaba la vela y una mesa de cocina alargada sobre la cual estaba el cadáver del hombre. Los tres muebles, lo mismo que el cadáver, parecían haber sido llevados recientemente, pues un observador, de haber existido alguno, habría visto que no tenían polvo, mientras que el resto de la habitación tenía una capa espesa, e incluso había telarañas en los ángulos de las paredes.

Bajo la sábana podían perfilarse los rasgos del cuerpo, incluso los del rostro, pues tenían esa definición tan innaturalmente nítida que parece pertenecer a los rostros de los muertos, aunque en realidad es característica solo de aquellos que han sido desgastados por la enfermedad. Por el silencio de la habitación se podía deducir, correctamente, que no estaba situada en la parte delantera de la casa ni daba a una calle: en realidad solo daba a un promontorio rocoso, pues la parte trasera del edificio se había asentado en una colina.

Cuando el reloj de una iglesia cercana dio las nueve con una indolencia que parecía dar a entender tal indiferencia por el paso del tiempo que uno no podía dejar de preguntarse por qué se tomaba la molestia de dar las horas, se abrió la única puerta de la habitación y entró por ella un hombre que se dirigió hacia el cadáver. Al hacerlo, la puerta se cerró, dando la apariencia de que lo hacía por sí sola; pero se escuchó también un rechinar metálico, como de una llave que girara con dificultad, y el chasquido de un cerrojo al encajarse. Después sonaron unos pasos que se alejaban por el pasillo y el hombre dio toda la impresión de haber quedado allí como un prisionero. Al dirigirse hacia la mesa, se detuvo un momento para examinar el cadáver; pero después, con un ligero encogimiento de hombros, fue hacia una de las ventanas y levantó la persiana. La oscuridad exterior era absoluta, pues los cristales estaban cubiertos de polvo, pero al limpiarlos pudo ver que la ventana estaba fortificada con fuertes barras de hierro que la cruzaban a escasos centímetros del cristal, incrustándose a cada lado en la mampostería. Examinó la otra ventana, encontrando la misma disposición. No manifestó gran curiosidad por el asunto y ni siquiera llegó a levantar el marco de la ventana. Si era un prisionero, parecía bastante dócil. Tras haber completado el examen de la habitación, se sentó en el sillón, sacó un libro del bolsillo, acercó la mesita con la vela y empezó a leer.

Era un hombre joven, de no más de treinta años, de tez oscura, bien afeitado y cabellos castaños. Su rostro era delgado y la nariz alta, con una frente ancha y una "firmeza" de la barbilla y la mandíbula que se dice denota resolución en los que la tienen. Los ojos, grises y firmes, no se movían sino era con un propósito concreto. La mayor parte del tiempo los mantenía fijos en el libro, aunque ocasionalmente los apartaba para dirigirlos hacia el cadáver de la mesa, aunque era evidente que no lo hacía con esa fascinación tétrica que se supone que esas circunstancias podrían ejercer incluso sobre una persona valiente, ni con esa rebelión consciente contra una influencia contraria que podría dominar a un tímido. Lo contemplaba como si durante la lectura hubiera encontrado algo que le recordara la sensación de su entorno. Evidentemente, este vigilante del muerto estaba desempeñando su cometido con inteligencia y compostura, tal como le correspondía.

Tras llevar leyendo quizás una media hora, pareció llegar al final de un capítulo y dejó tranquilamente el libro. Se levantó, alzó del suelo la mesita de lectura y la trasladó a una esquina de la habitación que estaba junto a una de las ventanas, cogió la vela y regresó frente a la vacía chimenea delante de la cual había estado sentado.

Un momento más tarde fue hacia el cuerpo de la mesa, levantó la sábana y le dio la vuelta desde la cabeza, dejando al descubierto una masa de cabellos oscuros y un fino paño que le cubría el rostro y bajo el cual los rasgos se revelaban todavía con mayor definición que antes. Dando sombra a los ojos, al interponer su mano libre entre estos y la vela, se quedó mirando a su compañero inmóvil con una contemplación grave y tranquila. Satisfecho con la inspección, volvió a cubrir el rostro con la sábana y regresó a la silla, cogió algunas cerillas que había junto al candelero, las metió en el bolsillo lateral de su abrigo y se sentó. Levantó luego la vela separándola del candelero y la examinó críticamente, como si estuviera calculando cuánto tiempo duraría. Apenas medía cinco centímetros, por lo que al cabo de una hora se encontraría en la oscuridad. Volvió a ponerla en el candelero y sopló para apagarla.

II

En la consulta de un médico, en Kearny Street, había tres hombres sentados junto a una mesa, bebiendo ponche y fumando. Era ya bastante tarde, casi la medianoche, y desde luego que el ponche no había faltado. El más solemne de los tres era el doctor Helberson, que era el anfitrión, pues se encontraban en sus habitaciones. Tenía unos treinta años; los otros eran más jóvenes, aunque todos eran médicos.

—El temor supersticioso con que los vivos consideran a los muertos es hereditario e incurable —decía el doctor Helberson—. Uno no tiene por qué avergonzarse de eso, como tampoco debería hacerlo por el hecho de heredar, por ejemplo, una incapacidad para las matemáticas o la tendencia a mentir.

Los otros dos se echaron a reír.

—¿No debería un hombre avergonzarse de ser mentiroso? —preguntó el más joven de los tres, que en realidad era un estudiante de medicina que todavía no se había graduado.

—Mi querido Harper, yo no he dicho nada semejante. Una cosa es la tendencia a mentir y otra el hecho de hacerlo.

—¿Pero piensa usted que ese sentimiento supersticioso, ese miedo a los muertos, tan irracional como nos parece, es universal? —intervino el tercer hombre—. No soy consciente de tenerlo.

—Ah, pero pese a todo está "en su sistema" —contestó entonces Helberson—. Solo requiere de las condiciones adecuadas —lo que Shakespeare llama "la estación confederada"— para manifestarse de alguna manera muy desagradable que le abra los ojos. Aunque desde luego los médicos y los soldados están más liberados que los demás de ese miedo.

—¡Los médicos y los soldados! ¿Por qué no añadir a los decapitadores y los verdugos de la horca? Añadamos a todos los grupos de asesinos.

—No, mi querido Mancher; los jurados no permiten que los verdugos públicos lleguen a adquirir una familiaridad suficiente con la muerte como para no sentirse en absoluto conmovidos por ella.

El joven Harper, que había ido junto a una mesa de servicio para coger un nuevo cigarro, volvió a su asiento.

—¿Cuáles consideraría usted que son las condiciones bajo las que cualquier hombre nacido de mujer llegaría a tener una conciencia insoportable de compartir a este respecto nuestra debilidad común? —preguntó con un exceso, quizás, de verbosidad.

—Bien, diría que si un hombre se encontrara una noche entera encerrado con un cadáver, a solas, en una habitación oscura de una casa vacía, sin cobertores de cama con los que taparse la cabeza, y pasara por todo ello sin enloquecer totalmente, podría jactarse entonces de no haber nacido de mujer ni ser tampoco, como Macduff, un producto de la cesárea.

—Pensé que no terminaría nunca de añadir condiciones —intervino Harper—. Pues conozco a un hombre que no es ni médico ni soldado y que las aceptaría todas por cualquier apuesta que quisieran ustedes hacer.

—¿De quién se trata?

—Se llama Jarette: aquí es un desconocido; procede de la misma ciudad que yo, en el estado de Nueva York. Carezco de dinero para apoyarle en la apuesta, pero él mismo la sostendrá con todo lo que haga falta.

—¿Cómo sabe eso?

—Antes preferiría apostar que comer. Y en cuanto al miedo… me atrevo a decir que opina que es algún trastorno cutáneo, o quizás un tipo particular de herejía religiosa.

—¿Qué aspecto tiene? —preguntó Helberson que, evidentemente, se estaba interesando por el asunto.

—Se parece a Mancher… hasta podría ser su hermano gemelo.

—Acepto el desafío —respondió de inmediato Helberson.

—¿Porque se parece a mí? Muy agradecido por el cumplido —dijo Mancher arrastrando las palabras, pues tenía cada vez más sueño—. ¿Puedo intervenir?

—No contra mí —contestó Helberson—. No quiero ganar su dinero.

—De acuerdo —replicó Mancher—. Entonces yo seré el cadáver.

Los otros se echaron a reír.

El resultado de aquella loca conversación, ya lo hemos visto.

III

La intención del señor Jarette al apagar su magra ración de vela fue la de conservarla para alguna necesidad imprevista. También pudo pensar, o intuir, que la oscuridad no sería peor en un momento que en otro, y que si la situación llegaba a volverse insoportable sería mejor contar con algún medio de alivio o incluso de liberación. En cualquier caso, era prudente guardar una pequeña reserva de luz, aunque solo fuera para poder mirar su reloj.

Nada más apagar la vela y dejarla en el suelo, a su lado, se arrellanó cómodamente en el sillón, se echó hacia atrás y cerró los ojos esperando dormirse. Pero en esto se decepcionó: jamás en su vida había sentido menos sueño, por lo que al cabo de unos minutos abandonó el intento. ¿Qué hacer? No podía pasear a tientas en una oscuridad absoluta con riesgo de herirse, o de chocar contra la mesa y turbar descortésmente al muerto. Todos reconocemos el derecho que tienen al descanso, a salvo de todo lo que sea duro y violento. Jarette consiguió casi hacerse creer a sí mismo que eran consideraciones de este tipo las que le llevaban a no correr el riesgo de la colisión y le permitían permanecer inmóvil en el asiento.

Mientras pensaba este tema, creyó haber oído un débil sonido que procedía de la mesa… no era capaz de explicarse de qué tipo de sonido se trataba. No volvió la cabeza. ¿De qué iba a servirle en la oscuridad? Pero escuchó con gran atención: ¿por qué no iba a hacerlo? Y mientras escuchaba, se fue sintiendo mareado hasta el punto de que se aferró a los brazos del sillón en busca de apoyo. Percibía por sus oídos un zumbido extraño; tenía la sensación de que la cabeza le iba a estallar; la ropa que llevaba puesta le constreñía y oprimía el pecho. Se preguntó por el motivo de todo aquello; y si serían los síntomas del miedo. Luego, tras una larga y potente espiración, tuvo la impresión de que el pecho se le hundía, pero con la gran inspiración con la que rellenó sus pulmones agotados perdió el vértigo y se dio cuenta de que había estado escuchando con tanta intensidad que había retenido la respiración casi hasta el punto de ahogarse. Aquella revelación le resultó vejatoria; se levantó, empujó el sillón con el pie y caminó hasta el centro de la habitación.

Pero no es posible caminar a zancadas en la oscuridad; empezó a avanzar a tientas, encontró una pared y la siguió hasta un ángulo, giró, pasó junto a las dos ventanas y en la otra esquina entró en violento contacto con la mesita de lectura, derribándola. Produjo un estrépito que le hizo sobresaltarse. Se sintió molesto.

—¿Cómo diablos pude olvidar dónde estaba? —murmuró, y empezó a abrirse camino a tientas, a lo largo de la tercera pared, hasta la chimenea—. He de poner las cosas en su sitio —añadió mientras buscaba la vela por el suelo.

Tras recuperarla, la encendió y volvió inmediatamente la mirada hacia la mesa, donde como es natural nada había cambiado. La mesita de lectura permaneció en el suelo: se había olvidado de "ponerla en su sitio". Miró por toda la habitación dispersando las sombras más profundas con el movimiento de la vela que llevaba en la mano y, cruzándola hasta la puerta, la comprobó girando el pomo y tirando de él con toda su fuerza. No cedió y aquello pareció proporcionarle cierta satisfacción; incluso la aseguró con mayor firmeza mediante un pestillo que antes no había observado. Regresó al sillón y miró el reloj, comprobando que eran las nueve y media. Se sorprendió al darse cuenta de que se había llevado el reloj al oído: no se había parado. La vela era ahora visiblemente más corta. La volvió a apagar y la colocó en el suelo a su lado, lo mismo que antes.

El señor Jarette no se encontraba tranquilo; se sentía claramente inquieto en ese entorno, e insatisfecho consigo mismo por ello.

—¿Qué he de temer? —pensó en voz alta—. Esto resulta ridículo; no voy a comportarme como un estúpido.

Pero el valor no venía por el hecho de que se dijera "voy a ser valiente", ni por reconocer que la valentía era lo más apropiado para la ocasión. Cuanto más se condenaba Jarette a sí mismo, más razones se estaba dando para condenarse; cuanto mayor era el número de variaciones que había intentado sobre el único tema de que los muertos son inofensivos, más insoportable se volvía la discordancia de sus emociones.

—¿Cómo? —gritó en voz alta por la angustia de su espíritu—. ¡Cómo! ¿Es que yo, que no tengo la menor sombra de superstición en mi naturaleza, yo, que no creo en la inmortalidad, yo, que sé (y nunca lo supe con tanta claridad como ahora) que la otra vida es el sueño de un deseo, voy a perder mi apuesta, mi honor y el respeto que a mí mismo me tengo, quizás hasta mi razón, porque algunos antepasados salvajes que habitaban en cuevas y madrigueras concebían la idea monstruosa de que los muertos caminan por la noche?… Eso…

Clara e inequívocamente, el señor Jarette oyó tras él el sonido ligero y suave de unos pasos deliberados, regulares y cada vez más cercanos.

IV

Poco antes del amanecer de la mañana siguiente, el doctor Helberson y su joven amigo Harper avanzaban lentamente en el coupé del doctor por las calles de North Beach.

—¿Sigue teniendo la confianza de la juventud en el valor o la imperturbabilidad de su amigo? —preguntó el de más edad—. ¿Cree que he perdido esta apuesta?

—Sé que la ha perdido —contestó el otro con débil énfasis.

—Pues bien, por mi alma que espero que así sea.

Había pronunciado aquello con seriedad, casi solemnemente. Después se produjo un silencio momentáneo.

—Harper, no me siento totalmente tranquilo con este asunto —volvió a hablar el doctor, que parecía muy serio bajo las luces cambiantes y débiles que penetraban en el carruaje cuando pasaban junto a los faroles de la calle—. Si su amigo no me hubiera irritado con la actitud despreciativa con la que trató mis dudas acerca de su resistencia, una cualidad puramente física, y con la fría descortesía de su sugerencia de que el cadáver fuera el de un médico, no habría seguido con ello. Si sucediera cualquier cosa, estamos arruinados, y me temo que merecidamente.

—¿Pero qué puede suceder? Aunque el asunto hubiera tomado un giro grave, lo que no temo en absoluto, Mancher solo tendría que "resucitar" y explicar el asunto. Con un "sujeto" auténtico de la sala de disección, o uno de sus últimos pacientes, la cosa podría ser distinta.

De modo que el doctor Mancher había cumplido su promesa: sirvió de "cadáver".

El doctor Helberson guardó silencio durante mucho tiempo mientras el coche, a paso de tortuga, siguió deslizándose por la misma calle que ya había recorrido en dos o tres ocasiones. Finalmente, rompió el silencio:

—Bien, esperemos que Mancher, si ha tenido que levantarse de entre los muertos, lo haya hecho discretamente. Un error en esa dirección podría haber empeorado las cosas, en lugar de mejorarlas.

—Ciertamente, Jarette le mataría —contestó Harper—. Pero doctor, son ya las cuatro en punto —añadió mirando su reloj cuando pasaron bajo un farol de gas.

Un momento después ambos habían bajado del vehículo y se dirigían a paso vivo hacia la casa que llevaba mucho tiempo desocupada, perteneciente al doctor, en la que habían encerrado al señor Jarette de acuerdo con los términos de la loca apuesta. Al acercarse a ella se encontraron con un hombre que corría.

—¿Por favor, saben dónde puedo encontrar un médico? —gritó deteniendo repentinamente su carrera.

—¿Qué ha sucedido? —preguntó Helberson en un tono que no le comprometía.

—Vayan a verlo por sí mismos —contestó el hombre reanudando la carrera.

Echaron a correr. Al llegar a la casa vieron a varias personas que entraban en ella con prisa y excitación. En algunas de las casas cercanas, a lo largo del camino, las ventanas estaban abiertas y salían por ellas varias cabezas. Todas hacían preguntas, aunque sin dirigírselas unos a otros. Algunas ventanas que tenían las persianas cerradas estaban iluminadas; los que habitaban en ellas se estaban vistiendo para bajar. Directamente enfrente de la puerta de la casa que buscaban, un farol arrojaba sobre la escena una luz amarillenta e insuficiente, que parecía decir que podía revelar mucho más si lo deseaban. Harper se detuvo junto a la puerta y puso una mano sobre el brazo del compañero.

—Todo está perdido para nosotros, doctor —dijo presa de una agitación extrema que contrastaba extrañamente con la tranquilidad con la que pronunció esas palabras—. El juego se ha puesto en nuestra contra. No entremos allí; prefiero no asomar la cabeza.

—Soy médico y puede que necesiten uno —contestó con calma el doctor Helberson.

Subieron las escaleras de la casa y se dispusieron a entrar. La puerta estaba abierta; la farola de la acera de enfrente iluminaba el pasillo. Estaba lleno de hombres. Algunos habían subido las escaleras hasta el final y, como no se les permitía entrar, aguardaban mejor suerte. Todos hablaban y ninguno escuchaba. De pronto se produjo una gran conmoción en el rellano de arriba; un hombre había salido de una puerta y trataba de abrirse paso entre los que se esforzaban por retenerle. Llegó abajo por entre la masa de hombres ociosos y espantados, apartándolos, aplastándolos contra la pared de un lado o contra la barandilla de la escalera del otro, aferrándolos por la garganta, golpeándolos salvajemente, lanzándolos escaleras abajo y caminando sobre los que habían caído. Sus ropas estaban en desorden y no llevaba sombrero. Su mirada, salvaje e inquieta, contenía algo más aterrador todavía que su fuerza aparentemente sobrehumana. Su rostro, afeitado, carecía de color, sus cabellos habían encanecido.

Cuando la masa de gente que había al pie de las escaleras, que disfrutaban de más libertad de espacio, se apartó para dejarle pasar, Harper se adelantó.

—¡Jarette! ¡Jarette! —gritó.

El doctor Helberson cogió a Harper por el cuello y le hizo retroceder.

El hombre les miró al rostro sin que pareciera reconocerlos y salió a toda prisa por la puerta, bajó los escalones hasta la calle y se perdió. Un robusto policía que había tenido menos éxito para bajar las escaleras apareció un momento después e inició la persecución, ayudado por los gritos indicativos de todas las cabezas que salían por las ventanas, que ahora eran solo las de mujeres y niños.

Como la escalera se había vaciado parcialmente, pues la mayor parte de la gente se había precipitado a la calle para observar la fuga y la persecución, el doctor Helberson subió al rellano seguido por Harper. En una puerta del pasillo superior un oficial les impidió el paso.

—Somos médicos —dijo el doctor, y así pudieron entrar.

La habitación estaba llena de hombres, apenas visibles por la oscuridad, amontonados junto a una mesa. Los recién llegados se acercaron y miraron por encima de los hombros de los que estaban delante. Sobre la mesa, con los miembros inferiores cubiertos por una sábana, yacía el cuerpo de un hombre, bien iluminado por el haz de un ojo de buey que sostenía un policía situado a los pies. Los demás, salvo los que estaban cerca de la cabeza, y el propio oficial, se encontraban en la oscuridad. ¡El rostro del cuerpo parecía amarillo, repulsivo, horrible! Los ojos estaban parcialmente abiertos, mirando hacia arriba, y la mandíbula caída; rastros de espuma manchaban los labios, la barbilla y las mejillas. Un hombre alto, evidentemente médico, se inclinaba sobre el cuerpo introduciendo la mano bajo la parte delantera de la camisa. La retiró y colocó dos dedos sobre la boca abierta.

—Este hombre lleva muerto unas seis horas. Es un caso para el forense —dijo.

Sacó una tarjeta del bolsillo, se la entregó al oficial de policía y se dirigió a la puerta.

—¡Salgan de la habitación… todos! —gritó el oficial, y el cadáver desapareció como si alguien lo hubiera arrebatado cuando la linterna desvió sus haces de luz aquí y allá contra los rostros de la multitud. ¡El efecto fue sorprendente! Los hombres, cegados, confusos y casi aterrados, corrieron tumultuosamente hacia la puerta, empujándose y tropezando unos con otros en su huida, como las huestes de la noche ante los rayos de Apolo. El policía derramó su luz sin piedad e incesantemente sobre la masa que luchaba y tropezaba. Atrapados en esa corriente, Helberson y Harper fueron barridos fuera de la habitación y descendieron las escaleras hasta la calle como impulsados por un torrente.

—¡Dios mío, doctor! ¿No le dije que Jarette le mataría? —exclamó Harper en cuanto se hubieron alejado de la multitud.

—Creo recordar que lo dijo —contestó el otro sin ninguna emoción aparente.

Caminaron en silencio recorriendo una manzana tras otra. En el oriente grisáceo se percibían las siluetas de las casas de las colinas. La conocida carreta de la leche recorría ya las calles; el panadero aparecería pronto en escena; el vendedor de periódicos ya estaba en ella.

—Me parece, jovencito, que usted y yo últimamente hemos respirado demasiado los aires de la mañana. No son muy sanos y necesitamos un cambio. ¿Qué le parecería un viaje por Europa?

—¿Cuándo?

—Me da lo mismo. Aunque supongo que las cuatro de esta tarde sería conveniente.

—Entonces nos encontraremos en el barco —añadió Harper.

V

Siete años más tarde, los dos hombres estaban sentados en un banco de Madison Square en Nueva York, conversando amistosamente. Otro hombre, que llevaba observándoles algún tiempo sin ser visto, se acercó a ellos y, levantando cortésmente su sombrero, que dejó al descubierto un cabello tan blanco como la nieve, dijo:

—Les ruego que me perdonen, caballeros, pero cuando uno vuelve a la vida y mata a un hombre, lo mejor es cambiar la ropa con él y a la primera oportunidad buscar la libertad.

Helberson y Harper intercambiaron miradas significativas; evidentemente aquello les divertía. Pero el primero miró amablemente a los ojos del desconocido y contestó.

—Siempre he pensado que ése era el mejor plan. Estoy totalmente de acuerdo con usted en cuanto a las ventajas…

De pronto se detuvo, se levantó y se quedó blanco de asombro. Se quedó mirando fijamente al desconocido, con la boca abierta y temblando visiblemente.

—¡Ah! —exclamó el desconocido—. Me parece que está usted indispuesto, doctor. Si no es capaz de tratarse a sí mismo, estoy seguro de que el doctor Harper podrá hacer algo por usted.

—¿Quién diablos es usted? —preguntó Harper enérgicamente.

El desconocido se acercó más, e inclinándose hacia ellos dijo con un murmullo de voz:

—A veces digo que mi nombre es Jarette, pero dada nuestra antigua amistad no me importa decirles que soy el doctor William Mancher.

La revelación hizo que Harper se pusiera en pie de un salto.

—¡Mancher! —gritó.

—¡Dios mío, es cierto! —añadió Helberson.

Así es —añadió el desconocido, sonriendo vagamente—. Sin duda es cierto.

Vaciló mientras parecía tratar de recordar algo, pero enseguida empezó a silbar una melodía popular. Por lo visto se había olvidado de la presencia de los otros dos.

—Mancher, se lo ruego —dijo el mayor de los otros—. Díganos lo que sucedió aquella noche… a Jarette, ya sabe.

—Ah, sí, a Jarette. Resulta extraño que me haya olvidado de contárselo… lo cuento tanta veces. ¿Saben?, al oírle hablar consigo mismo me di cuenta de que estaba terriblemente asustado, así que no pude resistir la tentación de volver a la vida y divertirme un poco con él… de verdad que no pude evitarlo. Estuvo muy bien, aunque lo cierto es que no pensé que fuera a tomárselo tan en serio; de verdad que no lo pensé. Y después… bueno, fue un trabajo duro cambiar de puesto con él, y entonces… ¡maldita sea! ¡Ustedes no me ayudaron a salir de aquello!

Nada podría exceder a la ferocidad con la que fueron pronunciadas estas últimas palabras.

Ambos hombres retrocedieron alarmados.

—¿Nosotros?… Pero… ¿por qué? —dijo Helberson tartamudeando, pues había perdido totalmente el dominio de sí mismo—. Nosotros no tuvimos nada que ver.

—¿No dije que eran ustedes los doctores Hellborn y Sharper? —preguntó el hombre echándose a reír.

—Mi nombre es Helberson, ciertamente; y este caballero es el señor Harper —replicó el primero que se había tranquilizado con aquella risa—. Pero ya no somos médicos; somos… bueno, que me ahorquen, anciano: somos jugadores.

Y ésa era la verdad.

—Una profesión muy buena; verdaderamente buena; y dicho sea de paso, espero que este señor, Sharper, haya pagado su dinero a Jarette como un apostador honesto. Una profesión muy buena y honorable —repitió pensativamente, mientras se alejaba con despreocupación—. Yo sigo siendo lo que fui. Soy el jefe médico del Asilo de Bloomingdale; es mi deber curar al superintendente.

EN ESTE PUEBLO NO HAY LADRONES

Por GABRIEL GARCÍA MÁRQUEZ

Dámaso regresó al cuarto con los primeros gallos. Ana, su mujer, encinta de seis meses, lo esperaba sentada en la cama, vestida y con zapatos. La lámpara de petróleo empezaba a extinguirse. Dámaso comprendió que su mujer no había dejado de esperarlo un segundo en toda la noche, y que aún en ese momento, viéndolo frente a ella, continuaba esperando. Le hizo un gesto tranquilizador que ella no respondió. Fijó los ojos asustados en el bulto de tela roja que él llevaba en la mano, apretó los labios y se puso a temblar. Dámaso la asió por el corpiño con una violencia silenciosa. Exhalaba un tufo agrio.

Ana se dejó levantar casi en vilo. Luego descargó todo el peso del cuerpo hacia adelante, llorando contra la franela a rayas coloradas de su marido, y lo tuvo abrazado por los riñones hasta cuando logró dominar la crisis.

—Me dormí sentada —dijo—, de pronto abrieron la puerta y te empujaron dentro del cuarto, bañado en sangre.

Dámaso la separó sin decir nada. La volvió a sentar en la cama. Después le puso el envoltorio en el regazo y salió a orinar al patio. Entonces ella soltó los nudos y vio: eran tres bolas de billar, dos blancas y una roja, sin brillo, estropeadas por los golpes.

Cuando volvió al cuarto, Dámaso la encontró en una contemplación intrigada.

—¿Y esto para qué sirve? —preguntó Ana.

Él se encogió de hombros.

—Para jugar billar.

Volvió a hacer los nudos y guardó el envoltorio con la ganzúa improvisada, la linterna de pilas y el cuchillo, en el fondo del baúl. Ana se acostó de cara a la pared sin quitarse la ropa. Dámaso se quitó solo los pantalones. Estirado en la cama, fumando en la oscuridad, trató de identificar algún rastro de su aventura en los susurros dispersos de la madrugada, hasta que se dio cuenta de que su mujer estaba despierta.

—¿En qué piensas?

—En nada —dijo ella.

La voz, de ordinario matizada de registros baritonales, parecía más densa por el rencor. Dámaso dio una última chupada al cigarrillo y aplastó la colilla en el piso de tierra.

—No había nada más —suspiró—. Estuve adentro como una hora.

—Han debido pegarte un tiro —dijo ella.

Dámaso se estremeció. —Maldita sea —dijo, golpeando con los nudillos el marco de madera de la cama. Buscó a tientas, en el suelo, los cigarrillos y los fósforos.

—Tienes entrañas de burro —dijo Ana—. Has debido tener en cuenta que yo estaba aquí sin poder dormir, creyendo que te traían muerto cada vez que había un ruido en la calle. —Agregó con un suspiro:— Y todo eso para salir con tres bolas de billar.

—En la gaveta no había sino veinticinco centavos.

—Entonces no has debido traer nada.

—El problema era entrar —dijo Dámaso—. No podía venirme con las manos vacías.

—Hubieras cogido cualquier otra cosa.

—No había nada más —dijo Dámaso.

—En ninguna parte hay tantas cosas como en el salón de billar.

—Así parece —dijo Dámaso—. Pero después, cuando uno está allá adentro, se pone a mirar las cosas y a registrar por todos lados y se da cuenta de que no hay nada que sirva.

Ella hizo un largo silencio. Dámaso la imaginó con los ojos abiertos, tratando de encontrar algún objeto de valor en la oscuridad de la memoria.

—Tal vez —dijo.

Dámaso volvió a fumar. El alcohol lo abandonaba en ondas concéntricas y él asumía de nuevo el peso, el volumen y la responsabilidad de su cuerpo.

—Había un gato allá adentro —dijo—. Un enorme gato blanco.

Ana se volteó, apoyó el vientre abultado contra el vientre de su marido, y le metió la pierna entre las rodillas. Olía a cebolla.

—¿Estabas muy asustado?

—¿Yo?

—Tú —dijo Ana—. Dicen que los hombres también se asustan.

Él la sintió sonreír, y sonrió.

—Un poco —dijo—. No podía aguantar las ganas de orinar.

Se dejó besar sin corresponder. Luego, consciente de los riesgos pero sin arrepentimiento, como evocando los recuerdos de un viaje, le contó los pormenores de su aventura.

Ella habló después de un largo silencio.

—Fue una locura.

—Todo es cuestión de empezar —dijo Dámaso, cerrando los ojos—. Además, para ser la primera vez la cosa no salió tan mal.

— El sol calentó tarde. Cuando Dámaso despertó, hacía rato que su mujer estaba levantada. Metió la cabeza en el chorro del patio y la tuvo allí varios minutos, hasta que acabó de despertar. El cuarto formaba parte de una galería de habitaciones iguales e independientes, con un patio común atravesado por alambres de secar ropa. Contra la pared posterior, separados del patio por un tabique de lata, Ana había instalado un anafe para cocinar y calentar las planchas, y una mesita para comer y planchar. Cuando vio acercarse a su marido puso a un lado la ropa planchada y quitó las planchas de hierro del anafe para calentar el café. Era mayor que él, de piel muy pálida, y sus movimientos tenían esa suave eficacia de la gente acostumbrada a la realidad.

Desde la niebla de su dolor de cabeza, Dámaso comprendió que su mujer quería decirle algo con la mirada. Hasta entonces no había puesto atención a las voces del patio.

—No han hablado de otra cosa en toda la mañana —murmuró Ana, sirviéndose el café—. Los hombres se fueron para allá desde hace rato.

Dámaso comprobó que los hombres y los niños habían desaparecido del patio. Mientras tomaba el café, siguió en silencio la conversación de las mujeres que colgaban la ropa al sol. Al final encendió un cigarrillo y salió de la cocina.

—Teresa —llamó.

Una muchacha con la ropa mojada, adherida al cuerpo, respondió al llamado.

—Ten cuidado —dijo Ana. La muchacha se acercó.

—¿Qué es lo que pasa? —preguntó Dámaso.

—Que se metieron en el salón de billar y cargaron con todo —dijo la muchacha.

Parecía minuciosamente informada. Explicó cómo desmantelaron el establecimiento, pieza por pieza, hasta llevarse la mesa de billar. Hablaba con tanta convicción que Dámaso no pudo creer que no fuera cierto.

—Mierda —dijo, de regreso a la cocina.

Ana se puso a cantar entre dientes. Dámaso recostó un asiento contra la pared del patio, procurando reprimir la ansiedad. Tres meses antes, cuando cumplió 20 años, el bigote lineal, cultivado no solo con un secreto espíritu de sacrificio sino también con cierta ternura, puso un toque de madurez en su rostro petrificado por la viruela. Desde entonces se sintió adulto. Pero aquella mañana, con los recuerdos de la noche anterior flotando en la ciénaga de su dolor de cabeza, no encontraba por dónde empezar a vivir.

Cuando acabó de planchar, Ana repartió la ropa limpia en dos bultos iguales y se dispuso a salir a la calle.

—No te demores —dijo Dámaso.

—Como siempre.

La siguió hasta el cuarto.

—Ahí te dejo la camisa de cuadros —dijo Ana—. Es mejor que no te vuelvas a poner la franela. —Se enfrentó a los diáfanos ojos de gato de su marido.— No sabemos si alguien te vio.

Dámaso se secó en el pantalón el sudor de las manos.

—No me vio nadie.

—No sabemos —repitió Ana. Cargaba un bulto de ropa en cada brazo—. Además, es mejor que no salgas. Espera primero que yo dé una vueltecita por allá, como quien no quiere la cosa.

No se hablaba de nada distinto en el pueblo. Ana tuvo que escuchar varias veces, en versiones diferentes y contradictorias, los pormenores del mismo episodio. Cuando acabó de repartir la ropa, en vez de ir al mercado como todos los sábados, fue directamente a la plaza.

No encontró frente al salón de billar tanta gente como imaginaba. Algunos hombres conversaban a la sombra de los almendros. Los sirios habían guardado sus trapos de colores para almorzar, y los almacenes parecían cabecear bajo los toldos de lona. Un hombre dormía desparramado en un mecedor, con la boca y las piernas y los brazos abiertos, en la sala del hotel. Todo estaba paralizado en el calor de las doce.

Ana siguió de largo por el salón de billar, y al pasar por el solar baldío situado frente al puerto se encontró con la multitud. Entonces recordó algo que Dámaso le había contado, que todo el mundo sabía pero que solo los clientes del establecimiento podían tener presente: la puerta posterior del salón de billar daba al solar baldío. Un momento después, protegiéndose el vientre con los brazos, se encontró confundida con la multitud, los ojos fijos en la puerta violada. El candado estaba intacto, pero una de las argollas había sido arrancada como una muela. Ana contempló por un momento los estragos de aquel trabajo solitario y modesto, y pensó en, su marido con un sentimiento de piedad.

—¿Quién fue?

No se atrevió a mirar en torno suyo.

—No se sabe —le respondieron—. Dicen que fue un forastero.

—Tuvo que ser —dijo una mujer a sus espaldas—. En este pueblo no hay ladrones. Todo el mundo conoce a todo el mundo.

Ana volvió la cabeza.

—Así es —dijo sonriendo. Estaba empapada en sudor. A su lado había un hombre muy viejo con arrugas profundas en la nuca.

—¿Cargaron con todo? —preguntó ella.

—Doscientos pesos y las bolas de billar —dijo el viejo. La examinó con una atención fuera de lugar—. Dentro de poco habrá que dormir con los ojos abiertos.

Ana apartó la mirada.

—Así es —volvió a decir. Se puso un trapo en la cabeza, alejándose, sin poder sortear la impresión de que el viejo la seguía mirando.

Durante un cuarto de hora, la multitud bloqueada en el solar observó una conducta respetuosa, como si hubiera un muerto detrás de la puerta violada. Después se agitó, giró sobre sí misma, y desembocó en la plaza.

El propietario del salón de billar estaba en la puerta, con el alcalde y dos agentes de la policía. Bajo y redondo, los pantalones sostenidos por la sola presión del estómago y con unos anteojos como los que hacen los niños, parecía investido de una dignidad extenuante.

La multitud lo rodeó. Apoyada contra la pared, Ana escuchó sus informaciones hasta que la multitud empezó a dispersarse. Después regresó al cuarto, congestionada por la sofocación, en medio de una bulliciosa manifestación de vecinos.

Estirado en la cama, Dámaso se había preguntado muchas veces cómo hizo Ana la noche anterior para esperarlo sin fumar. Cuando la vio entrar, sonriente, quitándose de la cabeza el trapo empapado en sudor, aplastó el cigarrillo casi entero en el piso de tierra, en medio de un reguero de colillas, y esperó con mayor ansiedad.

—¿Entonces?

Ana se arrodilló frente a la cama.

—Que además de ladrón eres embustero —dijo.

—¿Por qué?

—Porque me dijiste que no había nada en la gaveta.

Dámaso frunció las cejas.

—No había nada.

—Había doscientos pesos —dijo Ana.

—Es mentira —replicó él, levantando la voz. Sentado en la cama recobró el tono confidencial—. Solo había veinticinco centavos.

La convenció.

—Es un viejo bandido —dijo Dámaso, apretando los puños—. Se está buscando que le desbarate la cara.

Ana río con franqueza.

—No seas bruto.

Tambien él acabó por reír. Mientras se afeitaba, su mujer lo informó de lo que había logrado averiguar. La policía buscaba un forastero.

—Dicen que llegó el jueves y que anoche lo vieron dando vueltas por el puerto —dijo—. Dicen que no han podido encontrarlo por ninguna parte. —Dámaso pensó en el forastero que no había visto nunca y por un instante sospechó de él con una convicción sincera.

—Puede ser que se haya ido —dijo Ana.

Como siempre, Dámaso necesitó tres horas para arreglarse. Primero fue la talla milimétrica del bigote. Después el baño en el chorro del patio. Ana siguió paso a paso, con un fervor que nada había quebrantado desde la noche en que lo vio por primera vez, el laborioso proceso de su peinado. Cuando lo vio mirándose al espejo para salir, con la camisa de cuadros rojos, Ana se encontró madura y desarreglada. Dámaso ejecutó frente a ella un pase de boxeo con la elasticidad de un profesional. Ella lo agarró por las muñecas.

—¿Tienes moneda?

—Soy rico —contestó Dámaso de buen humor—. Tengo los doscientos pesos.

Ana se volteó hacia la pared, sacó del seno un rollo de billetes, y le dio un peso a su marido, diciendo:

—Toma, Jorge Negrete.

Aquella noche, Dámaso estuvo en la plaza con el grupo de sus amigos. La gente que llegaba del campo con productos para vender en el mercado del domingo, colgaba, toldos en medio de los puestos de frituras y las mesas de lotería, y desde la prima noche se les oía roncar. Los amigos de Dámaso no parecían más interesados por el robo del salón de billar que por la transmisión radial del campeonato de béisbol, que no podrían escuchar esa noche por estar cerrado el establecimiento.

Hablando de béisbol, sin ponerse de acuerdo ni enterarse previamente del programa, entraron al cine.

Daban una película de Cantinflas. En la primera fila de la galería, Dámaso rió sin remordimientos. Se sentía convaleciente de sus emociones. Era una buena noche de junio, y en los instantes vacíos en que solo se percibía la llovizna del proyector pesaba sobre el cine sin techo el silencio de las estrellas.

De pronto, las imágenes de la pantalla palidecieron y hubo un estrépito en el fondo de la platea. En la claridad repentina, Dámaso se sintió descubierto y señalado, y trató de correr. Pero en seguida vio al público de la platea, paralizado, y a un agente de la policía, el cinturón enrollado en la mano, que golpeaba rabiosamente a un hombre con la pesada hebilla de cobre. Era un negro monumental. Las mujeres empezaron a gritar, y el agente que golpeaba al negro empezó a gritar por encima de los gritos de las mujeres: «¡Ratero! ¡Ratero!». El negro se rodó por entre el reguero de sillas, perseguido por dos agentes que lo golpearon en los riñones hasta que pudieron trabarlo por la espalda. Luego el que lo había azotado le amarró los codos por detrás con la correa y los tres lo empujaron hacia la puerta. Las cosas sucedieron con tanta rapidez, que Dámaso solo comprendió lo ocurrido cuando el negro pasó junto a él, con la camisa rota y la cara embadurnada de un amasijo de polvo, sudor y sangre, sollozando: «Asesinos, asesinos». Después encendieron las luces y se reanudó la película.

Dámaso no volvió a reír. Vio retazos de una historia descosida, fumando sin pausas, hasta que se encendió la luz y los espectadores se miraron entre sí, como asustados de la realidad. «Qué buena», exclamó alguien a su lado. Dámaso no lo miró.

—Cantinflas es muy bueno —dijo.

La corriente lo llevó hasta la puerta. Las vendedoras de comida, cargadas de trastos, regresaban a casa. Eran más de las once, pero había mucha gente en la calle esperando a que salieran del cine para informarse de la captura del negro.

Aquella noche Dámaso entró al cuarto con tanta cautela, que cuando Ana lo advirtió entre sueños fumaba el segundo cigarrillo, estirado en la cama.

—La comida está en el rescoldo —dijo ella.

—No tengo hambre —dijo Dámaso. Ana suspiró.

—Soñé que Nora estaba haciendo muñecos de mantequilla —dijo, todavía sin despertar. De pronto cayó en la cuenta de que había dormido sin quererlo y se volvió hacia Dámaso, ofuscada, frotándose los ojos.

—Cogieron al forastero —dijo.

Dámaso se demoró para hablar.

—¿Quién dijo?

—Lo cogieron en el cine —dijo Ana—. Todo el mundo está por aquellos lados.

Contó una versión desfigurada de la captura. Dámaso no la rectificó.

—Pobre hombre —suspiró Ana.

—Pobre por qué —protestó Dámaso, excitado—. ¿Quisieras entonces que fuera yo el que estuviera en el cepo?

Ella lo conocía demasiado para replicar. Lo sintió fumar, respirando como un asmático, hasta que cantaron los primeros gallos. Después lo sintió levantado, trasegando por el cuarto en un trabajo oscuro que parecía más del tacto que de la vista. Después lo sintió raspar el suelo debajo de la cama por más de un cuarto de hora, y después lo sintió desvestirse en la oscuridad, tratando de no hacer ruido, sin saber que ella no había dejado de ayudarlo un instante al hacerle creer que estaba dormida. Algo se movió en lo más primitivo de sus instintos. Ana sabía entonces que Dámaso estuvo en el cine, y comprendió por qué acababa de enterrar las bolas de billar debajo de la cama.

El salón se abrió el lunes y fue invadido por una clientela exaltada. La mesa de billar había sido cubierta con un paño morado que le imprimió al establecimiento un carácter funerario. Pusieron un letrero en la pared: «No hay servicio por falta de bolas». La gente entraba a leer el letrero como si fuera una novedad. Algunos permanecían, frente a él, releyéndolo con una devoción indescifrable.

Dámaso estuvo entre los primeros clientes. Había pasado una parte de su vida en los escaños destinados a los espectadores del billar, y allí estuvo desde que volvieron a abrirse las puertas. Fue algo tan difícil pero tan momentáneo como un pésame. Le dio una palmadita en el hombro al propietario, por encima del mostrador, y le dijo:

—Qué vaina, don Roque.

El propietario sacudió la cabeza con una sonrisita de aflicción, suspirando: «Ya ves». Y siguió atendiendo la clientela, mientras Dámaso, instalado en uno de los taburetes del mostrador, contemplaba la, mesa espectral bajo el sudario morado.

—Qué raro —dijo.

—Es verdad —confirmó un hombre en el taburete vecino—. Parece que estuviéramos en semana santa.

Cuando la mayoría de los clientes se fue a almorzar, Dámaso metió una moneda en el tocadiscos automático y seleccionó un corrido mexicano cuya colocación en el tablero conocía de memoria. Don Roque trasladaba mesitas y silletas al fondo del salón.

—¿Qué hace? —le preguntó Dámaso.

—Voy a poner barajas —contestó don Roque—. Hay que hacer algo mientras llegan las bolas.

Moviéndose casi a tientas, con una silla en cada brazo, parecía un viudo reciente.

—¿Cuándo llegan? —preguntó Dámaso.

—Antes de un mes, espero.

—Para entonces habrán aparecido las otras —dijo Dámaso.

Don Roque observó satisfecho la hilera de mesitas.

—No aparecerán —dijo, secándose la frente con la manga—. Tienen al negro sin comer desde el sábado y no ha querido decir dónde están. —Midió a Dámaso a través de los cristales empañados por el sudor—. Estoy seguro que las echó al rio.

Dámaso se mordisqueó los labios.

—¿Y los doscientos pesos?

—Tampoco —dijo don Roque—. Solo le encontraron treinta.

Se miraron a los ojos. Dámaso no habría podido explicar su impresión de que aquella mirada establecía entre él y don Roque una relación de complicidad. Esa tarde, desde el lavadero, Ana lo vio llegar dando saltitos de boxeador. Lo siguió hasta el cuarto.

—Listo —dijo Dámaso—. El viejo está tan resignado que encargó bolas nuevas. Ahora es cuestión de esperar que nadie se acuerde.

—¿Y el negro?

—No es nada —dijo Dámaso, alzándose de hombros—. Si no le encuentran las bolas tienen que soltarlo.

Después de la comida, se sentaron a la puerta de la calle y estuvieron conversando con los vecinos hasta que se apagó el parlante del cine. A la hora de acostarse Dámaso estaba excitado.

—Se me, ha ocurrido el mejor negocio del mundo —dijo.

Ana comprendió que él había molido un mismo pensamiento desde el atardecer.

—Me voy de pueblo en pueblo —continuó Dámaso—. Me robo las bolas de billar en uno y las vendo en el otro. En todos los pueblos hay un salón de billar.

—Hasta que te peguen un tiro.

—Qué tiro ni qué tiro —dijo él—. Eso no se ve sino en las películas. —Plantado en la mitad del cuarto se ahogaba en su propio entusiasmo. Ana empezó a desvestirse, en apariencia indiferente, pero en realidad oyéndolo con una atención compasiva.

—Me voy a comprar una hilera de vestidos —dijo Dámaso, y señaló con el índice un ropero imaginario del tamaño de la pared—. Desde aquí hasta allí. Y además cincuenta pares de zapatos.

—Dios te oiga —dijo Ana.

Dámaso fijó en ella una mirada seria.

—No te interesan mis cosas —dijo.

—Están muy lejos para mí —dijo Ana. Apagó la lámpara, se acostó contra la pared, y agregó con una amargura cierta—: Cuando tú tengas treinta años yo tendré cuarenta y siete.

—No seas boba —dijo Dámaso.

Se palpó los bolsillos en busca de los fósforos.

—Tú tampoco tendrás que aporrear más ropa —dijo, un poco desconcertado. Ana le dio fuego. Miró la llama basta que el fósforo se extinguió, y tiró la ceniza. Estirado en la cama, Dámaso siguió hablando.

—¿Sabes de qué hacen las bolas de billar?

Ana no respondió.

—De colmillos de elefantes —prosiguió él—. Son tan difíciles de encontrar que se necesita un mes para que vengan. ¿Te das cuenta?

—Duérmete —lo interrumpió Ana—. Tengo que levantarme a las cinco.

Dámaso había vuelto a su estado natural. Pasaba la mañana en la cama, fumando, y después de la siesta empezaba a arreglarse para salir. Por la noche escuchaba en el salón de billar la transmisión radial del campeonato de béisbol. Tenía la virtud de olvidar sus proyectos con tanto entusiasmo como necesitaba para concebirlos.

—¿Tienes plata? —preguntó el sábado a su mujer.

—Once pesos —respondió ella. Y agregó suavemente—: Es la plata del cuarto.

—Te propongo un negocio.

—¿Qué?

—Préstamelos.

—Hay que pagar el cuarto.

—Se paga después.

Ana sacudió la cabeza. Dámaso, la agarró por la muñeca y le impidió que se levantara de la mesa, donde acababan de desayunar.

—Es por pocos días —dijo acariciándole el brazo con una ternura distraída—. Cuando venda las bolas tendremos plata para todo.

Ana no cedió. Esa noche, en el cine, Dámaso no le quitó la mano del hombro ni siquiera cuando conversó con sus amigos en el intermedio. Vieron la película a retazos. Al final, Dámaso estaba impaciente.

—Entonces tendré que robarme la plata —dijo.

Ana se encogió de hombros.

—Le daré un garrotazo al primero que encuentre —dijo Dámaso empujándola por entre la multitud que abandonaba el cine—. Así me llevarán a la cárcel por asesino.

Ana sonrió en su interior. Pero continuó inflexible. A la mañana siguiente, después de una noche tormentosa, Dámaso se vistió con una urgencia ostensible y amenazante. Pasó junto a su mujer, gruñendo:

—No vuelvo más nunca.

Ana no pudo reprimir un ligero temblor.

—Feliz viaje —gritó.

Después del portazo empezó para Dámaso un domingo vacío e interminable. La vistosa cacharrería del mercado público y las mujeres vestidas de colores brillantes que salían con sus niños de la misa de ocho, ponían toques alegres en la plaza, pero el aire empezaba a endurecerse de calor.

Pasó el día en el salón de billar. Un grupo de hombres jugó a las cartas en la mañana y antes del almuerzo hubo una afluencia momentánea. Pero era evidente que el establecimiento había perdido su atractivo. Solo al anochecer, cuando empezaba la transmisión del béisbol, recobraba un poco de su antigua animación.

Después de que cerraron el salón, Dámaso se encontró sin rumbo en una plaza que parecía desangrarse. Descendió por la calle paralela al puerto, siguiendo el rastro de una música alegre y remota. Al final de la calle había una sala de baile enorme y escueta, adornada con guirnaldas de papel descolorido, y al fondo de la sala una banda de músicos sobre una tarima de madera. Adentro flotaba un sofocante olor a carmín de labios.

Dámaso se instaló en el mostrador. Cuando terminó la pieza, el muchacho que tocaba los platillos en la banda recogió monedas entre los hombres que habían bailado. Una muchacha abandonó su pareja en el centro del salón y se acercó a Dámaso.

—Qué hubo, Jorge Negrete.

Dámaso la sentó a su lado. El cantinero, empolvado y con un clavel en la oreja, preguntó en falsete:

—¿Qué toman?

La muchacha se dirigió a Dámaso.

—¿Qué tomamos?

—Nada.

—Es por cuenta mía.

—No es eso —dijo Dámaso—. Tengo hambre.

—Lástima —suspiró el cantinero—. Con esos ojos.

Pasaron al comedor en el fondo de la sala. Por la forma del cuerpo la muchacha parecía excesivamente joven, pero la costra de polvo y colorete y el barniz de los labios impedían conocer su verdadera edad. Después de comer, Dámaso la siguió al cuarto, al fondo de un patio oscuro donde se sentía la respiración de los animales dormidos. La cama estaba ocupada por un niño de pocos meses envuelto en trapos de colores. La muchacha puso los trapos en una caja de madera, acostó al niño dentro, y luego puso la caja en el suelo.

—Se lo van a comer los ratones —dijo Dámaso.

—No se lo comen —dijo ella.

Se cambió el traje rojo por otro más descotado con grandes flores amarillas.

—¿Quién es el papá? —preguntó Dámaso.

—No tengo la menor idea —dijo ella. Y después, desde la puerta—: Vuelvo en seguida.

La oyó cerrar el candado. Fumó varios cigarrillos, tendido boca arriba y con la ropa puesta. El lienzo de la cama vibraba al compás del bambo. No supo en qué momento se durmió. Al despertar, el cuarto parecía más grande en el vacío de la música.

La muchacha se estaba desvistiendo frente a la cama.

—¿Qué hora es?

—Como las cuatro —dijo ella—. ¿No ha llorado el niño?

—Creo que no —dijo Dámaso.

La muchacha se acostó muy cerca de él, escrutándolo con los ojos ligeramente desviados mientras le desabotonaba la camisa. Dámaso comprendió que ella había estado bebiendo en serio. Trató de apagar la lámpara.

—Déjala así —dijo ella—. Me encanta mirarte los ojos.

El cuarto se llenó de ruidos rurales desde el amanecer. El niño lloró. La muchacha lo llevó a la cama y le dio de mamar, cantando entre dientes una canción de tres notas, hasta que todos se durmieron. Dámaso no se dio cuenta de que la muchacha despertó hacia las siete, salió del cuarto y regresó sin el niño.

—Todo el mundo se va para el puerto —dijo.

Dámaso tuvo la sensación de no haber dormido más de una hora en toda la noche.

—¿A qué?

—A ver al negro que se robó las bolas —dijo ella—. Hoy se lo llevan.

Dámaso encendió un cigarrillo.

—Pobre hombre —suspiró la muchacha.

—Pobre por qué —dijo Dámaso—. Nadie lo obligó a ser ratero.

La muchacha pensó un momento con la cabeza apoyada en su pecho. Dijo en voz muy baja:

—No fue él.

—Quién dijo.

—Yo lo sé —dijo ella—. La noche que se metieron en el salón de billar el negro estaba con Gloria, y pasó todo el día siguiente en su cuarto hasta por la noche. Después vinieron diciendo que lo habían cogido en el cine.

—Gloria se lo puede decir a la policía.

—El negro se lo dijo —dijo ella—. El alcalde vino donde Gloria, volteó el cuarto al derecho y al revés, y dijo que la iba a llevar a la cárcel por cómplice. Al fin se arregló por veinte pesos.

Dámaso se levantó antes de las ocho.

—Quédate —le dijo la muchacha—. Voy a matar una gallina para el almuerzo.

Dámaso sacudió la peinilla en la palma de la mano antes de guardársela en el bolsillo posterior del pantalón.

—No puedo —dijo, atrayendo a la muchacha por las muñecas. Ella se había lavado la cara, y era en verdad muy joven, con unos ojos grandes y negros que le daban un aire desamparado. Lo abrazó por la cintura.

—Quédate —insistió.

—¿Para siempre?

Ella se ruborizó ligeramente, y lo separó.

—Embustero —dijo.

— Ana se sentía agotada aquella mañana. Pero se contagió de la excitación del pueblo. Recogió más a prisa que de costumbre la ropa para lavar esa semana, y se fue al puerto a presenciar el embarque del negro. Una multitud impaciente esperaba frente a las lanchas listas para zarpar. Allí estaba Dámaso.

Ana lo hurgó con los índices por los riñones.

—¿Qué haces aquí? —preguntó Dámaso dando un salto.

—Vine a despedirte —dijo Ana.

Dámaso golpeó con los nudillos un poste del alumbrado público.

—Maldita sea —dijo.

Después de encender el cigarrillo arrojó al río la cajetilla vacía. Ana sacó otra del corpiño y se la metió en el bolsillo de la camisa. Dámaso sonrió por primera vez.

—Eres burra —dijo.

—Ja, ja —hizo Ana.

Poco después embarcaron al negro. Lo llevaron por el medio de la plaza, las muñecas amarradas a la espalda con una soga tirada por un agente de la policía. Otros dos agentes armados de fusiles caminaban a su lado. Estaba sin camisa, el labio inferior partido y una ceja hinchada, como un boxeador. Esquivaba las miradas de la multitud con una dignidad pasiva. En la puerta del salón de billar, donde se había concentrado la mayor cantidad de público para participar de los dos extremos del espectáculo, el propietario lo vio pasar moviendo la cabeza. El resto de la gente lo observó con una especie de fervor.

La lancha zarpó en seguida. El negro iba en el techo, amarrado de pies y manos a un tambor de petróleo. Cuando la lancha dio la vuelta en la mitad del río y pitó por última vez, la espalda del negro lanzó un destello.

—Pobre hombre —murmuró Ana.

—Criminales —dijo alguien cerca de ella—. Un ser humano no puede aguantar tanto sol.

Dámaso localizó la voz en una mujer extraordinariamente gorda, y empezó a moverse hacia la plaza.

—Hablas mucho —susurró al oído de Ana—. Lo único que falta es que te pongas a gritar el cuento.

Ella lo acompañó hasta la puerta del billar.

—Por lo menos anda a cambiarte —le dijo al abandonarlo—. Pareces un pordiosero.

La novedad había llevado al salón una clientela alborotada. Tratando de atender a todos, don Roque servía a varias mesas al mismo tiempo. Dámaso esperó a que pasara junto a él.

—¿Quiere que lo ayude?

Don Roque le puso enfrente media docena de botellas de cerveza con los vasos embocados en el cuello.

—Gracias, hijo.

Dámaso llevó las botellas a la mesa. Tomó varios pedidos, y siguió trayendo y llevando botellas, hasta que la clientela se fue a almorzar. Por la madrugada, cuando volvió al cuarto, Ana comprendió que había estado bebiendo. Le cogió la mano y se la puso en el vientre de ella.

—Tienta aquí —le dijo—. ¿No sientes?

Dámaso no dio ninguna muestra de entusiasmo.

—Ya está vivo —dijo Ana—. Se pasa la noche dándome pataditas por dentro.

Pero él no reaccionó. Concentrado en si mismo, salió al día siguiente muy temprano y no volvió hasta la medianoche. Así transcurrió la semana. En los escasos momentos que pasaba en la casa, fumando acostado, esquivaba la conversación. Ana extremó su solicitud. En cierta ocasión, al principio de su vida en común, él se había comportado de igual modo, y entonces ella no lo conocía tanto corno para no intervenir. Acaballado sobre ella en la cama, Dámaso la había golpeado hasta hacerla sangrar.

Esta vez esperó. Por la noche ponía junto a la lámpara una cajetilla de cigarrillos, sabiendo que él era capaz de soportar el hambre y la sed, pero no la necesidad de fumar. Por fin, a mediados de julio, Dámaso regresó al cuarto al atardecer. Ana se inquietó, pensando que él debía estar muy aturdido cuando venía a buscarla a esa hora. Comieron sin hablar. Pero antes de acostarse, Dámaso estaba ofuscado y blando, y dijo espontáneamente:

—Me quiero ir.

—¿Para dónde?

—Para cualquier parte.

Ana examinó el cuarto. Las carátulas de revistas que ella misma había recortado y pegado en las paredes hasta empapelarlas por completo con litografías de actores de cine, estaban gastadas y sin color. Había perdido la cuenta de los hombres que paulatinamente, de tanto mirarlos desde la cama, se habían ido llevando esos colores.

—Estás aburrido conmigo —dijo.

—No es eso —dijo Dámaso—. Es este pueblo.

—Es un pueblo como todos.

—No se pueden vender las bolas.

—Deja esas bolas tranquilas —dijo Ana—. Mientras Dios me dé fuerzas para aporrear ropa no tendrás que andar aventurando. —Y agregó suavemente después de una pausa:— No sé cómo se te ocurrió meterte en eso.

Dámaso terminó el cigarrillo antes de hablar.

—Era tan fácil que no me explico cómo no se le ocurrió a nadie —dijo.

—Por la plata —admitió Ana—. Pero nadie hubiera sido tan bruto de traerse las bolas.

—Fue sin pensarlo —dijo Dámaso—. Ya me venía cuando las vi detrás del mostrador, metidas en su cajita, y pensé que era mucho trabajo para venirme con las manos vacías.

—La mala hora —dijo Ana.

Dámaso experimentaba una sensación de alivio.

—Y mientras tanto no llegan las nuevas —dijo—. Mandaron decir que ahora son más caras y don Roque dice que así no es negocio. —Encendió otro cigarrillo, y mientras hablaba sentía que su corazón se iba desocupando de una materia oscura.

Contó que el propietario había decidido vender la mesa de billar. No valía mucho. El paño roto por las audacias de los aprendices había sido remendado con cuadros de diferentes colores y era necesario cambiarlo por completo. Mientras tanto, los clientes del salón, que habían envejecido en torno al billar, no tenían ahora más diversión que las transmisiones del campeonato de béisbol.

—Total —concluyó Dámaso—, que sin quererlo nos tiramos al pueblo.

—Sin ninguna gracia —dijo Ana.

—La semana entrante se acaba el campeonato —dijo Dámaso.

—Y eso no es lo peor. Lo peor es el negro.

Acostada en su hombro, como en los primeros tiempos, sabía en qué estaba pensando su marido. Esperó a que terminara el cigarrillo. Después, con voz cautelosa, dijo:

—Dámaso.

—¿Qué pasa?

Devuélvelas.

Él encendió otro cigarrillo.

—Eso es lo que estoy pensando hace días —dijo—. Pero la vaina es que no encuentro cómo.

Así que decidieron abandonar las bolas en un lugar público. Ana pensó luego que eso resolvía el problema del salón de billar, pero dejaba pendiente el del negro. La policía habría podido interpretar el hallazgo de muchos modos sin absolverlo. No descartaba tampoco el riesgo de que las bolas fueran encontradas por alguien que en vez de devolverlas se quedara con ellas para negociarlas.

—Ya que se van a hacer las cosas —concluyó Ana—, es mejor hacerlas bien hechas.

Desenterraron las bolas. Ana las envolvió en periódicos, cuidando de que el envoltorio no revelara la forma del contenido, y las guardó en el baúl.

—Es cosa de esperar una ocasión —dijo.

Pero en espera de la ocasión transcurrieron dos semanas. La noche del 20 de agosto —dos meses después del asalto— Dámaso encontró a don Roque sentado detrás del mostrador, sacudiéndose los zancudos con un abanico de palma. Su soledad parecía más intensa con la radio apagada.

—Te lo dije —exclamó don Roque con un cierto alborozo por el pronóstico cumplido—. Esto se fue al carajo.

Dámaso puso una moneda en el tocadiscos automático. El volumen de la música y el sistema de colores del aparato le parecieron una ruidosa prueba de su lealtad. Pero tuvo la impresión de que don Roque no lo advirtió. Entonces acercó un asiento y trató de consolarlo con argumentos ofuscados que el propietario trituraba sin emoción, al compás negligente de su abanico.

—No hay nada que hacer —decía—. El campeonato de béisbol no podía durar toda la vida.

—Pero pueden aparecer las bolas.

—No aparecerán.

—El negro no pudo habérselas comido.

—La policía buscó por todas partes —dijo don Roque con una certidumbre desesperante—. Las echó al rio.

—Puede suceder un milagro.

—Déjate de ilusiones, hijo —replicó don Roque—. Las desgracias son como un caracol. ¿Tú crees en los milagros?

—A veces —dijo Dámaso.

Cuando abandonó el establecimiento aún no habían salido del cine. Los diálogos enormes y rotos del parlante resonaban en el pueblo apagado, y en las pocas casas que permanecían abiertas había algo de provisional. Dámaso erró un momento por los lados del cine. Después fue al salón de baile.

La banda tocaba por un solo cliente que bailaba con dos mujeres al tiempo. Las otras, juiciosamente sentadas contra la pared, parecían a la espera de una carta. Dámaso ocupó una mesa, hizo señal al cantinero de que le sirviera una cerveza, y la bebió en la botella con breves pausas para respirar, observando como a través de un vidrio al hombre que bailaba con las dos mujeres. Era más pequeño que ellas.

A la medianoche llegaron las mujeres que estaban en el cine, perseguidas por un grupo de hombres. La amiga de Dámaso, que hacía parte del grupo, abandonó a los otros y se sentó a su mesa.

Dámaso no la miró. Se había tomado media docena de cervezas y continuaba con la vista, fija en el hombre que ahora bailaba con tres mujeres, pero sin ocuparse de ellas, divertido con las filigranas de sus propios pies. Parecía feliz, y era evidente que habría sido aún más feliz si además de las piernas y los brazos hubiera tenido una cola.

—No me gusta ese tipo —dijo Dámaso.

—Entonces no lo mires —dijo la muchacha.

Pidió un trago al cantinero. La pista empezó a llenarse de parejas, pero el hombre de las tres mujeres siguió sintiéndose solo en el salón. En una vuelta se encontró con la mirada de Dámaso, imprimió mayor dinamismo a su baile, y le mostró en una sonrisa sus dientecillos de conejo. Dámaso sostuvo la mirada sin parpadear, hasta que el hombre se puso serio y le volvió la espalda.

—Se cree muy alegre —dijo Dámaso.

—Es muy alegre —dijo la muchacha—. Siempre que viene al pueblo coge la música por su cuenta, como todos los agentes viajeros.

Dámaso volvió hacia ella los ojos desviados.

—Entonces vete con él —dijo—. Donde comen tres comen cuatro.

Sin replicar, ella apartó la cara hacia la pista de baile, tomando el trago a sorbos lentos. El traje amarillo pálido acentuaba su timidez.

Bailaron la tanda siguiente. Al final, Dámaso estaba denso.

—Me estoy muriendo de hambre —dijo la muchacha, llevándolo por el brazo hacia el mostrador—. Tú también tienes que comer. —El hombre alegre venía con las tres mujeres en sentido contrario.

—Oiga —le dijo Dámaso.

El hombre le sonrió sin detenerse. Dámaso se soltó del brazo de su compañera y le cerró el paso.

—No me gustan sus dientes.

El hombre palideció, pero seguía sonriendo.

—A mí tampoco —dijo.

Antes de que la muchacha pudiera impedirlo, Dámaso le descargó un puñetazo en la cara y el hombre cayó sentado en el centro de la pista. Ningún cliente intervino. Las tres mujeres abrazaron a Dámaso por la cintura, gritando, mientras su compañera lo empujaba hacia el fondo del salón. El hombre se incorporaba con la cara descompuesta por la impresión. Saltó como un mono en el centro de la pista y gritó:

—¡Que siga la música!

Hacia las dos, el salón estaba casi vacío, y las mujeres sin clientes empezaron a comer. Hacía calor. La muchacha llevó a la mesa un plato de arroz con frijoles y carne frita, y comió todo con una cuchara. Dámaso la miraba con una especie de estupor. Ella tendió hacia él una cucharada de arroz.

—Abre la boca.

Dámaso apoyó el mentón en el pecho y sacudió la cabeza.

—Eso es para las mujeres —dijo—. Los machos no comemos.

Tuvo que apoyar las manos en la mesa para levantarse. Cuando recobró el equilibrio el cantinero estaba cruzado de brazos frente a él.

—Son nueve con ochenta —dijo—. Este convento no es del gobierno.

Dámaso lo apartó.

—No me gustan los maricas —dijo.

El cantinero lo agarró por la manga, pero a una señal de la muchacha lo dejó pasar, diciendo:

—Pues no sabes lo que te pierdes.

Dámaso salió dando tumbos. El brillo misterioso del río bajo la luna abrió una hendija de lucidez en su cerebro. Pero se cerró en seguida. Cuando vio la puerta de su cuarto, al otro lado del pueblo, Dámaso tuvo la certidumbre de haber dormido caminando. Sacudió la cabeza. De un modo confuso pero urgente se dio cuenta de que a partir de ese instante tenía que vigilar cada uno de sus movimientos. Empujó la puerta con cuidado para impedir que crujieran los goznes.

Ana lo sintió registrando el baúl. Se volteó contra la pared para evitar la luz de la lámpara, pero luego se dio cuenta de que su marido no se estaba desvistiendo. Un golpe de clarividencia la sentó en la cama. Dámaso estaba junto al baúl, con el envoltorio de las bolas y la linterna en la mano.

Se puso el índice en los labios.

Ana saltó de la cama. —Estás loco —susurró corriendo hacia la puerta. Rápidamente pasó la tranca. Dámaso se guardó la linterna en el bolsillo del pantalón junto con el cuchillito y la lima afilada, y avanzó hacia ella con el envoltorio apretado bajo el brazo. Ana apoyó la espalda contra la puerta.

—De aquí no sales mientras yo esté viva —murmuró.

Dámaso trató de apartarla.

—Quítate —dijo.

Ana se agarró con las dos manos al marco de la puerta. Se miraron a los ojos sin parpadear.

—Eres un burro —murmuró Ana—. Lo que Dios te dio en ojos te lo quitó en sesos.

Dámaso la agarró por el cabello, torció la muñeca y le hizo bajar la cabeza, diciendo con los dientes apretados:

—Te dije que te quitaras.

Ana lo miró de lado con el ojo torcido como el de un buey bajo el yugo. Por un momento se sintió invulnerable al dolor, y más fuerte que su marido, pero él siguió torciéndole el cabello hasta que se le atragantaron las lágrimas.

—Me vas a matar el muchacho en la barriga dijo.

Dámaso la llevó casi en vilo hasta la cama. Al sentirse libre, ella le saltó por la espalda, lo trabó con las piernas y los brazos, y ambos cayeron en la cama. Habían empezado a perder fuerzas por la sofocación.

—Grito —susurró Ana contra su oído—. Si te mueves me pongo a gritar.

Dámaso bufó en una cólera sorda, golpeándole las rodillas con el envoltorio de las bolas. Ana lanzó un quejido y aflojó las piernas, pero volvió a abrazarse a su cintura para impedirle que llegara a la puerta. Entonces empezó a suplicar.

—Te prometo que yo misma las llevo mañana —decía—. Las pondré sin que nadie se dé cuenta.

Cada vez más cerca de la puerta, Dámaso le golpeaba las manos con las bolas. Ella lo soltaba por momentos mientras pasaba el dolor. Después lo abrazaba de nuevo y seguía suplicando.

—Puedo decir que fui yo —decía—. Así como estoy no pueden meterme en el cepo.

Dámaso se liberó.

—Te va a ver todo el pueblo —dijo Ana—. Eres tan bruto que no te das cuenta que hay luna clara. —Volvió a abrazarlo antes de que acabara de quitar la tranca. Entonces, con los ojos cerrados, lo golpeó en el cuello y en la cara, casi gritando:— Animal, animal. —Dámaso trató de protegerse, y ella se abrazó a la tranca y se la arrebató de las manos. Le lanzó un golpe a la cabeza. Dámaso lo esquivó, y la tranca sonó en el hueso de su hombro como un cristal.

—Puta —gritó.

En ese momento no se preocupaba por no hacer ruido. La golpeó en la oreja con el revés del puño, y sintió el quejido profundo y el denso impacto del cuerpo contra la pared, pero no miró. Salió del cuarto sin cerrar la puerta.

Ana permaneció en el suelo, aturdida por el dolor, y esperó que algo ocurriera en su vientre. Del otro lado de la pared la llamaron con una voz que parecía de una persona enterrada. Se mordió los labios para no llorar. Después se puso en pie y se vistió. No pensó —como no lo había pensado la primera vez— que Dámaso estaba aún frente al cuarto, diciéndole que el plan había fracasado, y en espera de que ella saliera dando gritos. Pero Ana cometió el mismo error por segunda vez: en lugar de perseguir a su marido, se puso los zapatos, ajustó la puerta y se sentó en la cama a esperar.

Solo cuando se ajustó la puerta comprendió Dámaso que no podía retroceder. Un alboroto de perros lo persiguió hasta el final de la calle, pero después hubo un silencio espectral. Eludió los andenes, tratando de escapar a sus propios pasos, que sonaban grandes y ajenos en el pueblo dormido. No tuvo ninguna precaución mientras no estuvo en el solar baldío, frente a la puerta falsa del salón de billar.

Esta vez no tuvo, que servirse de la linterna. La puerta solo había sido reforzada en el sitio de la argolla violada. Habían sacado un pedazo de madera del tamaño y la forma de un ladrillo, lo habían reemplazado por madera nueva, y habían vuelto a poner la misma argolla. El resto era igual. Dámaso tiró del candado con la mano izquierda, metió el cabo de la lima en la raíz de la argolla que no había sido reforzada, y movió la lima varias veces como una barra de automóvil, con fuerza pero sin violencia, hasta cuando la madera cedió en una quejumbrosa explosión de migajas podridas. Antes de empujar la puerta levantó la hoja desnivelada para amortiguar el rozamiento en los ladrillos del piso. La entreabrió apenas. Por último se quitó los zapatos, los deslizó en el interior junto con el paquete de las bolas, y entró santiguándose en el salón anegado de luna.

En primer término había un callejón oscuro atiborrado de botellas y cajones vacíos. Más allá, bajo el chorro de luna de la claraboya vidriada, estaba la mesa de billar, y luego el revés de los armarios, y al final las mesitas y las sillas parapetadas contra el revés de la puerta principal. Todo era igual a la primera vez, salvo el chorro de luna y la nitidez del silencio. Dámaso, que hasta ese momento había tenido que sobreponerse a la tensión de los nervios, experimentó una rara fascinación.

Esta vez no se cuidó de los ladrillos sueltos. Ajustó la puerta con los zapatos y después de atravesar el chorro de luna encendió la linterna para buscar la cajita de las bolas detrás del mostrador. Actuaba sin prevención. Moviendo la linterna de izquierda a derecha vio un montón de frascos polvorientos, un par de estribos con espuelas, una camisa enrollada y sucia de aceite de motor, y luego la cajita de las bolas en el mismo lugar en que la había dejado. Pero no detuvo el haz de luz hasta el final. Allí estaba el gato.

El animal lo miró sin misterio a través de la luz. Dámaso lo siguió enfocando hasta que recordó con ligero escalofrío que nunca lo había visto en el salón durante el día. Movió la linterna hacia adelante, diciendo: «Zape», pero el animal permaneció impasible. Entonces hubo una especie de detonación silenciosa dentro de su cabeza y el gato desapareció por completo de su memoria. Cuando comprendió lo que estaba pasando, ya había soltado la linterna y apretaba el paquete de las bolas contra el pecho. El salón estaba iluminado.

—¡Epa!

Reconoció la voz de don Roque. Se enderezó lentamente, sintiendo un cansancio terrible en los riñones. Don Roque avanzaba desde el fondo del salón, en calzoncillos y con una barra de hierro en la mano, todavía ofuscado por la claridad. Había una hamaca colgada detrás de las botellas y los cajones vacíos, muy cerca de donde había pasado Dámaso al entrar. También eso era distinto a la primera vez.

Cuando estuvo a menos de diez metros, don Roque dio un saltito y se puso en guardia. Dámaso escondió la mano con el paquete. Don Roque frunció la nariz, avanzando la cabeza, para reconocerlo sin los anteojos.

—Muchacho —exclamó.

Dámaso sintió como si algo infinito hubiera por fin terminado. Don Roque bajó la baria y se acercó con la boca abierta. Sin lentes y sin la dentadura postiza parecía una mujer.

—¿Qué haces aquí?

—Nada —dijo Dámaso.

Cambió de posición con un imperceptible movimiento del cuerpo.

—¿Qué llevas ahí? —preguntó don Roque. Dámaso retrocedió.

—Nada —dijo.

Don Roque se puso rojo y empezó a temblar.

—Qué llevas ahí —gritó, dando un paso hacia adelante con la barra levantada. Dámaso le dio el paquete. Don Roque lo recibió con la mano izquierda, sin descuidar la guardia, y lo examinó con los dedos. Solo entonces comprendió.

—No puede ser —dijo.

Estaba tan perplejo, que puso la barra sobre el mostrador y pareció olvidarse de Dámaso mientras abría el paquete. Contempló las bolas en silencio.

—Venía a ponerlas otra vez —dijo Dámaso.

—Por supuesto —dijo don Roque.

Dámaso estaba lívido. El alcohol lo había abandonado por completo, y solo le quedaba un sedimento terroso en la lengua y una confusa sensación de soledad.

—Así que este era el milagro —dijo don Roque, cerrando el paquete—. No puedo creer que seas tan bruto. —Cuando levantó la cabeza había cambiado de expresión—. ¿Y los doscientos pesos?

—No había nada en la gaveta —dijo Dámaso.

Don Roque lo miró pensativo, masticando en el vacío, y después sonrió.

—No había nada —repitió varias veces—. De manera que no había nada. —Volvió a agarrar la barra, diciendo:

—Pues ahora mismo le vamos a echar ese cuento al alcalde.

Dámaso se secó en los pantalones el sudor de las manos.

—Usted sabe que no había nada.

Don Roque siguió sonriendo.

—Había doscientos pesos —dijo—. Y ahora te los van a sacar del pellejo, no tanto por ratero como por bruto.

LOS ASESINOS

Por ERNEST HEMINGWAY

La puerta del restaurante de Henry se abrió y entraron dos hombres que se sentaron al mostrador.

—¿Qué van a pedir? —les preguntó George.

—No sé —dijo uno de ellos—. ¿Tú qué tienes ganas de comer, Al?

—Qué sé yo —respondió Al—, no sé.

Afuera estaba oscureciendo. Las luces de la calle entraban por la ventana. Los dos hombres leían el menú. Desde el otro extremo del mostrador, Nick Adams, quien había estado conversando con George cuando ellos entraron, los observaba.

—Yo voy a pedir costillitas de cerdo con salsa de manzanas y puré de papas —dijo el primero.

—Todavía no está listo.

—¿Entonces para qué carajo lo pones en la carta?

—Esa es la cena —le explicó George—. Puede pedirse a partir de las seis.

George miró el reloj en la pared de atrás del mostrador.

—Son las cinco.

—El reloj marca las cinco y veinte —dijo el segundo hombre.

—Adelanta veinte minutos.

—Bah, a la mierda con el reloj —exclamó el primero—. ¿Qué tienes para comer?

—Puedo ofrecerles cualquier variedad de sándwiches —dijo George—, jamón con huevos, tocineta con huevos, hígado y tocineta, o un bisté.

—A mí dame suprema de pollo con arvejas y salsa blanca y puré de papas.

—Esa es la cena.

—¿Será posible que todo lo que pidamos sea la cena?

—Puedo ofrecerles jamón con huevos, tocineta con huevos, hígado…

—Jamón con huevos —dijo el que se llamaba Al. Vestía un sombrero hongo y un sobretodo negro abrochado. Su cara era blanca y pequeña, sus labios angostos. Llevaba una bufanda de seda y guantes.

—Dame tocineta con huevos —dijo el otro. Era más o menos de la misma talla que Al. Aunque de cara no se parecían, vestían como gemelos. Ambos llevaban sobretodos demasiado ajustados para ellos. Estaban sentados, inclinados hacia adelante, con los codos sobre el mostrador.

—¿Hay algo para tomar? —preguntó Al.

—Gaseosa de jengibre, cerveza sin alcohol y otras bebidas gaseosas —enumeró George.

—Dije si tienes algo para tomar.

—Sólo lo que nombré.

—Es un pueblo caluroso este, ¿no? —dijo el otro—. ¿Cómo se llama?

—Summit.

—¿Alguna vez lo oíste nombrar? —preguntó Al a su amigo.

—No —le contestó este.

—¿Qué hacen acá a la noche? —preguntó Al.

—Cenan —dijo su amigo—. Vienen acá y cenan de lo lindo.

—Así es —dijo George.

—¿Así que crees que así es? —Al le preguntó a George.

—Seguro.

—Así que eres un chico vivo, ¿no?

—Seguro —respondió George.

—Pues no lo eres —dijo el otro hombrecito—. ¿No es cierto, Al?

—Se quedó mudo —dijo Al. Giró hacia Nick y le preguntó—: ¿Cómo te llamas?

—Adams.

—Otro chico vivo —dijo Al—. ¿No es vivo, Max?

—El pueblo está lleno de chicos vivos —respondió Max.

George puso las dos bandejas, una de jamón con huevos y la otra de tocineta con huevos, sobre el mostrador. También trajo dos platos de papas fritas y cerró la portezuela de la cocina.

—¿Cuál es el suyo? —le preguntó a Al.

—¿No te acuerdas?

—Jamón con huevos.

—Todo un chico vivo —dijo Max. Se acercó y tomó el jamón con huevos. Ambos comían con los guantes puestos. George los observaba.

—¿Qué miras? —dijo Max mirando a George.

—Nada.

—Cómo que nada. Me estabas mirando a mí.

—En una de esas lo hacía en broma, Max —intervino Al.

George se río.

—Tú no te rías —lo cortó Max—. No tienes nada de qué reírte, ¿entiendes?

—Está bien —dijo George.

—Así que piensas que está bien —Max miró a Al—. Piensa que está bien. Esa sí que está buena.

—Ah, piensa —dijo Al. Siguieron comiendo.

—¿Cómo se llama el chico vivo ese que está en la punta del mostrador? —le preguntó Al a Max.

—Ey, chico vivo —llamó Max a Nick—, anda con tu amigo del otro lado del mostrador.

—¿Por? —preguntó Nick.

—Porque sí.

—Mejor pasa del otro lado, chico vivo —dijo Al. Nick pasó para el otro lado del mostrador.

—¿Qué se proponen? —preguntó George.

—Nada que te importe —respondió Al—. ¿Quién está en la cocina?

—El negro.

—¿El negro? ¿Cómo el negro?

—El negro que cocina.

—Dile que venga.

—¿Qué se proponen?

—Dile que venga.

—¿Dónde se creen que están?

—Sabemos muy bien dónde estamos —dijo el que se llamaba Max—. ¿Parecemos tontos acaso?

—Por lo que dices, parecería que sí —le dijo Al—. ¿Qué tienes que ponerte a discutir con este chico? —y luego a George—: Escucha, dile al negro que venga acá.

—¿Qué le van a hacer?

—Nada. Piensa un poco, chico vivo. ¿Qué le haríamos a un negro?

George abrió la portezuela de la cocina y llamó:

—Sam, ven un minutito.

El negro abrió la puerta de la cocina y salió.

—¿Qué pasa? —preguntó. Los dos hombres lo miraron desde el mostrador.

—Muy bien, negro —dijo Al—. Quédate ahí.

El negro Sam, con el delantal puesto, miró a los hombres sentados al mostrador:

—Sí, señor —dijo. Al bajó de su taburete.

—Voy a la cocina con el negro y el chico vivo —dijo—. Vuelve a la cocina, negro. Tú también, chico vivo.

El hombrecito entró a la cocina después de Nick y Sam, el cocinero. La puerta se cerró detrás de ellos. El que se llamaba Max se sentó al mostrador frente a George. No lo miraba a George sino al espejo que había tras el mostrador. Antes de ser un restaurante, el lugar había sido una taberna.

—Bueno, chico vivo —dijo Max con la vista en el espejo—. ¿Por qué no dices algo?

—¿De qué se trata todo esto?

—Ey, Al —gritó Max—. Acá este chico vivo quiere saber de qué se trata todo esto.

—¿Por qué no le cuentas? —se oyó la voz de Al desde la cocina.

—¿De qué crees que se trata?

—No sé.

—¿Qué piensas?

Mientras hablaba, Max miraba todo el tiempo al espejo.

—No lo diría.

—Ey, Al, acá el chico vivo dice que no diría lo que piensa.

—Está bien, puedo oírte —dijo Al desde la cocina, que con una botella de kétchup mantenía abierta la ventanilla por la que se pasaban los platos—. Escúchame, chico vivo —le dijo a George desde la cocina—, aléjate de la barra. Tú, Max, córrete un poquito a la izquierda —parecía un fotógrafo dando indicaciones para una toma grupal.

—Dime, chico vivo —dijo Max—. ¿Qué piensas que va a pasar?

George no respondió.

—Yo te voy a contar —siguió Max—. Vamos a matar a un sueco. ¿Conoces a un sueco grandote que se llama Ole Andreson?

—Sí.

—Viene a comer todas las noches, ¿no?

—A veces.

—A las seis en punto, ¿no?

—Si viene.

—Ya sabemos, chico vivo —dijo Max—. Hablemos de otra cosa. ¿Vas al cine?

—De vez en cuando.

—Tendrías que ir más seguido. Para alguien tan vivo como tú, está bueno ir al cine.

—¿Por qué van a matar a Ole Andreson? ¿Qué les hizo?

—Nunca tuvo la oportunidad de hacernos algo. Jamás nos vio.

—Y nos va a ver una sola vez —dijo Al desde la cocina.

—¿Entonces por qué lo van a matar? —preguntó George.

—Lo hacemos para un amigo. Es un favor, chico vivo.

—Cállate —dijo Al desde la cocina—. Hablas demasiado.

—Bueno, tengo que divertir al chico vivo, ¿no, chico vivo?

—Hablas demasiado —dijo Al—. El negro y mi chico vivo se divierten solos. Los tengo atados como una pareja de amigas en el convento.

—¿Tengo que suponer que estuviste en un convento?

—Uno nunca sabe.

—En un convento judío. Ahí estuviste tú.

George miró el reloj.

—Si viene alguien, dile que el cocinero salió. Si después de eso se queda, le dices que cocinas tú. ¿Entiendes, chico vivo?

—Sí —dijo George—. ¿Qué nos harán después?

—Depende —respondió Max—. Esa es una de las cosas que uno nunca sabe en el momento.

George miró el reloj. Eran las seis y cuarto. La puerta de la calle se abrió y entró un conductor de tranvías.

—Hola, George —saludó—. ¿Me sirves la cena?

—Sam salió —dijo George—. Volverá en alrededor de una hora y media.

—Mejor voy a la otra cuadra —dijo el chofer. George miró el reloj. Eran las seis y veinte.

—Estuviste bien, chico vivo —le dijo Max—. Eres un verdadero caballero.

—Sabía que le volaría la cabeza —dijo Al desde la cocina.

—No —dijo Max—, no es eso. Lo que pasa es que es simpático. Me gusta el chico vivo.

A las siete menos cinco George habló:

—Ya no viene.

Otras dos personas habían entrado al restaurante. En una oportunidad George fue a la cocina y preparó un sándwich de jamón con huevos "para llevar", como había pedido el cliente. En la cocina vio a Al, con su sombrero hongo hacia atrás, sentado en un taburete junto a la portezuela con el cañón de un arma recortada apoyado en un saliente. Nick y el cocinero estaban amarrados espalda con espalda con sendas toallas en las bocas. George preparó el pedido, lo envolvió en papel manteca, lo puso en una bolsa y lo entregó. El cliente pagó y salió.

—El chico vivo puede hacer de todo —dijo Max—. Cocina y hace de todo. Harías de alguna chica una linda esposa, chico vivo.

—¿Sí? —dijo George—. Su amigo, Ole Andreson, no va a venir.

—Le vamos a dar otros diez minutos —repuso Max.

Max miró el espejo y el reloj. Las agujas marcaban las siete en punto, y luego siete y cinco.

—Vamos, Al —dijo Max—. Mejor nos vamos de acá. Ya no viene.

—Mejor esperamos otros cinco minutos —dijo Al desde la cocina.

En ese lapso entró un hombre, y George le explicó que el cocinero estaba enfermo.

—¿Por qué carajo no consigues otro cocinero? —lo increpó el hombre—. ¿Acaso no es un restaurante esto? —luego se marchó.

—Vamos, Al —insistió Max.

—¿Qué hacemos con los dos chicos vivos y el negro?

—No va a haber problemas con ellos.

—¿Estás seguro?

—Sí, ya no tenemos nada que hacer acá.

—No me gusta nada —dijo Al—. Es imprudente, tú hablas demasiado.

—Uh, ¿qué te pasa? —replicó Max—. Tenemos que entretenernos de alguna manera, ¿no?

—Igual hablas demasiado —insistió Al. Este salió de la cocina, la recortada le formaba un ligero bulto en la cintura, bajo el sobretodo demasiado ajustado que se arregló con las manos enguantadas.

—Adiós, chico vivo —le dijo a George—. La verdad es que tuviste suerte.

—Cierto —agregó Max—, deberías apostar en las carreras, chico vivo.

Los dos hombres se retiraron. George, a través de la ventana, los vio pasar bajo el farol de la esquina y cruzar la calle. Con sus sobretodos ajustados y esos sombreros hongos parecían dos artistas de variedades. George volvió a la cocina y desató a Nick y al cocinero.

—No quiero que esto vuelva a pasarme —dijo Sam—. No quiero que vuelva a pasarme.

Nick se incorporó. Nunca antes había tenido una toalla en la boca.

—¿Qué carajo...? —dijo, pretendiendo seguridad.

—Querían matar a Ole Andreson —les contó George—. Lo iban a matar de un tiro ni bien entrara a comer.

—¿A Ole Andreson?

—Sí, a él.

El cocinero se palpó los ángulos de la boca con los pulgares.

—¿Ya se fueron? —preguntó.

—Sí —respondió George—, ya se fueron.

—No me gusta —dijo el cocinero—. No me gusta para nada.

—Escucha —George se dirigió a Nick—. Tendrías que ir a ver a Ole Andreson.

—Está bien.

—Mejor que no tengas nada que ver con esto —le sugirió Sam, el cocinero—. No te conviene meterte.

—Si no quieres, no vayas —dijo George.

—No vas a ganar nada involucrándote en esto —siguió el cocinero—. Mantente al margen.

—Voy a ir a verlo —dijo Nick—. ¿Dónde vive?

El cocinero se alejó.

—Los jóvenes siempre saben qué es lo que quieren hacer —dijo.

—Vive en la pensión Hirsch —George le informó a Nick.

—Voy para allá.

Afuera, las luces de la calle brillaban por entre las ramas de un árbol desnudo de follaje. Nick caminó por el costado de la calzada y, a la altura del siguiente poste de luz, tomó por una calle lateral. La pensión Hirsch se hallaba a tres casas. Nick subió los escalones y tocó el timbre. Una mujer apareció en la entrada.

—¿Está Ole Andreson?

—¿Quieres verlo?

—Sí, si está.

Nick siguió a la mujer hasta un descanso de la escalera y luego al final de un pasillo. Ella llamó a la puerta.

—¿Quién es?

—Alguien que viene a verlo, señor Andreson —respondió la mujer.

—Soy Nick Adams.

—Pasa.

Nick abrió la puerta e ingresó al cuarto. Ole Andreson yacía en la cama con la ropa puesta. Había sido boxeador peso pesado y la cama le quedaba chica. Estaba acostado con la cabeza sobre dos almohadas. No miró a Nick.

—¿Qué pasa? —preguntó.

—Estaba en el negocio de Henry —comenzó Nick—, cuando dos tipos entraron y nos ataron a mí y al cocinero, y dijeron que iban a matarlo.

Sonó tonto decirlo. Ole Andreson no dijo nada.

—Nos metieron en la cocina —continuó Nick—. Iban a dispararle apenas entrara a cenar.

Ole Andreson miró a la pared y siguió sin decir palabra.

—George creyó que lo mejor era que yo viniera y le contase.

—No hay nada que yo pueda hacer —Ole Andreson dijo finalmente.

—Le voy a decir cómo eran.

—No quiero saber cómo eran —dijo Ole Andreson. Volvió a mirar hacia la pared—: Gracias por venir a avisarme.

—No es nada.

Nick miró al grandote que yacía en la cama.

—¿No quiere que vaya a la policía?

—No —dijo Ole Andreson—. No sería buena idea.

—¿No hay nada que yo pueda hacer?

—No. No hay nada que hacer.

—Tal vez no lo dijeron en serio.

—No. Lo decían en serio.

Ole Andreson volteó hacia la pared.

—Lo que pasa —dijo hablándole a la pared— es que no me decido a salir. Me quedé todo el día acá.

—¿No podría escapar de la ciudad?

—No —dijo Ole Andreson—. Estoy harto de escapar.

Seguía mirando a la pared.

—Ya no hay nada que hacer.

—¿No tiene ninguna manera de solucionarlo?

—No. Me equivoqué —seguía hablando monótonamente—. No hay nada que hacer. Dentro de un rato me voy a decidir a salir.

—Mejor vuelvo adonde George —dijo Nick.

—Chau —dijo Ole Andreson sin mirar hacia Nick—. Gracias por venir.

Nick se retiró. Mientras cerraba la puerta, vio a Ole Andreson totalmente vestido, tirado en la cama y mirando a la pared.

—Estuvo todo el día en su cuarto —le dijo la encargada cuando él bajó las escaleras—. No debe sentirse bien. Yo le dije: "Señor Andreson, debería salir a caminar en un día otoñal tan lindo como este", pero no tenía ganas.

—No quiere salir.

—Qué pena que se sienta mal —dijo la mujer—. Es un hombre buenísimo. Fue boxeador, ¿sabías?

—Sí, ya sabía.

—Uno no se daría cuenta salvo por su cara —dijo la mujer. Estaban junto a la puerta principal—. Es tan amable.

—Bueno, buenas noches, señora Hirsch —saludó Nick.

—Yo no soy la señora Hirsch —dijo la mujer—. Ella es la dueña. Yo me encargo del lugar. Yo soy la señora Bell.

—Bueno, buenas noches, señora Bell —dijo Nick.

—Buenas noches —dijo la mujer.

Nick caminó por la vereda a oscuras hasta la luz de la esquina, y luego por la calle hasta el restaurante. George estaba adentro, detrás del mostrador.

—¿Viste a Ole?

—Sí —respondió Nick—. Está en su cuarto y no va a salir.

El cocinero, al oír la voz de Nick, abrió la puerta desde la cocina.

—No pienso escuchar nada —dijo y volvió a cerrar la puerta de la cocina.

—¿Le contaste lo que pasó? —preguntó George.

—Sí. Le conté, pero él ya sabe de qué se trata.

—¿Qué va a hacer?

—Nada.

—Lo van a matar.

—Supongo que sí.

—Debe haberse metido en algún lío en Chicago.

—Supongo —dijo Nick.

—Es terrible.

—Horrible —dijo Nick.

Se quedaron callados. George se agachó a buscar un repasador y limpió el mostrador.

—Me pregunto qué habrá hecho —dijo Nick.

—Habrá traicionado a alguien. Por eso los matan.

—Me voy a ir de este pueblo —dijo Nick.

—Sí —dijo George—. Es lo mejor que puedes hacer.

—No soporto pensar que él espera en su cuarto y sabe lo que le pasará. Es realmente horrible.

—Bueno —dijo George—. Mejor deja de pensar en eso.

EL CRIMEN DE LA CINTA MÉTRICA

Por AGATHA CHRISTIE

Asiendo el llamador, la señorita Politt lo dejó caer sobre la puerta de la casita. Luego de un breve intervalo, llamó de nuevo. El paquete que llevaba bajo el brazo le resbaló un tanto al hacerlo, y tuvo que volver a colocarlo en su sitio. En aquel paquete llevaba el nuevo vestido de invierno de la señora Spenlow, de color verde, dispuesto para la prueba. De la mano izquierda de la señorita Politt pendía una bolsa de seda negra que contenía la cinta métrica, un acerico de alfileres y un par de tijeras grandes y prácticas.

La señorita Politt era alta y delgada, de nariz puntiaguda, labios finos y cabellos grises. Vaciló unos momentos antes de llamar por tercera vez. Mirando al final de la calle, vio una figura que se aproximaba rápidamente, y la señorita Hartnell, jovial y curtida, con sus cincuenta y cinco años, le gritó con su voz potente y grave:

—¡Buenas tardes, señorita Politt!

La modista respondió:

—Buenas tardes, señorita Hartnell —su voz era extremadamente suave y moderada. Había comenzado a trabajar como doncella en casa de una gran señora—. Perdóneme —prosiguió—, pero ¿sabe por casualidad si está en casa la señora Spenlow?

—No tengo la menor idea.

—Es bastante extraño que no conteste a mis llamadas. Esta tarde tenía que probarle el vestido. Me dijo que viniese a las tres y media.

La señorita Hartnell consultó su reloj de pulsera.

—Ahora es un poco más de la media —contestó.

—Sí. He llamado ya tres veces, pero no contesta nadie; por eso me preguntaba si no habría salido y habrá olvidado que tenía que venir yo. Por lo general no se olvida, y además quería estrenar el vestido pasado mañana.

La señorita Hartnell atravesó la puerta de la verja y llegó al jardín para reunirse con la señorita Politt.

—¿Y por qué no le ha abierto Gladys? —quiso saber—. Oh, no, claro, es jueves… es su día libre. Me figuro que la señora Spenlow se habrá quedado dormida. Me parece que no consigue usted hacer gran ruido con ese chisme.

Y alzando el llamador, lo descargó con todas sus fuerzas. Rat-tat-tat-tat. Y, además, golpeó la puerta con las manos. También gritó con voz estentórea:

—¡Eh! ¿No hay nadie ahí dentro?

No obtuvo respuesta.

—Oh, yo creo que la señora Spenlow debe de haberse olvidado y se habrá ido —murmuró la señorita Politt—. Volveré cualquier otro rato.

—Tonterías —replicó la señorita Hartnell con firmeza—. No puede haber salido. Yo la hubiera encontrado. Voy a echar un vistazo por las ventanas para ver si da señales de vida.

Y, riendo con su habitual buen humor para indicar que se trataba de una broma, miró superficialmente por la ventana más próxima, pues sabía que los señores Spenlow no utilizaban aquella habitación, ya que preferían la salita de la parte posterior.

A pesar de ser una mirada superficial, consiguió su objetivo. Es cierto que la señorita Hartnell no vio signos de vida. Al contrario, a través de la ventana distinguió a la señora Spenlow tendida sobre la alfombra… y muerta.

—Claro que —decía la señorita Hartnell contándolo después— procuré no perder la cabeza. Esa criatura, la señorita Politt, no hubiera sabido qué hacer. Tenemos que conservar la serenidad —le dije—. Usted quédese aquí y yo iré a buscar al alguacil Palk. Ella protestó diciendo que no quería quedarse sola, pero no le hice el menor caso. Hay que mantenerse firme con esa clase de personas. Les encanta armar alboroto. De modo que cuando iba a marcharme, en aquel preciso momento, el señor Spenlow doblaba la esquina de la casa.

La señorita Hartnell hizo una pausa significativa, permitiendo a su interlocutora que le preguntara impaciente:

—Dígame: ¿qué aspecto tenía?

La señorita Hartnell prosiguió:

—Con franqueza, ¡inmediatamente sospeché algo! Estaba demasiado tranquilo. No se sorprendió lo más mínimo. Y puede usted decir lo que quiera, pero no es natural que un hombre que oye decir que su mujer está muerta no exteriorice la menor emoción.

Todo el mundo tuvo que darle la razón.

La policía también. Y no tardaron en averiguar cuál era su situación después de la muerte de su esposa, descubriendo que ella era rica y que todo su dinero iría a parar a manos del viudo gracias a un testamento hecho a toda prisa poco después del matrimonio, cosa que despertó generales sospechas.

La señorita Marple, la solterona de rostro afable (y según algunos de lengua afilada), que vivía en la casa contigua a la rectoría, fue interrogada muy pronto… a la media hora del descubrimiento del crimen. El alguacil Palk, con una libreta de notas para datos, le dijo:

—Si no le molesta, señora, tengo que hacerle unas preguntas.

La señorita Marple repuso:

—¿Acerca del asesinato de la señora Spenlow?

Palk se sorprendió.

—¿Puedo preguntarle cómo se enteró de ello?

—Por el pescado.

La respuesta fue perfectamente inteligible para el alguacil, quien supuso con gran acierto que el repartidor del pescado le habría llevado la noticia al mismo tiempo que la merluza o las sardinas.

—Fue encontrada en el suelo de la sala estrangulada —continuó la señorita Marple—, posiblemente con un cinturón muy estrecho; pero, fuera lo que fuese, no ha aparecido.

—¿Cómo es posible que Fred se entere de todo…? —comenzó a decir Palk.

La señorita Marple lo interrumpió.

—Lleva un alfiler en la solapa.

Palk se miró el lugar indicado.

—Dicen: «Ver un alfiler y cogerlo, y todo el día tendrás buena suerte.»

—Espero que sea verdad. Y ahora dígame, ¿qué es lo que quería decirme?

El alguacil se aclaró la garganta y, con aire de importancia, consultó su libreta.

—El señor Arturo Spenlow, esposo de la interfecta, ha prestado declaración. El señor Spenlow dice que a las dos y media, según sus cálculos, le telefoneó la señorita Marple para pedirle que fuera a verla a las tres y cuarto, pues tenía precisión de consultarle algo. Dígame, señorita, ¿es cierto?

—Desde luego que no —repuso la señorita Marple.

—¿No telefoneó al señor Spenlow a las dos y media?

—Ni a esa hora ni a ninguna otra.

—¡Ah! —exclamó Palk, retorciéndose el bigote con satisfacción.

—¿Qué más dijo el señor Spenlow?

—Según su declaración, él vino aquí atendiendo a su llamada, y salió de su casa a las tres y diez, y que al llegar, la doncella le comunicó que la señorita Marple «no estaba en casa».

—Eso es cierto —replicó la solterona—. Él vino aquí, pero yo me encontraba en una reunión del Instituto Femenino.

—¡Ah! —volvió a exclamar Palk.

—Dígame, alguacil, ¿sospecha usted acaso que el señor Spenlow haya dado muerte a su esposa?

—No puedo asegurar nada en este momento, pero me da la impresión de que alguien, sin mencionar a nadie, se las quiere dar de muy listo.

—¿El señor Spenlow? —preguntó la señorita Marple, pensativa.

Le agradaba el señor Spenlow. Era un hombre delgado, de pequeña estatura, de hablar mesurado y convencional, y el colmo de la respetabilidad. Parecía extraño que hubiera ido a vivir al campo, pues era evidente que había pasado toda su vida en la ciudad, y confió sus razones a la señorita Marple.

—Desde joven tuve deseos de vivir en el campo —le dijo— y tener un jardín de mi propiedad. Siempre me gustaron mucho las flores. Ya sabe, mi esposa tenía una floristería. Es donde la vi por primera vez.

Un simple comentario, pero que dejaba adivinar el idilio: una señora Spenlow mucho más joven y hermosa, con un fondo de flores.

No obstante, el señor Spenlow, en realidad, no sabía nada acerca de las flores… ni de semillas, poda, época de plantación, etc. Solo tenía una imagen en su mente… la imagen de una casita con un jardín repleto de flores de brillantes colores y dulce aroma. Le pidió que le instruyera, y fue anotando en su libretita todas las respuestas de la señorita Marple.

Era un hombre de ademanes reposados. Y tal vez por eso la policía se interesó por él cuando su esposa fue encontrada asesinada. A fuerza de paciencia y perseverancia, averiguaron muchas cosas respecto a la difunta señora Spenlow… y pronto lo supo también todo Saint Mary Mead.

La finada señora Spenlow había comenzado su vida como camarera de una gran casa, que dejó para casarse con el segundo jardinero, y con él puso una tienda de flores en Londres. El negocio había prosperado, pero no así el jardinero, que al poco tiempo enfermó y murió. Su viuda llevó adelante la tienda y tuvo que ampliarla, pues no cesaba de prosperar. Luego la había traspasado a muy buen precio y volvió a embarcarse en un segundo matrimonio… con el señor Spenlow, un joyero de mediana edad que había heredado un negocio reducido y decadente. Poco después lo vendieron, yendo a vivir a Saint Mary Mead.

La señora Spenlow era una mujer bien educada. Los beneficios del establecimiento de flores los había invertido… «con ayuda de los espíritus», según explicaba a todo el mundo. Y estos le habían aconsejado con inesperado acierto.

Todas sus inversiones resultaron magníficas. Sin embargo, en vez de afianzarse en sus creencias «espiritistas», la señora Spenlow abandonó las sesiones y los médiums, y se entregó rápidamente, pero de corazón, a una oscura religión con afinidades indias que se basaba en varias formas de inspiraciones profundas. No obstante, cuando llegó a Saint Mary Mead, se adscribió temporalmente a la iglesia anglicana. Pasaba muchos ratos con el vicario y asistía a los oficios religiosos con asiduidad. Era parroquiana de los comercios de la localidad y jugaba al bridge en las reuniones.

Una vida monótona…, sencilla. Y de repente… el crimen.

El coronel Melchett, jefe de policía, había mandado llamar al inspector Slack.

Slack era un tipo positivista. Cuando tomaba una resolución, no se volvía atrás, y ahora estaba seguro de sus hipótesis.

—Fue el esposo quien la mató, señor —declaró.

—¿Usted cree?

—Estoy completamente seguro. Solo tiene que mirarlo. Es culpable como el mismo diablo. No demuestra la menor pena o emoción. Volvió a la casa sabiendo que su mujer estaba muerta.

—¿Y no hubiera intentado por lo menos representar el papel de marido desconsolado?

—Él no, señor. Está demasiado seguro de sí mismo. Algunos caballeros no saben fingir.

—¿Alguna otra mujer en su vida? —preguntó el coronel Melchett.

—No he podido dar con el rastro de ninguna. Claro que este hombre es muy listo. Sabe «despistar». Yo creo que estaba harto de su esposa. Ella tenía el dinero y me parece que era de carácter difícil de soportar. Así que, a sangre fría, decidió deshacerse de ella y vivir cómodamente solo y a sus anchas.

—Sí, supongo que puede haber sido ese el caso.

—Puede usted estar seguro de que fue así. Trazó sus planes con todo cuidado. Fingió una llamada telefónica…

Melchett lo interrumpió:

—¿No han podido comprobar la llamada?

—No, señor. Eso significa que, o bien han mentido, o que fue hecha desde un teléfono público. Los únicos teléfonos públicos del pueblo son el de la estación y el de Correos. Desde Correos no llamó. La señorita Blade ve a todo el que entra. En el de la estación, tal vez. Hay un tren que llega a las dos y veintisiete y a esa hora se ve bastante concurrida.

Pero lo principal es que él dice que fue la señorita Marple quien lo llamó, y eso, desde luego, no es cierto. La llamada no fue hecha desde su casa, y ella estaba en el Instituto Femenino.

—¿Y no habrá pasado por alto la posibilidad de que alguien quitara de en medio al marido… para poder asesinar a la señora Spenlow?

—Se refiere a Ted Gerard, ¿verdad? He estado investigando…, pero tropezamos con la falta de motivos. Él no iba a ganar nada. Sin embargo, es un indeseable. Y tiene un buen número de desfalcos en su haber.

—Es miembro del Grupo Oxford.

—No digo que no sea un equivocado. No obstante, él mismo fue a confesárselo a su patrón. Dijo que estaba arrepentido y comenzó a devolver el dinero. Y no digo que no fuera una artimaña… pudo pensar que sospechaban y decidir representar la comedia.

—Tiene usted una mentalidad muy escéptica, Slack —dijo el coronel Melchett—. A propósito, ¿ha hablado usted con la señorita Marple?

—¿Qué tiene ella que ver con esto, señor?

—Oh, nada. Pero ya sabe… oye cosas… ¿Por qué no va a charlar un rato con ella? Es una anciana muy inteligente.

Slack cambió de tema.

—Quería preguntarle una cosa, señor: en casa de Robert Abercrombie, donde la difunta trabajaba, hubo un robo de esmeraldas… que valían una fortuna. No aparecieron. He estado calculando… y debió ser cuando estaba allí la señora Spenlow, aunque entonces sería casi una niña. ¿No creerá que estuviera complicada en el robo, verdad, señor? Spenlow, como ya sabe, era uno de esos joyeros de vía estrecha…

—No creo que tuviera nada que ver —repuso Melchett meneando la cabeza—. Entonces ni siquiera conocía a Spenlow. Recuerdo el caso. La opinión policíaca fue que el hijo de la casa, Jim Abercrombie, estaba mezclado en el asunto… Era un joven muy gastador. Tenía un montón de deudas, que pagó precisamente después de ocurrido el robo… El viejo Abercrombie dificultó un poco las cosas… y quiso distraer la atención de la policía.

—Era solo una idea, señor —dijo Slack.

La señorita Marple recibió al inspector Slack con satisfacción, sobre todo al saber que lo enviaba el coronel Melchett.

—Vaya, la verdad, el coronel Melchett es muy amable. No sabía que me recordaba.

—Me indicó el coronel que viniera a verla, pues, sin duda, sabía todo lo que ocurre en Saint Mary Mead, que valga la pena.

—Es muy amable, pero la verdad es que no sé nada en absoluto. Quiero decir, con respecto a este crimen.

—Pero sabe lo que se murmura.

—Oh, claro…, pero no va una a repetir simples habladurías.

—Esta no es una conversación oficial —dijo Slack queriendo animarla—, sino una charla en confianza, por así decir.

—¿Y quiere usted saber lo que dice la gente… sea o no verdad?

—Eso es.

—Bien, pues, desde luego, se habla y se imagina mucho. Las opiniones se dividen en dos campos opuestos, no sé si me comprende. Para empezar, hay personas que creen que ha sido el marido. En cierto modo, un marido o una esposa es el sospechoso más natural, ¿no cree?

—Es posible —repuso el inspector con precaución.

—La vida en común… ya sabe… y muy a menudo la parte monetaria. He oído decir que quien tenía el dinero era la señora Spenlow y que su esposo se beneficia con su muerte. En este perverso mundo, suposiciones menos caritativas a menudo están justificadas.

—Sí, entra en posesión de una bonita suma.

—Por eso… parece muy verosímil que la estrangulara, saliera por la puerta posterior y viniera a mi casa a través de los campos, para preguntar por mí con la excusa de haber recibido una llamada telefónica; luego regresar y descubrir que su mujer había sido asesinada durante su ausencia… Naturalmente, con la esperanza de que achacaran el crimen a cualquier ladrón o vagabundo.

—Y añadiendo a eso la parte monetaria… y si últimamente no se llevaban muy bien… —continuó el inspector.

—¡Oh, pero si se llevaban muy bien! —interrumpió la señorita Marple.

—¿Lo sabe a ciencia cierta?

—¡Si se hubieran peleado, lo sabría todo el mundo! La doncella, Gladys Brent, hubiera hecho circular la noticia por todo el pueblo.

—Tal vez no lo supiera —dijo el inspector sin gran convencimiento… y recibiendo a cambio una sonrisa compasiva.

—Y luego tenemos la opinión del otro campo —prosiguió la señorita Marple—: Ted Gerard. Un joven muy simpático. Creo que el aspecto personal tiene mucha influencia sobre los demás. ¡Nuestro último vicario produjo un efecto mágico! Todas las muchachas iban a la iglesia… por la tarde y por la mañana. Y muchas mujeres ya mayores desplegaron una desacostumbrada actividad…; ¡la de zapatillas que le hicieron! Al pobre hombre le resultaba muy violento. Pero… ¿dónde estaba? Oh, sí, hablaba de ese joven, Ted Gerard. Claro que se ha hablado de él. Venía a verla muy a menudo. A pesar de que la propia señora Spenlow me dijo que era miembro de un movimiento religioso que llaman el Grupo

Oxford. Creo que son muy sinceros y esforzados, y la señora Spenlow se sintió muy impresionada.

La señorita Marple tomó un poco de aliento antes de proseguir.

—Y estoy convencida de que no hay razón para creer que hubiera algo más que eso, pero ya sabe usted cómo es la gente. Muchas personas opinan que la señora Spenlow se dejó embaucar por ese joven, y que le prestó mucho dinero. Y es positivamente cierto que lo vieron en la estación aquel día... en el tren de las dos veintisiete. Pero hubiera sido muy sencillo para él apearse por el lado contrario y saltar la cerca y no pasar por la entrada de la estación. De ese modo no lo hubieran visto ir a la casa. Y, claro, la gente considera que el atuendo de la señora Spenlow era, digamos, bastante particular.

—¿Particular?

—Sí. Iba en quimono —la señorita Marple se sonrojó—. Eso resulta bastante sugestivo para ciertas personas.

—¿Y para usted resulta positivo?

—¡Oh, no, yo no lo creo! A mí me parece perfectamente natural.

—¿Lo considera natural?

—En aquellas circunstancias, sí —la mirada de la señorita Marple era fría y reflexiva.

—Eso pudiera darnos otro motivo para el esposo. Celos —dijo el inspector Slack.

—¡Oh, no! El señor Spenlow no hubiera sentido nunca celos. Es de esos hombres que no se dan cuenta de las cosas. Si su esposa le hubiera abandonado dejándole una nota en la almohada, él sería el primero en explicarlo.

El inspector Slack se sintió interesado por el modo significativo con que le miraba. Tenía la impresión de que toda su charla pretendía ocultarle algo que él no alcanzaba a comprender.

—¿Ha encontrado alguna pista, inspector? —le preguntó la señorita Marple con cierto énfasis.

—Hoy en día los criminales no dejan sus huellas dactilares ni puntas de cigarros, señorita.

—Pues yo creo... que este crimen es anticuado...

—¿Qué quiere decir con eso? —preguntó Slack con extrañeza.

—Creo que el alguacil Palk puede ayudarle —repuso la señora Marple despacio—. Fue la primera persona en acudir al «escenario del crimen», como dicen.

El señor Spenlow se hallaba sentado en una silla y parecía asustado. Dijo con su voz fina y precisa:

—Claro que puedo imaginarme lo ocurrido. Mi oído no es tan fino como antes, pero oí claramente cómo un chiquillo gritaba tras de mí: «¡Eh, miren a ese asesino…!» Y… eso me dio la impresión de que pensaba que yo… había matado a mi querida esposa.

La señorita Marple, cortando una rosa marchita, repuso:

—Esa es, sin duda, la impresión que quiso dar.

—¿Pero cómo es posible que metieran esa idea en la cabeza de un niño?

—Pues lo más probable es que la asimiló escuchando las opiniones de sus mayores —repuso miss Marple.

—¿Usted… usted cree de verdad que lo piensan también otras personas?

—La mitad de los habitantes de Saint Mary Mead.

—Pero… mi querida señora… ¿cómo es posible que se les haya ocurrido una idea semejante? Yo quería sinceramente a mi esposa. A ella no le agradaba vivir en el campo tanto como yo esperaba, pero el estar de completo acuerdo en todo es un ideal inasequible. Le aseguro que he sentido intensamente su pérdida.

—Es probable. Pero si me perdona le diré que no lo parece.

El señor Spenlow irguió cuanto pudo su menguada figura.

—Mi querida señora, hace muchos años leí que un filósofo chino, cuando tuvo que separarse de su adorada esposa, continuó tranquilamente tocando su batintín en la calle, como tenía por costumbre…; me figuro que debe ser un pasatiempo chino. Los habitantes de aquella ciudad se sintieron muy impresionados por su entereza.

—Mas la gente de Saint Mary Mead ha reaccionado de un modo bastante distinto —dijo la señorita Marple—. La filosofía china no va con ellos.

—¿Pero usted lo comprende?

Miss Marple asintió.

—Mi buen tío Enrique —explicó— era un hombre con un extraordinario dominio de sí mismo. Su lema fue: «Nunca exteriorices tu emoción.» Él también era muy aficionado a las flores.

—Estaba pensando que tal vez pudiera colocar una pérgola en el lado oeste de la casa —dijo Spenlow con cierta vehemencia—. Con rosas de té, y tal vez glicinias… Y hay una florecita blanca, en forma de estrella, que ahora no recuerdo cómo se llama…

—Tengo un catálogo muy bonito, con fotografías —le dijo la señorita Marple en un tono semejante al que empleaba para dirigirse a su sobrinito de tres años—. Tal vez le agradara hojearlo. Yo tengo que ir ahora mismo al pueblo.

Y dejando al señor Spenlow sentado en el jardín con el catálogo, la señorita Marple subió a su habitación, envolvió apresuradamente un vestido en un trozo de papel castaño, y saliendo de la casa, se encaminó a toda prisa a la oficina de Correos. La señorita Politt, la modista, vivía en una de las habitaciones de la parte alta del edificio.

Mas la señorita Marple no subió directamente la escalera. Eran las dos y media, y un minuto después, el autobús de Much Benham se detendría ante la puerta de la oficina de Correos... constituyendo uno de los mayores acontecimientos de la vida cotidiana de Saint Mary Mead. La encargada saldría a toda prisa a recoger los paquetes relacionados con la parte de venta de su negocio, pues también vendía dulces, libros baratos y juguetes.

Durante algunos minutos, la señorita Marple estuvo sola en la oficina de Correos.

Y hasta que la encargada hubo regresado a su puesto, no subió a ver a la señorita Politt para explicarle que quería que retocara su viejo vestido de crepé gris y lo pusiera a la moda, a ser posible. La modista le prometió hacer cuanto pudiera.

El jefe de policía quedó bastante asombrado al saber que la señorita Marple deseaba verlo. La solterona entró disculpándose:

—No sabe cuánto siento molestarlo. Sé que está muy ocupado, pero usted ha sido siempre tan amable conmigo, coronel Melchett, que creí que debía verlo a usted en vez de acudir al inspector Slack. En primer lugar, no me gustaría complicar al alguacil Palk... Hablando con toda claridad, supongo que él no habría tocado nada en absoluto.

El coronel Melchett estaba ligeramente extrañado.

—¿Palk? Es el alguacil de Saint Mary Mead, ¿verdad? ¿Qué es lo que ha hecho?

—Cogió un alfiler. Lo llevaba prendido en su traje y a mí se me ocurrió que tal vez lo hubiese cogido en casa de la señora Spenlow.

—Desde luego. Pero, después de todo, ¿qué es un alfiler? A decir verdad, lo cogió junto al cadáver de la señora Spenlow. Ayer vino Slack y me lo dijo...; me figuro que usted lo obligó a ello. Claro que no debía haber tocado nada, pero como le dije ya, ¿qué es un alfiler? Era solo un simple alfiler. De esos que emplean todas las mujeres.

—Oh, no, coronel Melchett, ahí es donde se equivoca. Tal vez a los ojos de un hombre parezca un alfiler vulgar, pero no lo es. Se trata de uno especial... muy fino... de los que se compran por cajas y que usan especialmente las modistas.

Melchett la miraba mientras se iba haciendo una pequeña luz en su mente. La señorita Marple inclinó varias veces la cabeza en señal de asentimiento.

—Sí, naturalmente. A mí me parece todo claro. Llevaba el quimono porque iba a probarse su nuevo vestido, y nada más abrir la puerta, la señorita Politt debió decir algo de las medidas y le puso la cinta métrica alrededor del cuello... y luego su tarea se limitó a cruzarla y apretar...; muy sencillo, según he oído decir. Luego saldría cerrando la puerta, y, haciendo ver que acababa de llegar, comenzó a golpearla con el llamador. Mas el alfiler demuestra que ya había estado en la casa.

—¿Y fue la señorita Politt la que telefoneó a Spenlow?

—Sí. Desde la oficina de Correos, a las dos y media... precisamente cuando llega el autobús y la oficina se queda vacía.

—Pero, mi querida señorita Marple, ¿por qué? No es posible cometer un crimen sin motivo.

—Bueno, a mí me parece, coronel Melchett, por todo lo que he oído, que este crimen data de mucho tiempo atrás. Y esto me recuerda a mis dos primos Antonio y Gordon. Todo lo que hacía Antonio le salía bien; en cambio, Gordon era el lado opuesto: perdía en las carreras de caballos, sus valores bajaban y sus acciones fueron depreciadas... Tal como lo veo, las dos mujeres actuaron juntas.

—¿En qué?

—En el robo. Hace mucho tiempo. Según he oído, eran unas esmeraldas de gran valor. Fueron robadas por la doncella de la señora y la ayudante de camarera. Porque hay una cosa que todavía no se ha explicado... Cuando se casó con el jardinero, ¿de dónde sacaron el capital para montar una tienda de flores? La respuesta es: de su parte en la... rapiña... creo que es la expresión adecuada. Todo lo que emprendió le salió bien. El dinero trae dinero. Pero la otra, la doncella de la señora, debió ser poco afortunada... y tuvo que conformarse con ser una modista de pueblo. Luego volvieron a encontrarse. Todo fue bien al principio, supongo, hasta que apareció en escena Ted Gerard. La señora Spenlow seguía sintiendo remordimiento e inclinación por todas las religiones emocionales. Este joven le apremiaría para que «hiciese frente a los hechos» y «limpiara su conciencia», y me atrevo a asegurar que estaba dispuesta a hacerlo. Mas la señorita Politt no lo apreciaba así... sino que podía verse en la cárcel por un delito cometido muchos años atrás. Así que decidió poner fin a todo aquello. Me temo que haya sido siempre una mujer perversa. No creo que hubiera movido ni un dedo para impedir que ahorcaran al afable y estúpido señor Spenlow.

—Podemos… er… comprobar su teoría… si logramos identificar a la señorita Politt como la doncella de los Abercrombie —dijo el coronel Melchett—, pero…

—Será muy sencillo —lo tranquilizó Miss Marple—. Es de esas mujeres que confesará en seguida al verse descubierta. Y, ¿sabe usted?, además tengo su cinta métrica. Se… se la quité distraídamente cuando me estuvo probando ayer. Cuando la eche de menos y sepa que está en manos de la policía… bien, es una mujer ignorante y creerá que eso la acusa definitivamente. No le dará trabajo, se lo aseguro —terminó la solterona animándolo, con el mismo tono con que una tía suya le aseguró que no lo suspenderían en los exámenes de ingreso en Sandhurst. Y había aprobado.

EL MUERTO DE LA CASA DEL PAVO REAL

Por G. K. CHESTERTON

Hace algunos años, un joven recorría una calle asolada de los suburbios de Londres; un joven vestido rústicamente, la cabeza cubierta con un sombrero casi prehistórico, porque acababa de llegar a la capital desde una remota y adormecida población del oeste. Nada había en él de particularmente notable, salvo lo que le ocurrió ese día, lo cual fue notable en todo sentido, para no decir lamentable. Vio venir hacia él a un hombre más bien anciano, sin aliento, de smoking, que lo tomó de la solapa de su raído saco y lo invitó a cenar con él. Estaríamos más cerca de la verdad diciendo que, más que un convite, fue una imploración. Como el sorprendido provinciano no lo conocía, ni a nadie en los contornos, la situación le pareció harto singular; pero, suponiendo que se trataría de una costumbre de Londres, accedió al fin. Acompañado de su extraño huésped, fue a la hospitalaria mansión que se alzaba a solo pocos pasos de allí. A partir de ese instante, nunca reapareció en el mundo de los vivos.

Ninguna de las explicaciones de estilo cuadraban con su caso. Los dos protagonistas eran totales extraños el uno para el otro. El hombre de tierra adentro no traía papeles, dinero, ni objetos dignos de mención, y tampoco parecía de naturaleza llevarlos. Por otra parte, su huésped revelaba todos los signos de una prosperidad casi agresiva: forro de satén, un fulgor de piedras opalescentes en sus gemelos, y un cigarro que parecía perfumar toda la calle. Por lo tanto, debía descartarse el robo como móvil del crimen.

En realidad, ese móvil fue uno de los más extraños del mundo; tan extraño, que un hombre vulgar habría podido hacer cien suposiciones antes de dar con la clave.

Más aún, es dudoso que alguien hubiese dado jamás con la solución, a no ser por el ligero barniz de excentricidad que caracterizaba a otro joven, al que la casualidad puso sobre ese mismo camino una o dos horas más tarde. Pero no debe creerse que él recurriera, para dilucidar el enigma, a ninguna maña de detective, y menos de aquellos detectives popularizados por los libros de ficción, que resuelven los más arduos dilemas con solo concentrar su atención en las circunstancias y los objetos afines al crimen, y a quienes secunda una presencia de ánimo excepcional.

Sería más exacto decir que este hombre los resolvía, en cambio, por ausencia de ánimo. Cualquier objeto que cayera en el radio de su visión se grababa en su mente como un talismán, y él lo contemplaba hasta que empezaba a hablarle como un oráculo. En otras ocasiones, una piedra, una estrella de mar o un canario habían contestado, al parecer, todas sus preguntas. En la presente circunstancia, empero, su punto de referencia fue menos trivial.

Había vagado sin rumbo por la plácida calle suburbana, siguiendo con ojos de soñador las manchas doradas de los codesos en el césped, o las blancas y rojas de los espinos. Pero se contentaba las más de las veces con los verdes semicírculos de pasto, repetidos hasta el infinito como lunas verdes; porque no era de esas personas para quienes la repetición es sinónimo de monotonía. En un momento dado, al dirigirse hacia una propiedad, tuvo la conciencia o la semiconciencia de un color nuevo en el universal verdor: un verde mucho más azul, que parecía derivar en azul eléctrico a medida que el objeto se desplazaba lentamente, revelando una pequeña cabeza sobre un cuello larguísimo; era un pavo real. Pero su mente había imaginado mil cosas antes de dar con lo obvio. El azul pronunciado del plumaje le había hecho pensar en una llama azul, y la llama en alguna demoníaca fantasía, antes de advertir que solo se trataba de un pavo real. Y la cola, estela suntuosa de ojos, le había hecho pensar en aquellos sombríos pero divinos monstruos del Apocalipsis, cuyos ojos se multiplicaban como sus alas, antes de reparar en que la presencia de un pavo real, aun tomado en su sentido más alto, era un espectáculo sobradamente extraño en paisaje tan común.

Porque si Gabriel Gale (así se llamaba el joven) era un poeta minore, descollaba en cambio como pintor, y, en su calidad de figura ilustre y enamorada de las bellas perspectivas, había sido invitado más de una vez a los grandes parques de la aristocracia, donde los pavos reales forman, por así decirlo, parte integrante del paisaje. La evocación de esas propiedades trajo a su memoria el recuerdo de una de ellas, remota y solitaria, que asumiera para él la casi intolerable belleza de un paraíso perdido. Creyó ver durante un instante, en medio del césped lustroso, una figura más imponente que la de cualquiera de esas aves, y cuyo plumaje iridiscente, de una vívida tristeza, hacía pensar en un diablo azul. Pero cuando los juegos de la imaginación y las añoranzas se desvanecieron, aún persistió en él la interrogante: ¿qué hacía en el jardín de esa pequeña residencia suburbana un pavo real? Parecía demasiado grande para el lugar, como si, al desplegar su cola, fuese a derribar los árboles que hallara a su paso.

Estas reflexiones de giro ya más práctico desfilaron por su mente antes de que esta se detuviera en la más práctica de todas: que en los últimos cinco minutos había estado apoyado en un portón ajeno, con el aire definitivo de un campesino apoyado en el cerco que circunda su propiedad. De salir alguien de la casa, habría contemplado no sin extrañeza la escena; pero nadie salió. Antes bien, alguien entró. Cuando el pavo real se encaminaba hacia la casa, el poeta abrió resueltamente el portón y halló el césped húmedo, a la zaga de aquel.

Enriquecían la soledad umbrosa de ese jardín grandes masas de flores rojas, y, en el conjunto, la casa resultaba más vulgar que el terreno donde se levantaba. Acentuaba esa impresión el hecho de hallarse aquella en algún proceso de reparación, pues adivinábase, apoyada contra la pared, una escalera, usada según todas las apariencias por los albañiles para llegar al piso superior. Además, varias plantas de flores coloradas habían sido cortadas, apilándolas en el borde de la ventana del primer piso, y algunos pétalos, al desprenderse, se posaron en los peldaños de la escalera. La mirada de Gale abarcó gradualmente todos estos detalles, mientras una expresión de sorpresa invadía poco a poco su semblante ante el contraste que formaban la casa con la escalera y el rico jardín con el pavo real. Era casi como si el suntuoso pájaro y las flores aristocráticas hubiesen estado allí antes de los ladrillos burgueses y el mortero.

Uno de los rasgos salientes de Gale era su ingenuidad, que a menudo podía tomarse por imprudencia. Como muchos seres humanos, era capaz de cometer malas acciones a sabiendas, y avergonzarse después por ello. Pero mientras sus intenciones no fueran malas, nunca se le habría ocurrido sentir vergüenza de un acto. La invitación de la escalera y la ventana abierta era demasiado obvia para tacharla de aventura. Comenzó a subir como si se tratase de la escalinata de un hotel. Pero al llegar a los últimos peldaños se detuvo un instante, torció el gesto y, acelerando su ascensión, traspuso el borde y se deslizó en el interior de la estancia.

La penumbra que allí reinaba parecía oscuridad después del esplendor del atardecer, y transcurrieron uno o dos segundos antes de que el tenue resplandor reflejado por un espejo, puesto ante él, le permitiese apreciar las características de la habitación. Parecía polvorienta y de aspecto más bien precario; los cortinados, de un azul verdoso pronunciado, formaban, con todo, un fondo de colores mortecinos.

Al observar más atentamente el espejo, Gale notó que estaba roto. Sin embargo, era evidente que el cuarto había sido redecorado en parte para alguna fiesta, como lo hacía suponer una larga mesa, prolijamente tendida para una cena. Frente a cada plato se alineaban una serie de vasos de distinto tamaño para los vinos de cada servicio.

Por algunos detalles, Gale concluyó que la estancia había sido teatro de una lucha, durante la cual alguien había volcado el salero, derramado su contenido sobre el mantel y roto el espejo. Luego miró los cuchillos puestos sobre la mesa, y una luz de inteligencia comenzaba a insinuarse en su cerebro, cuando la puerta se abrió bruscamente, y un hombre, robusto y canoso, irrumpió en el cuarto.

Ese incidente tuvo la virtud de devolverlo a la realidad, como un hombre que, tras un prolongado salto en el espacio, siente de pronto el frío contacto del agua. Recordó súbitamente dónde se encontraba y por qué medios había llegado hasta allí. Era muy característico en él que, si bien veía un punto práctico tardíamente, cuando lo veía por fin era con entera lucidez y en todas sus ramificaciones lógicas. Nadie creería en ninguna razón legítima que justificara su entrada en esa casa por la ventana, cuando pudo hacerlo por la puerta principal. Y, en efecto, razón legítima no tenía ninguna, o por lo menos ninguna que pudiese explicar sin una larga perorata de índole poética y filosófica. Más aún, en ese preciso momento sus dedos jugaban con uno de los cuchillos, de plata maciza. Tras una ligera vacilación, posó el cuchillo y se quitó el sombrero.

—Y bien —dijo por último, con una ironía displicente—, de ser usted, yo no dispararía esa arma; pero supongo que avisará a la policía.

El desconocido, que era probablemente el dueño de la casa, guardó durante un instante una actitud de profundo estupor. Al abrir la puerta había tenido un violento sobresalto, pero se rehízo enseguida. Su rostro, vigoroso y astuto, estaba provisto de un par de ojos prominentes que le daban una apariencia de perpetua protesta. Pero, por alguna misteriosa razón, no fue hacia esos ojos acusadores donde convergió la mirada del poeta, sino hacia el alfiler que ostentaba la pechera de la camisa, y que era un ópalo luminoso. Por fin Gale sonrió con alivio y esperó que el otro hablara.

—¿Es usted un ladrón? —inquirió el dueño de casa cautelosamente.

—A decir verdad, no lo soy —repuso Gale—. Pero si me pregunta qué otra cosa soy, le contestaré que lo ignoro.

El otro hombre fue rápidamente hacia él, haciendo un ademán como para detenerle una mano, o acaso las dos.

—No dudo de que usted sea un ladrón —dijo—, pero no importa. ¿Quiere hacerme el honor de quedarse a cenar?

Luego, tras una agitada pausa, insistió:

—Quédese, se lo ruego, hay un cubierto para usted.

Gale recorrió con la vista la mesa y contó el número de cubiertos. El cálculo acabó con cualquier duda que podía abrigar aún sobre el sentido de ese ininterrumpido encadenamiento de excentricidad. Comprendió por qué su huésped llevaba un ópalo, por qué el espejo había sido roto deliberadamente, por qué la sal estaba derramada sobre el mantel de la mesa, por qué los cuchillos estaban dispuestos en cruz, por qué el extraño personaje llenaba la casa con ramos de flores rojas, la decoraba con plumas de pavo real, y tenía uno de esos pájaros en su jardín. Comprendió que la escalera no había sido puesta allí para permitir a los albañiles alcanzar la ventana, sino para que los comensales pasaran debajo de ella al dirigirse a la puerta de entrada. Por último, comprendió que él iba a ser el invitado número trece de ese singular banquete.

—La cena está por empezar —pronunció el hombre del ópalo con afabilidad—. Voy a llamar a los demás. Compañía del más alto interés, se lo aseguro; toda gente de buen criterio y recto sentido, que se burla de las supersticiones. Me llamo Crundle, Humphrey Crundle, y soy discretamente conocido en los centros comerciales de la ciudad. Supongo que debo presentarme a mí mismo para poder presentarlo a los demás.

Gale tuvo la vaga idea de que su atención había sido atraída alguna vez por el nombre de Crundle, asociándolo a alguna marca de jabón o de plumas fuentes; y, por poco que supiera sobre esas cosas, se figuró fácilmente que un hombre así, aunque solo vivía en una villa de modestas dimensiones, podía permitirse el lujo de tener un pavo real, ahí donde la luz crepuscular moría entre las ramas de los árboles.

Los miembros del Club de los Trece parecían estar ya preparados para la cena. Algunos eran muy jóvenes, de semblante ingenuo y nervioso, como si les asustara su propia osadía. Dos de ellos se destacaban del grupo por la singularidad de ser, según todas las apariencias, caballeros de alcurnia. Uno era un hombre entero, de edad más que madura, con un rostro que era un laberinto de arrugas, y tenía la cabeza coronada por una peluca castaña. Le fue presentado como Sir Daniel Creel, abogado de nota, y tenía una mirada llena de inteligencia. Sus rasgos, algo desiguales, eran hermosos; pero las sienes hundidas y la órbita profunda de los ojos le daban un aspecto de fatiga precoz, que era mental más bien que física.

La intuición del poeta le dijo que aquella apariencia no era engañosa; que el hombre que había ido a parar a esa extraña sociedad había frecuentado muchas extrañas sociedades, buscando quizá algo más extraño de lo que ya conocía.

Transcurrió algún tiempo, sin embargo, antes de que ninguno de los invitados pudiera revelar su personalidad, debido a la verbosidad extremada de su anfitrión. Acaso Mr. Crundle creía apropiado, como presidente del Club de los Trece, el hablar con todos. Sea lo que fuera, durante unos minutos condujo por sí solo toda la conversación agitándose en su silla con satisfacción radiante, como un hombre que puede por fin realizar la aspiración suprema de toda la vida. En realidad, había algo de casi anormal en la locuacidad jocunda de ese comerciante canoso, como si esa locuacidad se alimentase en una fuente que nada tenía de festivo. Las pullas que, como un fuego cerrado, descerrajaba a todos los presentes, eran casi siempre de un gusto dudoso; pero él parecía pensarlo así, pues las celebraba con carcajadas ruidosas.

Fue después de una de sus reiteradas afirmaciones de que todas esas historias acerca de supersticiones no eran sino disparates de gente ignorante, cuando la aguda aunque temblorosa voz del anciano Creel, aprovechando una coyuntura, se hizo oír:

—Aquí, mi querido Crundle, desearía hacer una distinción —dijo con tono categórico—. Convengo en que son disparates, pero no son disparates del mismo orden. Por ejemplo, si consideramos su origen histórico, me parece diferir de notable manera. El origen de alguna de esas supersticiones es obvio, y el de las otras, oscuro en extremo. Las creencias acerca del día viernes y del número trece son probablemente de fuente religiosa; pero ¿qué origen puede tener, por ejemplo, la creencia en el poder fatídico de las plumas del pavo real?

Crundle iba a contestar con un rugido jocundo que se trataba de otro disparate, tan infernal como los demás, cuando Gale, que se había deslizado en el asiento próximo al hombre llamado Noel, se interpuso con toda naturalidad.

—Creo poder arrojar un poco de luz sobre ese punto —señaló—. Hallé rastros de esa antigua superstición en unos manuscritos iluminados del noveno o décimo siglo. Hay allí un dibujo muy curioso, de estilo rígidamente bizantino, que representa a dos ejércitos preparándose para una batalla en el reino de los cielos. Pero mientras San Miguel tiende espadas a los buenos ángeles, Satán arma a los ángeles rebeldes con plumas de pavo real.

Noel volvió bruscamente sus ojos profundos hacia él.

—Es ese un dato interesante —dijo—. ¿Usted quiere inferir que se trata de la vieja noción teológica sobre la maldad del orgullo?

—Hay en el jardín un pavo real entero para desplumar —gritó Crundle con acento vivaz, y agregó—: Siempre que alguno de ustedes desee combatir a los buenos ángeles.

—No son armas muy ofensivas —repuso Gale gravemente—, y eso es lo que, a mi entender, quiso significar el ignoto artista medieval. Diré más: a mi manera de ver, de ese simbólico contraste en las armas, surge el hecho de que los ángeles buenos se arman para entablar una batalla real y por lo tanto de resultados dudosos, mientras los pérfidos tendían desde ya, por decirlo así, las palmas de la victoria. No se puede luchar contra nadie con las palmas de la victoria.

Durante el desarrollo de esa conversación, Crundle dio señales de una agitación curiosa: una agitación mucho menos radiante que al principio. Sus ojos prominentes interrogaban a los oradores, sus labios se movían incesantemente, y sus dedos empezaron a tamborilear la mesa. Por último exclamó:

—¿Cuál es el significado de todo esto, si se puede saber? ¿Es que estarían por creer en todas esas patrañas?

—Perdón —interrumpió el viejo abogado, repitiendo el enlace lógico con fruición de jurista—, mi gestión era muy sencilla. Yo hablé de causas, y no de justificaciones. Me he limitado a afirmar que el origen de la leyenda del pavo real es menos aparente que aquel que atribuye al día viernes una virtud de mal augurio.

—¿Usted cree que el viernes es día de mal augurio? —preguntó de pronto Crundle, volviéndose hacia el poeta.

—No; por el contrario, estimo que es un día propicio —repuso Gale—. Y así lo pensó siempre la cristiandad, a pesar de sus pequeñas supersticiones.

—¡Oh, al diablo la crist...! —empezó diciendo Mr. Crundle con súbita violencia; pero algo en la voz de Noel, que parecía hacer de su vehemencia un vano arrebato, lo detuvo.

—Yo no soy cristiano —prorrumpió Noel con voz pétrea—. Ni es del caso preguntarse si quisiera serlo. Pero estimo que el punto de vista de Mr. Gale está plenamente justificado, de que esa religión puede contradecir aquella superstición. Y esta verdad tiene otras proyecciones: si yo creyera en Dios, no creería en un Dios que hiciera depender la felicidad de un salero volcado o de la vista de una pluma de pavo real. Cualquiera que sea la enseñanza que imparte el Cristianismo, supongo que no enseñará que el Creador es un loco.

Gale meneó pensativamente la cabeza, como en un asentimiento parcial, y contestó, dirigiéndose a Noel tan solo:

—En ese sentido, no cabe duda de que usted está en lo cierto. Pero pienso que aún queda algo por decir. Estimo que la mayoría de la gente ha tomado esas supersticiones un poco a la ligera, acaso en un grado mayor que usted mismo. ¿Quién nos dice que ellas no se referían a los pecados más leves, en aquel mundo tosco de la Edad Media que poblaba el cielo de espíritus malignos antes que de ángeles? Porque, después de todo, los cristianos admiten más de una categoría de ángeles; y algunos entre ellos son ángeles caídos, como las figuras armadas con plumas de pavo real. Ahora bien, ¿por qué suponer que esas figuras tuvieron realmente algo que ver con las plumas de pavo real? Así como los bajos espíritus hacen de las suyas con las mesas de tres patas, así también podrían hacernos malas pasadas con cuchillos y saleros. Claro está que nuestras almas no dependen de un espejo roto; pero seguramente un espíritu maligno se complacería en hacérnoslo creer así. Su éxito depende, por lo tanto, de la disposición de ánimo que tengamos al romper el espejo. Y yo me figuro muy bien que el romper un espejo con una disposición de ánimo determinada —verbigracia, una de burla y de inhumanidad— pueda ponernos en contacto con influencias perniciosas. De la misma manera, me figuro muy bien que un hálito de mal agüero pueda envolver la casa donde tal cosa haya sucedido, y los espíritus malignos la ronden de continuo.

Sobrevino un silencio extraño, un silencio que al orador pareció flotar y posarse sobre los jardines y las calles; nadie habló; el silencio fue roto al fin por el delgado y agudo grito del pavo real.

Fue entonces cuando Humphrey sorprendió a todos los comensales con su primer arrebato. Se había quedado mirando a Gale con ojos desorbitados; por último, cuando hubo recobrado el uso de la palabra, fue su voz tan espesa y áspera que su primera nota resultó apenas más humana que el grito del pájaro. Tartamudeó con rabia, y solo hacia el final de la primera sentencia sus palabras se volvieron inteligibles: —… viene aquí para soltar sandeces y beber mi borgoña como un gran señor; habla como un loro contra nuestras… contra la sustancia misma… ¿Por qué no nos tironea las narices, en el tren que está? ¿Por qué, en nombre del infierno, no nos tironea las narices?

—Vamos, vamos —intervino Noel con tono cortante—. No está usted en sus cabales, Crundle, tengo entendido que este caballero vino aquí a su invitación para ocupar el lugar de uno de nuestros amigos.

—Usted nos dijo que Arturo Bailey mandó un telegrama notificándole que no podía venir —terció el abogado, siempre preciso— y que el señor Gale había accedido gentilmente a ocupar su puesto.

—Es verdad —masculló Crundle—. Le pedí que se sentara en mi mesa como invitado número trece, y por ese solo hecho queda desmentida la vieja superstición, porque, teniendo en cuenta la manera como entró, puede considerarse afortunado de haber comido tan bien.

Noel se interpuso nuevamente; pero Gale ya se había puesto de pie. Su semblante no denotaba enojo, y sí confusión. Se volvió hacia Creel y Noel, ignorando a su huésped.

—Les quedo muy agradecido, señores, pero creo que ha llegado el momento de retirarme. Cierto es que fui invitado a la cena, pero no a la casa…

Jugó un instante con dos cuchillos cruzados sobre la mesa, y dijo luego, mirando hacia el jardín:

—Lo cierto es que no estoy tan seguro de que el número trece haya sido tan afortunado como parece creerlo Mr. Crundle.

—¿Qué quiere usted decir? —gritó el aludido ásperamente—. ¿Acaso pretende insinuar que no ha comido bien? Solo le falta agregar ahora que fue envenenado.

Gale seguía mirando por la ventana. Al cabo de un corto silencio, añadió:

—Yo soy el convidado número catorce y no pasé debajo de la escalera.

Era característico del viejo Creel que solo podía seguir un argumento lógico en su sentido literal; de ahí que el símbolo y la atmósfera espiritual que encerraban las palabras de Gale pasaran desapercibidos para él, cuando ya el sutil Noel los había comprendido. Parpadeando, dijo irónicamente al poeta:

—¿Debo entender por sus palabras que usted quisiera prestar fe a todas esas estúpidas creencias sobre las escaleras y lo demás?

—No estoy seguro de que lo quisiera —repuso Gale—, pero, eso sí, me sería indiferente transgredirlas. Cuando uno piensa, ¡son tantas las cosas que se pueden transgredir! —hizo una pausa, y añadió luego, como disculpándose—: los Diez Mandamientos, por ejemplo.

Se produjo otro silencio, y Noel se sorprendió esperando con irracional ansiedad un nuevo grito del hermoso pájaro en el jardín. Pero el pavo real no se hizo oír. Tuvo la impresión, puramente subconsciente y más irracional aún, de que el pájaro había sido estrangulado al amparo de la noche.

El poeta se volvió por primera vez hacia Humphrey Crundle, la vista fija en los ojos saltones.

—Puede que los pavos reales no traigan desgracia; pero el orgullo sí. Cuando usted se propuso violar deliberadamente las tradiciones —o locuras— de los humildes, lo hizo con un espíritu de insolencia y de desprecio, y terminó por violar algo más sagrado. Puede que un espejo roto no tenga influencia maléfica alguna; pero un cerebro trastornado sí, y su locura lo condujo al crimen. Puede que el rojo no traiga desgracia; pero hay algo mucho más rojo y siniestro, y de ese algo hay rastros en el borde de la ventana y en los peldaños de la escalera. En un principio tomé ese algo por pétalos.

Por primera vez desde el comienzo de la cena, el hombre en la cabecera de la mesa no dio signos de agitación. Pero algo, en su súbita y pétrea inmovilidad, pareció inyectar vida a los demás, porque todos se pusieron de pie en medio de un confuso clamor de protestas y de preguntas. Solo Noel guardó su presencia de ánimo.

—Señor Gale —pronunció firmemente—, usted dijo demasiado o demasiado poco. Muchos pensarían que solo se trata de desatinos, pero yo tengo la impresión de que sus palabras no son tan superficiales como parecen. Pero si deja las cosas como están, deberemos pensar que solo se trata de una atroz calumnia. En otras palabras, usted afirma que hubo aquí un crimen. ¿A quién acusa? ¿O es que debemos acusarnos mutuamente?

—Yo no lo acuso —contestó Gale—, y la prueba está en que si el crimen ha de ser verificado, le ruego que lo haga usted mismo. Sir Daniel Creel, en su calidad de hombre de ley, podrá acompañarlo. Observen las manchas sobre la escalera. Hallarán otras idénticas en el césped al pie de la escalera, yendo en dirección de ese depósito de carbón. Y, si quieren, también pueden echar una ojeada en el interior del depósito. Acaso él sea el término de su búsqueda.

Crundle permanecía clavado en su asiento, inmóvil como una estatua, y algo advirtió a los presentes de que sus ojos saltones estaban vueltos hacia dentro. Habríase dicho que estaba revolviendo algún oscuro enigma cuya solución se le escapaba.

Creel y Noel salieron de la estancia y pudo oírseles hablar en voz baja al pie de la escalera. Luego sus voces se perdieron en dirección del depósito de carbón.

El anciano conservaba su extraña inmovilidad, como un ídolo oriental, cuando, de súbito, pareció dilatarse y brillar como si una lámpara monstruosa se hubiese encendido en su interior. Se puso de pie de un salto, blandió su copa como para un brindis, y la dejó caer con fuerza sobre la mesa, de manera que el cristal se quebró en mil pedazos y el vino formó en el mantel una gran mancha roja.

—¡Ya está! ¡Yo tenía razón! —gritó con voz exaltada—. ¡Después de todo, yo tenía razón! ¿Es que no comprenden ustedes? ¿No ven ese hombre, allá? No es el convidado número trece. Es en realidad el número catorce, y el que está aquí, el número quince. El verdadero número trece es Arturo Bailey y se porta a las mil maravillas, ¿no es así? Cierto es que no pudo venir, ¿pero qué importancia tiene eso? ¿Por qué diablos habría de importar? Él es el decimotercer miembro del Club, ¿no es así? Por lo tanto, después de él no puede haber otro número trece. El resto me tiene sin cuidado; me tiene sin cuidado lo que puedan decirme o lo que puedan hacerme. Con esto quedan desmentidas definitivamente todas esas patrañas, porque el hombre del depósito de carbón no es el número trece, y desafío a cualquiera.

Noel y Creel aparecieron en el vano de la puerta, el ceño torvo. Cuando Crundle, arrastrado por el torbellino de sus propias palabras, se detuvo para respirar, Noel pronunció con voz acerada, dirigiéndose a Gale:

—Lamento tener que decir que usted tenía razón.

—El espectáculo más horrible que haya presenciado en mi vida —apoyó el viejo Creel, y se sentó súbitamente, llevándose a los labios una copita de coñac con mano trémula.

—Encontramos, escondido en el depósito de carbón, el cuerpo degollado de un infeliz —prosiguió Noel con una voz sin timbre—. Por la marca de su traje, curiosamente anticuado para un hombre comparativamente joven, parece ser oriundo de Stoke-under-Ham.

—¿Qué físico tiene? —interrogó Gale con súbita animación.

Noel lo miró con curiosidad.

—Tiene un cuerpo muy largo y flaco, con un pelo como estopa. ¿Por qué quiere saberlo?

—Supongo que debe parecerse algo a mí —repuso el poeta.

Después de su último y singular arrebato, Crundle se había dejado caer nuevamente en su silla, sin mostrar en apariencia ningún deseo de defenderse, de huir. Su boca seguía moviéndose, pero hablaba para sí mismo, probándose con lucidez siempre creciente que el hombre a quien había asesinado no tenía derecho al número trece. Sir Daniel Creel pareció por un momento tan trastornado como su huésped; pero fue él quien al fin rompió el penoso silencio. Alzando su cabeza coronada por su peluca grotesca, dijo:

—La sangre derramada pide justicia. Soy un anciano, pero estaría dispuesto a vengarla sobre mi propio hermano.

—Voy a llamar a la policía —pronunció Noel, quedo—. No veo por qué habríamos de esperar más.

Su cuerpo desgarbado y su rostro ascético habían cobrado un nuevo vigor y ardía en sus ojos una extraña llama.

Un gran hombre rubicundo y florido, que respondía al nombre de Bull, pertenecía al tipo de los viajantes de comercio y se había mostrado muy barullero en el otro extremo de la mesa, comenzó a intervenir como el presidente de un jurado.

—Nada de vacilaciones. Nada de sentimentalismos —proclamó con voz estentórea—.

—Penoso asunto, por supuesto; un viejo miembro del club y todo lo demás. Pero afirmo que no soy sentimentalista; y quien lo sea, se merece la horca. Ya no caben dudas sobre la culpabilidad del viejo Crundle. Hace unos minutos, lo oímos confesar prácticamente su crimen, cuando estos señores estaban fuera del cuarto.

—Soy partidario de una acción inmediata —sostuvo Noel—. ¿Dónde está el teléfono?

Gabriel Gale se puso frente a la figura hundida en la silla, y se volvió hacia el grupo de los invitados.

—¡Un momento! —gritó—. Déjenme decir una palabra.

—Y bien, ¿de qué se trata? —inquirió Noel fríamente.

—Aborrezco hacer mi propio elogio —dijo el poeta—, pero, por desgracia, mi réplica no puede tomar otra forma. Soy un sentimentalista, como diría el señor Bull: soy un sentimentalista en la sangre, un vulgar rimador de canciones sentimentales. Ustedes son personas racionales, sensatas, que se burlan de las supersticiones; ustedes son hombres prácticos y de sentido común. Pero su sentido común no les bastó para descubrir el cuerpo del muerto. Habrían fumado sus cigarros racionales, bebido su grog racional, y luego se hubieran ido a casa, sonrientes y satisfechos, dejando que el cadáver se pudriera en el depósito de carbón. Ustedes nunca se detuvieron a pensar a qué extremos puede conducir una mente forrada de escepticismo, como ocurrió con ese pobre fantoche en la silla. Un sentimentalista, un vulgar rimador, ha descubierto el crimen en lugar de ustedes; acaso porque es un sentimentalista. Y ahora el sentimentalista afortunado debe decir unas palabras para justificar al infortunado.

—¿Usted se refiere al criminal? —preguntó Creel con su voz seca pero trémula.

—Sí. Yo lo he descubierto, y ahora voy a defenderlo.

—De modo que usted defiende asesinos, ¿no es así?

—A algunos asesinos —replicó Gale con calma—. Este es un asesino de una categoría casi única. En realidad, estoy lejos de creer que sea realmente un asesino. Todo pudo deberse a un simple accidente: una especie de acción mecánica, como la de un autómata.

La luz de otros tiempos brilló en los apagados ojos de Creel, y su voz incisiva ya no temblaba.

—Usted quiere decir —pronunció— que Crundle leyó el telegrama de Bailey, y al comprender que quedaría un asiento sin ocupar fue a la calle y habló a una persona totalmente desconocida, la trajo aquí, fue en busca de una navaja de afeitar o un cuchillo de trinchar, degolló a su invitado, bajó el cadáver por la escalera y lo escondió en el depósito de carbón. Y todo esto por accidente, o por un gesto puramente automático.

—Muy bien dicho, Sir Daniel —repuso Gale—, y ahora permítame una pregunta, formulada en el mismo lenguaje legal: ¿Qué hace usted del móvil? Usted afirma que Crundle no pudo asesinar a un hombre que le era totalmente desconocido por mero accidente, ¿pero por qué habría de asesinarlo adrede? ¿Con qué fin? Eso no solo no le procuraba la solución de lo que tenía en vista, sino que daba por el suelo con todas sus teorías. ¿Por qué habría de hacer un hueco en la cena del Club de los Trece? ¿Por qué, en nombre del cielo, habría de hacer del decimotercer miembro un monumento de desastre? Su crimen fue a expensas de su propio credo, o duda metódica o negación, o como quieran llamarlo ustedes.

—Eso es verdad —asintió Noel—. ¿Cómo explicar el crimen, entonces?

—Yo creo —repuso Gale— que nadie puede decirlo sino yo mismo; y les voy a decir por qué. ¿Han reparado ustedes en todas las actitudes absurdas que puede adoptar la vida? Supongo que son esas actitudes las que se proponen traducir las nuevas escuelas de arte: figuras rígidamente tendidas, de pie sobre una sola pierna o posando manos inconscientes en objetos incongruos. Vivimos una tragedia de posiciones absurdas. Y me lo explico, porque yo mismo, esta tarde, me encontré en una posición por demás absurda.

»Subí esa escalera por simple curiosidad y estaba observando la mesa como un necio, enderezando distraídamente los cuchillos. Tenía aún el sombrero puesto, pero cuando Crundle irrumpió en el cuarto hice un gesto para sacármelo con la mano que sujetaba el cuchillo; luego, recapacitando, depuse el cuchillo primero. Fue uno de esos movimientos instintivos que suelen sucedernos a todos.

»Ahora bien, cuando Crundle me vio, tuvo un violento sobresalto, como si yo hubiese sido Dios en persona o el verdugo aguardándolo en su propio comedor; y creo saber el porqué. Es que también yo soy alto y mi cabello parece estopa; y cuando Crundle entró, mi figura se destacaba como una sombra contra la luz de la ventana. En ese instante de pavor se habrá imaginado que el cuerpo, abandonando su escondrijo, se arrastró por la escalera y se instaló aquí como un fantasma. Pero mientras tanto mi gesto indeciso, con el cuchillo en la mano, me había revelado lo que ocurrió en realidad.

»Cuando ese pobre rústico de tierra adentro penetró aquí, sintió lo que tal vez ninguno de nosotros ha sentido. Acababa de llegar de alguna región donde la estricta observancia de las supersticiones asume jerarquía de culto. Tomó por lo tanto uno de los cuchillos cruzados y se disponía a enderezarlos cuando vio la sal derramada sobre el mantel. Se imaginó posiblemente que su propio gesto había tumbado la salera. En ese instante álgido Crundle hizo su entrada, agravando la confusión de su invitado y apresurando su intento de hacer dos cosas a la vez. El infeliz, que aún sujetaba el mango del cuchillo, se abalanzó sobre la sal para arrojar una pizca sobre su hombro. Pero en el mismo instante el fanático, que se había detenido en el vano de la puerta, saltó sobre él como una pantera y sujetó la muñeca ya alzada.

»Porque todo el frágil universo que había forjado Crundle dependía de ese momento. Ustedes, que hablan de supersticiones, ¿repararon acaso en que esta es una casa hechizada? ¿No comprenden que está plagada de encantamientos y de ritos mágicos, solo que se hacen al revés, como las brujas recitaban el Padrenuestro? ¿Pueden imaginarse la zozobra de una bruja si hubiese pronunciado correctamente dos palabras de la oración? Crundle comprendió que este aldeano iba a trastornar todos los sortilegios de su propia magia. Si el aldeano arrojaba sal por encima de su hombro, todo el edificio se vendría abajo. Con la fuerza acumulada de su terror y de su odio, detuvo la mano que sujetaba el cuchillo, atento solamente a evitar que algunos granos de polvo plateado salpicaran el suelo.

»Solo Dios sabe si fue un accidente. Pero yo soy un hombre y él es un hombre, y por lo tanto no lo entregaré a los jueces si puedo evitarlo, por el solo hecho de haber cometido un crimen por accidente, o por un gesto automático, o acaso también por una especie de defensa propia. Si alguno de ustedes toma un cuchillo y una pizca de sal y se coloca en la posición del muerto, comprenderá lo ocurrido. Resumo, pues: en ningún momento y bajo ninguna circunstancia, quizás, pudo producirse el hecho exactamente en esa posición, y el filo de un cuchillo hallarse tan cerca de un pescuezo humano sin intención en ambas partes, excepto como culminación de este entrelazamiento de trivialidades que debía terminar en tragedia. Porque solo mediante un extraño juego de circunstancias pudo ocurrir que ese hombre de tierra adentro, llegado con su pequeño equipaje de creencias camperas, se topase con este excéntrico rabioso, y que todo terminase en una vulgar pelea: el choque de dos supersticiones.

La figura en la cabecera de la mesa había sido casi enteramente olvidada. Pero Noel volvió ahora sus ojos hacia ella, y preguntó con una paciencia fría, como si se dirigiese a un niño caprichoso:

—¿Es verdad todo esto?

Crundle se puso de pie con un movimiento inseguro, sus labios agitados por un constante temblor. Todos notaron que entre ellos asomaba un poco de espuma.

—Lo que quisiera saber… —empezó diciendo con voz tonante; pero de pronto la voz pareció secarse en su garganta, trastabilló y se desplomó sobre la mesa, en medio de un fragor de cristales rotos.

—Debemos llamar a un médico —dijo Noel.

—Aunque llamaran a dos, las cosas no cambiarían —repuso Gale, y se encaminó hacia la ventana por donde entrara una hora antes.

Noel fue con él hasta el portón del jardín, a través del césped que, bajo los rayos lunares, parecía casi tan azul como el pavo real. Ya en la calle, el poeta se volvió hacia su compañero.

—Supongo que usted es Norman Noel, el célebre explorador —dijo—. Le confieso que su persona me resulta más interesante que la de ese pobre monomaníaco; y deseo hacerle una pregunta. Perdóneme si imagino las cosas por usted, por decirlo así; es una deplorable costumbre mía. Usted ha estudiado las supersticiones en todo el mundo y vio cosas comparadas con las cuales todas esas tonterías sobre sal derramada y cuchillos puestos en cruz son juego de niños. Usted recorrió selvas misteriosas, cruzadas por el profético vuelo de los vampiros, más vastos que dragones; o montañas frecuentadas por hechiceros, donde se afirma que un hombre puede ver en el rostro de su amigo o de su mujer los ojos de una bestia salvaje. Usted ha conocido pueblos que tenían verdaderas supersticiones; supersticiones diabólicas, soberbias, terribles. Usted ha vivido en medio de esos pueblos, y quiero formularle una pregunta sobre ellos.

—Veo que también usted sabe algo a su respecto —pronunció Noel—, pero voy a contestarle.

—¿No eran más felices que nosotros?

Gale hizo una ligera pausa, luego prosiguió:

—¿No entonaban más cantos, no bailaban más danzas, no bebían vino con regocijo más real? Y eso era porque creían en el mal. Un mal personificado. Por hechizos, tal vez, o por la mala muerte u otros símbolos tan estúpidos como bajos; pero fuerzas, al fin y al cabo, contra las que debía lucharse. Todo para ellos se resumía en blanco o negro, y contemplaban la idea como lo que es: un campo de batalla. Usted, en cambio, no es feliz porque no cree en el mal, y porque adoptó la cómoda actitud de no considerar las cosas sino bajo una uniforme tonalidad gris. Y yo le hablo así, porque esta noche usted tuvo una revelación: usted vio algo digno de aborrecer, y por eso se siente feliz. Un simple crimen no habría bastado. Si la víctima hubiese sido algún anciano de la ciudad, o aun algún joven de la ciudad, nunca habría herido su sensibilidad de tal modo. Pero yo sé qué impresión usted ha tenido porque hubo algo, en la muerte de ese pobre campesino, más odioso que cualquier palabra.

Noel asintió.

—Supongo que era la forma de las colas de su saco —dijo simplemente.

—Ya me lo figuraba —contestó Gale—. Bueno, ese es el camino de la realidad. Buenas noches.

Y prosiguió su camino por una ruta suburbana, adquiriendo conscientemente el tono de los campos bañados de luna. Pero no encontró ningún otro pavo real y es probable que no lo deseara tampoco.

EL CASO DE ÓSCAR BRODSKI

Por R. AUSTIN FREEMAN

Nadie, al mirar el rostro redondo y alegre de Silas Hickler, resplandeciente de benevolencia y adornado con una sonrisa perpetua, imaginaría que se trataba de un criminal. Sin embargo, es un hecho que Silas se ganaba su modesta aunque cómoda renta mediante el delicado arte del robo. Un oficio precario, y ciertamente arriesgado, aunque no demasiado peligroso si se lo ejerce con juicio y moderación. Y Silas era eminentemente un hombre juicioso. Siempre trabajaba solo. Guardaba sus secretos. Tampoco era codicioso ni derrochador, como la mayoría de los criminales. Sus "golpes" eran escasos y muy espaciados, cuidadosamente planeados, ejecutados en secreto, y las ganancias se invertían con criterio en "propiedad alquilada semanalmente".

Tal era Silas Hickler. Mientras paseaba por su jardín al anochecer de una tarde de octubre, parecía el prototipo mismo de la prosperidad modesta de clase media. Vestía el traje de viaje que usaba en sus pequeños viajes al continente; su bolso estaba empacado y listo sobre el sofá del salón. Un paquete de diamantes (comprados honestamente, aunque sin hacer preguntas indiscretas, en Southampton) reposaba en el bolsillo interior de su chaleco, y otro paquete más valioso estaba oculto en una cavidad del tacón de su bota derecha. En su juventud, Silas había estado vinculado al comercio de diamantes, y aún realizaba ciertas operaciones algo irregulares en ese rubro.

Faltaba una hora y media para que saliera hacia la estación a tomar el tren del puerto; mientras tanto, no tenía nada que hacer más que pasear por el jardín marchito y pensar en cómo invertiría las ganancias de la próxima operación. Su ama de llaves se había ido a Weiham a hacer las compras de la semana y probablemente no regresaría hasta las once.

Estaba solo en la propiedad, y apenas un poco aburrido.

Estaba a punto de entrar en la casa cuando su oído captó el sonido de unos pasos en el camino sin pavimentar que pasaba por el extremo del jardín. Se detuvo a escuchar. No había otra vivienda cerca y el camino no conducía a ningún lado, perdiéndose en el terreno baldío más allá de la casa. ¿Podía tratarse de una visita? Parecía poco probable, pues los visitantes eran raros en la casa de Silas Hickler. Mientras tanto, los pasos seguían acercándose, resonando cada vez con más fuerza sobre el sendero pedregoso y duro.

Silas se acercó al portón, y apoyado en él, miró hacia fuera con cierta curiosidad. Pronto una tenue luz le mostró el rostro de un hombre que aparentemente estaba encendiendo su pipa; luego, una figura borrosa se desprendió de la oscuridad envolvente, avanzó hacia él y se detuvo frente al jardín. El desconocido retiró el cigarrillo de su boca y preguntó:

—¿Puede decirme si este camino me lleva a la estación de Badsham Junction?

—No —respondió Hickler—, pero más adelante hay un sendero que lleva a la estación.

—¡¿Un sendero?! —gruñó el desconocido—. Ya he tenido suficiente con los senderos. Vine desde la ciudad hasta Catley con la intención de ir caminando hasta la estación. Empecé a seguir la carretera, y luego algún imbécil me indicó un atajo, con el resultado de que he estado dando vueltas a oscuras durante la última media hora. Mi vista no es muy buena, ¿sabe? —añadió.

—¿Qué tren quiere tomar? —preguntó Hickler.

—El de las siete cincuenta y ocho —fue la respuesta.

—Yo también voy a tomar ese tren —dijo Silas—, pero no tengo que salir hasta dentro de una hora. La estación está a apenas un kilómetro de aquí. Si quiere entrar y descansar un poco, podemos ir juntos más tarde, así se asegura de no perderse.

—Muy amable de su parte —dijo el desconocido, mirando con ojos detrás de los anteojos hacia la oscura casa—, pero… creo que…

—Es lo mismo esperar aquí que en la estación —dijo Silas en su tono jovial, abriendo el portón; y el desconocido, tras una breve vacilación, entró y, arrojando el cigarrillo, siguió a Silas hasta la puerta de la cabaña.

El salón estaba a oscuras, pero, entrando primero que su invitado, Silas encendió la lámpara que colgaba del techo. A medida que la llama se alzaba, inundando con luz el pequeño interior, los dos hombres se miraron con mutua curiosidad.

—¡Brodski, por todos los cielos! —fue el comentario silencioso de Hickler al observar a su invitado—. No me reconoce, evidentemente —claro que no, después de tantos años y con esa mala vista—. Tome asiento, señor —añadió en voz alta—. ¿Le gustaría tomar algo mientras pasa el tiempo?

Brodski murmuró una aceptación vaga, y mientras su anfitrión se dirigía a un armario, dejó su sombrero (un fieltro gris duro) sobre una silla en un rincón, colocó su bolso al borde de la mesa, apoyó el paraguas contra ésta y se sentó en una butaca pequeña.

—Tome una galleta —dijo Hickler, colocando una botella de whisky sobre la mesa, junto con un par de sus mejores vasos con diseño de estrella y un sifón.

—Gracias, creo que sí —dijo Brodski—. El viaje en tren y todo este maldito caminar por ahí, ya sabe…

—Sí —asintió Silas—. No es buena idea empezar con el estómago vacío. Espero que no le molesten las galletas de avena; veo que son las únicas que tengo.

Brodski se apresuró a asegurarle que las galletas de avena eran su especialidad y debilidad particular; y en confirmación, habiéndose preparado un trago generoso, se lanzó sobre las galletas con evidente entusiasmo.

Brodski era un comerciante de diamantes de considerable reputación y de amplio negocio. Compraba piedras principalmente en bruto, y de ellas era un excelente conocedor. Su gusto era por piedras de tamaño y valor algo inusuales, y era bien sabido que, cuando acumulaba suficiente stock, viajaba él mismo a Ámsterdam y supervisaba el tallado de las piedras. De esto estaba al tanto Hickler, y no dudaba de que Brodski se disponía ahora a uno de esos viajes periódicos, y que en algún lugar de sus ropas, algo gastadas, llevaba oculto un paquete de papel que podría valer varios miles de libras.

Brodski se sentó junto a la mesa, masticando monótonamente y hablando poco. Hickler se sentó frente a él, charlando nerviosamente y observando a su invitado con creciente fascinación. Las piedras preciosas, y especialmente los diamantes, eran la especialidad de Hickler; y allí estaba un hombre sentado frente a él, con un paquete en el bolsillo que contenía piedras por valor quizás de… Aquí se interrumpió bruscamente y empezó a hablar con rapidez, aunque sin mucha coherencia. Porque, mientras hablaba, otras palabras, formadas de manera subconsciente, parecían colarse entre las frases y continuar un pensamiento paralelo.

—Empieza a hacer frío por las noches, ¿no cree? —dijo Hickler.

—En efecto —asintió Brodski, y luego reanudó su lenta masticación, respirando audiblemente por la nariz.

—Cinco mil por lo menos —continuó el pensamiento subterráneo—, probablemente seis o siete, tal vez diez. Silas se removió en su silla y trató de concentrarse en algún tema de interés. Estaba empezando a tomar conciencia, con creciente incomodidad, de un nuevo y desconocido estado mental.

—¿Le interesa la jardinería? —preguntó. Después de los diamantes y las "propiedades de renta semanal", su debilidad eran las fucsias.

Brodski rió secamente.

—Hatton Garden es lo más parecido que tengo... —Se interrumpió de pronto, y luego añadió—: Soy de Londres, ¿sabe?

La brusca interrupción no pasó desapercibida para Silas, ni tuvo dificultad en interpretarla. Un hombre que lleva consigo una fortuna debe medir sus palabras con cuidado.

—Sí —respondió distraídamente—; no es precisamente una afición muy londinense.

Miró furtivamente a su invitado al otro lado de la mesa y luego desvió la vista rápidamente, al sentir agitarse en su interior un impulso cuya naturaleza no podía malinterpretar. Tenía que acabar con eso.

Siempre había considerado los crímenes contra las personas como una absoluta locura.

Por supuesto, si hubiera sido ese tipo de hombre, aquí estaba la oportunidad de su vida. El enorme botín, la casa vacía, el vecindario solitario, lejos de la carretera principal y de otras viviendas, la hora, la oscuridad... pero, claro, estaba el cuerpo. Ese era siempre el problema. ¿Qué hacer con el cuerpo?... En ese momento escuchó el silbido del tren expreso que tomaba la curva de la línea detrás de la casa, donde comenzaban los terrenos baldíos. El sonido le inspiró una nueva cadena de pensamientos y, mientras la seguía, sus ojos se fijaron en el inconsciente y taciturno Brodski. Y por su mente desfilaron, como una terrible procesión, los pensamientos de lo que haría otro hombre—un hombre de sangre y violencia—en esas circunstancias. Detalle por detalle, la espantosa síntesis encajó todas las piezas del crimen imaginado y las ordenó en sucesión racional, conectada y coherente.

Se levantó con inquietud de su silla, con los ojos aún fijos en su invitado. Ya no podía seguir sentado frente a ese hombre con su tesoro oculto de piedras preciosas. El impulso que reconocía con temor y asombro crecía cada vez más incontrolable. Si se quedaba, acabaría por dominarlo, y entonces...

Se estremeció con horror ante aquel pensamiento espantoso, pero sus dedos ansiaban tocar los diamantes.

Haría un último esfuerzo por escapar. Evitaría la presencia directa de Brodski hasta el momento de partir.

—Si me disculpa —dijo—, iré a ponerme unas botas más gruesas. Después de tanta sequía puede que el tiempo cambie, y los pies mojados son muy incómodos cuando se viaja.

—Sí; y peligrosos también —coincidió Brodski.

Silas fue a la cocina contigua, donde, a la luz de una pequeña lámpara encendida, había visto sus robustas botas rurales, limpias y listas, y se sentó en una silla para cambiarlas. Por supuesto, no tenía intención de ponérselas, pues los diamantes estaban ocultos en las que llevaba puestas. Pero haría el cambio y luego se arrepentiría; todo ayudaría a hacer pasar el tiempo.

Alzó la vista mientras desabrochaba lentamente su bota. Desde donde estaba podía ver a Brodski sentado junto a la mesa, de espaldas a la puerta de la cocina. De pronto, cediendo a un impulso incontrolable, Silas se puso de pie y empezó a avanzar sigilosamente por el pasillo hacia la sala. No se oía ni un sonido de sus pies en calcetines sobre el suelo de piedra. Avanzaba silencioso como un gato, respirando suavemente con los labios entreabiertos, hasta que se detuvo en el umbral de la habitación. Su rostro se sonrojaba sombríamente, sus ojos, abiertos y brillantes, resplandecían a la luz de la lámpara, y la sangre que le palpitaba en las sienes le zumbaba en los oídos.

Brodski encendió un fósforo —Silas notó que era de madera—, prendió su cigarrillo, apagó el fósforo y lo arrojó al hogar. Luego guardó la caja en su bolsillo y empezó a fumar.

Lenta y silenciosamente, Silas avanzó hacia el interior de la habitación, paso a paso, con sigilo felino, hasta quedar justo detrás de la silla de Brodski—tan cerca que tuvo que girar la cabeza para que su aliento no agitara el cabello del otro hombre. Así permaneció medio minuto, inmóvil, como una estatua simbólica del asesinato, fulminando con la mirada, con unos ojos horribles y relucientes, al inconsciente comerciante de diamantes. Y entonces, tan silenciosamente como antes, retrocedió hasta la puerta, giró rápidamente y regresó a la cocina.

Respiró profundamente. Había sido por poco. La vida de Brodski había pendido de un hilo. ¡Porque había sido tan fácil! De hecho, si hubiera tenido en la mano un arma—un martillo, por ejemplo, o incluso una piedra…

Miró a su alrededor en la cocina, y sus ojos se fijaron en una barra que habían dejado unos obreros que habían montado un nuevo invernadero. Era un trozo sobrante cortado de un soporte cuadrado de hierro forjado, de unos treinta centímetros de largo y quizás dos centímetros de grosor. ¡Si hubiera tenido eso en la mano un minuto antes!

Recogió la barra, la balanceó en su mano, la giró por encima de su cabeza. Un arma formidable… y silenciosa también. ¡Bah! Mejor dejarla.

Pero no la dejó. Se acercó a la puerta y volvió a mirar a Brodski, que seguía sentado como antes, fumando pensativamente, de espaldas a la cocina.

De repente, Silas cambió. Su rostro se tiñó de rojo, las venas del cuello se hincharon, y una expresión hosca se instaló en su cara. Sacó su reloj, lo miró con atención y lo guardó. Luego avanzó rápida pero silenciosamente por el pasillo hacia la sala.

A un paso de la silla de su víctima, se detuvo y apuntó con deliberación. La barra se alzó, pero no sin hacer un leve ruido, pues Brodski se volvió rápidamente justo cuando el hierro silbaba en el aire. Ese movimiento desvió el golpe del asesino, y la barra solo rozó la cabeza de su víctima, causando una herida leve. Brodski se incorporó con un chillido trémulo y lastimero, y se aferró con desesperación a los brazos de su atacante.

Entonces comenzó una lucha terrible mientras los dos hombres, fundidos en un abrazo mortal, se balanceaban de un lado a otro, pisoteando y trastabillando. La silla se volcó, un vaso vacío cayó de la mesa, y, junto con las gafas de Brodski, fue aplastado bajo los pies. Y tres veces aquel chillido espantoso, lastimero, resonó en la noche, llenando a Silas, a pesar de su frenesí asesino, de terror ante la posibilidad de que algún transeúnte lo escuchara. Reuniendo todas sus fuerzas para un esfuerzo final, empujó a su víctima hacia atrás sobre la mesa, y, tomando una esquina del mantel, la presionó contra su rostro y se la metió en la boca justo cuando iba a lanzar otro grito. Y así permanecieron por dos minutos enteros, casi inmóviles, como un grupo trágico de alegoría. Luego, cuando los últimos espasmos se extinguieron, Silas aflojó su agarre y dejó que el cuerpo inerte se deslizara suavemente hasta el suelo.

Todo había terminado. Para bien o para mal, el hecho estaba consumado. Silas se irguió, respirando con dificultad, y mientras se secaba el sudor del rostro, miró el reloj. Eran las 6:59. Todo había durado poco más de tres minutos. Le quedaba casi una hora para concluir su tarea. El tren de carga que encajaba en su plan pasaba a las 7:20, y la vía estaba a solo trescientos metros. Aun así, no debía perder tiempo. Estaba completamente sereno ahora, inquieto solo por la posibilidad de que alguien hubiese escuchado los gritos de Brodski. Si nadie los había oído, todo sería sencillo.

Se agachó y, separando con cuidado el mantel de los dientes del muerto, empezó a registrar sus bolsillos. No tardó en encontrar lo que buscaba, y al palpar el paquete de papel y sentir los pequeños cuerpos duros rozándose dentro, sus leves remordimientos se disiparon bajo una oleada de satisfacción.

Ahora se puso a trabajar con diligencia y una atención constante al reloj. Unas gotas grandes de sangre habían manchado el mantel, y había una pequeña mancha sanguinolenta en la alfombra junto a la cabeza del muerto. Silas trajo agua de la cocina, un cepillo de uñas y un paño seco, y, tras lavar la mancha del mantel—sin olvidar la superficie de madera debajo—limpió la alfombra y secó las zonas húmedas. Luego colocó una hoja de papel bajo la cabeza del cadáver para evitar más manchas. Acomodó el mantel, enderezó la silla, colocó los anteojos rotos sobre la mesa, recogió el cigarrillo, que había sido aplastado durante la lucha, y lo arrojó bajo la chimenea. Luego recogió los restos del vaso roto, que barrió con un recogedor. Parte eran del vaso, y parte de los lentes rotos. Los volcó sobre una hoja de papel y los examinó con atención, separando los fragmentos grandes reconocibles de los cristales y colocándolos aparte, junto con una cantidad de fragmentos pequeños. El resto lo devolvió al recogedor y, tras ponerse rápidamente las botas, lo llevó al montón de basura en la parte trasera de la casa.

Era hora de partir. Cortando un trozo de cuerda de su caja, ató el bolso y el paraguas del muerto y se los colgó del hombro. Luego dobló el papel con los fragmentos de vidrio, lo guardó junto con los anteojos en el bolsillo, levantó el cuerpo y se lo echó al hombro. Brodski era un hombre pequeño y delgado, que no pesaba más de cincuenta y seis kilos; no era una carga muy pesada para un hombre corpulento y atlético como Silas.

La distancia a la vía era de unos trescientos metros. Tardó exactamente seis minutos en llegar a la valla de tres barrotes que separaba el terreno baldío del ferrocarril. Al llegar allí, se detuvo un momento y volvió a escuchar con atención, escudriñando la oscuridad por todos lados. En ese paraje desolado no se veía ni se oía a ningún ser vivo.

Alzando el cadáver sobre la cerca, descendió hasta el suelo suelto y calcáreo que bordeaba la vía principal, y lo cargó unos metros más allá, hasta un punto donde la línea se curvaba bruscamente. Allí lo depositó, boca abajo, con el cuello sobre el riel más cercano. Sacando su navaja del bolsillo, cortó el nudo que sujetaba el paraguas a la cuerda que también amarraba el bolso; y, una vez que hubo arrojado el bolso y el paraguas sobre la vía junto al cuerpo, guardó cuidadosamente la cuerda en el bolsillo, exceptuando el pequeño lazo que había caído al suelo cuando cortó el nudo.

El resoplido corto y el estrépito metálico del tren de carga que se aproximaba ya eran claramente audibles. Silas sacó rápidamente del bolsillo los anteojos abollados y el paquete con cristales rotos. Los primeros los arrojó junto a la cabeza del muerto, y luego, vaciando el contenido del paquete en su mano, esparció los fragmentos de vidrio alrededor de las gafas.

No fue demasiado pronto. Ya se oía el resoplido rápido y trabajoso de la locomotora muy cerca. Apresuradamente trepó de nuevo la cerca y se alejó a zancadas campo a través, mientras el tren se acercaba resoplando y traqueteando a la curva.

Estaba por llegar a la puerta trasera de su casa cuando un sonido procedente de la vía lo hizo detenerse bruscamente. Fue un silbido prolongado, acompañado por el chirrido de los frenos y el fuerte choque de los vagones. ¡El tren se había detenido!

Por un breve instante, Silas se quedó inmóvil, conteniendo la respiración y con la boca abierta; luego avanzó rápidamente hacia la puerta, y, al entrar, deslizó silenciosamente el cerrojo. Estaba, sin duda, alarmado. ¿Qué podía haber sucedido en la vía? Era prácticamente seguro que habían visto el cuerpo, pero ¿qué ocurría ahora? ¿Y vendrían a la casa? Entró a la cocina y, atravesándola, fue hasta la sala. Todo parecía estar en orden allí. Solo estaba la barra de hierro, donde la había dejado durante el forcejeo. La recogió y la sostuvo bajo la lámpara. No tenía sangre, solo uno o dos cabellos. Casi sin pensar, la limpió con el mantel, y luego, saliendo por la cocina hacia el jardín trasero, la arrojó sobre el muro a un parterre de ortigas. Ahora le pareció prudente dirigirse a la estación. No era aún la hora, pues apenas eran las siete y veinticinco, pero no quería que lo encontraran en la casa si alguien llegaba. Su sombrero blando estaba sobre el sofá, junto con su bolso, al que estaba sujeto su paraguas. Se puso el sombrero, tomó el bolso y se dirigió hacia la puerta; luego volvió para apagar la lámpara. Y fue en ese momento, cuando estaba con la mano alzada sobre la perilla, que su mirada, por casualidad, se posó en un rincón oscuro de la sala, donde vio el sombrero gris de fieltro de Brodski, descansando en la silla donde el difunto lo había dejado al entrar.

Silas se quedó unos instantes como petrificado, con el sudor frío del pavor mortal perlándole la frente. Un instante más y habría apagado la lámpara y se habría marchado, y entonces… Se acercó a la silla, agarró el sombrero y miró dentro. Sí, allí estaba el nombre: "Oscar Brodski", escrito claramente en el forro. Si se hubiera marchado dejándolo allí para que lo descubrieran, estaría perdido; de hecho, incluso ahora, si una partida de búsqueda llegaba a la casa, aquello bastaría para llevarlo al patíbulo.

Le temblaban los miembros de horror ante la idea, pero, a pesar del pánico, no perdió la calma.

Durante unos pocos segundos se quedó considerando la situación con intensa concentración. Obviamente, lo correcto sería quemarlo. Pero el fuego estaba apagado, y apenas había tiempo para encenderlo de nuevo. Además, un sombrero no era un objeto muy inflamable y podía tardar mucho en arder; y no se podía permitir dejarlo medio consumido y quizá reconocible. No; se lo llevaría consigo.

Llegado a esta conclusión, colocó el sombrero en el suelo y lo pisoteó repetidamente hasta que quedó tan plano como un sombrero de copa plegado. Luego se desabotonó el chaleco, colocó el sombrero aplastado dentro, y volvió a abotonarse el chaleco y el saco.

Salió entonces, cerró la puerta con llave, guardó la llave en el bolsillo (la ama de llaves tenía un duplicado), y partió a paso vivo hacia la estación.

Llegó con tiempo suficiente y, tras comprar su boleto, paseó por el andén. El tren aún no estaba anunciado, pero parecía haber un alboroto inusual en el lugar. Los pasajeros estaban agrupados en un extremo del andén, y todos miraban en una dirección a lo largo de la vía; y, justo cuando él se acercaba a ellos con cierta curiosidad temblorosa y nauseabunda, dos hombres emergieron de la oscuridad llevando una camilla cubierta con una lona. Los pasajeros se apartaron para dejar pasar a los cargadores, mirando con ojos fascinados la silueta que se adivinaba débilmente bajo el áspero sudario.

PARTE II

La penumbra de una tarde de octubre caía cuando Thorndyke y yo, los únicos ocupantes de un compartimento para fumadores, nos acercábamos a la pequeña estación de Ludham; y, mientras el tren reducía la velocidad, espiábamos al grupo de campesinos que aguardaba en el andén. De pronto, Thorndyke exclamó con sorpresa:

—¡Vaya! Ese debe ser Boscovitch.

Y casi al mismo tiempo, un hombrecillo vivaz y nervioso se lanzó hacia la puerta de nuestro compartimento y literalmente se precipitó dentro.

—Espero no interrumpir esta docta reunión —dijo, estrechándonos la mano cordialmente, y lanzando con violencia impulsiva su bolso Gladstone al portaequipaje—; pero vi sus caras por la ventana y, naturalmente, no podía desaprovechar la oportunidad de tan grata compañía.

—Eres muy halagador —dijo Thorndyke—; tan halagador que nos dejas sin palabras. Pero, ¿qué haces tú, en nombre del cielo, en… cómo se llama el sitio… Ludham?

—Mi hermano tiene una casita a un kilómetro de aquí, y he pasado un par de días con él —explicó el señor Boscovitch—. Cambiaré en Badsham Junction para tomar el tren correo a Ámsterdam. Pero, ¿adónde van ustedes dos? Veo que llevan su misteriosa cajita verde en el portaequipaje. ¿Van a desentrañar algún oscuro y enrevesado crimen?

—No —respondió Thorndyke—. Vamos a Warmington por un asunto completamente prosaico.

—¿Y entonces por qué llevan la caja mágica? —preguntó Boscovitch, mirando hacia el portaequipaje.

—Nunca salgo de casa sin ella —respondió Thorndyke—. Uno nunca sabe lo que puede surgir.

Como Boscovitch seguía mirando con anhelo la caja, Thorndyke, con amabilidad, la bajó y la abrió. En realidad, sentía cierto orgullo por su "laboratorio portátil".

Boscovitch se inclinó sobre la caja y su contenido, tocando delicadamente los instrumentos y haciendo innumerables preguntas sobre sus usos; de hecho, su curiosidad apenas había sido satisfecha cuando, media hora después, el tren empezó a frenar.

—¡Por Júpiter! —exclamó, poniéndose de pie y agarrando su maleta—, ya estamos en el cruce. Ustedes también cambian aquí, ¿verdad?

—Sí —respondió Thorndyke—. Tomamos el ramal hacia Warmington.

Al bajar al andén, nos dimos cuenta de que algo inusual estaba ocurriendo o había ocurrido. Todos los pasajeros y la mayoría de los porteros y empleados estaban reunidos en un extremo de la estación, y todos miraban atentamente hacia la oscuridad a lo largo de la vía.

—¿Algo malo? —preguntó el señor Boscovitch, dirigiéndose al inspector de estación.

—Sí, señor —respondió el oficial—. Un hombre fue atropellado por el tren de carga a un kilómetro de aquí. El jefe de estación ha ido con una camilla para traerlo, y supongo que esa linterna que ven venir es la suya.

Mientras observábamos cómo la luz oscilante se acercaba, un hombre salió de la taquilla y se unió al grupo de curiosos. Me llamó la atención, como recordaría después, por dos razones: en primer lugar, su rostro redondo y jovial estaba excesivamente pálido y mostraba una expresión tensa y desencajada; y en segundo lugar, aunque miraba hacia la oscuridad con ávida curiosidad, no hizo ninguna pregunta.

De pronto aparecieron dos hombres cargando una camilla cubierta con una lona, a través de la cual se adivinaba vagamente la forma de un cuerpo humano. Un portero los seguía con un bolso y un paraguas, y el jefe de estación cerraba la marcha con su linterna.

Cuando el portero pasó, el señor Boscovitch se adelantó con repentina agitación.

—¿Ese es su paraguas? —preguntó.

—Sí, señor —respondió el mozo, deteniéndose y ofreciéndole el paraguas para que lo inspeccionara.

—¡Dios mío! —exclamó Boscovitch. Luego, girando bruscamente hacia Thorndyke, exclamó—: Es el paraguas de Brodski. Lo juraría. ¿Recuerda a Brodski, doctor Thorndyke?

Thorndyke asintió, y Boscovitch, volviéndose de nuevo hacia el mozo, dijo:

—Identifico ese paraguas. Pertenece a un caballero llamado Brodski. Si miran dentro de su sombrero, verán su nombre escrito. Siempre escribe su nombre en el sombrero.

—Aún no hemos encontrado su sombrero —dijo el mozo—, pero aquí está el jefe de estación.

Se volvió hacia su superior y anunció:

—Este caballero, señor, ha identificado el paraguas.

—Ah —dijo el jefe de estación—, ¿reconoce usted el paraguas, señor? Entonces, tal vez quiera pasar a la sala de lámparas para ver si puede identificar el cuerpo.

El señor Boscovitch retrocedió con expresión alarmada.

—¿Está… está muy desfigurado? —preguntó nerviosamente.

—Bueno, sí —fue la respuesta—. Verá, la locomotora y seis vagones pasaron sobre él antes de que lograran detener el tren. Le cortaron la cabeza por completo, de hecho.

—¡Espantoso! ¡Espantoso! —jadeó Boscovitch—. Creo que, si no le molesta… yo… preferiría no hacerlo. ¿Cree usted que sea necesario, doctor?

—Sí, lo creo —respondió Thorndyke—. Una identificación temprana puede ser de suma importancia.

—Entonces supongo que debo hacerlo —dijo Boscovitch; y, con extrema desgana, siguió al jefe de estación hacia la sala de lámparas. Unos minutos después, salió corriendo, pálido y sobrecogido, y se abalanzó sobre Thorndyke.

—¡Es él! —exclamó sin aliento—. ¡Es Brodski! ¡Pobre viejo Brodski! ¡Horrible! ¡Horrible! Debía encontrarse conmigo aquí e ir juntos a Ámsterdam.

—¿Llevaba alguna mercancía consigo? —preguntó Thorndyke; y, mientras hablaba, el extraño que yo había notado antes se acercó más, como para oír mejor la respuesta.

—Sin duda llevaba algunas piedras —respondió Boscovitch—. Su secretario lo sabrá, por supuesto. A propósito, doctor, ¿podría usted hacerse cargo del caso? Solo para asegurarse de que realmente fue un accidente o… ya sabe a qué me refiero.

—Muy bien —dijo Thorndyke—. Me aseguraré de que no haya nada más de lo que aparenta y le haré un informe. ¿Le parece?

—Gracias —dijo Boscovitch—. Es usted sumamente amable, doctor. Ah, ahí viene el tren. Espero que no le cause molestias quedarse para encargarse del asunto.

—En absoluto —respondió Thorndyke.

Mientras hablaba Thorndyke, el extraño, que se había mantenido cerca de nosotros con el evidente propósito de escuchar, le lanzó una mirada muy curiosa y atenta.

Tan pronto como el tren partió de la estación, Thorndyke buscó al jefe de estación y le informó de las instrucciones que había recibido de Boscovitch.

—Por supuesto —añadió al concluir—, no debemos intervenir hasta que llegue la policía. Supongo que ya fueron informados.

—Sí —respondió el jefe de estación—. Envié un mensaje de inmediato al jefe de policía. Creo que saldré un momento para ver si viene en camino.

Evidentemente, deseaba hablar en privado con el oficial de policía antes de comprometerse con cualquier declaración.

Mientras el funcionario se retiraba, Thorndyke y yo comenzamos a pasearnos por el ahora vacío andén.

—¿Por qué no hacemos unas discretas preguntas al mozo que trajo el bolso y el paraguas? —sugerí.

—Una excelente sugerencia, Jervis —respondió Thorndyke—. Veamos qué tiene que contarnos.

Nos acercamos al mozo y lo encontramos deseoso de descargar el trágico relato.

—Así fue como ocurrió la cosa, señor —dijo, en respuesta a la pregunta de Thorndyke—. Justo en ese lugar hay una curva bastante cerrada, y el tren acababa de doblar cuando el maquinista vio de repente algo tendido sobre los rieles. A medida que la locomotora giraba, los faros lo iluminaron, y entonces vio que era un hombre. Cortó el vapor de inmediato, hizo sonar el silbato y aplicó los frenos con fuerza; pero, como sabrá, señor, un tren de carga tarda en detenerse. Antes de que pudieran pararlo, la locomotora y media docena de vagones habían pasado por encima del pobre infeliz.

—¿Pudo el maquinista ver cómo estaba tendido el hombre? —preguntó Thorndyke.

—Sí, lo vio claramente, porque los faros lo iluminaban de lleno. Estaba boca abajo, con el cuello sobre el riel más cercano en la vía descendente. Su cabeza estaba en medio de las vías y el cuerpo al lado de la vía. Parecía como si se hubiera colocado así a propósito.

—¿Hay algún cruce a nivel por allí? —preguntó Thorndyke.

—No, señor; ni cruce, ni camino, ni sendero, ni nada —dijo el mozo, sacrificando la gramática en favor del énfasis—. Debió haber cruzado por los campos y trepado la cerca para llegar a la vía principal. Lo que parece es un suicidio deliberado.

Thorndyke agradeció al hombre la información y, mientras regresábamos hacia la sala de lámparas, discutió el sentido de estos nuevos hechos.

—Nuestro amigo tiene razón, sin duda, en un aspecto —dijo—. Esto no fue un accidente. El hombre podría, si fuera miope, sordo o torpe, haber trepado la cerca y haber sido atropellado por el tren. Pero su posición, tendido sobre los rieles, solo puede explicarse de dos maneras: o fue, como dice el mozo, un suicidio deliberado, o bien el hombre ya estaba muerto o inconsciente. Pero aquí viene el jefe de estación, y un oficial con él. Escuchemos lo que tienen que decir.

El inspector de policía accedió a permitirnos ver el cuerpo, y entramos juntos en la sala de lámparas, encabezados por el jefe de estación, que subió el gas.

La camilla estaba en el suelo, junto a una pared, con su sombría carga aún cubierta por la lona, y el bolso y el paraguas reposaban sobre una caja grande, junto con el armazón maltrecho de unas gafas, de las cuales los cristales se habían desprendido.

—¿Se encontraron estas gafas junto al cuerpo? —preguntó Thorndyke.

—Sí —respondió el jefe de estación—. Estaban junto a la cabeza, y los cristales estaban esparcidos por la gravilla.

Thorndyke tomó nota en su libreta, y luego, mientras el inspector levantaba la lona, echó un vistazo al cadáver. Durante un minuto completo permaneció en cuclillas, observando silenciosamente el objeto macabro; luego se enderezó y dijo tranquilamente:

—Creo que podemos eliminar dos de las tres hipótesis.

El inspector lo miró rápidamente y estaba por hacer una pregunta, cuando su atención se desvió hacia el estuche de viaje que Thorndyke había colocado en un estante y que ahora abría para sacar un par de pinzas de disección. Con una de ellas le levantó el labio, y, tras examinar con atención la cara interna, inspeccionó cuidadosamente los dientes.

—¿Podrías prestarme tu lupa, Jervis? —dijo; y, al entregarle yo mi lente doble ya abierto, el inspector acercó la linterna al rostro del difunto y se inclinó con avidez. Con su acostumbrado método sistemático, Thorndyke pasó lentamente la lupa por toda la fila de dientes afilados y desiguales, y luego, regresando al centro, examinó con más detenimiento los incisivos superiores. Finalmente, con gran delicadeza, extrajo con las pinzas un minúsculo objeto de entre dos de los dientes frontales superiores y lo sostuvo bajo el foco de la lente. Anticipando su siguiente movimiento, tomé un portaobjetos etiquetado del estuche y se lo pasé, junto con una aguja de disección; y, mientras él transfería el objeto al portaobjetos y lo extendía con la aguja, yo monté el pequeño microscopio sobre el estante.

—Una gota de Farrant y un cubreobjetos, por favor, Jervis —dijo Thorndyke.

Le pasé el frasco y, cuando dejó caer con cuidado una gota del líquido de montaje sobre el objeto y colocó el cubreobjetos, puso el portaobjetos en la platina del microscopio y lo examinó atentamente.

Al mirar al inspector por casualidad, observé en su rostro una ligera sonrisa que intentó disimular educadamente al notar que lo estaba mirando.

—Pensaba, señor —dijo con tono de disculpa—, que esto se sale un poco del asunto, averiguar qué comió para la cena. No murió por una mala digestión.

Thorndyke levantó la vista con una sonrisa.

—No se debe asumir, inspector, que algo está fuera de lugar en una investigación de este tipo. Estas migas, por ejemplo, que están esparcidas sobre el chaleco del difunto. ¿Acaso no podemos aprender nada de ellas?

—No veo qué se pueda aprender —replicó obstinadamente el inspector.

Thorndyke recogió las migas una por una con sus pinzas y, tras depositarlas en un portaobjetos, las examinó primero con la lupa y luego con el microscopio.

—Aprendo —dijo— que poco antes de morir, el difunto comió una especie de galletas integrales, aparentemente hechas de avena.

—Yo a eso no le veo importancia —dijo el inspector—. La cuestión que debemos resolver no es qué refrigerio tomó el difunto, sino cuál fue la causa de su muerte. ¿Se suicidó? ¿Fue un accidente? ¿O hubo algún juego sucio?

—Perdone —dijo Thorndyke—. Las preguntas que quedan por resolver son: ¿quién mató al difunto y con qué motivo? Las otras, en lo que a mí respecta, ya están respondidas.

El inspector lo miró asombrado, no sin algo de incredulidad.

—No ha tardado usted mucho en llegar a una conclusión, señor —dijo.

—No; era un caso bastante evidente de asesinato —dijo Thorndyke—. En cuanto al motivo, el difunto era comerciante de diamantes y se cree que llevaba una cantidad de piedras consigo. Le sugeriría que registre el cadáver.

El inspector dejó escapar una exclamación de disgusto.

—Ya veo —dijo—. Fue una suposición por su parte. En cuanto a registrar el cuerpo, pues, para eso he venido principalmente.

Dándose vuelta de forma ostentosa, comenzó a vaciar sistemáticamente los bolsillos del difunto, colocando los objetos, conforme los sacaba, sobre la caja, junto al bolso y al paraguas.

Thorndyke observó el cuerpo en general, prestando especial atención a las suelas de las botas; y luego, mientras el agente continuaba su búsqueda, revisó los artículos que ya estaban sobre la caja. La cartera y el portamonedas, por supuesto, los dejó para que los abriera el inspector; pero examinó minuciosamente las gafas, la navaja, el tarjetero y otros pequeños objetos de bolsillo.

—¿Qué esperaba encontrar en su tabaquera? —preguntó el oficial, dejando un manojo de llaves del bolsillo del difunto.

—Tabaco —respondió Thorndyke—; pero no esperaba encontrar Latakia finamente cortado. No recuerdo haber visto jamás Latakia puro fumado en cigarrillos.

—Usted sí que se interesa por los detalles, señor —dijo el inspector, con una mirada de soslayo al impasible jefe de estación.

—Así es —asintió Thorndyke—; y noto que no hay diamantes entre esta colección.

—No; y no sabemos si llevaba alguno encima. Pero hay un reloj de oro con cadena, un alfiler de corbata con diamante y un monedero que contiene… —lo abrió y vació su contenido en la mano— doce libras en oro. Eso no parece un robo, ¿verdad? ¿Qué opina ahora de la teoría del asesinato?

—Mi opinión no ha cambiado —dijo Thorndyke—, y me gustaría examinar el lugar donde se encontró el cuerpo.

Cuando Thorndyke hubo guardado de nuevo sus instrumentos y, a petición propia, recibió una linterna, partimos por la vía, Thorndyke llevando la luz y yo el indispensable estuche verde.

—Estoy un poco a oscuras respecto a este caso —dije, cuando dejamos que los dos oficiales se adelantaran hasta quedar fuera del alcance del oído—; usted llegó a una conclusión notablemente rápido. ¿Qué fue lo que determinó de inmediato su opinión de que fue un asesinato y no un suicidio?

—Fue un detalle pequeño, pero concluyente —respondió Thorndyke—. ¿Notó la pequeña herida en el cuero cabelludo, sobre la sien izquierda? Era una herida superficial, y bien podría haberla causado la locomotora. Pero… la herida había sangrado, y lo había hecho durante un tiempo considerable. Había dos regueros de sangre, y en ambos la sangre estaba firmemente coagulada y parcialmente seca. Pero el hombre había sido decapitado, y esa herida, si fue causada por el tren, debió hacerse después de la decapitación, ya que estaba en el lado más alejado respecto al tren en su dirección de llegada. Ahora bien, una cabeza decapitada no sangra. Por lo tanto, esa herida fue infligida antes de la decapitación.

—Pero no solo había sangrado la herida: la sangre había corrido en dos direcciones en ángulo recto entre sí. Primero, cronológicamente hablando, había bajado por la mejilla y goteado sobre el cuello. La segunda corriente fue hacia la parte trasera de la cabeza. Y ya sabes, Jervis, que no hay excepciones a la ley de la gravedad. Si la sangre corrió por la cara hacia el mentón, la cabeza debía estar erguida en ese momento; y si luego la sangre fluyó desde el frente hacia atrás, la cabeza debía estar horizontal y mirando hacia arriba. Pero cuando el maquinista lo vio, el hombre estaba tendido boca abajo. La única conclusión posible es que, cuando se infligió la herida, el hombre estaba en posición vertical —de pie o sentado—, y que después, y aún con vida, estuvo tendido de espaldas el tiempo suficiente para que la sangre llegara a la parte trasera de la cabeza. Pero dime, ¿qué notaste del rostro?

—Me pareció que había una clara señal de asfixia.

—Sin duda —dijo Thorndyke—. Era el rostro de un hombre sofocado. También debiste notar que la lengua estaba visiblemente hinchada, y que en el interior del labio superior había profundas marcas de los dientes, además de una o dos heridas leves causadas, evidentemente, por una fuerte presión sobre la boca. Y ahora observa qué bien se corresponden estos hechos e inferencias con los de la herida en el cuero cabelludo. Si supiéramos que el difunto recibió un golpe en la cabeza, luchó con su agresor y finalmente fue reducido y asfixiado, esperaríamos encontrar precisamente esos signos que hemos hallado.

—Por cierto, ¿qué era eso que encontró entre los dientes? No tuve oportunidad de mirar por el microscopio.

—¡Ah! —dijo Thorndyke—. Ahí no solo obtenemos una confirmación, sino que llevamos nuestras inferencias un paso más allá. El objeto era un pequeño mechón de tela. La mayor parte consistía en fibras de lana teñidas de rojo carmesí, pero también había fibras de algodón teñidas de azul y algunas que parecían de yute teñidas de amarillo. Podría haber sido parte del vestido de una mujer, aunque la presencia del yute sugiere más bien una cortina o una alfombra de baja calidad.

—¿Y su importancia…?

—Es que, si no pertenece a una prenda de vestir, entonces debió de provenir de un mueble; y los muebles sugieren una habitación habitada.

—Eso no parece muy concluyente —objeté.

—No lo es; pero es una corroboración valiosa.

—¿De qué?

—De la sugerencia ofrecida por las suelas de las botas del difunto. Las examiné minuciosamente y no encontré rastro alguno de arena, grava ni tierra, a pesar de que, supuestamente, debió cruzar campos y terreno agreste para llegar al lugar donde fue hallado. Lo que sí encontré fue ceniza fina de tabaco, una marca quemada como si se hubiese pisado un cigarro o cigarrillo, varias migas de galleta, y, en una tachuela saliente, algunas fibras de colores, aparentemente provenientes de una alfombra. La sugerencia evidente es que el hombre fue asesinado en una casa con suelo alfombrado y luego transportado hasta la vía del tren.

—Si tus deducciones son correctas —dije—, el problema está prácticamente resuelto. Debe haber abundantes rastros dentro de la casa. La única pregunta es: ¿qué casa es?

—Exacto —respondió Thorndyke—. Esa es la pregunta, y es una muy difícil.

Nuestra conversación fue interrumpida por nuestra llegada al lugar donde se encontró el cadáver. El jefe de estación se había detenido, y él y el inspector examinaban ahora el riel cercano con la luz de sus linternas.

—Hay sorprendentemente poca sangre —dijo el primero—. He visto muchos accidentes de este tipo y siempre ha habido mucha sangre, tanto en la locomotora como en la vía. Es muy curioso.

Thorndyke lanzó una mirada breve al riel; esa cuestión ya no le interesaba. Pero la luz de su linterna iluminó el suelo junto a la vía—una tierra suelta y gravosa, mezclada con fragmentos de cal—y de ahí pasó a las suelas de las botas del inspector, visibles mientras este se arrodillaba junto al riel.

—¿Lo observas, Jervis? —dijo en voz baja, y yo asentí.

Las suelas de las botas del inspector estaban cubiertas de partículas adheridas de grava, y marcadas visiblemente por la cal sobre la que había pisado.

—¿No han encontrado el sombrero, supongo? —preguntó Thorndyke, agachándose para recoger un pedazo corto de cuerda que yacía en el suelo junto a la vía.

—No —respondió el inspector—, pero no puede estar muy lejos. Parece que usted ha encontrado otra pista, señor —añadió con una sonrisa, mirando la cuerda.

—Quién sabe —dijo Thorndyke—. Un pedazo corto de cuerda de cáñamo con una hebra verde. Quizá nos diga algo más adelante. —Y, sacando del bolsillo una pequeña caja de hojalata que contenía, entre otras cosas, varios sobres para semillas, metió la cuerda en uno de ellos y escribió una nota a lápiz en el exterior. El inspector observaba sus acciones con una sonrisa indulgente, y luego volvió a su examen de la vía, en el que Thorndyke se unió.

—Supongo que el pobre hombre era miope —comentó el oficial, señalando los restos de las gafas destrozadas—; eso podría explicar que se hubiese metido en la vía.

—Es posible —dijo Thorndyke. Ya había notado los fragmentos esparcidos sobre una traviesa y la grava adyacente, y ahora volvió a sacar su caja de recolección.

—¿Podrías darme un par de pinzas, Jervis? —dijo—. Y si no te importa, toma otro par tú y ayúdame a recoger estos fragmentos. Recoge cada partícula que encuentres, Jervis. Puede ser muy importante.

—No veo muy bien cómo —dije, mientras buscaba a tientas las diminutas esquirlas de vidrio.

—¿No lo ves? —replicó Thorndyke—. Mira estos fragmentos. Algunos son de buen tamaño, pero muchos de los que están sobre la traviesa son apenas granos. Y observa su número. Evidentemente, el estado del vidrio no concuerda con las circunstancias en que lo encontramos. Estas son lentes de gafas gruesas y cóncavas, rotas en un gran número de fragmentos minúsculos. Ahora bien, ¿cómo se rompieron? No simplemente por una caída, evidentemente. Una lente así, al caer, se rompe en unas pocas piezas grandes. Tampoco fueron aplastadas por una rueda, pues en ese caso se habrían reducido a polvo fino, y ese polvo sería visible en el riel, lo cual no ocurre. Las monturas de las gafas, como recordarás, presentaban la misma incongruencia: estaban abolladas y dañadas más de lo que estarían por una simple caída, pero mucho menos de lo que se esperaría si una rueda les hubiera pasado por encima.

—¿Qué sugieres entonces? —pregunté.

—Las evidencias sugieren que las gafas fueron pisadas. Pero, si el cuerpo fue traído aquí, es probable que las gafas también lo fueran, y que ya estuvieran rotas antes de llegar; porque es más probable que se pisaran durante el forcejeo que el asesino las pisara después de traerlas aquí. De ahí la importancia de recoger cada fragmento.

—¿Pero por qué? —pregunté —aunque debo admitir que fue una pregunta un poco torpe.

—Porque si, al reunir todos los fragmentos que podamos encontrar, aún falta una parte significativa de las lentes, más de lo razonable, eso respaldaría nuestra hipótesis, y podríamos encontrar el resto faltante en otro lugar.

Mientras realizábamos nuestra búsqueda, los dos funcionarios giraban en círculos con sus linternas en busca del sombrero perdido; y, cuando por fin recogimos el último fragmento, pudimos ver sus luces moviéndose como fuegos fatuos a cierta distancia por la vía.

—Bien podríamos revisar lo que tenemos antes de que nuestros amigos regresen —dijo Thorndyke, mirando las luces titilantes—. Deja el estuche sobre la hierba junto a la cerca; nos servirá de mesa.

Así lo hice, y Thorndyke, sacando una carta del bolsillo, la abrió y la extendió sobre el estuche. Luego volcó el contenido del sobre de semillas sobre el papel y, desplegando cuidadosamente los pedazos de vidrio, los observó en silencio durante unos momentos. Y, mientras miraba, una expresión muy curiosa se dibujó en su rostro. Con repentina energía, comenzó a seleccionar los fragmentos más grandes y a colocarlos sobre dos tarjetas de visita que sacó de su tarjetero. Rápida y hábilmente fue encajando las piezas, y a medida que las lentes reconstruidas tomaban forma sobre las tarjetas, yo lo observaba con creciente expectación, pues algo en el comportamiento de mi colega me decía que estábamos al borde de un descubrimiento.

Por fin, los dos óvalos de vidrio descansaban en sus respectivas tarjetas, completos salvo por uno o dos pequeños huecos; y el montón que quedaba consistía en fragmentos tan diminutos que hacía imposible seguir reconstruyendo. Entonces Thorndyke se recostó y rió suavemente.

—Este es ciertamente un resultado inesperado —dijo.

—¿Cuál es?

—¿No lo ves, querido amigo? Hay demasiado vidrio. Hemos reconstruido casi por completo las lentes rotas, y los fragmentos que sobran son considerablemente más de los necesarios para llenar los huecos.

Colocó el papel y las dos tarjetas con cuidado en el suelo, y, abriendo el estuche, sacó el pequeño microscopio.

—¡Ah! —exclamó al cabo de un momento—. El asunto se complica. Hay demasiado vidrio, y sin embargo, demasiado poco; es decir, solo hay uno o dos fragmentos aquí que pertenecen a las gafas. El resto consiste en un vidrio moldeado, suave e irregular, fácilmente distinguible del vidrio óptico, claro y duro. Estos fragmentos ajenos son todos curvos, como si hubieran formado parte de un cilindro, y diría que son partes de un vaso o copa.

Movió la platina un par de veces y luego continuó:

—Tenemos suerte, Jervis. Aquí hay un fragmento con dos pequeñas líneas divergentes grabadas, evidentemente los extremos de una estrella de ocho puntas; y aquí hay otro con tres puntas—los finales de tres rayos. Esto nos permite reconstruir el vaso perfectamente. Era un vaso delgado y claro, probablemente un vaso común, decorado con estrellas dispersas. Echa un vistazo a la muestra.

Apenas había puesto el ojo en el microscopio cuando el jefe de estación y el inspector se acercaron. Nuestra apariencia, sentados en el suelo con el microscopio entre nosotros, fue demasiado para la seriedad del oficial de policía, quien estalló en una larga y sonora carcajada.

—Dispénsenme, caballeros —dijo entonces el inspector en tono de disculpa—, pero, realmente, ya saben, para un veterano como yo, esto parece un poco… bueno, ya entienden. No dudo que un microscopio sea algo muy interesante y entretenido, pero no creo que nos haga avanzar mucho en un caso como este, ¿verdad?

—Tal vez no —respondió Thorndyke—. A propósito, ¿dónde encontraron el sombrero, después de todo?

—No lo hemos encontrado —contestó el inspector, algo avergonzado.

—Entonces debemos ayudarlos a continuar la búsqueda —dijo Thorndyke—. Si esperan unos minutos, iremos con ustedes.

Vertió unas gotas de bálsamo de xilol sobre las tarjetas para fijar las lentes reconstituidas a sus soportes y, después de guardar estas y el microscopio en el estuche, anunció que estaba listo para partir.

—¿Hay alguna aldea o caserío cerca? —preguntó al jefe de estación.

—Ninguno más cerca que Corfield. Está a unos ochocientos metros de aquí.

—¿Y cuál es el camino más cercano?

—Hay un camino a medio construir que pasa junto a una casa a unos trescientos metros de aquí. Pertenece a una urbanización que nunca se construyó. Desde ahí sale un sendero que lleva a la estación.

—¿Hay otras casas cerca?

—No; esa es la única casa en un radio de medio kilómetro, y no hay otro camino por aquí.

—Entonces, lo más probable es que Brodski se acercara al ferrocarril desde esa dirección, ya que lo encontraron de ese lado de la vía principal.

El inspector coincidió con esta hipótesis, y todos nos pusimos en marcha lentamente hacia la casa, guiados por el jefe de estación y examinando el suelo a medida que avanzábamos.

Thorndyke aminoró un poco el paso, permitiendo que los dos funcionarios se adelantaran, y, cuando estuvieron fuera del alcance del oído, comentó en voz baja:

—Esta casa a la que nos estamos acercando parece ser la única habitación habitada en varios cientos de metros a la redonda. Si es así, la probabilidad de que sea la casa donde se cometió el asesinato es abrumadora. Pero esa probabilidad no nos da derecho a entrar y registrar sin encontrar antes alguna evidencia que la relacione con el crimen, o, al menos, con el difunto.

Se detuvo para observar la casa tras el bajo muro del jardín y, tras intentar suavemente abrir la verja y comprobar que estaba cerrada, rodeamos hasta el frente de la casa, donde encontramos a nuestros dos conocidos mirando vagamente hacia la carretera sin asfaltar.

—Hay una luz en la casa —dijo el inspector—, pero no hay nadie. He golpeado una docena de veces y no he obtenido respuesta.

Thorndyke no respondió. Entró en el jardín, recorrió el sendero, y, tras golpear suavemente en la puerta, se inclinó y escuchó atentamente por la cerradura.

—Le digo que no hay nadie en la casa —dijo el inspector, irritado; y, mientras Thorndyke seguía escuchando, se alejó murmurando con enfado. Tan pronto como se fue, Thorndyke iluminó con su linterna la puerta, el umbral, el sendero y los pequeños canteros; y, de uno de estos últimos, lo vi agacharse y recoger algo.

—Este es un objeto sumamente instructivo, Jervis —dijo, acercándose a la verja y mostrando un cigarrillo, del cual solo se había fumado un centímetro.

—¿Qué tiene de instructivo? —pregunté—. ¿Qué aprendes de él?

—Muchas cosas —respondió—. Ha sido encendido y arrojado sin ser fumado; eso indica un cambio repentino de intención. Fue arrojado en la entrada de la casa, casi con certeza por alguien que iba a entrar. Esa persona probablemente era un desconocido, o habría entrado con él. Pero no esperaba entrar en la casa, o no lo habría encendido. Estas son las sugerencias generales; ahora vamos con las particulares. El papel del cigarrillo es del tipo conocido como marca "Zigzag"; la marca de agua es muy visible. Ahora bien, la libreta de cigarrillos de Brodski era una "Zigzag", llamada así por la forma en que se sacan los papeles. Pero veamos cómo es el tabaco.

Con un alfiler que sacó de su chaqueta, extrajo del extremo no quemado una hebra de tabaco oscuro, marrón sucio, que me ofreció para inspección.

—Latakia finamente cortado —dije sin dudar.

—Muy bien —dijo Thorndyke—. Aquí tenemos un cigarrillo hecho con un tabaco inusual, similar al del estuche de Brodski, y envuelto en un papel poco común, igual al de su libreta. Con el debido respeto a la cuarta regla del silogismo, sugiero que este cigarrillo fue hecho por Oscar Brodski. Sin embargo, busquemos un detalle que lo corrobore.

—¿Cuál sería?

—Quizás hayas notado que la caja de fósforos de Brodski contenía cerillas redondas de madera, también bastante inusuales. Como debió encender el cigarrillo a pocos pasos de la verja, deberíamos poder encontrar la cerilla con la que lo encendió.

Caminamos muy lentamente por el camino, buscando en el suelo con la linterna, y no habíamos recorrido ni una docena de pasos cuando vi una cerilla sobre el sendero de tierra. Era una vesta redonda de madera.

Thorndyke la examinó con interés y, tras guardarla junto con el cigarrillo en su caja de recolección, dio media vuelta para regresar.

—Ahora, Jervis —dijo—, no cabe duda razonable de que Brodski fue asesinado en esa casa. Hemos logrado vincular la casa con el crimen, y ahora debemos forzar la entrada y seguir uniendo las demás pistas.

Regresamos rápidamente a la parte trasera de la propiedad, donde encontramos al inspector conversando desanimado con el jefe de estación.

—Creo, señor —dijo el primero—, que deberíamos regresar; de hecho, no veo para qué vinimos aquí, pero… ¡Eh! ¡Oiga, señor, no puede hacer eso! —Porque Thorndyke, sin una palabra de advertencia, había saltado ágilmente y ya tenía una pierna por encima del muro.

—No puedo permitir que entre en propiedad privada, señor —insistió el inspector. Pero Thorndyke descendió tranquilamente al interior y se volvió para mirar al oficial por encima del muro.

—Escúcheme, inspector —dijo—. Tengo buenos motivos para creer que el difunto Brodski estuvo en esta casa; de hecho, estoy dispuesto a firmar una declaración jurada al respecto. Pero el tiempo apremia; debemos seguir el rastro mientras esté fresco. Y no estoy proponiendo entrar a la casa a la fuerza. Solo deseo examinar el basurero.

—¿El basurero? —exclamó el inspector—. ¡Vaya, usted sí que es un caballero fuera de lo común! ¿Qué espera encontrar en el basurero?

—Estoy buscando un vaso roto o una copa. Es un vaso de vidrio delgado decorado con un patrón de pequeñas estrellas de ocho puntas. Puede estar dentro de la casa, o puede estar afuera. Si está afuera, probablemente esté en el basurero.

—Podemos ver enseguida qué hay en el basurero —dijo el inspector—, aunque qué demonios tiene que ver un vaso roto con el caso es algo que no entiendo. Pero bueno, allá vamos.

Saltó por encima del muro y, al caer en el jardín, lo seguimos el jefe de estación y yo. Pero apenas habíamos recorrido la mitad del sendero cuando oímos la voz del inspector gritando con entusiasmo:

—¡Por aquí, señor, venga por aquí! —gritó, y cuando nos apresuramos, lo encontramos de pie junto a un pequeño montón de basura, con expresión de asombro. La luz de las linternas iluminaba claramente los fragmentos dispersos de un vaso delgado con diseño de estrellas.

—No puedo imaginar cómo supo que estaba aquí, señor —dijo el inspector, con un tono de respeto recién adquirido—, ni qué va a hacer con eso ahora que lo ha encontrado.

—Es simplemente otro eslabón en la cadena de evidencia —dijo Thorndyke—. Tendré que explicar la conexión más tarde. Mientras tanto, será mejor que echemos un vistazo dentro de la casa. Espero encontrar allí un cigarrillo pisoteado, algunas galletas integrales, posiblemente una cerilla de madera y quizás incluso el sombrero desaparecido.

Al mencionar el sombrero, el inspector se dirigió con entusiasmo hacia la puerta trasera, pero al encontrarla atrancada, probó con la ventana. Esta también estaba firmemente cerrada, y, siguiendo el consejo de Thorndyke, fuimos hacia la puerta principal.

—Esta puerta también está cerrada con llave —dijo el inspector—. Me temo que tendremos que forzarla. Aunque es un fastidio.

—Revise la ventana —sugirió Thorndyke.

El oficial lo intentó, luchando en vano por abrir el pestillo especial con su navaja.

—No hay manera —dijo, regresando a la puerta—. Tendremos que…

Se interrumpió de golpe, mirando asombrado, porque la puerta estaba abierta y Thorndyke guardaba algo en su bolsillo.

—Su amigo no pierde tiempo… ni siquiera para abrir una cerradura —comentó dirigiéndose a mí, mientras seguíamos a Thorndyke al interior de la casa; pero sus reflexiones pronto se vieron reemplazadas por una nueva sorpresa. Thorndyke nos había precedido a una pequeña sala de estar débilmente iluminada por una lámpara colgante con la llama bajada. Al entrar, Thorndyke subió la luz y recorrió la habitación con la mirada. Había una botella de whisky sobre la mesa, con un sifón, un vaso y una caja de galletas. Señalando esta última, Thorndyke dijo al inspector:

—Vea qué hay en esa caja.

El inspector levantó la tapa y echó un vistazo, el jefe de estación miró por encima de su hombro, y luego ambos se volvieron hacia Thorndyke, estupefactos.

—¿Cómo demonios sabía usted que había galletas integrales en la casa, señor? —exclamó el jefe de estación.

—Se decepcionarían si se los dijera —respondió Thorndyke—. Pero miren esto. —Señaló la chimenea, donde yacía un cigarrillo aplastado, medio fumado, y una cerilla redonda de madera. El inspector y el jefe de estación los observaron en silencio, asombrados.

—Usted tiene consigo las pertenencias del difunto, ¿cierto? —dijo Thorndyke—. Veamos su tabaquera.

Mientras el oficial sacaba y abría la tabaquera, Thorndyke recogió el cigarrillo aplastado y lo abrió cuidadosamente con su afilada navaja.

—Ahora —dijo—, ¿qué clase de tabaco hay en la tabaquera?

El inspector sacó una pizca, la observó y la olió con disgusto.

—Es uno de esos tabacos apestosos que usan en las mezclas… Latakia, creo.

—¿Y esto qué es? —preguntó Thorndyke, señalando el cigarrillo abierto.

—La misma cosa, sin duda —respondió el inspector.

—Y ahora veamos sus papeles para cigarrillos —dijo Thorndyke.

El pequeño librito fue sacado del bolsillo del oficial y se extrajo un papel de muestra. Thorndyke colocó el papel medio quemado junto a él, y el inspector, tras examinarlos, los sostuvo a contraluz.

—No hay muchas probabilidades de confundir esa marca de agua "Zigzag" —dijo—. Este cigarrillo lo hizo el difunto; no puede haber ni la sombra de duda.

—Un punto más —dijo Thorndyke, colocando la cerilla de madera quemada sobre la mesa—. ¿Tiene su caja de cerillas?

El inspector sacó la pequeña caja plateada, la abrió y comparó las cerillas de madera que contenía con el extremo quemado. Luego la cerró de un golpe.

—Lo ha demostrado hasta el final —dijo—. Si pudiéramos encontrar el sombrero, tendríamos un caso completo.

—En cuanto al sombrero —dijo Thorndyke—, aunque encontrarlo en esta habitación le daría un acabado decorativo a la investigación, en realidad no aportaría mucho. No hay duda de que Brodski fue asesinado, y que lo fue en esta habitación. Luego, el estado del cadáver y las circunstancias en que fue hallado nos permiten fijar el momento del asesinato dentro de márgenes bastante estrechos—márgenes que unas pocas averiguaciones reducirán aún más. Solo tiene que averiguar quién estuvo en esta casa en ese momento para darle nombre al asesino; y recuerde, es sumamente probable que tenga encima diamantes robados o que los haya vendido recientemente.

—Hay un pequeño punto que también podríamos resolver —añadió—. Dame un portaobjetos con una gota de Farrant, Jervis.

Preparé el portaobjetos mientras Thorndyke, con unas pinzas, sacaba una pequeña hebra de tela del mantel.

—Creo que ya hemos visto esta tela antes —comentó, al colocar la pequeña pelusa en el líquido de montaje y deslizar el portaobjetos sobre la platina del microscopio—. Sí —continuó, mirando por el ocular—, aquí están nuestros viejos conocidos: fibras de lana roja, algodón azul y yute amarillo.

—¿Tiene alguna idea de cómo murió el difunto? —preguntó el inspector.

—Sí —respondió Thorndyke—. Supongo que el asesino lo atrajo a esta habitación y le ofreció algo de beber. El asesino se sentó en la silla en la que usted está sentado; Brodski se sentó en ese pequeño sillón. Entonces imagino que el asesino lo atacó con un arma contundente y pesada —que probablemente encontrará más tarde—, no logró matarlo con el primer golpe, lucharon, y finalmente lo sofocó con este mantel. A propósito, hay un punto más. ¿Reconoce este trozo de cuerda? —Sacó de su caja de recolección el pequeño cabo de cordel recogido junto a la vía. El inspector asintió—. Si mira detrás de usted, verá de dónde vino.

El oficial se giró bruscamente, y su mirada se posó en una caja de cuerda sobre la repisa de la chimenea. La bajó, y Thorndyke extrajo de ella un tramo de cuerda blanca con una hebra verde, que comparó con la que tenía en la mano.

—La hebra verde hace que la identificación sea bastante segura —dijo—. Por supuesto, la cuerda fue usada para sujetar el paraguas y el bolso. No podía cargarlos en la mano, estando además cargando con el cadáver.

En ese momento, nuestra reunión fue interrumpida por pasos apresurados en el sendero del jardín y, al volvernos todos a la vez, una mujer mayor irrumpió en la habitación.

Se quedó un momento en silencio, sorprendida, y luego, mirando de uno a otro, preguntó:

—¿Quiénes son ustedes? ¿Y qué están haciendo aquí?

El inspector se levantó.

—Soy un oficial de policía, señora —dijo—. Si no le molesta la pregunta, ¿quién es usted?

—Soy el ama de llaves del señor Hickler —respondió.

—¿Y espera usted que regrese pronto el señor Hickler?

—No, no lo espero —fue la respuesta seca—. El señor Hickler no está en casa ahora mismo. Se fue esta noche en el tren del puerto.

—¿A Ámsterdam? —preguntó Thorndyke.

—Eso creo —respondió la ama de llaves.

—Pensé que tal vez era corredor o comerciante de diamantes —dijo Thorndyke—. Muchos de ellos viajan en ese tren.

—Así es —dijo la mujer—; al menos, tiene algo que ver con los diamantes.

—Ah, bien. Debemos irnos, Jervis —dijo Thorndyke—. Ya hemos terminado aquí y debemos encontrar un hotel o posada. ¿Puedo hablar un momento con usted, inspector?

El oficial, ahora completamente sumiso y reverente, nos siguió al jardín para recibir el consejo final de Thorndyke.

—Será mejor que tome posesión de la casa de inmediato y haga que la ama de llaves se retire. No debe moverse nada. El jefe de estación o yo daremos aviso en la comisaría para que envíen a otro oficial que lo releve.

Con un cordial "buenas noches", seguimos nuestro camino; y ahí terminó nuestra relación con el caso.

Hickler fue, en efecto, arrestado cuando desembarcaba del barco, y se le encontró un paquete de diamantes que luego fueron identificados como propiedad de Oscar Brodski. Pero nunca fue llevado a juicio, pues, en el viaje de regreso, logró eludir a sus guardianes por un instante mientras el barco se acercaba a la costa inglesa, y no fue hasta tres días después, cuando un cadáver esposado apareció en la solitaria playa de Orford Ness, que las autoridades conocieron el destino de Silas Hickler.

En cuanto al misterioso sombrero, fue encontrado al amanecer en un estado sorprendentemente maltrecho, sobre la vía principal, a menos de cien metros del lugar donde se halló el cuerpo.